Вампирские хроники

«Интервью с вампиром»
«Вампир Лестат»
«Царица проклятых»
«История Похитителя Тел»
«Мемнох-дьявол»
«Вампир Арман»
«Меррик»

Новые вампирские хроники

«Пандора»
«Витторио-вампир»

ЭНН РАЙС

МЕРРИК

Санкт-Петербург
«Домино»
МОСКВА
«ЭКСМО»
2007

УДК 82(1-87)
ББК 84(7США)
Р 18

Anne Rice

MERRICK

The Vampire Chronicles

Copyright © 2000 by Anne O'Brien Rice

Составитель серии *Александр Жикаренцев*

Оформление серии *Сергея Шикина*

© В оформлении переплета использован слайд
Accornero, Franco via Agentur Schlück GmbH

Райс Э.

Р 18   Меррик / Энн Райс; (пер. с англ. Е. Коротнян).—
М.: Эксмо; СПб.: Домино, 2007. — 464 с.

ISBN 5-699-18704-9

Загадочная, до сих пор не изученная древняя религия вуду, колдовские чары Мэйфейрских ведьм, таинственное сообщество вампиров... Три, казалось бы, совершенно разных, никак не соприкасающихся мира. Но великая Королева мистики с присущим ей мастерством не только объединяет их в одно целое, но и тесно переплетает между собой, заставляя читателей совершить путешествие из современного Нового Орлеана в джунгли Гватемалы, из века двадцатого — к истокам мировой цивилизации. И связующим звеном становится героиня романа Меррик — наследница жрецов кандомбле, потомок одной из ветвей семейства Мэйфейров, воспитанница Дэвида Тальбота, бывшего верховного главы Таламаски, получившего Темный дар бессмертия от самого вампира Лестата.

УДК 82(1-87)
ББК 84(7США)

ISBN 5-699-18704-9

*Стэну Райсу,
Кристоферу Райсу и Нэнси Райс Даймонд*

ТАЛАМАСКА

Исследователи паранормальных явлений.

Мы бдим.
И мы всегда рядом.

Лондон • Амстердам • Рим

ПРЕДИСЛОВИЕ

Меня зовут Дэвид Тальбот.

Надеюсь, кто-то еще помнит, что я был когда-то Верховным главой Таламаски, ордена ученых и детективов-экстрасенсов, девиз которого: «Мы бдим. И мы всегда рядом».

Девиз не лишен магического шарма, не правда ли? Таламаска существует более тысячи лет.

Я не знаю, почему, когда и как возник орден. Мне известны далеко не все его тайны. Точно знаю лишь одно: в течение практически всей моей смертной жизни я был преданным служителем Таламаски.

Именно в лондонской Обители Таламаски я впервые встретился с Вампиром Лестатом. Однажды зимним вечером он неожиданно появился в моем кабинете и застал меня врасплох.

И тогда я понял, что одно дело — читать и писать о сверхъестественном и совсем другое — видеть это сверхъестественное собственными глазами.

Но это было давно.

Сейчас я обитаю в другом физическом теле.

И это физическое тело претерпело изменения благодаря могущественной крови Вампира Лестата.

Я считаюсь одним из самых опасных и одновременно одним из наиболее уважаемых, заслуживающих полного доверия вампиров. Даже такой осторожный вампир, как Арман, поведал мне историю своей жизни. Возможно, вы читали биографию Армана, которую я выпустил в свет.

Когда та история закончилась, в Новом Орлеане Лестат очнулся после долгого сна и внимание его привлекли чарующие звуки музыки.

И музыка же заставила его вновь погрузиться в сонное безмолвие на пыльном мраморном полу монастырской часовни.

В то время в Новом Орлеане обитало великое множество вампиров — бродяг, мошенников, глупых юнцов, мечтавших хоть одним глазком взглянуть на Лестата, казавшегося совершенно беспомощным. Они вселяли ужас в души смертных и тем самым выводили из себя старейших бессмертных, всегда предпочитавших оставаться в тени и спокойно охотиться, не привлекая к себе внимания.

Теперь никого из незваных пришельцев не осталось.

Одних уничтожили, другие в страхе бежали. Покинули город и старейшие вампиры, прибывшие сюда в стремлении подарить утешение спящему Лестату. Каждый из них последовал своим собственным, избранным когда-то путем.

К тому моменту, с которого начинается мой рассказ, в Новом Орлеане нас осталось только трое: спящий Лестат и два его преданных создания — Луи де Пон-Дю-Лак и я, Дэвид Тальбот, автор этого повествования.

— Зачем ты меня об этом просишь?

Она сидела напротив меня за мраморным столиком, спиной к открытым дверям кафе.

Когда-то я произвел на нее большое впечатление, но мои уговоры разрушили его, и теперь, когда она смотрела мне в глаза, в ее взгляде уже не было прежнего восхищения.

Высокая, в по-летнему легком белом наряде с пышной юбкой и повязанным вместо пояса по талии красным шарфом, она походила на цыганку. Длинные темно-каштановые волосы густыми волнами свободно спускались на плечи и спину. Она всегда носила их распущенными, и лишь кожаная заколка-пряжка удерживала передние пряди, не давая им падать на лицо. В маленьких мочках ушей соблазнительно покачивались золотые кольца.

— Разве можно делать это для такого существа? — Она совсем не рассердилась на меня, нет, но так разволновалась, что не смогла это скрыть, хотя голос ее звучал ровно и ласково.— Ты хочешь, чтобы я вызвала духа, который, быть может, преисполнен злобы и желания отомстить! И ради кого?! Ради Луи де Пон-Дю-Лака, уже переступившего границу жизни?

— А кого же еще мне просить, Ме́ррик? — взмолился я.— Кому еще это по силам? — Я произнес ее имя так, как это принято у американцев, хотя много лет назад, когда мы встретились впервые, оно прозвучало из ее уст с легким старофранцузским акцентом и с ударением на последнем слоге.

Со стороны кухни послышался резкий звук — это заскрипели давно не знавшие смазки дверные петли. Шаркая ногами по пыльным плитам пола, к нам, словно привидение, приблизился официант в грязном фартуке.

— Рому,— велела Меррик.— Принесите бутылку «Сент-Джеймса».

Официант пробормотал что-то нечленораздельное — даже я со своим вампирским слухом не смог разобрать ни слова — и, все так же еле волоча ноги, удалился.

Мы вновь остались с ней вдвоем в тускло освещенном зале одного из маленьких старомодных заведений Нового Орлеана. Высокие двери, выходящие на Рю-Сент-Анн, были распахнуты настежь, над головой лениво вращались вентиляторы, а пол не подметали, наверное, лет сто.

Сумерки медленно угасали, воздух наполняли присущие этому кварталу ароматы и весенняя сладость. Какое чудо, что она предпочла встретиться именно здесь, и вдвойне удивительно, что в такой великолепный вечер в кафе, кроме нас, не было ни души.

Взгляд ее был пронзителен, и в то же время очень мягок.

— Луи де Пон-Дю-Лак теперь увидит привидение,— задумчиво произнесла она.— Как будто он без этого мало выстрадал.

Это не были пустые слова сочувствия: о ее искренности свидетельствовал тихий доверительный тон. Меррик действительно испытывала жалость к Луи.

— Да-да,— сказала она, не позволив мне заговорить.— Я жалею его и понимаю, как сильно ему хочется увидеть лицо этого умершего ребенка-вампира, которого он любил всем сердцем.— Она задумчиво приподняла брови.— Ты принадлежишь к тем, чьи имена давным-давно стали преданием. И вот теперь ты — живое воплощение легенды — нарушаешь тайну своего существования и приходишь ко мне, да еще с просьбой.

— Так выполни ее, Меррик, если в этом нет угрозы для тебя самой,— сказал я.— Бог свидетель, я здесь не для того, чтобы причинить тебе хоть малейший вред. Уверен, ты сама это знаешь.

— А как насчет вреда, который может быть нанесен Луи? — Погруженная в тяжелые размышления, Меррик медленно выговаривала каждое слово.— Привидение способно высказать ужасные вещи тем, кто его вызывает, а мы ведем речь о духе ребенка-монстра, умершего не своей смертью. То, о чем ты меня просишь, может иметь непредсказуемые и жуткие последствия.

Я кивнул. Все, что она говорила, было правдой.

— Луи одержим этой идеей,— сказал я.— И очень давно. С годами его одержимость победила здравый смысл. И сейчас он не в состоянии думать ни о чем другом.

— А что, если я действительно вызову ее из царства мертвых? Думаешь, это принесет облегчение и избавит обоих от страданий?

— Нет, едва ли. Впрочем, не знаю. Но любой исход предпочтительнее той муки, которой сейчас терзается Луи. Конечно, я не имею права просить тебя об этом. И вообще не должен встречаться с тобой. И тем не менее мы все связаны — Таламаска, Луи и я. Да и Вампир Лестат тоже. Именно из тайных глубин Таламаски до Луи де Пон-Дю-Лака донесся рассказ о призраке Клодии. Предполагается, что впервые он явился одному из наших агентов — женщине по имени Джессика Ривз,— ты найдешь ее имя в архивах.

— Да, я слышала эту историю,— сказала Меррик.— Все случилось на Рю-Рояль. Ты послал Джесс Ривз на поиски новых сведений о вампирах. И она вернулась с целым ворохом драгоценных свидетельств, неопровержимо доказывавших, что в том доме когда-то жила девочка по имени Клодия, бессмертное дитя.

— Совершенно верно,— подтвердил я.— Я допустил ошибку, поручив Джесс работу, для выполнения которой она была еще слишком молода. И потом...— Я запнулся, но все же через силу договорил: — Джесс никогда не обладала твоими способностями.

— История Клодии рассказана в книгах Лестата, но ее сочли за фантазию,— задумчиво продолжала Меррик.— А ведь там упоминалось и о дневнике, и о четках, и о старой кукле. Если не ошибаюсь, эти вещи до сих пор остаются у нас. Ты сам спрятал их в подземном хранилище лондонской Обители. Обитель в Луизиане тогда еще не была создана.

— Так ты сумеешь помочь Луи? — спросил я.— Хотя вернее будет спросить, согласна ли. В том, что ты с этим справишься, я не сомневаюсь.

Она медлила с ответом. Когда-то в этом самом кафе началась наша с Меррик совместная история.

Как я тосковал по ней все это время! Даже не думал, что новая встреча и разговор с ней доставят мне столь сладостную муку. Произошедшие с Меррик перемены приводили меня в восхищение: после долгого обучения по другую сторону океана от французского акцента не осталось и следа, и теперь она говорила почти как коренная жительница Британии. Несколько лет она провела в Англии рядом со мной.

— Ведь вы с Луи встречались,— вновь заговорил я, стараясь, чтобы голос звучал как можно мягче.— И ты знаешь, что это он попросил меня обратиться к тебе с этой просьбой. Ему достаточно было всего лишь однажды встретиться с тобой взглядом, чтобы понять, каким даром ты обладаешь.

Она молчала.

— «Я повстречал настоящую ведьму,— сказал мне тогда Луи.— Она меня не испугалась и пригрозила, что призовет на помощь мертвых, если я не оставлю ее в покое».

Меррик кивнула, и взгляд ее, обращенный на меня, был серьезен.

— Да, все так и было,— наконец произнесла она едва слышно.— Как говорится, наши пути пересеклись.— Она помолчала, погрузившись в воспоминания, и неожиданно добавила: — Но я встречала Луи де Пон-Дю-Лака много раз и впервые увидела его, когда была еще совсем маленькой. Просто раньше мы с тобой об этом никогда не говорили.

Я был поражен. Впрочем, мне следовало бы знать, что она щедра на сюрпризы.

Меррик восхищала меня безмерно. И я не мог скрыть, что, как всегда, любуюсь ею, что мне нравится простота ее облика, ее белая хлопчатобумажная блузка с глубоким вырезом и короткими рукавами и нитка черных бус вокруг шеи.

Глядя в ее зеленые глаза, я неожиданно испытал острый стыд за свои откровения. Луи не принуждал меня обратиться к Меррик. Это была моя идея.

Но я не намерен начинать повествование с подробного описания угрызений собственной совести.

Позвольте мне только заметить, что мы с Меррик были не просто служителями одного ордена — Таламаски. Нас связывали более глубокие отношения, и в первую очередь наставника и его ученицы. Мало того, было время, когда мы едва не стали любовниками. Однако этот период длился недолго. К сожалению.

Она пришла к нам еще совсем девочкой и заявила что по своему происхождению принадлежит к клану Мэйфейров, точнее, к его афро-американской ветви, ведущей свое начало от белых ведьм, о которых она, однако, мало что знает. Эта босоногая девочка исключительной красоты, на одну восьмую негритянка, забрела в луизианскую Обитель и сказала: «Я слышала о вас. Вы мне нужны. Я вижу то, чего другие не видят. А еще я умею разговаривать с мертвыми».

Насколько мне помнится, с того дня прошло больше двадцати лет

Я тогда занимал пост Верховного главы ордена и вел приличествующую джентльмену спокойную и размеренную жизнь уважаемого руководителя со всеми плюсами и минусами каждодневной рутины. Однажды среди ночи меня разбудил телефонный звонок и я услышал в трубке голос своего давнего друга и соратника Эрона Лайтнера.

— Дэвид,— сказал он,— ты непременно должен приехать. Это просто потрясающая настоящая находка! У нас появилась ведьма, обладающая таким сильным даром, что у меня нет слов его описать. Дэвид, поверь мне и приезжай как можно скорее...

Не было в те дни человека, которого я уважал и ценил больше, чем Эрона Лайтнера. За всю мою жизнь — и как человека, и как вампира — я любил только троих. Эрон Лайтнер принадлежал к их числу. Вторым был и остается Вампир Лестат. Вместе со своей любовью он подарил мне чудесное волшебство мира и навсегда оборвал мою смертную жизнь. Вампир Лестат сделал меня бессмертным и невероятно сильным даже для вампира, единственным в своем роде.

Что касается третьего любимого мною существа, то это Меррик Мэйфейр, хотя именно ее я изо всех сил старался забыть.

Но сейчас речь идет об Эроне, о моем старом друге Эроне, с вьющейся седой шевелюрой, острым взглядом серо-голубых глаз и пристрастием к костюмам из индийской льняной ткани в полоску. И о девочке по имени Меррик, какой она была много лет назад, когда казалась таким же экзотическим дивом, как буйная тропическая флора и фауна ее родины.

— Ладно-ладно, дружище, я приеду. Но разве нельзя было с этим подождать хотя бы до утра?

Я отлично помню свой ворчливый тон и добродушный смех Эрона в ответ на мое недовольство

— Да что с тобой случилось, старина? — отвечал он.— Только не говори, чем ты сейчас занят, Дэвид. Я сам скажу. Ты заснул за чтением какого-нибудь трактата девятнадцатого века о привидениях, пробуждающего в душе приятные воспоминания и успокаивающего. Позволь, угадаю. Автор — Сабин Баринг-Гоулд*. И наверняка ты вот уже полгода и носа не высовывал за пределы Обители. Скажешь, я не прав? Даже пообедать не выходил в город. Не отрицай, Дэвид. Ты ведешь себя так, словно жизнь для тебя кончена.

Я рассмеялся. Тон Эрона был удивительно мягким и заботливым. Я заснул не за книгой Сабина Баринг-Гоулда, но это могла быть и она. Кажется, в то время я

---

* Сабин Баринг-Гоулд (Sabine Baring-Gould; 1834—1924) — английский писатель, известный своей «Книгой привидений».

читал один из мистических рассказов Элджернона Блэквуда*. Эрон не ошибся и относительно времени, безвыходно проведенного мною в освященных стенах Обители.

— Куда делся твой энтузиазм, Дэвид? Где твоя преданность делу? — продолжал упрекать меня Эрон.— Поверь, ребенок наделен колдовским даром. Неужели ты думаешь, я стал бы бросаться такими словами? Забудь на секунду, что она Мэйфейр и все, что нам известно об этом клане. Сейчас мы имеем дело с тем, что поразило бы даже ее сородичей, хотя, пока я имею право голоса, девочка и близко к ним не подойдет. Дэвид, этот ребенок может вызывать духов. Открой свою Библию и обратись к Книге Самуила. Это настоящая Аэндорская ведьма. А ты капризничаешь, как дух Самуила, когда колдунья пробудила его от вечного сна. Вылезай из постели и пересеки Атлантику. Ты мне нужен здесь и сейчас.

Аэндорская ведьма... Мне не нужно было проверять по Библии. Каждый агент Таламаски отлично знал эту историю.

Царь Саул, опасаясь мощи филистимлян, отправляется перед решающей битвой к женщине, знавшейся с духами, и просит ее, чтобы она подняла из мертвых пророка Самуила. «Для чего ты тревожишь меня?» — сердито вопрошает призрак пророка и тут же предсказывает, что царь Саул вместе с сыновьями встретит смерть на следующий день.

---

* Элджернон Блэквуд (Algernon Blackwood; 1869—1951) — английский писатель-фантаст. В двадцатилетнем возрасте эмигрировал в Канаду, впоследствии жил в США, где был репортером «Нью-Йорк сан» и «Нью-Йорк таймс». В 1899 г. вернулся в Англию и через семь лет опубликовал первый сборник рассказов.

Аэндорская ведьма. Так я всегда мысленно называл Меррик — вне зависимости от того, насколько близкими были впоследствии наши отношения. Она неизменно оставалась для меня Меррик Мэйфейр, Аэндорской ведьмой. Иногда я даже обращался к ней так в личных и полуофициальных служебных записках.

С самого начала она была хрупким дивом. Я внял увещеваниям Эрона, собрался, вылетел в Луизиану и впервые переступил порог Оук-Хейвен, великолепного плантаторского дома на старой Ривер-роуд, который стал нашим убежищем за пределами Нового Орлеана.

Все происходило как во сне. В самолете я читал Ветхий Завет: сыновья царя Саула погибли в битве. Саул упал на собственный меч. Так был ли я все-таки суеверен? Почти вся моя сознательная жизнь была отдана Таламаске. Но еще до поступления туда в качестве ученика и стажера я уже обладал способностью видеть духов и даже подчинять их своей воле. Речь, как вы понимаете, не о привидениях, а о безымянных и бестелесных созданиях, связанных в моем воображении с именами и ритуалами кандомбле*, бразильской черной магии, которой я безрассудно и страстно увлекался в юности.

Однако в процессе обучения я подавил в себе эту способность, ибо почувствовал, что мое призвание в другом. Я забросил тайны Бразилии ради не менее чудесного мира архивов, реликвий и библиотек ордена, который ненавязчиво и мягко внушил своим приверженцам благоговейное почитание научных методов и тщательных исследований. Старая Таламаска с готовностью приняла меня в широкие и любящие объятия.

---

* Кандомбле, или макумба,— афро-бразильский языческий культ, обряды которого сопровождаются танцами и песнями.

Даже Эрон не подозревал о моих прежних талантах — во всяком случае, в те дни,— хотя выдающийся телепатический дар позволял ему с легкостью читать чужие мысли и многие умы были для него как раскрытая книга.

Так или иначе, я не сомневался в том, что сразу пойму, что представляет собой эта девочка.

Когда мы подъехали к Обители, шел дождь. Машина свернула на длинную аллею, обсаженную гигантскими дубами, которая вела от прибрежной дороги к массивным двойным дверям. Несмотря на темноту, я видел, что все вокруг буквально утопает в зелени: скрюченные дубовые ветви касались высокой травы, а длинные серые плети испанского мха, казалось, скользили по крыше машины.

Электричества не было. Мне объяснили, что причиной его отключения был пронесшийся недавно ураган.

— Очаровательное место. Невольно вспоминаешь старые времена,— заметил после приветствия Эрон, в то время уже совершенно седой, классический образец пожилого джентльмена, благодушного и приятного, так сказать, во всех отношениях.

Просторные квадратные комнаты освещались только масляными лампами и свечами. Я заметил, как при нашем приближении в веерообразном окне над входом промелькнул огонек. В глубоких галереях, по периметру окружавших огромный квадратный дом на первом и втором этажах, раскачивались на ветру фонари.

Перед тем как войти, я, не обращая внимания на дождь, неторопливо оглядел этот чудесный особняк. Наибольшее впечатление на меня произвели его простые, но изящные колонны.

Когда-то на несколько миль вокруг рос сахарный тростник. Позади дома, за чуть поблекшими под ливнем клумбами, виднелись ветхие постройки — в прежние времена там жили рабы.

Она спустилась навстречу мне — босая, в светло-сиреневом платье в розовый цветочек, совсем не похожая на ведьму.

Даже если бы она накрасила веки, как индийская принцесса, чтобы подчеркнуть цвет глаз, они не выглядели бы более таинственно. Мое внимание сразу привлек ярко-зеленый тон радужной оболочки, обведенной по краю темной полосой, с черным кружком зрачка в центре. Изумительные глаза. На фоне кремовой, чуть загорелой кожи они казались особенно яркими. Волосы она зачесала назад, убрав пряди со лба. Тонкие, изящные руки были свободно опущены вниз. В эти первые секунды нашей встречи она держалась совершенно непринужденно и выглядела удивительно спокойной.

— Дэвид Тальбот,— повторила она почти официально, и меня восхитила уверенность, прозвучавшая в тихом голосе.

Ее так и не смогли отучить от привычки ходить босиком, и маленькие ступни, утопавшие в ворсе шерстяного ковра, казались особенно соблазнительными. Я решил было, что она выросла в деревне, но, как оказалось, ошибся: ее детство прошло в одном из старых, полуразрушенных районов Нового Орлеана, где не сохранилось даже тротуаров, в обветшалых домах царило запустение, а цветущий ядовитый олеандр разросся до немыслимых размеров.

Она жила там с крестной матерью, Большой Нанэнн, ведьмой, научившей девочку всему, что знала сама. Ее мать, могущественная колдунья и провидица, известная мне тогда только по таинственному имени Холодная Сандра, влюбилась в геолога. Об отце у девочки не сохранилось даже воспоминаний. Она никогда не ходила в настоящую школу.

— Меррик Мэйфейр...— Я нежно обнял ее.

Она была высокая для своих четырнадцати лет, с красиво оформившейся грудью, отчетливо выступавшей под тонкой хлопковой тканью платья-рубашки, с рассыпавшимися по плечам мягкими сухими волосами. В любом другом месте она могла бы сойти за красавицу испанку, но только не здесь, в самой причудливой части юга страны, где история рабов и их свободных потомков включала в себя великое множество примеров смешанных союзов и внебрачных связей. Жителю Нового Орлеана достаточно было взглянуть на эту прелестную кожу цвета кофе с молоком, чтобы мгновенно распознать африканские корни ее обладательницы.

В точности этого сравнения я смог убедиться, когда добавил сливки в густой напиток из кофе с цикорием, которым меня угостили.

— Все мои родственники цветные,— сообщила девочка с ярко выраженным французским акцентом.— Те, у кого кожа побелее, отправляются жить на север. Так было всегда. Они даже не желают навестить Большую Нанэнн. Не хотят ни с кем знаться. Я тоже могла бы сойти за белую. Но как же тогда семья? Как же тогда быть со всем тем, что передается из поколения в поколение? Я бы никогда не бросила Большую Нанэнн. И пришла сюда только потому, что она сама велела мне сделать это.

В огромном кресле, обтянутом кожей цвета бычьей крови, девочка казалась совсем маленькой и в то же время удивительно соблазнительной. Две тоненькие золотые цепочки еще более усиливали это впечатление. Одна из них охватывала ее щиколотку, а другая, с украшенным бриллиантами крестиком, сверкала на шее.

— Хотите посмотреть портреты? — предложила она, показывая на коробку из-под обуви, лежавшую у нее на коленях.— В них нет никакого колдовства, можете разглядывать сколько угодно.

И она выложила на стол передо мной дагерротипы — безукоризненно четкие фотографические снимки на стекле. Каждый из них был заключен в гуттаперчевую рамку, щедро украшенную венками из цветов и виноградных кистей; многие рамки закрывались, как книжечки.

— Самые ранние относятся к тысяча восемьсот сороковым годам,— пояснила девочка.— Это все мои родственники. Фотографировал тоже член нашей семьи. Он делал прекрасные портреты и пользовался популярностью. После него остались кое-какие записи... Я знаю, где они хранятся. Страницы, исписанные красивым почерком, лежат в коробке на чердаке дома Большой Нанэнн.

Она подвинулась на краешек кресла и из-под краешка короткой юбки выглянули коленки. Густая масса волос отбрасывала тень на спинку кресла. Красиво очерченный лоб был чистым и гладким.

Хотя ночь была лишь слегка прохладной, в камине горел огонь, и потрескивание поленьев еще более усиливало атмосферу таинственности, царившей в напоенной ароматами уютной комнате с книжными полками и живописно расставленными греческими скульптурами.

Эрон с гордостью наблюдал за девочкой, но все же чувствовалось, что его терзает какая-то забота.

— Вот, посмотрите, это все мои дальние предки.— Она словно раскладывала колоду карт. Игра света и тени на овальном лице придавала ему особенное очарование.— Они старались держаться вместе. Но, как я уже говорила, те, кто мог сойти за белых, уезжали. Подумать только, от чего они отказались! Как можно было забыть свои корни и прошлое? Взгляните сюда.

Я принялся рассматривать маленький снимок, поблескивавший в свете масляной лампы.

— Это Люси Нэнси Мэри Мэйфейр. Ее отец был белым, но никаких сведений о нем не сохранилось. Мужчины в семье всегда были только белыми. Чего только наши женщины не делали ради них. Моя мать отправилась в Южную Америку с белым мужчиной и взяла меня с собой. Я помню джунгли...

Она замолчала в нерешительности — то ли уловив отголоски моих мыслей, то ли просто обратив внимание на выражение моего лица.

Мне никогда не забыть первых лет, проведенных на Амазонке. Наверное, я не хотел их забывать, хотя ничто так болезненно не напоминало о моем возрасте, как воспоминания о путешествиях с камерой и ружьем за плечами и о приключениях, которые довелось пережить на другом конце света. Тогда у меня и мысли не возникало, что я вернусь в неисследованные джунгли вместе с Меррик.

Я снова принялся рассматривать старые дагерротипы. Запечатленные на стекле люди, несомненно, принадлежали к богатому сословию: цилиндры и пышные юбки из тафты на фоне драпировок и пышной зелени в ателье фотографа. Среди других мне попался снимок молодой женщины, такой же красивой, как Меррик. Она застыла в чопорной позе, сидя на готическом стуле с высокой спинкой. Как объяснить явно проступающие у большинства членов семьи черты африканских предков? Правда, некоторые обладали вполне европейской внешностью и об их происхождении свидетельствовали лишь необычно яркий блеск глаз и легкая смуглость кожи.

— Вот еще один давний снимок,— сказала девочка.— Это Анжелика Мэрибелл Мэйфейр.

Я увидел величавую даму с темными волосами, разделенными посередине пробором; богато расшитая шаль, наброшенная на плечи, частично скрывала пышные рукава платья. В руках женщина сжимала маленькие очки и сложенный веер.

— Самый старый и лучший портрет из всех, что у меня есть. Говорят, она была ведьмой. Существуют тайные ведьмы и те, к которым приходят люди. Так вот, она была тайной колдуньей и отличалась невероятным умом. Говорят, она стала любовницей одного белого Мэйфейра, который жил в Садовом квартале и приходился ей кровным родственником, племянником. Я их прямой потомок. Дядюшка Джулиен — вот как его звали. Он позволял своим цветным родственникам называть его дядюшкой Джулиеном, а не мсье, как требовали другие белые.

Эрон насторожился, но постарался не показать вида. Возможно, ему удалось скрыть свои чувства от девочки, но притворяться передо мной было бесполезно. Значит, Лайтнер ничего не рассказал ей о страшных родственниках из клана Мэйфейров, наделенных сверхъестественными силами,— о владельцах старинного особняка в Садовом квартале, целом семействе, за которым Эрон наблюдал в течение многих лет. Много веков назад детективы-экстрасенсы Таламаски начали собирать сведения о Мэйфейрах — а точнее, о Мэйфейрских ведьмах, как мы привыкли их называть,— и составлять досье на них. Нескольким агентам ордена это расследование стоило жизни.

Мне, однако, не потребовалось много времени, чтобы прийти к выводу о правильности принятого Лайтнером решения: этот ребенок не должен узнать об этой семейной ветви от нас, по крайней мере до тех пор, пока Эрон не убедится, что такое вмешательство не навредит обеим сторонам, а, наоборот, принесет им пользу.

Обстоятельства сложились таким образом, что такой момент не настал до сих пор. Насыщенная событиями жизнь Меррик никак не была связана с белыми Мэйфейрами. Поэтому на этих страницах вы не найдете о них ни слова.

А в тот далекий вечер мы с Эроном старательно закрывали свой разум, чтобы сидевшая в кресле маленькая ведьма не смогла прочитать наши мысли.

Не помню, бросила ли на нас взгляд Меррик или нет, прежде чем продолжить.

— Мэйфейры и сейчас живут в том доме, в Садовом квартале,— как бы между прочим заметила она.— Они белые и никогда не общались с нами, разве только через юристов.— Последние слова девочка произнесла с легкой усмешкой, какая обычно возникает на губах взрослых людей при упоминании о служителях закона, потом, тряхнув головой, продолжила: — Юристы приезжали к нам из города, привозили деньги. И некоторые из них тоже были Мэйфейрами. Они же отослали Анжелику Мэрибелл Мэйфейр на север, в хорошую школу. Но потом она вернулась домой, прожила здесь всю жизнь и умерла. Я бы никогда не обратилась к тем белым родственникам,— неожиданно резко заявила Меррик и тут же вновь заговорила прежним ровным тоном: — Надо сказать, что Большая Нанэнн отзывается о дядюшке Джулиене так, словно он до сих пор жив, а от других родственников я с самого детства слышала только хорошие отзывы: все кругом говорили, что дядюшка Джулиен был добрым человеком. Похоже, он хорошо знал всех своих цветных сородичей. А еще рассказывали, будто он мог одним взглядом уничтожить любого врага. У меня есть и другие сведения о дядюшке Джулиене, и постепенно я сообщу вам остальное.

Неожиданно она бросила взгляд на Эрона, и он, как мне показалось, смущенно отвел взгляд. Уж не прочла ли она в его глазах будущее, подумалось мне. Быть может, она увидела в них, что досье Таламаски на Мэйфейрских ведьм поглотит жизнь Эрона точно так же, как Вампир Лестат поглотил мою.

Даже сейчас, негромко беседуя за столиком кафе с красивой и уверенной в себе женщиной, в которую превратилась та босоногая девочка, я пытался понять, что думает она о смерти Эрона.

Немощный старик официант принес заказанную бутылку темного рома «Сент-Джеймс», какой делают на Мартинике, и наполнил им стоявший перед Меррик маленький восьмигранный стакан из тяжелого стекла. Я уловил знакомый запах — и меня вновь захлестнули воспоминания. На этот раз не о нашем с ней знакомстве, а о совсем других временах.

Меррик осушила стакан так, словно в нем была простая вода. Впрочем, насколько я помню, она всегда пила ром именно так. Официант зашаркал обратно в подсобное помещение, а Меррик, опередив мой порыв, взялась за бутылку и снова наполнила свой стакан.

Скользнув языком по внутреннему краю губ, она вновь взглянула мне прямо в лицо. Огромные пытливые глаза смотрели очень внимательно.

— Помнишь, как мы вместе пили ром? — спросила Меррик с легким намеком на улыбку: волнение и напряжение пока не позволяли улыбке проявиться в полную силу. И, не дожидаясь моего ответа, продолжила: — Вижу, что помнишь. Я говорю о тех коротких ночах в джунглях. Да, ты абсолютно прав, утверждая, что вампир — это чудовище, отнюдь не чуждое человечности. И в тебе самом по-прежнему очень много человеческого. Я вижу это по глазам, по твоим жестам. Что касается твоего тела, то оно абсолютно человеческое. Нет ни одного признака...

— Признаки есть,— возразил я.— Со временем ты их увидишь. Сначала тебе будет не по себе, потом ты начнешь испытывать опасения, но в конце концов привыкнешь. Поверь мне, я знаю, что говорю.

В первый момент она недоуменно приподняла брови, но тут же согласно кивнула и сделала еще один глоток рома. Я понимал, какое это для нее наслаждение. Конечно, выпивка не входила в число ежедневных занятий Меррик, но, когда случай все-таки выпадал, спиртное действительно доставляло моей красавице истинное удовольствие.

— Так много воспоминаний...— прошептал я.

Однако показалось чрезвычайно важным не погрузиться в них безоглядно, а сконцентрироваться на тех, которые подтверждали невинность Меррик и свидетельствовали о безоговорочном доверии между нами.

Эрон до конца жизни был ей предан, хотя редко говорил со мной об этом. Что она знала о трагедии, унесшей жизнь нашего друга (Эрон попал под колеса автомобиля, и водитель, сделавший это умышленно, скрылся с места происшествия)? Я к тому времени уже отдалился от Таламаски, от Эрона и вообще от жизни.

Подумать только, ведь мы с Эроном столько лет посвятили исследованиям и, казалось бы, должны были научиться обходить все несчастья. Кто бы мог предположить, что мы станем пленниками собственного призвания и нас ждет такой драматический поворот судьбы, который заставит отвернуться от дела, которому мы верой и правдой служили всю свою жизнь!

Но разве не то же самое произошло с еще одним преданным агентом Таламаски, моей любимой ученицей Джесс Ривз?

Но тогда, когда Меррик была восхитительным ребенком, а я Верховным главой, не перестававшим ею восторгаться, у меня и в мыслях не было, что оставшиеся мне несколько лет смертной жизни готовят столь грандиозные перемены.

Почему я не извлек урок из истории Джесс? Она была моей ученицей в гораздо большей степени, чем Меррик, но вампиры завладели ею целиком и полностью.

Джесс прислала мне всего одно письмо, полное иносказаний и не представлявшее ценности ни для кого другого. Она прощалась со мной, давая понять, что мы с ней никогда больше не увидимся. Я не воспринял судьбу Джесс как предостережение. Подумал лишь, что для глубокого и серьезного изучения вампиров Джесс Ривз оказалась слишком молода.

Но все это позади. Сердечная боль утихла. Допущенные ошибки остались в прошлом. Моя смертная жизнь разбилась вдребезги, душа воспарила, но затем рухнула в пропасть. Сущность вампира безвозвратно уничтожила все достоинства человека, каким я когда-то был, не оставив мне ни малейшего повода для утешения. Джесс была одной из *нас*. Я знал ее тайны, равно как и то, что она отдалилась от меня навсегда.

Сейчас имело значение только одно: в ходе своих исследований Джесс мельком видела призрака, рассказ об этом призраке взволновал Луи и теперь не дает ему покоя. Вот почему я вынужден был обратиться к моей возлюбленной Меррик со столь необычной просьбой и умолять ее использовать все свои способности, чтобы вызвать призрак Клодии.

В кафе, кроме нас двоих, по-прежнему никого не было. Меррик задумчиво расправлялась с очередной щедрой порцией рома. Взгляд ее неспешно блуждал по пыльному залу, а я наблюдал за ней и радовался неожиданной передышке.

Мысли мои вернулись в далекий вечер, проведенный в Оук-Хейвен. Весна решительно наступала, но гроза охладила воздух. Дождь настойчиво стучал в окно, а в комнате благодаря яркому огню в камине было тепло. В воздухе стоял густой аромат масляных ламп.

Меррик рассказывала о семействе белых Мэйфейров, хотя, по ее словам, знала о нем очень мало.

— Ни один из нас в своем уме не отправился бы к этим белым выскочкам и не стал бы у них ничего клянчить, ссылаясь на родство,— решительно заявила она, всем своим видом показывая, что ей самой и в голову не пришла бы такая мысль.— Лично я не собираюсь даже заикаться белым, что я их родня.

Эрон бросил на меня быстрый взгляд, и в его серых глазах, способных скрыть даже самые нежные чувства, я тем не менее уловил ожидание какой-то реакции с моей стороны.

Тогда я сказал:

— В этом нет необходимости, дитя. Ты останешься с нами, если захочешь, и мы будем твоей семьей.

Надеюсь, ты уже поняла, что отныне и навсегда твой дом здесь. И только ты вправе изменить ситуацию по своему усмотрению.

Едва я произнес эти слова, как меня вдруг охватило сознание чего-то важного, значительного и по спине пробежал холодок. Ощущение было таким приятным, что я позволил себе чуть насладиться моментом и с особым ударением добавил:

— Мы всегда будем заботиться о тебе.

Мне хотелось ее поцеловать, но я сдержался. Ведь это очаровательное босоногое создание уже отнюдь не было ребенком: передо мной сидела соблазнительно красивая, вполне созревшая девушка.

Меррик ничего не сказала.

— По-видимому, все они были людьми благородными, — заметил Эрон, перекладывая дагерротипы. — И взгляните, в каком отличном состоянии сохранились эти маленькие портреты. — Он вздохнул. — Каким чудом, должно быть, казались такие снимки в сороковых годах девятнадцатого столетия.

— О да, мой прапрадядюшка писал об этом, — сказала девочка. — Не уверена, что сейчас кто-нибудь сумеет прочитать эти записи. Страницы крошились прямо в руках, когда Большая Нанэнн впервые мне их показала. Но, как я уже говорила, все эти портреты сделал он. А вот еще и ферротипии — тоже его работа. — Она устало вздохнула, как многое повидавшая на своем веку женщина. — Говорят, он умер очень старым и в его доме было полно таких портретов, но потом явились его белые родственники и все расколотили... Об этом я тоже расскажу как-нибудь позже.

Плачевная судьба столь ценных дагерротипов потрясла меня до глубины души. Какой непростительный вандализм! Лица прошлого, утраченные навсегда! Девочка продолжала доставать из картонной сокровищницы маленькие прямоугольные пластинки, многие из которых были без рамок, но очень хорошо сохранились.

— В некоторых коробках, что стоят в комнатах Большой Нанэнн, не осталось ни одного целого листа. Наверное, бумагу сожрали крысы. Большая Нанэнн говорит, что крысы готовы жрать и деньги, поэтому купюры следует хранить в железных шкатулках. Вам же известно, что железо обладает магией. А вот сестры-монахини этого не знают. В Библии так и говорится: нельзя строить железной лопатой*. Железо считалось могущественным и нельзя было заносить железную лопату над камнями Божьего храма, как нельзя и сейчас.

Такие рассуждения показались мне довольно странными, хотя по существу она была почти права.

Мысли Меррик унеслись куда-то в сторону.

— Железо и лопаты,— продолжала она.— Все это восходит к древним временам. Вавилонский царь взял в руки лопату и заложил храм. А масоны до сих пор сохраняют этот порядок в своем ордене, и на банкноте в один доллар можно видеть сломанную пирамиду.

Меня поразила легкость, с какой эта девочка затрагивала такие серьезные темы. «Что она успела узнать за свою жизнь? — подумал я тогда.— Какая женщина из нее вырастет?»

Высказывая свои соображения, Меррик смотрела прямо на меня — возможно, оценивала мою реакцию. Только много позже я понял, как нуждалась она в таких беседах, как не терпелось ей поговорить о том, чему ее учили, о том, что она слышала и думала сама.

---

* См.: 3 Цар: 6, 7.

— Но почему вы так добры ко мне? — спросила она, пристально, но без вражды вглядываясь в мое лицо.— Священники и монахини обязаны совершать добрые дела. Поэтому они приходят к нам, приносят еду и одежду. Ну а вы? Что заставляет вас так поступать? Почему вы привезли меня в этот дом и даже выделили отдельную комнату? Почему позволяете делать все, что мне захочется? Я всю субботу листала журналы и слушала радио. Почему вы кормите меня и приучаете носить обувь?

— Дитя мое,— вмешался Эрон,— наш орден почти ровесник Римской церкви. Он такой же древний, как те ордена, к которым принадлежат священники и сестры-монахини, заботившиеся о вас. Пожалуй, даже старше, чем большинство из них.

Но девочка продолжала смотреть на меня, ожидая объяснений.

— У нас есть свои принципы и традиции,— сказал я.— Зло, жадность, безнравственность и своекорыстие встречаются в жизни часто. А вот любовь нынче большая редкость. Мы предпочитаем относиться к людям с любовью.

И снова я испытал радость и гордость за всех нас: за нашу целеустремленность и преданность делу, за то, что вот уже более тысячи лет нерушимая Таламаска заботится об изгоях, предоставляет кров чародеям и провидцам, спасает ведьм от пламени костров и протягивает руку даже скитающимся призракам — да, не нашедшим упокоения бесплотным духам, которых другие боятся.

— Но эти маленькие сокровища — наследие твоей семьи,— поспешил я объяснить.— Они имеют для нас значение, потому что важны для тебя. И они навсегда останутся твоими.

Девочка закивала. Значит, я все правильно сказал.

— Мистер Тальбот,— рассудительным тоном произнесла она,— мое призвание — ведьмовство, и это главное мое достоинство. Но и от семейной истории меня нельзя отделить.

Личико ее на миг оживилось, и промелькнувшее на нем воодушевление доставило мне истинное удовольствие.

Но что я сделал теперь, спустя двадцать лет? Я бросился искать Меррик, а когда обнаружил, что ее старый дом в Новом Орлеане заброшен, отправился в Оук-Хейвен, где, как древний вампир из дешевого романа, принялся бродить по широким террасам особняка и потом долго смотрел в окна погруженной в темноту спальни, пока Меррик в конце концов не села в кровати и не произнесла мое имя.

Я понимал, что доставляю ей неприятности, и меня это беспокоило. Но объяснение было простым: я нуждался в ней, я скучал по ней и действовал как последний эгоист.

Всего лишь неделю тому назад я отправил ей письмо, написанное в моем городском доме на Рю-Рояль. Надо заметить, что, несмотря на перемены в судьбе, почерк мой остался прежним.

«Дорогая Меррик!

Да, за окном своей комнаты ты видела именно меня. Поверь, у меня и в мыслях не было пугать тебя, я хотел лишь умерить собственные муки, найти утешение в том, что вижу тебя и будто бы служу тебе ангелом-хранителем. Так что прости, если сможешь, что я слонялся под твоим окном едва ли не всю ночь.

Моя душа взывает к твоей с одной просьбой. В письме не могу написать, какой именно. Пожалуйста, назначь мне встречу в каком-нибудь людном месте, где ты будешь чувствовать себя в безопасности. Выбери сама и направь ответ на этот номер почтового ящика. Я не замедлю откликнуться. Меррик, прости меня. Если ты попросишь разрешения на встречу со мной у старшин или Верховного главы ордена, они его, скорее всего, не дадут. Прошу, прежде чем предпринять такой шаг, позволь поговорить с тобой хотя бы несколько минут.

Твой вечный друг в Таламаске

Дэвид Тальбот».

Я понимал, что совершаю неизмеримо дерзкий и эгоистичный поступок, и все же перед рассветом опустил конверт в железный почтовый ящик в конце подъездной аллеи.

Ее ответ, исполненный не заслуженной мною любви, содержал и множество мучительных для меня подробностей.

«Не могу дождаться встречи с тобой. Поверь, какие бы неожиданности ни сулила мне эта встреча, сквозь завесу таинственности я непременно увижу того Дэвида, которого всегда любила. Ты был мне отцом, когда я нуждалась в нем, а потом стал верным другом. И после твоей метаморфозы я видела тебя много раз, хотя ты об этом часто не подозревал.

Я знаю, что с тобой случилось и кто сейчас тебя окружает. Кафе "Лев" на Рю-Сент-Анн. Ты еще помнишь его? Много лет тому назад, еще до поездки в Центральную Америку, мы там обедали. Тебя очень тревожило наше путешествие в непроходимые джунгли, и ты категорически возражал против него. Помнишь? Кажется, я даже прибегла к колдовским чарам, чтобы уговорить тебя. Уверена, ты об этом догадывался.

Несколько вечеров подряд я буду приходить туда каждый вечер в надежде на встречу с тобой».

Она подписала свою записку точно так же, как я: «Твой вечный друг в Таламаске».

Я поставил собственные интересы выше любви и долга по отношению к ней. И испытал облегчение от сознания того, что шаг уже сделан.

В прежние времена, когда этот осиротевший ребенок, заблудившийся в бурю, эта маленькая скиталица однажды вечером пришла и постучалась в нашу дверь, подобный поступок с моей стороны показался бы немыслимым. Она сама была моим долгом.

— Наши стремления совпадают с твоими,— объяснял девочке в тот далекий вечер в Оук-Хейвен Эрон, жестом старшего брата откидывая с ее плеча мягкую каштановую прядь волос.— Мы стараемся сохранить знания. Мы пытаемся сберечь для потомков историю. Мы занимаемся исследованиями и надеемся многое постичь.

Он в очередной раз тихо вздохнул, что было совершенно на него не похоже.

— А что касается твоих белых родственников, Мэйфейров из Садового квартала, как ты их абсолютно правильно называешь, то должен сказать тебе, что мы знаем о них,— признался он, к моему удивлению.— Однако мы тщательно храним известные нам тайны, если только долг не велит раскрыть их. Долгая история этой семьи сейчас не имеет для тебя значения. Жизни ее членов переплетаются между собой, как колючие лианы, навеки опутавшие одно и то же дерево. Вполне возможно, твоя собственная жизнь сложится так, что ты не будешь иметь никакого отношения к тем горестным событиям. Сейчас нас занимает только одно: что мы можем для тебя сделать? И когда я говорю, что ты всегда и во всем можешь на нас рассчитывать, это, поверь, не праздные слова. Как совершенно справедливо заметил Дэвид, отныне мы становимся твоей семьей.

Меррик задумалась. После стольких лет, проведенных в обществе одной только Большой Нанэнн, ей нелегко было осознать и принять сказанное. Но ведь какая-то сила все же привела девочку в орден и побудила довериться нам еще до того, как она здесь появилась.

— Большая Нанэнн верит вам,— словно отвечая на невысказанный мною вопрос, сказала Меррик.— Большая Нанэнн велела мне прийти сюда. Она увидела еще один свой сон и, проснувшись до рассвета, позвонила в колокольчик — так она всегда призывала меня к себе. Я спала на веранде. Войдя в спальню, я увидела, что Большая Нанэнн в белой фланелевой рубашке стоит возле кровати. Она все время мерзнет, знаете ли, поэтому даже в самые жаркие ночи надевает фланелевую рубашку. Большая Нанэнн велела мне сесть и выслушать, что ей приснилось.

— Расскажи об этом, дитя,— попросил Эрон.

Странно, почему они не поговорили об этом до моего приезда?

— Ей приснились вы, мистер Лайтнер,— сказала девочка, глядя на Эрона.— Как будто вы вместе с дядюшкой Джулиеном — тем самым, из городского клана белых Мэйфейров,— пришли и присели рядом с ее кроватью. Дядюшка Джулиен много шутил, рассказывал какие-то истории, радовался, что присутствует в сне Большой Нанэнн. Так она сказала. Дядюшка Джулиен велел мне прийти прямо сюда, к вам, мистер Лайтнер. А еще он предсказал, что чуть позже здесь появится и мистер Тальбот. Дядюшка Джулиен говорил по-французски, а вы в то время сидели на стуле с плетеной спинкой, улыбались и кивали Большой Нанэнн, а потом принесли ей чашку очень сладкого кофе со сливками, как раз такого, какой она любит. Не забыли и одну из ее любимых серебряных ложечек. У Большой Нанэнн была тысяча серебряных ложечек не только во сне, но и наяву. Потом вы сели на кровать, покрытую лучшим в доме пледом, взяли Большую Нанэнн за руку, на которой были все ее лучшие кольца — сейчас она их больше не носит, знаете ли,— и сказали: «Пришли ко мне маленькую Меррик». А еще вы пообещали ей заботиться обо мне и сообщили, что сама она скоро умрет.

Эрон, явно впервые услышавший от Меррик столь странное повествование, был поражен.

— Должно быть, это сказал дядюшка Джулиен,— мягко возразил он.— Откуда мог я узнать такую тайну?

Я на всю жизнь запомнил его протест, поскольку не в привычках Эрона было признаваться в собственном незнании и уж тем более так горячо настаивать на своем.

— Нет-нет, это сказали вы,— не согласилось с ним прекрасное дитя.— Назвали день недели и даже час. Он еще не настал.— Она снова задумчиво взглянула на портреты.— Не волнуйтесь. Я знаю, когда это должно случиться.— Внезапно ее лицо погрустнело.— Мне не удержать ее рядом навечно. Les mystères* не будут ждать.

Les mystères? Что она имела в виду — предков, колдовских богов или просто тайны судьбы? Я оказался не в силах проникнуть в ее разум и прочесть там хоть что-нибудь.

---

* Les mystères (фр.) — тайны, загадки.

— Святой Петр будет ждать,— пробормотала девочка, и ее печаль медленно рассеялась, уступив место спокойствию.

Неожиданно она метнула взгляд в мою сторону и пробормотала что-то по-французски. Папа Легба, колдовской бог-посредник, за воплощение которого вполне могла сойти статуэтка святого Петра с ключами от Царства Небесного.

Я заметил, что Эрон, несмотря на горячее желание узнать как можно больше, не осмелился подробнее расспрашивать девочку о сути своего участия в том сне и о дате неминуемой смерти Большой Нанэнн. Он просто кивнул и теперь уже обеими руками приподнял и расправил густую копну волос на шее Меррик, а потом убрал несколько тонких прядей, прилипших к нежной кремовой коже. В его обращенном на девочку взгляде читалось искреннее удивление.

А она тем временем продолжала свою историю:

— Не успела я опомниться, выслушав рассказ Большой Нанэнн, как за мной явился темнокожий старик на грузовике. «Сумку можешь не брать, поезжай как есть»,— сказал он. Я вскарабкалась в его грузовик, и мы поехали. Старик всю дорогу молчал, только слушал по радио какие-то старые блюзы и курил сигареты. Большая Нанэнн знала, что он повез меня в Оук-Хейвен, потому что мистер Лайтнер сказал ей об этом во сне... Большая Нанэнн помнила Оук-Хейвен, каким он был раньше, когда и дом здесь стоял другой, и назывался это место не так. Дядюшка Джулиен многое ей рассказывал, только она не захотела со мной поделиться и просто сказала: «Ступай туда. В Таламаске о тебе позаботятся. Для тебя это самый лучший выход — с их помощью ты исполнишь свое предназначение».

«Исполнишь свое предназначение...» У меня мороз прошел по коже от этих слов. Помню, как опечалился Эрон. Но он только слегка покачал головой. «Не стоит волновать ее сейчас»,— подумал я сердито. Однако девочка оставалась абсолютно невозмутимой.

О знаменитом дядюшке Джулиене я слышал не впервые: в свое время мне довелось ознакомиться со многими главами досье, описывающими жизнь этого всесильного колдуна и провидца, который единственный из всех мужчин в том странном семействе осмеливался противостоять воле дьявольского призрака и потомственных ведьм клана Мэйфейров. Дядюшка Джулиен... Легендарная личность, безумец, развратник, отец и наставник не одного поколения ведьм. И теперь Меррик утверждает, что является его прямым потомком!

Во всем этом, безусловно, присутствовала всесильная магия. Но исследования, связанные с дядюшкой Джулиеном, входили в компетенцию Эрона, а я не имел к ним прямого отношения.

— Я давно привыкла к тому, что мне не верят,— пристально глядя на меня, вновь заговорила Меррик.— Зато мне не впервой нагонять на людей страх.

— Каким это образом, дитя? — спросил я.

Должен признаться, она и так уже успела достаточно напугать меня своим немигающим взглядом и поразительным самообладанием. Узнаю ли я когда-нибудь, какими способностями она обладала? Если и стоило задуматься об этом, то именно тогда, в первый же вечер, ибо не в правилах Таламаски побуждать наших сирот-воспитанников к бесконтрольному проявлению их опасных дарований. Согласно уставу мы всегда и во всем должны оставаться лишь сторонними наблюдателями.

Я подавил в себе недостойное любопытство и принялся тщательно фиксировать в памяти все детали ее облика, внимательно вглядываясь в каждую черточку лица, каждый изгиб тела. С некоторых пор это вошло у меня в привычку.

Меррик была прекрасно сложена, грудь уже успела приобрести соблазнительную форму, а изгиб лебединой шеи казался удивительно грациозным. В крупных чертах лица отсутствовал даже малейший намек на африканские корни: большой, красиво очерченный рот, огромные миндалевидные глаза и длинный нос составляли абсолютно гармоничное единство.

— Вам не обязательно раскрывать передо мной тайны белых Мэйфейров,— сказала она.— Возможно, как-нибудь мы с вами обменяемся своими секретами. Сейчас они даже не подозревают о нашем существовании. Большая Нанэнн говорила, что дядюшка Джулиен умер еще до ее рождения. В том сне он ни слова не проронил о белых Мэйфейрах, а только велел отправить меня сюда, к вам.— Она показала на старые изображения на стекле: — Вот мои родственники. Если бы мне было суждено отправиться к белым Мэйфейрам, то Большая Нанэнн давно бы об этом знала.— Она помолчала в задумчивости.— Давайте просто поговорим о прежних временах.

Меррик с любовью разложила дагерротипы на столике красного дерева, осторожно смахивая с них мельчайшие частицы крошившихся рамок. Получился аккуратный ряд. Я не сразу заметил, что все снимки она выкладывала вверх ногами по отношению к себе, чтобы мы с Эроном могли рассмотреть их как следует.

— Однажды к нам заявились белые родственники и попытались уничтожить записи,— сказала она.— Хотели, знаете ли, вырвать страницу из церковной книги, где говорится, что их прапрабабка — цветная. «Femme de couleur libre»,— так было написано по-французски в некоторых старых книгах. Нет, вы только подумайте! Разве можно вырвать страницу прямо из церковной книги, где записаны все рождения, смерти и браки? Но эти белые и знать ничего не хотели. В доме моего двоюродного прапрадеда они перебили множество старинных портретов, таких ценных, что их следовало бы хранить как зеницу ока, чтобы многие люди могли их видеть.

Она вздохнула — совсем по-взрослому, как уставшая от жизни женщина — и заглянула в потрепанную обувную коробку, заполненную реликвиями.

— Теперь оставшиеся портреты хранятся у меня, как и многое другое, а я здесь, у вас. И белые родственники ни за что до меня не доберутся и не выбросят все это на помойку.

Она снова опустила руку в коробку и достала оттуда старые фотографии на картоне, сделанные в последние десятилетия девятнадцатого века. Пока Меррик вертела снимки то так, то этак, я заметил на обороте надписи, сделанные выцветшими сиреневыми чернилами. Почерк был крупным, с наклоном.

— Вот смотрите, это дядюшка Вервэн,— сказала она.

Снимок, сделанный в тоне сепии, запечатлел привлекательного худощавого юношу, черноволосого, со смуглой кожей и ясными, как у Меррик, глазами. Крупный нос и форма губ выдавали его африканское происхождение. Портрет был исполнен в романтическом духе. Молодой человек в отлично сшитом костюме-тройке стоял, опершись одной рукой о греческую колонну, на фоне рисованного неба.

— Портрет был сделан в тысяча девятьсот двадцатом году.— Девочка перевернула фото, затем возвратила в прежнее положение и положила на стол, предоставляя нам возможность еще раз как следует его рассмотреть.— Дядюшка Вервэн был знахарем,— сказала она.— Я успела застать его при жизни и, хотя была совсем маленькой, когда он умер, хорошо запомнила. Он умел танцевать и при этом прыскал ромом на алтарь. Можете мне поверить, его все боялись.

Она неспешно перебрала снимки, нашла и положила перед нами следующий портрет — на этот раз пожилого седовласого мужчины с темным цветом кожи, который сидел во внушительном деревянном кресле.

— Вот, посмотрите. Все звали его Стариком, а настоящего имени я не знаю. Он ездил на Гаити постигать магию, а потом обучил всему, что знал, дядюшку Вервэна. Иногда мне чудится, будто дядюшка Вервэн разговаривает со мной. Иногда он словно бродит возле дома, наблюдая за Большой Нанэнн. А Старика я однажды видела во сне.

Мне очень хотелось расспросить ее подробнее, но время было неподходящее.

— А это Милашка Джастин,— сказала она, выкладывая, наверное, самый внушительный портрет из всех — студийную фотографию, выполненную на толстом картоне и помещенную в коричневую картонную рамку.— Милашка Джастин нагоняла страх на всех.

Молодая женщина была очень хорошенькой: плоский бюст по моде двадцатых годов, короткая стрижка, красивая смуглая кожа. Глаза и рот нельзя было назвать выразительными, однако во всем облике Милашки Джастин ощущалась какая-то затаенная боль.

Следом настал черед современных фотоснимков на тонкой бумаге с закручивающимися краями, сделанных обычными современными портативными камерами.

— Хуже его сыновей не было,— сказала Меррик, указывая на черно-белую фотографию с загнутыми краями.— Это внуки Милашки Джастин — белые, из

Нью-Йорка. Они хотели заполучить и уничтожить любое свидетельство того, что их предки цветные. Большая Нанэнн сразу их раскусила: ее не проведешь вкрадчивыми манерами и подачками. Они даже взяли моду возить меня в город и покупать мне там красивую одежду. Те вещи до сих пор лежат в целости и сохранности: маленькие платьица, ни разу не надеванные, туфельки с чистыми подошвами. Уезжая, они даже не оставили нам адреса. Посмотрите на них повнимательнее. Видите, какие они встревоженные? Но им от меня досталось.

Эрон вгляделся в незнакомые напряженные лица и покачал головой. При виде этих снимков мне тоже стало не по себе, и я, чувствуя в душе смутное беспокойство, перевел взгляд на Меррик, на странную девочку с манерами взрослой женщины.

— Что ты им сделала? — не удержался я от вопроса, хотя было бы умнее прикусить язык.

— Да ничего особенного. Прочитала их секреты по линиям ладоней и рассказала им о тех дурных вещах, которые они всегда пытались скрыть. Добрым делом это не назовешь, но я поступила так, чтобы они убрались поскорее. А еще сказала, что в нашем доме полно привидений, и в подтверждение своих слов вызвала духов. Нет, я не заставляла их приходить, а только попросила, и они откликнулись на мой зов. Большая Нанэнн очень позабавилась. А белые велели ей меня остановить. «Почему вы думаете, что это мне по силам?» — ответила Большая Нанэнн, давая им понять, что я делаю что хочу и она не имеет надо мной власти.

Снова послышался короткий тихий вздох.

— Большая Нанэнн сейчас умирает.— Зеленые немигающие глаза Меррик смотрели прямо на меня.— Она говорит, что больше никого не осталось и поэтому я должна сохранить ее вещи — книги, вырезки. Их очень много. Старые газеты. Бумага такая хрупкая, что разваливается на части. Мистер Лайтнер обещал помочь мне сохранить все это.— Она метнула взгляд в Эрона и вновь перевела его на меня: — Почему вы так за меня боитесь, мистер Тальбот? Разве вы недостаточно сильны? А может быть, все дело в том, что я цветная? Это плохо? Вы ведь не из этих мест, приехали издалека.

Боюсь? Неужели я действительно страшился чего-то? Она говорила об этом с такой уверенностью, что я всерьез задумался, однако поспешил выбросить эти мысли из головы и попытался оправдаться, желая, возможно, тем самым защитить не только себя, но и ее.

— Загляни в мою душу, дитя,— сказал я.— У меня нет никаких предубеждений против людей с иным цветом кожи, хотя, признаюсь, были времена, когда я считал, что в некоторых случаях удача в большей степени сопутствует белым.

Меррик чуть приподняла брови, размышляя над моими словами. А я тем временем продолжал, быть может излишне взволнованно, но без всякого страха:

— Мне грустно оттого, что, по твоим словам, у тебя никого не осталось, и радостно сознавать, что теперь ты с нами.

— Примерно то же самое говорит и Большая Нанэнн,— отозвалась девочка, и впервые ее большие полные губы растянулись в искренней улыбке.

Я унесся мыслями прочь, вспомнив несравненных темнокожих женщин, которых встречал в Индии. Меррик, однако, была чудом иного рода: темно-каштановые волосы и светлые глаза, такие яркие и умные. Уверен, эта босоногая девочка в простом цветастом платье многим кажется экзотическим созданием.

Затем наступил миг, оставивший во мне неизгладимое, не поддающееся никаким объяснениям впечатление. В то время как я пристально вглядывался в череду лиц, запечатленных на разложенных на столе снимках, мне вдруг показалось, что все они, в свою очередь, смотрят на меня. Словно маленькие портреты были живыми. Ощущение было очень явственным.

Должно быть, все дело в отблесках огня в камине и света масляных ламп, как в полусне подумал я, не в силах освободиться от охватившего меня чувства: маленькие изображения оказались на столе, чтобы посмотреть на Эрона и на меня. Даже само их расположение казалось нарочитым, исполненным тайного смысла. Не знаю, почему эта догадка пришла мне в голову, но смутные подозрения постепенно уступили место спокойной уверенности, что я нахожусь среди сонма мертвых.

— А ведь действительно кажется, будто они смотрят,— помнится, пробормотал Эрон, хотя я и по сей день уверен, что не проронил тогда ни слова.

Часы вдруг перестали тикать, и я обернулся, чтобы поискать их взглядом, поскольку не знал, где именно они стояли. Да, конечно, вот они, на каминной полке. Стрелки на циферблате застыли, а оконные стекла вдруг приглушенно задребезжали, словно в них бился ветер, и я почувствовал, как постепенно погружаюсь в царящую вокруг атмосферу тепла и тайн, покоя и святости, мечтательности и необъяснимой мощи.

Мы молчали. Меррик переводила взгляд то на меня, то на Эрона. Ее сложенные руки оставались неподвижными, а лицо сияло в свете ламп.

Так прошло много времени.

Потом я вдруг очнулся и понял, что в комнате ничего не переменилось. Неужели я заснул? Непростительная неучтивость. Эрон по-прежнему сидел рядом со мной. А портреты снова превратились в неподвижные печально-торжественные свидетельства смертности, такие же неоспоримые, как череп из разоренной могилы. Но чувство неловкости не покидало меня еще долго, даже когда мы все разошлись по своим комнатам.

И вот теперь, спустя двадцать лет, в течение которых всем нам довелось пережить еще немало странных моментов, красавица Меррик сидела за столиком кафе на Рю-Сент-Анн и разговаривала с сидящим напротив нее вампиром. Нас разделяло мигающее пламя свечи, и освещение в кафе было почти таким же, как тогда, в Оук-Хейвен, хотя сегодняшний вечер был только влажен и напоен ароматами поздней весны и ничто вокруг не предвещало приближения бури.

Меррик неторопливо потягивала ром, чуть задерживая его во рту и наслаждаясь каждым глотком. Но меня это не обмануло: я знал, что скоро порции вновь последуют одна за другой без перерыва. Она отставила в сторону стакан и положила ладонь с широко разведенными пальцами на грязную мраморную столешницу. Кольца. На пальцах сверкали кольца Большой Нанэнн — чудесные камни, оправленные в великолепную золотую филигрань. Меррик не снимала их даже в джунглях, что, на мой взгляд, было сущим безумием. Но она никогда не поддавалась никаким страхам.

Я вспомнил, какой она была в те жаркие тропические ночи, когда мы задыхались от духоты под высоким зеленым пологом. Вспомнил, как в полной темноте мы с ней блуждали по древнему храму и как она карабкалась впереди меня по пологому склону, окутанная паром и грохотом водопада. Мне уже тогда не по годам было пускаться в столь долгое, полное тайн и опасностей путешествие. Перед глазами возникли бесценные изделия из нефрита, такого же зеленого, как ее глаза.

Голос Меррик вывел меня из задумчивости.

— Почему ты просишь меня прибегнуть к магии? — настойчиво допытывалась она.— Знаешь, чем дольше я сижу здесь и смотрю на тебя, Дэвид, тем все отчетливее сознаю, что произошло и кем ты теперь стал. Известно ли тебе, что, как и прежде, твой разум для меня словно раскрытая книга? Мне без труда удается собрать воедино разрозненные обрывки твоих мыслей и создать из них целостную картину.

Как твердо, решительно она говорила! От французского акцента не осталось и следа. Впрочем, он исчез еще десять лет тому назад. Но теперь ее по-прежнему негромкая речь приобрела законченную четкость.

Огромные глаза Меррик делались еще больше в такт выразительным фразам.

— Тебе не удалось закрыть свой разум даже той ночью на террасе,— с упреком заметила она.— Ты меня разбудил. Я услышала тебя, словно ты постучал ко мне в окно и спросил: «Меррик, ты можешь это сделать? Ты можешь вызвать душу умершего для Луи де Пон-Дю-Лака?» И знаешь, что еще я услышала? А вот что: «Меррик, ты мне нужна. Мне нужно с тобой поговорить. Меррик, моя жизнь разбита. Меррик, я нуждаюсь в понимании. Прошу, не отворачивайся от меня».

Сердце остро кольнуло.

— Все, что ты говоришь, правда,— признался я.

Меррик сделала большой глоток рома, и на ее щеках заиграл румянец.

— Но твоя просьба касается Луи,— сказала она.— И она столь важна, что заставила тебя, забыв о сомнениях и об угрызениях совести, прийти к моему окну. Зачем? Тебя я знаю. О нем мне кое-что известно лишь из рассказов других людей, а сама я видела его всего несколько раз. Весьма экстравагантный молодой человек — ты не находишь?

Я слишком смутился, чтобы отвечать, слишком растерялся, чтобы вспомнить о хороших манерах и выйти из положения, прибегнув к вежливой лжи.

— Дэвид, дай мне, пожалуйста, руку,— неожиданно попросила она.— Я должна коснуться ее и ощутить эту странную кожу.

— Милая, быть может, не стоит? Лучше бы тебе воздержаться от этого,— пробормотал я.

Крупные золотые серьги в ушах Меррик покачивались, касаясь то мягких темных волос, то длинной изящной шеи. Она полностью оправдала надежды, которые подавала ребенком. Как я давным-давно и предвидел, мужчины восхищались ею безгранично.

Она грациозно протянула мне руку, и я, осмелев, обреченно, но бесстрашно подал ей свою.

Мне хотелось почувствовать ее тепло. Я жаждал понимания, сочувствия. Не выпуская из пальцев мою ладонь, Меррик принялась вглядываться в ее рисунок, а я, ощущая мощный прилив сил, наслаждался каждым мгновением этой близости.

— Какой смысл читать по этой руке, Меррик? — спросил я.— Что она может тебе сказать? Эта оболочка принадлежала другому человеку. Неужели ты хочешь разглядеть линии его сломанной судьбы? Ну и как? Видишь, что он был убит, а его тело похищено? Видишь, как я, исполненный себялюбия, завладел чужой плотью, обреченной на смерть?

— Я знаю эту историю, Дэвид,— ответила Меррик.— Нашла сообщение о ней в бумагах Эрона. Обмен телами. Чисто теоретический эксперимент. Согласно официальному мнению ордена, подобная возможность существует лишь теоретически. Однако ты успешно воплотил ее на практике.

Прикосновения Меррик пробуждали дрожь во всем моем теле.

— После смерти Эрона я прочла все его записи,— продолжила она, проводя кончиками пальцев по глубоким линиям на моей ладони, и процитировала: — «Дэвид Тальбот больше не пребывает в своем теле. Во время одного злосчастного эксперимента, связанного с так называемой астральной проекцией, а иными словами — с полетом человеческого духа, опытный Похититель Тел обманом вытеснил Тальбота из его собственной оболочки, вследствие чего тот вынужден был завладеть более молодым телом, принадлежавшим ранее его сопернику, который, в свою очередь, лишил плотского покрова одну разбитую душу и тем, насколько нам известно, обрек ее на вечные скитания».

Хорошо знакомый стиль Таламаски заставил меня поморщиться.

— Я случайно наткнулась на эти бумаги,— продолжала Меррик, не отрывая взгляда от моей ладони.— Эрон умер здесь, в Новом Орлеане, и его архив оказался в моих руках, прежде чем им успел завладеть кто-либо другой. Я до сих пор его храню, Дэвид. Старшины ордена в глаза не видели этих бумаг и, возможно, никогда не поместят их в свои архивы. Впрочем, кто знает...

Меня поразила смелость Меррик. Ведь она сумела скрыть важную тайну от ордена, которому до сих пор оставалась верна. Когда я сам обрел такую независимость? Пожалуй, лишь в самом конце.

Меррик по-прежнему внимательно изучала мою ладонь, быстро скользя взглядом по линиям. В какой-то момент она большим пальцем слегка нажала на кожу, и я испытал невыносимо сладостное ощущение. Мне захотелось взять ее на руки, но не для того, чтобы насытиться — нет, ни в коем случае! — не для того, чтобы причинить ей боль, а только затем, чтобы поцеловать ее, только затем, чтобы чуть царапнуть шею клыками и ощутить вкус ее крови, постичь сокрытые в ней тайны... Но я никогда не осмелился бы совершить столь ужасный поступок.

Я высвободил ладонь из ее пальцев.

— Что ты там увидела, Меррик? — быстро спросил я, сглотнув, чтобы подавить голод. Как телесный, так и душевный.

— Несчастья, большие и малые, мой друг, очень длинную линию жизни, знаки, свидетельствующие о силе твоего характера, и многочисленных потомков.

— Перестань, я не могу принять твою интерпретацию. Рука не моя.

— Теперь у тебя нет другого тела,— возразила она.— Разве тело не может измениться под влиянием новой души? Линии на ладони меняются с течением времени. Но мне не хочется тебя злить. Я пришла сюда не затем, чтобы изучать тебя. И не затем, чтобы зачарованно разглядывать вампира. Они уже не раз встречались на моем пути. Я сталкивалась с ними лицом к лицу даже на этих улицах. Я здесь потому, что, во-первых, ты попросил меня, а во-вторых... мне захотелось побыть с тобой.

Я лишь кивнул, ибо не в силах был проронить ни звука от переполнявших меня чувств, и умоляющим жестом попросил Меррик помолчать.

Она повиновалась.

Затем наконец я справился с собой:

— Ты попросила разрешения у старшин на эту встречу?

Она рассмеялась, но по-доброму.

— Конечно нет.

— Тогда тебе следует узнать кое-что,— сказал я.— У меня с Вампиром Лестатом все началось точно так же. Я не поставил в известность старшин ни о том, что часто с ним вижусь, ни о том, что приглашаю его в свой дом, ни о наших бесконечных беседах и совместных путешествиях, ни о том, что именно я подсказал Лестату, каким образом он может вернуть свою сверхъестественную телесную оболочку, после того как Похититель Тел обманным путем завладел ею.

Меррик попыталась перебить меня, но безрезультатно.

— А знаешь, что произошло со мной? — сурово продолжал я.— Я воображал, что слишком умен, чтобы поддаться искушению и прельститься посулами Лестата. Я считал себя чересчур мудрым стариком, которого не соблазнить бессмертием. Я был уверен в собственном духовном превосходстве над Лестатом... И вот теперь... Посмотри, что со мной стало!

Щеки Меррик вспыхнули румянцем, сделавшим ее еще более очаровательной.

— А разве ты не поклянешься, что никогда меня не обидишь? — спросила она.— Разве не станешь уверять, что Луи де Пон-Дю-Лак ни при каких обстоятельствах не причинит мне зла?

— Разумеется, я готов дать такую клятву. Однако во мне еще осталась крупица порядочности, которая вынуждает напомнить тебе, что я создание, обладающее сверхъестественным аппетитом.

Она снова попыталась что-то сказать, но я не позволил.

— Одно мое присутствие со всеми проявлениями силы может изменить твое отношение к жизни,

Меррик; оно может погубить твою веру в моральные устои и поколебать желание почить обычной смертью.

— Дэвид, будь же откровенен. Скажи прямо, что у тебя на сердце? — Явно недовольная моим официальным тоном, она выпрямилась на стуле и посмотрела мне прямо в глаза.— В этом юном теле ты выглядишь одновременно и молодым, и умудренным опытом. У тебя теперь более темная кожа, почти как моя! И в чертах лица появилось что-то азиатское. Но ты остался самим собой — прежним Дэвидом — даже в большей степени, чем прежде!

Не в силах справиться с изумлением, я молча следил, как Меррик пьет ром. Небо за ее спиной совсем потемнело, но черноту ночи разгонял теплый свет ярких электрических огней. Только в зале кафе, все освещение которого составляли лишь несколько покрытых пылью ламп, располагавшихся за стойкой бара, царил унылый полумрак.

Столь безоглядное доверие приводило меня в трепет. Прикосновения Меррик были ласковыми, почти нежными. Моя вампирская сущность явно не вызывала в ней ни малейшего страха или отвращения. И я вдруг явственно вспомнил, как пленяло меня когда-то загадочное величие Лестата, его сокрытое от многих великолепие. Неужели Меррик так же влекло ко мне? Что, если и она теперь попала во власть губительного очарования?

Она, как всегда, отлично прятала свои мысли.

Да, я думал о Луи. Помнил о его отчаянном желании, чтобы Меррик применила свои магические способности и совершила то, о чем он просил. Но Меррик была права. Я действительно в ней нуждался. Мне было необходимо ее присутствие, ее понимание.

Когда я наконец заговорил, горечь, отчетливо прозвучавшая в голосе, удивила меня самого:

— Это великолепно. И невыносимо. Я пребываю за гранью жизни, но никак не могу исчезнуть за нею окончательно. Мне некому передать свои знания.

Она не стала ни спорить, ни расспрашивать. В глазах неожиданно вспыхнуло сочувствие, маска хладнокровия исчезла. Несмотря на потрясающее умение Меррик скрывать свои чувства, мне не раз приходилось наблюдать столь же резкие перемены в ее настроении, становиться свидетелем тех редких моментов, когда все ясно без слов.

— Скажи, а если бы ты не обрел тогда новое, молодое тело, сумел бы Лестат тебя принудить? — спросила она.— Если бы ты оставался прежним Дэвидом, нашим *благословенным Дэвидом* семидесяти четырех лет... Кажется, именно столько тебе тогда было? Так вот, если бы ты в тот момент оставался нашим высокочтимым Верховным главой, сумел бы Лестат превратить тебя в себе подобного?

— Не знаю,— взволнованно ответил я.— Я часто задаю себе этот вопрос. Честно, не знаю. Эти вампиры... то есть я хочу сказать... мы, вампиры, любим красоту, можно сказать живем ею. Красота для нас широкое понятие, ты даже не представляешь, насколько широкое. Даже обладая самой нежной душой, ты все равно не сможешь понять, как мы находим красоту там, где смертные ее не видят, но мы действительно дышим прекрасным, тянемся к нему. А красоту эту я бессчетное число раз использовал во зло.

Она подняла стакан в приветственном жесте и сделала щедрый глоток рома.

— Если бы ты подошел ко мне без предупреждения, прошептал в толпе мое имя и дотронулся до руки, я бы тебя сразу узнала и безошибочно поняла, кем ты являешься,— сказала Меррик. На мгновение ее лицо омрачилось, но тут же вновь сделалось безмятежно спокойным.— Я люблю тебя, мой старый друг,— добавила она.

— Ты уверена, дорогая? — спросил я.— Ради насыщения этого тела я совершил множество весьма неблаговидных поступков.

Меррик допила содержимое стакана. Я хотел было наполнить его снова, но она, опередив меня, сама потянулась за бутылкой.

— Ты хочешь получить записки Эрона?

Я был совершенно огорошен.

— А ты что, готова их отдать?

— Дэвид, я преданно служу делу Таламаски. Кто знает, какая участь ожидала меня, если бы не орден.— Меррик помедлила немного, затем добавила: — Но я также всей душой верна тебе...— Она опять замолкла на несколько секунд.— Ты и был для меня Таламаской, Дэвид. Можешь себе представить, что я почувствовала, услышав сообщение о твоей смерти?

Я вздохнул. Что я мог ответить?

— Разве Эрон не рассказывал, как мы оплакивали тебя — все те, кому не доверили даже частицу правды?

— Клянусь душой, Меррик, мне очень жаль. Нам казалось, что тайна слишком опасна и ее следует хранить. Другого оправдания у меня нет.

— По официальной версии, ты умер здесь, в Штатах, в Майами-Бич. Останки отправили в Англию еще до того, как мне сообщили по телефону, что тебя больше нет. Знаешь, что я сделала, Дэвид? Я заставила служащих похоронного бюро задержать гроб до моего приезда в Лондон. Когда я наконец добралась, он был уже запечатан, но я заставила их снять крышку. Да, заставила: вопила и ругалась, пока они не сдались. Затем я выслала всех из зала и осталась наедине с тем телом, Дэвид, с тем напудренным и прихорошенным покойником, уложенным в атлас. Я пробыла рядом с гробом, наверное, целый час, пока они не начали стучать в дверь, и лишь тогда разрешила им продолжить свое дело.

На лице Меррик не было гнева — оно выражало скорее легкое удивление.

— Я не мог позволить Эрону сообщить тебе правду,— оправдывался я,— ни в тот момент, ни тогда, когда не знал, выживу ли в новом теле, ни в то время, когда не понимал, какая участь уготована мне в будущем. Пойми, я не мог так поступить. А потом... Потом было уже поздно.

Она чуть подняла брови и с сомнением покачала головой, после чего сделала еще глоток рома.

— Понятно...

— Слава Богу! — откликнулся я и с уверенностью добавил: — Со временем Эрон рассказал бы тебе об обмене телами. Обязательно. Легенда о моей смерти предназначалась для кого угодно, только не для тебя.

Меррик хотела было что-то сказать, но передумала и лишь кивнула в ответ.

— Мне кажется, привести в порядок архив Эрона должна именно ты,— продолжил я.— Разобрать его при участии только старшин ордена, не посвящая в это никого другого. Забудь на время о существовании Верховного главы.

— Перестань, Дэвид,— ответила она.— Знаешь, спорить с тобой теперь, когда ты выглядишь так молодо, гораздо проще.

— Ты никогда не упускала случая поспорить со мной, Меррик,— ответил я.— Ты не думаешь, что Эрон обязательно бы сдал в архив свои записи, будь он жив?

— Может быть,— сказала она,— а может быть, и нет. Возможно, Эрон предпочел бы предоставить тебе свободу, оградить от ненужного внимания. Возможно, ему хотелось, чтобы тебя оставили в покое и не вмешивались в твою жизнь, как бы в дальнейшем она ни сложилась.

Я не совсем понял, о чем она говорит. Таламаска всегда отличалась сдержанностью, пассивностью и категорическим нежеланием оказывать какое-либо влияние на судьбы людей. Поэтому ее слова остались для меня загадкой.

Меррик пожала плечами, сделала очередной глоток рома и принялась перекатывать край стакана по нижней губе.

— А может быть, все это не имеет значения,— сказала она.— Я знаю лишь, что сам Эрон не сдал свои записи в архив. Вечером того дня, когда Эрона убили, я отправилась к нему домой на Эспланейд-авеню. Ты знаешь, что он был женат на Беатрис Мэйфейр, принадлежащей к белой ветви этого семейного клана,— не ведьме, между прочим, а жизнерадостной и щедрой женщине. Она до сих пор жива. Беатрис предложила мне забрать бумаги, помеченные грифом «Таламаска». Она понятия не имела о том, что в них содержится. Оказывается, Эрон однажды попросил Беатрис в случае непредвиденных обстоятельств связаться со мной, что она и сделала, выполняя данное ему обещание. Впрочем, она все равно не сумела бы прочитать документы, поскольку все они, как исстари принято в Таламаске, написаны на латыни.

Так или иначе, в моем распоряжении оказались несколько папок, на каждой из которых рукой Эрона были написаны мое имя и номер телефона. Одна папка была полностью посвящена тебе, хотя во всех документах фигурировало не имя, а всего лишь заглавная буква «Д». Эти бумаги я перевела на английский.

Их никто никогда не видел. Никто,— подчеркнула она.— Но я знаю их почти слово в слово.

Я вдруг осознал, как приятно мне слушать рассуждения Меррик о тайнах Таламаски — ведь когда-то они были частью и моей жизни, нашим общим,— и на душе стало тепло, словно рядом вновь ощущалось присутствие Эрона.

— Мне кажется, тебе следует знать об этом,— глотнув еще рома, продолжала Меррик.— Мы ведь раньше никогда ничего друг от друга не скрывали. Я, по крайней мере, была в этом уверена. Просто в последнее время мне приходилось много времени проводить в разъездах по всему миру. Ты же знаешь, что основной областью моих исследований является магия.

— Что именно Эрон знал? — Я был раздавлен и чувствовал, как по щекам текут слезы, но хотел выслушать все до конца.— С тех пор как я стал вампиром, мы с Эроном не встречались. Я все никак не мог решиться на встречу с ним. Догадываешься почему?

Голос мой звучал ровно и глухо, но на сердце было тяжело и в душе царило смятение. Моя скорбь по Эрону никогда не пройдет, я пронесу ее в себе сквозь годы, тщательно скрывая от своих вечных спутников-вампиров — Луи и Лестата.

— Нет,— покачала головой Меррик.— Нет, не догадываюсь. Но могу сказать...

Она на миг умолкла, словно ожидая, что я остановлю ее. Но я этого не сделал, и Меррик продолжила:

— Могу тебе сказать, что он был огорчен, разочарован, но до самого конца оставался великодушным.

Я низко опустил голову и прижал холодную ладонь ко лбу.

— Эрон говорил, что каждый день молится, чтобы ты пришел к нему,— медленно пояснила Меррик.— Он очень хотел в последний раз поговорить с тобой, вспомнить все то, что вам довелось пережить, и понять, что же в конце концов произошло, из-за чего вы расстались.

Я поморщился, хотя в полной мере заслужил упреки, причем гораздо более суровые. Как непорядочно было с моей стороны не связаться с Эроном! Даже Джесс после своего исчезновения из Таламаски написала мне!

Если Меррик и сумела прочесть какие-то мои мысли, то не подала виду.

— Разумеется,— после небольшой паузы заговорила она,— Эрон подробно рассказал о, как он выразился, «фаустовском обмене телами», в деталях обрисовал твое новое молодое тело и часто упоминал о каком-то исследовании, проведенном вами, дабы удостовериться, что душа, пребывавшая в том теле, покинула его навсегда. Вы ведь с Эроном экспериментировали, пытаясь связаться с праведной душой, даже рискуя собственной жизнью?

Я лишь кивнул, не в силах говорить, сломленный отчаянием и стыдом, и Меррик продолжила:

— Что касается подлого Похитителя Тел, Раглана Джеймса, который и затеял все это противоестественное действо, то Эрон не сомневался, что душа этого маленького дьявола растворилась в вечности, вне пределов досягаемости.

— Это правда,— подтвердил я.— Уверен, досье на него закрыто, хотя, возможно, так и осталось незавершенным.

Меррик помрачнела, не в силах справиться с эмоциями, однако уже через секунду сумела-таки взять себя в руки.

— Что еще написал Эрон? — спросил я.

— Он упомянул, что Таламаска неофициально помогла «новому» Дэвиду вернуть значительные капиталовложения и собственность, принадлежавшие Дэвиду «старому». Кроме того, он не считал нужным оставлять какие-либо документальные свидетельства относительно обретения Дэвидом «второй молодости», а тем более передавать отчеты об этом происшествии в архивы Лондона или Рима и до самого конца отстаивал свою точку зрения.

— Почему он не хотел, чтобы обмен телами стал предметом изучения? — спросил я.— Мы ведь сделали тогда все, что было в наших силах.

— Эрон считал, что сама возможность обмена телами представляет слишком большую опасность, но при этом многим может показаться весьма привлекательной. Он боялся, что материалы угодят не в те руки.

— Разумеется,— согласился я,— хотя в те дни мы никогда не терзались сомнениями.

— Досье действительно осталось незавершенным,— пояснила Меррик.— Эрон был уверен, что обязательно тебя увидит. Временами ему казалось, будто он чувствует твое присутствие в Новом Орлеане, и тогда он принимался бродить по улицам и искать тебя в толпе.

— Да простит меня Бог...

Прошептав последние слова, я отвернулся от Меррик, склонил голову и прикрыл глаза рукой. Мой старый друг, мой любимый старый друг! Как мог я так хладнокровно покинуть его? Почему наш стыд за содеянное часто оборачивается жестокостью по отношению к невинным? Почему так происходит?

— Продолжай, пожалуйста,— справившись с минутной слабостью, попросил я.— Ты должна рассказать мне все.

— А ты не хочешь сам прочитать бумаги?

— Попозже,— покачал головой я.

— Эрон однажды увидел тебя в компании Вампира Лестата. Он определил этот случай словом, которое любил, но которым редко пользовался: «душераздирающий».— Язык у Меррик начал слегка заплетаться, но голос зазвучал еще более мелодично, и в нем появился намек на прежний новоорлеанский французский акцент.— Эрону поручили проследить, чтобы похороны прошли как полагается. И вот ночью, когда его пригласили на опознание старого тела Дэвида Тальбота, он заметил молодого человека и стоящего рядом с ним вампира. Эрон сразу обо всем догадался и впервые в жизни испугался за тебя.

— Что еще? — спросил я.

— Позже,— негромко продолжила Меррик,— когда ты бесследно исчез, Эрон был уверен, что Лестат насильственно изменил твою сущность. Только так и никак иначе мог он объяснить, почему ты разом порвал все связи с прошлым, хотя сведения от банков и агентов определенно подтверждали, что ты жив. Эрон отчаянно скучал и множество раз решительно заявлял о том, что ты не мог стать вампиром по собственному желанию. Все свое время в тот период он полностью посвящал изучению проблем, связанных с белой ветвью клана Мэйфейров — с Мэйфейрскими ведьмами,— и отчаянно нуждался в твоих советах.

Я долго не мог найти в себе силы, чтобы ответить. Я не плакал, потому что вампиры не плачут, а лишь отвел взгляд и принялся осматривать пустое кафе, но ничего не увидел, разве что размытые силуэты туристов, плотной толпой двигавшихся по Джексон-сквер. Я прекрасно знал, каково остаться одному в горестный миг — не важно, где и когда это случается. Теперь я был один.

Затем я мысленно вернулся к Эрону, другу, коллеге и напарнику, вспомнил все, что нам довелось пережить, и пред моим мысленным взором явственно предстал его образ: ясные голубые глаза, доброе лицо. Я увидел, как он в своем льняном полосатом костюме-тройке не спеша прогуливается по ярко освещенной Оушэн-драйв в Майами-Бич, резко выделяясь на фоне остальных людей, словно яркий узор на темной картине.

Меня захлестнула волна боли, но я не сопротивлялся и полностью отдался в ее власть. Убийство Эрона было связано с тайнами Мэйфейрских ведьм. И совершили его какие-то вероотступники из Таламаски. Вполне понятно, почему мой верный друг не предоставил ордену свой отчет обо мне: время было неспокойное. Доказательством тому служит и тот факт, что сам он в конце концов стал жертвой предательства со стороны ордена. А потому моя история в его невероятном архиве так и останется без финального аккорда.

— А еще что-нибудь там было? — спросил я наконец у Меррик.

— Нет. Больше ничего нового. Так, отдельные дополнения и нюансы.— Она снова глотнула из стакана.— К концу жизни Эрон был ужасно счастлив, знаешь ли.

— Расскажи.

— Я имею в виду Беатрис Мэйфейр. Он любил ее. Эрон никогда не предполагал, что будет счастлив в браке, но тем не менее это случилось. Она была красивая, общительная женщина, удивительным образом сочетавшая в своем характере черты троих или даже четверых разных людей. Эрон признался мне, что никогда прежде не испытывал такой радости, какую дарила ему Беатрис. И конечно же, она не была ведьмой.

— Очень рад это слышать,— откликнулся я дрогнувшим голосом.— Значит, Эрон стал, так сказать, одним из них.

— Да,— кивнула Меррик.— Во всех отношениях.

Она пожала плечами. Стакан в ее руке оставался пустым. Странно, но она не спешила наполнить его вновь. Почему? Возможно, хотела убедить меня в том, что давно уже перестала быть той великой любительницей выпить, какой слыла прежде.

— Но я ничего не знаю о тех белых Мэйфейрах,— наконец сказала она.— Эрон всегда ограждал меня от них. Моя работа последние два года была связана с вуду. Я часто ездила на Гаити и написала целые тома заметок и отчетов. Ты ведь знаешь, что мне, в числе немногих агентов ордена, дано разрешение от старшин изучать собственные сверхъестественные возможности и практиковать, как выражается теперь Верховный глава, «проклятую магию».

Я не знал об этом. Мне даже в голову не могло прийти, что она вновь обратилась к религии вуду, черной тенью окутывавшей все ее детство. В мое время Таламаска запрещала ведьмам прибегать к магии. И только моя вампирская сущность позволила снисходительно отнестись к такой мысли.

— Послушай,— сказала она,— не стоит переживать, это не важно, что ты не писал Эрону.

— Вот как? — резко спросил я шепотом и так же тихо пояснил: — Я просто не мог написать ему, не мог позвонить ему по телефону. А о том, чтобы повидаться с ним или хотя бы просто дать ему возможность увидеть меня, не могло быть и речи!

— И тебе понадобилось пять лет,— сказала она,— чтобы в конце концов прийти ко мне.

— Вот именно! — ответил я.— Пять! Или даже больше. Кто знает, как бы я поступил, будь Эрон жив? Но самое главное, Меррик, что Эрон был стар. И мог попросить меня дать ему вампирскую кровь. Когда ты стар, напуган, когда ты устал и болен, когда начал подозревать, что жизнь ничего не значит... В общем, именно в такие минуты начинаешь мечтать о сделке с вампиром, и тебе начинает казаться, что проклятие вампира не такое уж страшное, вовсе нет, тем более в обмен на бессмертие. В такие минуты начинаешь думать, что, будь у тебя хоть один шанс, ты мог бы стать главным свидетелем эволюции мира. Вот как легко облечь величием собственные эгоистические желания!

— И ты полагаешь, мне никогда не придут в голову такие мысли? — Она вскинула бровь, и огромные зеленые глаза полыхнули огнем.

— Ты молода и красива, сильна и телом, и душой,— сказал я.— В тебе с самого рождения воспитывали смелость. Ты никогда не знала поражений, и здоровье у тебя отменное.

Меня охватила дрожь. Я не мог больше этого вынести. Я мечтал о покое и душевной близости, но теперь, получив и то и другое, ужаснулся той цене, которую пришлось заплатить.

Насколько легче было проводить часы в компании Лестата, который не произносил ни слова, а лишь смирно лежал себе в полудреме и слушал музыку. Звуки ее пробудили Лестата от долгого сна и с тех пор неизменно приносили ему покой и утешение. Да, мне было неизмеримо легче находиться рядом с вампиром, лишенным каких-либо устремлений и желаний.

Равно как и бродить по городу вместе с Луи, моим очаровательным слабым спутником, и оттачивать мастерство «насыщения парой глотков» — таким образом, чтобы очередная жертва не испытала ничего, кроме легкого головокружения.

Или уединиться в стенах родного дома во Французском квартале и со скоростью, доступной лишь вампирам, прочитывать том за томом исследования по истории и искусству, над которыми я так медленно корпел, когда был смертным.

Меррик бросила на меня сочувственный взгляд и протянула руку, чтобы коснуться меня.

Но я отпрянул, хотя всей душой жаждал этого прикосновения.

— Не стоит отстраняться, друг мой,— сказала она.
Я смущенно промолчал.

— Итак, ты хочешь сказать, что ни ты, ни Луи де Пон-Дю-Лак не дадите мне свою кровь, даже если я буду умолять, и никогда подобная сделка между нами не будет заключена?

— Сделка... Никакой сделки быть не может,— прошептал я.

— И ты никогда не отнимешь у меня жизнь,— сделав очередной глоток, констатировала Меррик.— А именно в этом и состоит суть сделки, как я полагаю. Но ты не доставишь мне тех страданий, на которые обрекаешь других женщин, встречающихся на твоем пути.

Вопрос о тех, кто встречался на моем пути, был слишком болезненным, чтобы я мог найти подходящий ответ. В первый раз с начала нашей встречи я действительно попытался угадать ее мысли, но у меня ничего не вышло. А ведь как вампир я очень преуспел в этом деле. Луи не мог похвастаться такой способностью. Лестат же был среди нас мастером.

Меррик пила теперь не столь торопливо. По мере того как алкоголь постепенно растекался по жилам, глаза ее делались все более блестящими, выражение лица смягчалось, на щеках разгорался румянец, а кожа становилась все более гладкой и сияющей. Словом, выглядела она очаровательно.

А меня вновь охватила холодная дрожь.

Прежде чем прийти в кафе, я насытился, ибо опасался, что аромат крови Меррик затуманит мой разум гораздо сильнее, чем волнение от встречи. Я не лишил жертву жизни, нет, хотя желание сделать это было очень велико. Однако я не совершил убийства и гордился этим. Ради нее я должен был сохранить совесть чистой, хотя, надо признаться, мне становилось все проще «найти негодяя», как однажды выразился, обучая меня охоте, Лестат,— отыскать какого-нибудь бесполезного и жестокого индивидуума и утешить себя иллюзией, что он еще хуже, чем я сам.

— Я пролила столько слез по тебе,— сказала Меррик с большим жаром, чем прежде.— А потом и по Эрону, и по многим вашим ровесникам, один за другим покинувшим нас так внезапно.

Она неожиданно сгорбилась и чуть согнулась, словно от боли.

— Молодежь в Таламаске не знает меня, Дэвид,— быстро добавила она.— Ты ищешь встреч со мной не только ради Луи де Пон-Дю-Лака. Не только ради того, чтобы я вызвала призрак ребенка-вампира. Тебе нужна я, Дэвид. Ты нуждаешься в моем присутствии рядом точно так же, как я нуждаюсь в твоем.

— Ты права по всем статьям, Меррик,— признался я. И тут меня прорвало: — Я люблю тебя, Меррик, люблю тебя так, как любил Эрона и как теперь люблю Луи и Лестата.

Лицо ее исказилось страданием и словно вспыхнуло изнутри.

Я протянул к ней руки, и она крепко сжала их влажными теплыми ладонями.

— Не раскаивайся, что пришел ко мне. Не переживай. Я рада этому. Только обещай, что не струсишь и не бросишь меня без каких-либо объяснений. Не беги от меня в спешке, поддавшись извращенному представлению о чести. Иначе я просто сойду с ума.

— Ты боишься, что я покину тебя так же, как Эрона? — хриплым от волнения голосом проговорил я.— Обещаю, моя драгоценная, что этого не случится. Никогда. Сейчас уже слишком поздно для подобного шага.

— В таком случае я люблю тебя,— объявила она шепотом.— Люблю, как всегда любила. Нет, наверное, даже больше, ведь ты принес с собой это чудо. А как же та душа, что живет теперь внутри тебя?

— О какой душе ты говоришь?

Но она уже погрузилась в глубокую задумчивость и неспешно потягивала ром прямо из бутылки.

Не в силах больше находиться на расстоянии от нее, я медленно встал из-за стола. Меррик, по-прежнему держа мои руки в своих, поднялась следом. Едва мы оказались рядом, я заключил ее в объятия и, ощутив знакомый запах духов, ласково поцеловал в губы, в лоб, а затем крепко прижал ее голову к груди — к тому месту, где билось сердце.

— Слышишь? — прошептал я.— Какая душа там может быть, кроме моей собственной? Изменения коснулись лишь моего тела, но в остальном я тот же.

Меня захлестнуло желание, стремление узнать ее ближе, постичь всю, целиком, вкусить ее кровь. Запах ее духов одурманивал, кружил голову. Но о том, чтобы поддаться слабости, не могло быть и речи.

Я снова поцеловал Меррик. Далеко не безгрешно.

Несколько долгих мгновений мы оставались в объятиях друг друга, и я, помнится, покрыл ее голову легкими поцелуями. Исходивший от Меррик аромат бередил душу, вызывая в памяти череду воспоминаний. Мне хотелось оградить ее от всей мерзости, частью которой, к сожалению, был и я сам.

Наконец Меррик как бы нехотя отстранилась и чуть покачнулась. Чувствовалось, что на ногах она держится не слишком уверенно.

— Никогда прежде ты не касался меня вот так,— едва слышно сказала она.— А ведь я хотела тебя, отчаянно желала близости. Помнишь? Помнишь ту ночь в джунглях, когда мое желание наконец исполнилось? Ты не забыл, каким пьяным и в то же время великолепным был тогда? Как жаль, что все так быстро закончилось.

— Я был глупцом. Правда, такие вещи не запоминаются,— прошептал я.— Впрочем, что бы ни случилось, давай оставим все как есть. Пошли, я забронировал для тебя номер в гостинице и хочу сам проводить тебя туда и убедиться, что ночь ты проведешь в безопасности.

— С какой стати? Моим домом всегда был и остается Оук-Хейвен,— сонно возразила она и тряхнула головой, чтобы слегка взбодриться,— я иду домой.

— Ничего подобного. Ты выпила слишком много рома. Посмотри, в бутылке осталось меньше половины. И я уверен, что ты прикончишь и это, как только сядешь в машину.

— Все тот же джентльмен до мозга костей,— с коротким презрительным смешком заметила Меррик.— И Верховный глава. Можешь проводить меня до моего старого дома здесь, в городе. Тебе отлично известно, где это.

— В такой район? Ни в коем случае! Даже при том, что час еще не слишком поздний. Кроме того, старик смотритель там — бестолковый идиот, хотя очень милый и дружелюбный. Так что, моя драгоценная, я отвезу тебя в гостиницу.

— Глупости! — Меррик сделала шаг и споткнулась.— Я не нуждаюсь ни в каком смотрителе, а просто хочу вернуться в свой старый дом. Ты зануда. И всегда им был.

— А ты ведьма, да к тому же пьяная,— парировал я.— Ну вот, сейчас мы завинтим крышечку на бутылке...— Я сопроводил свои слова действием.— Спрячем бутылку в твою холщовую сумку и отправимся пешком в гостиницу. Держись за меня.

Какое-то мгновение Меррик игриво сопротивлялась, но я продолжал настаивать, и в конце концов она слегка пожала плечами, слабо улыбнулась и, вручив мне сумку, покорно взяла меня под руку.

Не успели мы ступить на тротуар, как, поддавшись порыву, принялись пылко обниматься. Колдовской аромат «Шанель», любимых духов Меррик, словно вернул меня в прошлое, но благоухание текущей по ее венам крови было самым сильным магнитом.

Мои желания превратились в муку. К тому времени, как мы дошли до Рю-Декатер, располагавшейся всего в каких-то полутора кварталах от кафе, стало ясно, что нам понадобится такси. Оказавшись в машине, я осыпал поцелуями лицо и шею Меррик и с наслаждением впитывал в себя запах ее крови и жар тела.

Меррик тоже совершенно потеряла голову. На заданный страстным шепотом вопрос, способен ли я теперь заниматься любовью как обычный мужчина, я ответил отрицательно и добавил, что в любом состоянии, трезвом или пьяном, ей следует помнить о моей новой сущности, о том, что я по своей природе хищник, и не более того.

— Не более того? — переспросила она, прекратив любовные игры, чтобы сделать очередной глоток из бутылки.— А что произошло в джунглях Гватемалы? Отвечай. Ты ведь не забыл. Палатка, деревня и все остальное. Не лги мне, Дэвид. Я знаю, что у тебя внутри. И хочу теперь узнать, каким ты стал.

— Замолчи, Меррик,— сказал я, но не мог больше сдерживаться и при каждом поцелуе начал касаться зубами ее кожи.— То, что произошло в джунглях Гватемалы,— с трудом выдавил я,— было смертным грехом.

Я закрыл ей рот поцелуем, с жадностью втянул в себя ее язык, но сумел сдержаться и даже не поцарапал ее своими острыми зубами. Почувствовав, что она нежно касается моего лба не то мягким шарфом, не то носовым платком, я резко оттолкнул ее руку, опасаясь, что на коже проступили капли кровавого пота.

— Не делай этого.

— Иди ко мне,— шепнула Меррик, вновь возвращаясь к поцелуям.

Я был повержен. Страстное желание не способно было заглушить уверенность в том, что даже несколько капель ее крови могут все изменить: я почувствую себя ее хозяином, а она, несмотря на всю кажущуюся неосведомленность в этом деле, может решить, что стала моей рабой.

Вампиры старшего поколения предупреждали меня о том, что может случиться. А Лестат и Арман заявили совершенно категорично, что «пару глотков» нельзя считать безобидными. Внезапно мною овладела ярость.

Я потянулся к ее затылку и сорвал кожаный беретик с густых каштановых волос. Беретик и длинная булавка отлетели в сторону, а я запустил пальцы в мягкие пряди и снова припал к губам. Она закрыла глаза.

К моему огромному облегчению, вскоре мы подъехали к просторному входу гостиницы «Виндзор-Корт». Прежде чем швейцар помог Меррик выбраться из такси, она успела сделать очередной глоток рома, а потом, как заправский пьяница, прошла по ступеням твердым шагом, хотя до трезвости ей было далеко.

Я проводил ее в заказанный заранее и уже подготовленный номер и усадил на кровать.

Шикарный, наверное лучший в городе, номер был обставлен со вкусом, хотя и без фантазии. Приглушенный свет и обилие цветов, принесенных по моей просьбе, делали его особенно уютным.

Все это, однако, не выходило за рамки обычных условий, создаваемых для агентов Таламаски. Мы никогда не скупились на расходы, если дело касалось членов ордена, которым приходилось много путешествовать.

Я вновь погрузился в воспоминания о прежних встречах с Меррик — они окутали меня словно туманом и бередили душу.

А Меррик, видимо, ничего не замечала. Допив ром, она без лишних церемоний откинулась на подушки и почти мгновенно закрыла огромные, ярко блестевшие зеленые глаза.

Я долго смотрел на нее, в непринужденной позе лежащую на плотном бархатном покрывале с горой подушек в изголовье: легкая белая одежда из хлопка, длинные изящные лодыжки в кожаных сандалетах, похожих на те, что носили в библейские времена, прекрасное во сне лицо с высокими скулами и нежным подбородком.

Я не мог сожалеть о том, что возобновил эту дружбу. Не мог. Но я все время повторял одну и ту же клятву: «Дэвид Тальбот, ты не причинишь вред этому созданию. Меррик найдет выход, знания ей помогут, ее душа одержит победу, как бы низко ни пали я и Луи».

Затем, тщательно обследовав номер и убедившись, что заказанные цветы расставлены как подобает: на журнальном столике в гостиной, на письменном столе, на трюмо,— что в ванной изобилие косметики, а в шкафу висит толстый махровый халат и стоят тапочки, что бар заполнен маленькими бутылочками, а рядом с ними возвышается бутылка рома, купленная мною накануне, я поцеловал Меррик, оставил на тумбочке ключи и ушел.

В коридоре пришлось задержаться на минуту у стола портье, который в обмен на соответствующую мзду заверил, что даму не будут беспокоить, что она может оставаться в гостинице так долго, как сама того захочет, и каждое ее желание будет исполнено.

Я решил прогуляться до нашей квартиры на Рю-Рояль.

Однако в красиво освещенном и несколько суматошном вестибюле гостиницы я вдруг почувствовал слабое головокружение. Мне показалось, будто все взоры, причем отнюдь не доброжелательные, направлены в мою сторону.

Я сразу остановился и принялся шарить по карманам, словно в поисках сигарет, а на самом деле внимательно оглядываясь по сторонам.

Ничего необычного — ни в интерьере холла, ни в заполнявшей его толпе. Тем не менее на улице меня вновь охватило прежнее ощущение: будто все прохожие смотрят на меня и, проникая взглядами сквозь мою смертную оболочку — что, надо заметить, отнюдь не легко,— догадываются, кто я такой и какую угрозу представляю.

Застыв на месте, я вновь огляделся. Ничего подобного не происходило. Напротив, носильщики сердечно улыбались, стоило нам встретиться взглядами.

Я продолжил путь на Рю-Рояль.

И вновь неприятное ощущение повторилось. Хуже того, на этот раз мне показалось, будто меня замечают не только прохожие, что люди подходят к окнам магазинов и ресторанов специально, чтобы поглазеть на меня, а головокружение, которое я испытывал впервые с тех пор, как стал вампиром, только усилилось.

Мне стало весьма не по себе. Я даже подумал, не является ли это результатом такого тесного общения со смертной, ведь я никогда прежде не чувствовал себя таким уязвимым. Благодаря смуглой коже я мог совершенно безнаказанно вращаться в мире смертных. Все мои сверхъестественные черты скрывал темный цвет кожи, а глаза, хоть и блестели чересчур ярко, были черными.

И все же всю дорогу до дома меня не оставляло чувство неловкости, как будто люди украдкой глазеют на меня.

Наконец, когда я оказался в трех кварталах от квартиры, которую мы с Луи и Лестатом делили на троих, я остановился и прислонился спиной к черному металлическому фонарному столбу — совсем как это делал когда-то Лестат.

Оглядев прохожих, я снова успокоился.

Но тут меня что-то перепугало, и я невольно задрожал как осиновый лист. На пороге какого-то магазина стояла Меррик, сложив руки на груди. Она посмотрела на меня немигающим укоризненным взглядом, а потом исчезла.

Разумеется, на самом деле никакой Меррик там не было, но явственность видения наводила ужас.

Позади меня шевельнулась тень. Я неловко обернулся и вновь увидел Меррик. Одетая во все белое, она шла, устремив на меня мрачный взгляд, а потом вдруг исчезла, слившись с тенями, в проеме двери другого магазина.

Я был ошеломлен. Здесь явно пахло колдовством, но как могло оно подействовать на вампира? А ведь я был не простым вампиром, а Дэвидом Тальботом, когда-то жрецом макумбы. Покинув мир смертных, я часто видел призраков и духов и знал, на что они способны. Мне было известно многое и о Меррик, но никогда прежде не доводилось стать свидетелем или объектом подобного колдовства.

В такси, проехавшем по Рю-Рояль, тоже сидела Меррик и пристально смотрела на меня. Прекрасные волосы были распущены — совсем так, как в отеле, где я ее оставил.

А когда я обернулся, совершенно уверенный, что она стоит за спиной, то увидел ее фигуру на балконе.

Вид у Меррик был грозный. Я задрожал. Как глупо! И как все это мне не нравилось.

Я не сводил глаз с фигуры на балконе. Ничто не могло бы заставить меня сойти с этого места. Фигура поблекла и растаяла. Улица вокруг неожиданно опустела, хотя на самом деле повсюду было полно туристов, и с соседней Рю-Бурбон до меня доносилась музыка. До сих пор я ни разу не видел столько цветов, усыпавших бутонами кружевные железные решетки, и столько великолепных лиан, карабкавшихся по выветренным фасадам и старым оштукатуренным стенам.

Заинтригованный и злой, я вернулся на Рю-Сент-Анн, чтобы взглянуть на кафе, из которого мы только что вышли. Как я и ожидал, там было множество посетителей, так что немощный официант не знал покоя.

А посреди зала сидела Меррик в пышной белой юбке, стоявшей колом, словно сшитой из картона. В следующий миг и это видение, разумеется, исчезло.

Но самое главное, в кафе теперь буквально яблоку было негде упасть. Так должно было быть и в момент нашей с Меррик встречи. Интересно, как ей удалось избавиться от посетителей? И что она теперь делает?

Я пошел обратно. Осыпанное тусклыми звездами небо над головой было типично южным — синим.

Отовсюду слышались смех и веселые разговоры. Вот она, реальность: теплый весенний вечер в Новом Орлеане, когда тротуар кажется мягким под ногами, а звуки, долетающие до ушей, сладостны и приятны.

И все же мне опять показалось, что все вокруг смотрят на меня. Особенно не скрывала этого парочка, переходящая улицу на углу. А затем я увидел вдалеке Меррик и на этот раз отчетливо различил на ее лице выражение злорадства, словно она радуется моему смятению.

Я тихо охнул, когда видение исчезло.

— Как она это проделывает, вот что непонятно! — вслух пробормотал я.— И зачем ей это понадобилось?

Я быстро направился к дому, не зная еще, войду ли я в него, когда вокруг меня творится такая чертовщина, но стоило мне приблизиться к нашей подъездной аллее, которая начиналась за большими арочными воротами, обрамленными кирпичной кладкой, как я увидел самое страшное видение из всех.

За решетчатыми створками ворот стояла Меррик из далекого прошлого: девочка в коротеньком сиреневом платьице. Слегка наклонив голову набок, она слушала, что нашептывает ей на ухо пожилая женщина, и кивала в ответ. А в пожилой женщине я безошибочно узнал давно умершую бабушку Меррик, Большую Нанэнн.

Тонкие губы Большой Нанэнн кривились в едва заметной улыбке, и она тоже кивала в такт своим словам.

Присутствие Большой Нанэнн всколыхнуло в моей душе воспоминания и забытые чувства. Я испытал ужас, затем гнев, но постарался взять себя в руки.

— Не исчезайте, не уходите,— закричал я, метнувшись к воротам.

Но фигуры растворились в воздухе, словно зрение отказало, глаза потеряли фокус.

Терпение мое лопнуло. Окна нашего дома светились, изнутри доносились очаровательные звуки клавесина — Моцарт, если я не ошибся. Наверняка это Лестат включил плеер возле своей кровати с балдахином на четырех столбиках. Значит, сегодня вечером он почтил нас своим визитом и, как обычно, будет молча лежать и слушать записи до самого рассвета.

Мне отчаянно хотелось подняться к себе, насладиться музыкой и с ее помощью успокоить нервы, увидеть Лестата, позаботиться о нем, а потом найти Луи и рассказать ему обо всем, что произошло.

Однако для всего этого еще не настало время. Я не мог войти в собственный дом «в заколдованном состоянии» — следовало немедленно вернуться в гостиницу и разрушить чары, что называется, на корню.

Я поспешил на Рю-Декатер, поймал такси и поклялся себе никуда и ни на кого не смотреть до встречи с Меррик. С каждой минутой мое настроение делалось все более суровым.

Где-то в глубине сознания зазвучали заклинания-обереги, призывавшие духов защитить меня, а не пугать. Впрочем, я мало верил в древние слова, зато до сих пор хранил в памяти воспоминания о том, сколь мощным даром обладала Меррик.

Взлетев по лестнице, я вставил ключ в дверь номера и, едва перешагнув порог, увидел мерцание свечи и вдохнул очень приятный аромат, еще раз напомнивший о прежней Меррик,— аромат флоридской воды, благоухающий запахом свежеразрезанных апельсинов, любимым запахом богини вуду Эзили и носящей то же имя богини культа кандомбле.

Что касается свечи, то она стояла на крышке красивого сундука как раз напротив двери.

Это был манящий свет, лившийся наружу из глубокого стакана, позади которого стояла и смотрела в самую его сердцевину прекрасная гипсовая фигурка святого Петра с золотыми ключами от Царства Небесного — скульптура высотой примерно в полтора фута, изображавшая Петра темнокожим, со светложелтыми стеклянными глазами, одетым в мягкие зеленые одежды, расшитые золотом, и в пурпурную накидку с еще более затейливым золотым узором. В руках святой держал не только всем известные ключи от рая, но и большую книгу.

От потрясения волосы у меня на затылке встали дыбом.

Конечно, я сразу понял, что эта скульптура символизирует не только святого Петра, а еще и Папу Легбу, бога-посредника, бога, открывающего духовные царства, дабы посредством колдовства ты мог добиться успеха.

Прежде чем начинать заклинания, молитву или жертвоприношение, следует воздать должное Папе Легбе. И тот, кто ваял эту скульптуру, разбирался в подобных вещах. Как еще объяснить намеренно темный цвет кожи святого, который теперь казался персонажем какой-то колдовской книги? В культе кандомбле у него был помощник, к которому я раньше очень часто обращался. Бог по имени Эшу*. В любом храме кандомбле ритуальные церемонии начинались с приветствия Эшу.

Глядя на статуэтку и свечу, я вспомнил даже запах бразильских храмов с утоптанными земляными полами. Услышал гул барабанов. Уловил запах блюд, разложенных в качестве подношения. Ко мне вернулись все ощущения из прошлого.

---

* Эшу — персонаж афро-бразильской мифологии; злой демон.

Вернулось также еще одно воспоминание: о Меррик.

— Папа Легба,— громко прошептал я, после чего слегка склонил голову и почувствовал, как кровь прилила к лицу.— Эшу,— также шепотом обратился я к другому божеству.— Пусть вас не обидит то, что я здесь делаю.

Я произнес короткую молитву, более привычно звучащую на давно знакомом мне португальском, и попросил не лишать меня доступа в только что открытое царство, ведь я относился к богам кандомбле с неменьшим уважением, чем Меррик.

Фигурка, разумеется, осталась неподвижной, светлые стеклянные глаза смотрели прямо на меня, но до сих пор мне редко выпадало лицезреть что-то, столь непостижимым и необъяснимым образом казавшееся живым.

«Наверное, я схожу с ума»,— мелькнуло в голове.

Но разве не затем я пришел к Меррик, чтобы попросить ее прибегнуть к колдовству? И разве я плохо знаю Меррик? Впрочем, я никак не ожидал стать свидетелем подобных трюков!

Я снова вспомнил храм в Бразилии, где провел несколько месяцев, запоминая, какие листья можно подносить в дар божествам, слушая легенды и, наконец, спустя месяцы и месяцы мучительных тренировок танцуя вместе со всеми по часовой стрелке и приветствуя каждое божество особым жестом или танцевальным па. Такие танцы продолжались до тех пор, пока на их участников не снизойдет исступление и они не почувствуют, что божество входит в них, овладевает их душой... А потом наступало пробуждение и человека охватывало восхитительное чувство полного изнеможения... В памяти не оставалось абсолютно никаких воспоминаний о вселившемся в него на короткое время божестве, и потому приходилось полагаться на рассказы очевидцев.

Да, конечно... Разве мы не этим здесь занимались — разве не взывали к тем же старым духам? А Меррик лучше других знала все мои сильные и слабые стороны.

Мне долго не удавалось оторвать взгляд от лица святого Петра, но наконец я все-таки сумел это сделать.

Я попятился, как делает это любой покидающий святое место, и бесшумно метнулся в спальню.

И снова вдохнул явственный цитрусовый аромат флоридской воды, смешанный с запахом рома.

Куда подевались ее любимые духи, «Шанель № 22»? Неужели она перестала ими пользоваться? Запах флоридской воды был очень силен.

Меррик лежала на кровати, погруженная в сон.

Похоже, за последний час она даже не шелохнулась. Меня поразило в эту секунду сходство ее наряда — белой блузки и юбки — с классическим одеянием жриц кандомбле. Для полноты картины не хватало только тюрбана на голове.

Рядом с ней на столике стояла початая бутылка рома, опустошенная примерно на треть. Все остальное на первый взгляд оставалось по-прежнему. Запах ощущался очень явственно: это означало, скорее всего, что она специально распылила жидкость в комнате, чтобы умилостивить бога.

Во сне Меррик выглядела идеально, словно вновь превратилась в маленькую девочку. Меня поразила мысль, что, преврати я ее в вампира, это безукоризненное лицо сохранится таким навеки.

Мною овладели страх и омерзение. И впервые за многие годы я вдруг осознал, что способен без чьей-либо посторонней помощи наделить магической силой вампира кого угодно, будь то она или кто-либо другой. И впервые я понял, насколько чудовищен соблазн.

Разумеется, ничего подобного с Меррик не произойдет. Ведь она мое дитя. Она моя... дочь.

— Меррик, просыпайся! — резко произнес я, тронув ее за плечо.— Изволь объяснить мне эти видения. Просыпайся!

Никакой реакции. Она казалась мертвецки пьяной.

— Меррик, просыпайся! — повторил я очень сердито и приподнял ее за плечи обеими руками, но голова запрокинулась назад.

Моих ноздрей коснулся запах «Шанель». Как я любил этот аромат!

При виде ее груди, открывшейся в низком вырезе блузки, меня сковала такая боль, что я разжал пальцы, и Меррик рухнула обратно на подушки.

— Зачем ты проделывала эти трюки? — обратился я к неподвижному телу красивой женщины, лежавшей передо мной на кровати.— Что ты хотела сказать? Неужели ты думаешь, что меня можно отпугнуть таким образом?

Но взывать к ней было бесполезно. Меррик не притворялась. Она действительно вырубилась. Я не смог уловить ни одной ее мысли — ни явной, ни подспудной. Быстро осмотрев миниатюрный бар, я увидел, что за время моего отсутствия она успела прикончить пару маленьких бутылочек джина.

— Как это на тебя похоже, Меррик! — воскликнул я в сердцах.

В прошлом она часто пила без меры. После многомесячной кропотливой исследовательской работы дома или в поездках Меррик вдруг объявляла, что «отправляется на Луну», запасалась спиртным и, скрываясь от всех, пила по нескольку дней кряду. Предпочтение она отдавала сладким и пряным напиткам:

рому из сахарного тростника, абрикосовому бренди, ликерам...

В такие периоды она была очень задумчива, много пела, танцевала, что-то записывала и требовала, чтобы ее оставили в покое. Если ее никто не тревожил, все обходилось без проблем, но любое вмешательство, малейшее возражение могли вызвать истерику, тошноту, дезориентацию в обстановке, за которыми следовала отчаянная попытка обрести трезвость сознания и в довершение всего — чувство вины. Но такое случалось редко. Обычно запой продолжался примерно неделю, и все это время ее никто не беспокоил. И в конце концов однажды утром она просыпалась, заказывала завтрак с крепким кофе и через пару часов возвращалась к работе — до следующих маленьких каникул, которые наступали где-то через полгода или чуть больше.

Если же Меррик случалось оказаться на каком-нибудь приеме, то напивалась она там до беспамятства, смешивая самым невероятным образом ром и сладкие ликеры. Она никогда не умела пить умеренно и не желала сдерживать собственные аппетиты. Когда в Обители давали большой обед, что случалось довольно часто, она либо совершенно отказывалась от напитков, либо поглощала их в огромных количествах, пока не отключалась. Алкоголь возбуждал ее и делал нетерпеливой.

Вот и теперь она лежала на кровати, напившись до бесчувствия. А если бы мне и удалось разбудить ее, то дело наверняка закончилось бы пьяной перебранкой.

Я снова вышел в другую комнату, чтобы посмотреть на святого Петра, или Папу Легбу, на самодельном колдовском алтаре. Я чувствовал, что должен справиться со своим страхом перед этим идолом.

На этот раз, взглянув на статуэтку, я остолбенел. Под скульптурой и свечой был расстелен мой носовой платок, а рядом лежало мое старое вечное перо! В прошлый раз я их даже не заметил.

— Меррик! — в ярости воскликнул я.

Разве, когда мы ехали в машине, она не вытерла мне лоб? Я злобно взглянул на носовой платок. И точно: на нем оказались крошечные следы крови — пот с моего лба! Он понадобился ей для колдовства.

— Ах вот как! Мало того, что ты завладела моим платком, тебе еще нужна и моя кровавая испарина.

Решительным шагом я вернулся в спальню и, заранее готовый к скандалу, предпринял очередную, весьма бесцеремонную, попытку вывести Меррик из ступора. Но все мои усилия пропали втуне. Тогда я вновь уложил ее на подушки, нежно убрал с лица пряди волос и, несмотря на весь свой гнев, невольно залюбовался безмятежной красотой: кремовая загорелая кожа гладко обтягивала красивые скулы, длинные ресницы отбрасывали на них крошечные тени, не тронутые помадой губы были яркими.

Я снял с нее кожаные сандалеты и поставил рядом с кроватью. Но это был всего лишь предлог, чтобы коснуться ее, а вовсе не жест благородства.

Затем, отойдя от кровати и изредка поглядывая на алтарь в гостиной, я стал искать ее сумку.

Она лежала на одном из стульев, раскрытая, и внутри виднелся пухлый конверт, надписанный рукой Эрона — ошибиться я не мог.

«Что ж,— решил я,— она ведь украла у меня платок и ручку. Завладела моей кровью, которая никогда не должна попасть в руки агентов Таламаски. Да, конечно, она это делала не для ордена, а исключительно ради своей цели, ради колдовства, но все равно, как ни суди, это была кража. А я-то целовал ее всю дорогу в машине!»

Поэтому у меня было полное право ознакомиться с содержимым конверта. К тому же она сама спрашивала, нужны ли мне эти бумаги, а значит, хотела мне их отдать. Ну так я их возьму.

Я тут же выхватил конверт, открыл его и, убедившись в том, что это записи Эрона обо мне и о том, что со мной приключилось, решил взять бумаги с собой. Что до остального содержимого сумки, то там лежал дневник Меррик, дневник, читать который у меня не было никакого права (скорее всего, она использовала сложнейший французский шифр), пистолет с перламутровой ручкой, бумажник, набитый деньгами, дорогая сигара с этикеткой «Монте Кристо» и маленький флакончик одеколона «Флоридская вода».

Сигара заставила меня призадуматься. Разумеется, она приготовила ее не для себя. Сигара предназначалась для маленького Папы Легбы. Она привезла с собой статуэтку, «Флоридскую воду» и сигару — значит, заранее готовилась к колдовству. Да, поведение Меррик вывело меня из равновесия, но разве мог я ей помешать?

Я вернулся в гостиную и, стараясь не смотреть на статуэтку, которая казалась живой, схватил с импровизированного алтаря свое вечное перо, нашел в среднем ящике богато украшенного французского письменного стола почтовую бумагу с логотипом гостиницы, сел и написал записку:

«Что ж, моя дорогая, тебе удалось произвести впечатление. Со времени нашей последней встречи ты научилась многим новым трюкам. Однако я требую объяснить, зачем тебе понадобилось колдовать.

Я забрал бумаги Эрона. А также свой носовой пла-
ток и вечное перо. Можешь оставаться в гостинице,
сколько тебе заблагорассудится.

Дэвид».

Послание получилось коротким, но после всего пе-
режитого меня не тянуло на многословие. А кроме того, во мне росло неприятное чувство, что Папа Легба
сердито смотрит на меня со своего разоренного алтаря. В приступе раздражения я добавил постскриптум:

«Эту ручку мне подарил Эрон!»

Вот теперь было сказано все.

С тревожным чувством я вернулся к алтарю и обратился с приветствием и молитвой к духу статуи —
к тому, кто открывал врата Царства Небесного,— сначала на португальском, а затем на латыни. «Позволь
мне во всем разобраться,— молился я,— и не воспри-
нимай как оскорбление мои поступки, ведь я стремлюсь только к знанию и не хочу выказать неуваже-
ние. Не сомневайся в том, что я признаю твою силу.
Будь уверен в моей искренности».

После этого я обратился к своей памяти не только
за фактами, но и за ощущениями и сказал духу, за-
ключенному в статуе, что я предан богу по имени Ошала*, создателю, объяснил, что по-своему всегда был верен этому божеству, хотя и не соблюдал всех мелочей,
которые другие считают обязательными. И все же я
любил этого бога, любил его истории, его личность,
любил все, что мне было о нем известно.

В душе моей зародилось, однако, дурное предчув-
ствие. Разве может пьющий кровь быть верен богу-

_____
* Ошала — языческое двуполое существо.

создателю? Разве сам факт насыщения кровью не является грехом против Ошала? Я задумался, но не отступил. Точно так же, как и много-много лет назад в Рио-де-Жанейро, все мои чувства и помыслы были обращены к Ошала. Бог-создатель принадлежал мне, а я — ему.

— Защити нас от наших же поступков,— шептал я.

Затем, призвав остатки решимости, я задул свечу, приподнял статуэтку, забрал свой платок, осторожно поставил фигурку на место и со словами: «До свидания, Папа Легба» — собрался было покинуть номер.

Я уже повернулся спиной к алтарю и лицом к двери, ведущей в коридор, но не смог пошевелиться. Точнее, меня охватила уверенность, что шевелиться не следует.

Постепенно все мысли покинули меня. Сосредоточившись лишь на своих физических ощущениях, я бросил взгляд на дверь, ведущую в спальню.

Там стояла, держась за ручку двери, сморщенная старуха. Разумеется, это была Большая Нанэнн. Она смотрела на меня, слегка наклонив голову набок, шевеля безгубым ртом, словно шептала что-то себе или кому-то невидимому.

Я шумно вздохнул и уставился на нее в ответ. Это крошечное видение, маленькая старушонка, глядевшая прямо на меня, не проявляла никаких признаков слабости. На ней была ночная фланелевая рубаха в редкий цветочек, сплошь в пятнах кофе — а может быть, и засохшей крови. Мне начало казаться, что с каждой секундой ее образ приобретает все больше деталей, становится все реальнее.

Босые ноги, ногти на ногах цвета пожелтевшей кости. Седая шевелюра, теперь четко видная, словно на нее направили луч света. Я даже разглядел вены на ее висках и тыльной стороне безвольно висевшей руки.

Так обычно выглядят только очень глубокие старики. Ну и, конечно, возникшее передо мной видение в точности совпадало с тем, что я видел чуть раньше на подъездной аллее. И точно такой же Большая Нанэнн была в день своей смерти. В той же рубашке. И даже пятна на ткани были теми же.

Не в силах оторвать взгляд от призрака, не в состоянии даже пальцем пошевелить, я весь покрылся потом и смог лишь проговорить шепотом:

— Думаешь, я смогу причинить ей вред?

Видение оставалось прежним. Маленький рот продолжал шевелиться, но я слышал лишь едва уловимый шепот, какой разносится по церкви, когда какая-нибудь старуха читает молитвы, перебирая четки.

— Ты полагаешь, я задумал что-то недоброе? — задал я еще один вопрос.

Фигура исчезла. Она давно исчезла. Я разговаривал с пустотой.

Я резко обернулся и в отчаянии взглянул на статую святого. Обычная гипсовая скульптура, не более. Я всерьез подумывал, не разбить ли ее, но мой мозг никак не мог отделить подлинные желания от гипотетических.

И вдруг раздался оглушительный стук в дверь.

Во всяком случае, мне он показался оглушительным. Хотя, подозреваю, стучали не очень громко.

Я безмерно перепугался и, не думая уже ни о чем, резко распахнул дверь и гаркнул:

— Какого черта вам здесь нужно?

К моему изумлению, я увидел перед собой одного из служащих гостиницы, который, естественно, не мог и предположить, что происходило в номере, а потому безмерно удивился моей реакции.

— Ничего, сэр, прошу меня простить.— Речь его отличалась характерной для южан неторопливостью.— Это просили передать даме.— С этими словами служащий протянул мне обыкновенный маленький белый конверт.

— Так, сейчас, минутку,— сказал я и, порывшись в кармане, достал десятидолларовую бумажку. Я всегда припасал несколько банкнот для таких случаев.

Посыльный, насколько я мог судить, остался доволен.

Я закрыл дверь. В конверте оказался кожаный беретик, который я так беспечно снял с Меррик в такси. Кожаный овальчик и длинная, обтянутая кожей булавка, с помощью которой прикрепляли берет к прическе.

Меня охватила дрожь. Все это было ужасно.

Каким образом берет оказался здесь? Невозможно, чтобы шофер такси привез его в гостиницу. Впрочем, откуда мне знать? Когда все случилось, помнится, я сознавал, что следует поднять берет и сунуть в карман, но вообразил тогда, что околдован.

Я подошел к алтарю, выложил берет перед Папой Легбой, тщательно избегая смотреть ему в глаза, затем покинул номер, спустился по лестнице в холл и вышел из гостиницы.

На этот раз я поклялся ничего не замечать, ничего не искать, а идти прямо домой.

Если по дороге мне и попадались привидения, я их не видел, так как не отрывал взгляда от земли и передвигался очень быстро, но так, чтобы не вызвать подозрения среди смертных. Прошагав по всей подъездной аллее, я повернул во двор и поднялся по железным ступеням.

В квартире было темно, чего я никак не ожидал, и Луи не оказалось ни в гостиной, ни в его комнате, ни в задней половине дома. Что касается Лестата, дверь в его комнату была закрыта, а звуки клавесина исходили словно бы из самих стен — какая-то очень быстрая и красивая мелодия.

Я зажег все лампы в передней гостиной и устроился на диване с бумагами Эрона, сказав себе, что самое важное сейчас — прочесть записки друга.

Бесполезно было думать о Меррик, о ее заклинаниях и духах, и совсем уж никуда не годилось размышлять о старухе со сморщенным лицом, беспрерывно что-то бормотавшей.

Что касается мыслей о божестве Ошала, то они источали один лишь черный цвет. Те годы, что я провел когда-то в Рио, были заполнены самоотверженной преданностью богам кандомбле и безоглядной верой — насколько я, Дэвид Тальбот, мог вообще во что-то верить. Я отдался этой религии со всей страстью, на какую только был способен, стал последователем Ошала, его служителем. И дотошно исполнял все его заповеди. Он часто завладевал моей душой, хотя впоследствии я почти не помнил, как впадал в транс.

Но все это продолжалось недолго и явилось, так сказать, неким отклонением от основной линии моей жизни, своеобразным интермеццо. В конце концов, я ведь был британским исследователем и всегда им оставался. А когда я вступил в Таламаску, власть Ошала или другого божества надо мной потеряла всякую силу. Тем не менее сейчас я пребывал в смятении, терзаясь чувством вины. Как я мог заявиться к Меррик с просьбой о проведении колдовского обряда, как посмел вообразить, будто сумею контролировать происходящее! Первый же вечер лишил меня всяких амбиций.

Однако мне следовало собраться с мыслями.

«Я обязан ради Эрона, моего старого друга, немедленно взять себя в руки и заняться его бумагами. Все остальное подождет»,— уверял я себя.

Но я с нетерпением ожидал прихода Луи: мне никак не удавалось избавиться от воспоминания о старухе и хотелось обсудить с ним происшедшее. Луи обязательно должен был понять, что значит иметь дело с Меррик, но где он мог быть в этот час, я не представлял.

Клавесин дарил покой: музыка Моцарта, независимо от жанра сочинения, неизменно способствует обретению душевного равновесия. И все же я не находил себе места в этих теплых комнатах, где привык проводить многие часы покоя — один, с Луи или с Луи и Лестатом.

«Хватит! — приказал я себе.— Не нужно обращать внимание на мелочи».

Настало самое подходящее время, чтобы ознакомиться с записками Эрона.

Я снял пиджак, уселся за большой письменный стол, удобно расположенный так, чтобы не выпускать из поля зрения всю комнату (никто из нас не любил работать, глядя на пустую стену), открыл конверт и вынул бумаги, которые предстояло прочесть.

Их было совсем немного. Быстро просмотрев листы, я убедился, что Меррик в полной мере изложила мне предсмертные мысли Эрона. Но несмотря ни на что, я был обязан прочесть эти записи, каждое слово.

Уже через несколько секунд я совершенно забыл о себе, и в голове у меня зазвучал знакомый голос: Эрон говорил по-английски, хотя текст, лежавший передо мной, был выполнен на латыни. Казалось, будто Эрон находится рядом, просматривает вместе со мной страницы, зачитывает мне свой отчет, чтобы я мог его прокомментировать, прежде чем он отошлет бумаги старшинам.

Эрон описал, как приехал во Флориду и нашел состарившееся тело своего друга Дэвида Тальбота мертвым и нуждающимся в захоронении, в то время как душа Дэвида была надежно спрятана в теле незнакомого молодого человека — юноши англо-индийского происхождения, больше шести футов ростом, с волнистыми темно-каштановыми волосами, бронзового цвета кожей и невероятно большими темно-карими глазами, в которых сквозила печаль. Он отличался отменным здоровьем и физической формой, обладал острым слухом и спокойным нравом. Казалось, в его теле обитает только одна-единственная душа — душа Дэвида Тальбота.

Далее Эрон описывал дни, проведенные нами в Майами, когда душа моя часто покидала новое тело, а потом вновь возвращалась в него, не встречая при этом сопротивления со стороны каких-то известных или неизвестных сил.

Наконец, спустя примерно месяц таких экспериментов, я убедился, что могу остаться в этом молодом теле, и решил узнать как можно больше о той душе, что обитала в нем до меня.

Эти подробности я здесь опущу, так как они относятся к лицам, никоим образом не связанным с данным повествованием. Достаточно сказать, что мы с Эроном убедились в одном: душа, некогда правившая моим новым телом, окончательно его покинула. Больничные записи, относящиеся к последним месяцам существования этой души на земле, более чем ясно подтвердили, что «разум» этого человека пострадал в результате психологических катастроф и под действием некоторых лекарств, которые он принимал, хотя никакого вреда клеткам мозга эти средства не причинили.

Я, Дэвид Тальбот, полностью владея чужим телом, не почувствовал никакой патологии мозга его прежнего обитателя.

Эрон подробнейшим образом все это описал, не забыв упомянуть, какую неловкость я испытывал первые несколько дней из-за непривычно высокого роста и как на его глазах это «странное тело» постепенно «становилось» его старым другом Дэвидом, по мере того как я обретал старые привычки: закидывать ногу за ногу, сидя на стуле, или складывать руки на груди, или сутулиться над письменным столом, или одному мне свойственным образом держать книгу.

Эрон отметил, что острота зрения новых глаз явилась для Тальбота великим благом, так как в последние годы жизни Дэвид совсем плохо видел. Боже, как он был прав, а ведь тогда об этом даже я не подумал! Теперь, разумеется, я видел как вампир и уже не припоминал того перехода к хорошему зрению во время моей короткой фаустовской юности.

Эрон откровенно написал, что полный отчет об этом эксперименте не должен попасть в открытые для всеобщего сведения архивы Таламаски.

«Переселение Дэвида в другое тело,— писал он недвусмысленно,— ясно показывает, что такой эксперимент вполне осуществим, если его проводят умело. Мой ужас вызывает не то, что Дэвид завладел прекрасным молодым телом, а то, каким образом это тело было украдено у его хозяина персоной, которую мы теперь станем называть Похитителем Тел, для недобрых целей самого вора».

Далее Эрон писал, что попытается передать эти бумаги непосредственно старшинам Таламаски.

Очевидно, что трагедия не позволила осуществить его намерения.

Стиль завершающих трех страниц, озаглавленных «Исчезновение Дэвида», был чуть более официальным и отличался особой осторожностью, смешанной с печалью. Лестат упоминался там только как «ВЛ».

Эрон описал, как я исчез на острове Барбадос, не оставив никакой записки, бросив чемоданы, пишущую машинку, книги и бумаги, которые ему, Эрону, пришлось забрать.

Как, должно быть, ужасно чувствовал себя Эрон, собирая мои вещи и не обнаружив ни слова извинения!

«Не будь я так поглощен делами Мэйфейрских ведьм,— писал он,— скорее всего, это исчезновение вообще бы не произошло. Мне следовало бы проявить больше внимания к Д. во время его переселения в другое тело. Следовало бы окружить его большей любовью и таким образом завоевать его полное доверие. Но теперь мне остается только строить догадки о том, что с ним произошло, и, боюсь, он пережил ужасную по своим последствиям духовную катастрофу.

Несомненно, он еще свяжется со мной. Я слишком хорошо его знаю, чтобы думать иначе. Он при-

дет. Непременно придет, каким бы ни было ныне состояние его души, а о том, каково оно, я даже не берусь судить. Да, он придет — хотя бы ради того, чтобы подарить мне покой».

Мне так больно было читать эти строки, что я прервался и отложил страницы в сторону. Несколько минут я мог думать только о своей неудаче — ужасной, жестокой неудаче.

Но оставались еще две страницы. Наконец я взял их в руки и прочел последние записи Эрона:

«Как бы мне хотелось обратиться за помощью непосредственно к старшинам. Как бы мне хотелось после стольких лет служения Таламаске полностью доверять ордену и авторитету старшин. Однако нашу организацию, насколько я знаю, составляют смертные мужчины и женщины, не чуждые ошибок. И я не могу обратиться ни к одному из них, не предоставив им тех знаний, которыми не хочу делиться.

Последние месяцы Таламаска переживает множество внутренних бед. До тех пор пока не будет решен вопрос о личностях старшин и возможности связаться с ними, этот отчет должен оставаться в моих руках.

Тем временем ничто не может поколебать мою веру в Д. — как в него самого, так и в его добродетель. Если Таламаски и коснулось разложение, оно не повлияло на Дэвида и на многих таких, как он. И хотя сам я пока не могу довериться кому-либо, мне отрадно думать, что однажды это сделает Дэвид. Пусть он откроется им, если не мне.

Моя вера в Дэвида так велика, что иногда разум играет со мной странные шутки: мне кажется, буд-

то я вижу его, хотя вскоре понимаю, что ошибся. Вечерами я ищу своего друга в толпе. Я вернулся в Майами специально, чтобы отыскать его. Я не раз взывал к нему телепатически. И нисколько не сомневаюсь, что однажды, очень скоро, Дэвид откликнется хотя бы для того, чтобы попрощаться».

Меня сковала сокрушительная боль. Шли минуты, а я ничего не делал, придавленный грузом несправедливости, совершенной по отношению к Эрону.

Наконец я через силу заставил себя пошевелиться, аккуратно сложил записи, вернул их в конверт, а потом оперся локтями на стол, склонил голову и долго оставался неподвижен.

Клавесин давно замолк, и, несмотря на всю свою любовь к этой музыке, я понял, что она все-таки мешала мне размышлять, и теперь наслаждался тишиной.

Ничто не изменилось: я по-прежнему испытывал горькую печаль, во мне так и не пробудилась надежда. Смерть Эрона представилась такой же реальной, как когда-то его жизнь. И жизнь и смерть его сейчас виделись как истинное чудо.

Что касается Таламаски, то я знал, что она залечит свои раны и без моей помощи. За орден я не беспокоился, хотя Эрон совершенно справедливо с подозрением относился к старшинам, до того как окончательно убедился в подлинности их лиц и полномочиях.

Когда я покинул орден, вопрос о том, кто же они такие на самом деле, как раз жарко обсуждался. Где хранятся тайны, там всегда найдется место предательству и подлости. Убийство Эрона стало частью этого предательства. Знаменитый Похититель Тел, ввергший в соблазн Лестата, когда-то был одним из наших агентов.

А старшины? Неужели и их коснулось предательство? Я так не думал. Таламаска была древней и очень серьезной организацией, изучавшей вопросы вечности. Ученые-историки, служившие в ней, никогда не спешили с выводами. Но теперь дорога в орден была для меня закрыта. Смертным агентам предстояло преобразовать орден, очистить его от всего недостойного, и начало этому было положено в прошлом. Но я ничем не мог им помочь.

Насколько мне стало известно, Таламаска преодолела внутренние противоречия. Насколько успешно и с чьей помощью — я не знал, да и не хотел знать.

Знал я лишь одно: те, кого я любил, в их числе и Меррик, не конфликтовали с орденом, хотя мне и казалось, что она, а также некоторые другие агенты, за которыми я время от времени наблюдал в других городах, имели более реалистичное представление об организации и ее проблемах, чем некогда я.

Ну и, разумеется, наш разговор с Меррик следовало сохранить в тайне.

Но как мне разделить тайну с ведьмой, которая так быстро и легко наслала на меня свои чары? Воспоминание о ее поступке вновь привело меня в раздражение. Надо было унести с собой статуэтку святого Петра. Это послужило бы ей уроком.

Но какова была цель Меррик — продемонстрировать мне свою силу, дать понять, что такие жалкие существа, как мы с Луи, полностью подвластны ее чарам, или доказать, что наши намерения отнюдь не безобидны?

Внезапно меня охватила сонливость. Я уже упоминал, что насытился перед встречей с Меррик. И тем не менее, распаленный прикосновениями к ней, но еще больше собственными фантазиями, я жаждал новой порции крови. Борьба с самим собой, скорбь по

Эрону, который слег в могилу, не услышав от меня ни слова утешения, утомили мой разум.

Едва я собрался прилечь на диван, как до меня долетели давно знакомые и очень приятные звуки, которых мне давно уже не доводилось слышать. Это пела канарейка. Я слышал, как она трепещет крылышками, как позвякивает и поскрипывает подвешенная к кольцу клетка и звенит маленькая трапеция (или как она там называется?).

И вновь заиграл клавесин — темп музыки был очень быстрый, гораздо быстрее того, что может выдержать человеческое ухо. Это были душераздирающие, сводящие с ума аккорды, полные магии, словно у клавиатуры сидело сверхъестественное существо.

Я тут же понял, что Лестата нет в квартире и не было с самого начала, а эти звуки — музыка и тихий птичий гвалт — доносятся вовсе не из его закрытой комнаты.

Тем не менее я должен был удостовериться.

Всесильный Лестат умел скрывать свое присутствие, а мне, связанному с ним одной кровью, были недоступны его мысли.

Я с трудом поднялся, как в полусне, поражаясь собственному бессилию, и направился по коридору в его комнату. Постучался, подождал, сколько требовали приличия, и распахнул дверь.

Все было так, как и следовало ожидать: посреди спальни стояла массивная кровать из красного дерева, с пыльным балдахином на четырех столбиках, с гирляндами из роз и пологом из темно-красного бархата, неизменно любимого Лестатом. Пыль густым слоем покрывала прикроватный столик, бюро и книги на полках. Никакой звукопроигрывающей аппаратуры в комнате я не увидел.

Я повернулся, намереваясь было перейти в гостиную и написать обо всем в своем дневнике (если, конечно, сумею его найти), но почувствовал, что прежде всего мне необходимо выспаться. Однако мне не давали покоя музыка и птичье пение. Что-то особенно меня поразило. Но что? Несколько десятков лет тому назад в одном из своих отчетов Джесс Ривз писала о том, что в руинах этого самого дома ее преследует пение птиц.

— Значит, началось,— прошептал я, одолеваемый удивительной слабостью.

Я подумал, что Лестат, наверное, не будет слишком возражать, если я ненадолго прилягу на его ложе. Может быть, он вернется еще сегодня вечером. Мы ведь никогда не знаем о его передвижении. Наверное, все-таки не стоило мне укладываться на кровать. Несмотря на полусонное состояние, я размахивал правой рукой в такт музыке. Я знал эту сонату Моцарта — прелестное произведение, первое из написанных мальчиком-гением, превосходная вещица. Не удивительно, что птицы так радовались: должно быть, эти звуки были им сродни. Но отчего же исполнитель, пусть даже самый выдающийся, так безудержно торопится?

Я вышел из комнаты, чувствуя себя так, словно двигался в воде, и отправился на поиски собственной комнаты, где стояла моя кровать, вполне удобная, а потом вдруг мне показалось более важным отыскать свой гроб, в котором я прятался, потому что не в состоянии был бодрствовать до самого рассвета.

— Да, сейчас самое важное — уйти отсюда,— вслух произнес я, но не расслышал собственного голоса, заглушенного раскатистыми, стремительными аккордами.

Тут я, к своему несчастью, понял, что попал в заднюю гостиную, выходящую окнами во двор, и теперь сижу там на диване.

Рядом со мной был Луи. Между прочим, это он помог мне устроиться на диване. Луи спрашивал меня, что случилось.

Я поднял на него взгляд, и мне показалось, что передо мной само совершенство: мужчина в белоснежной шелковой рубашке и в отлично сшитом черном бархатном пиджаке; волнистые черные волосы аккуратно и красиво зачесаны за уши и загибаются над воротничком, что очень ему идет. Мне точно так же нравилось смотреть на Луи, как и на Меррик.

Меня поразило, что их зеленые глаза были совершенно не похожи. У Луи глаза были гораздо темнее, без черного круга на радужной оболочке, а потому зрачки не казались такими яркими. Однако они не уступали в красоте глазам Меррик.

В квартире стояла абсолютная тишина.

Сначала я не мог ни сказать что-либо, ни двинуться с места.

Луи устроился напротив меня на стуле, обтянутом красным бархатом, и в его глазах отразился свет от ближайшей электрической лампы. Во взгляде Меррик даже в самые спокойные минуты читался легкий вызов, а взгляд Луи был всегда открытым, терпеливым, искренним и неподвижным, словно на портрете.

— Ты слышал? — спросил я.

— Что именно?

— О Боже, это опять началось,— тихо проговорил я.— Вспомни. Подумай хорошенько, дружище, ты ведь помнишь, что говорила тебе Джесс Ривз. Подумай.

И тут меня словно прорвало: я рассказал ему и о музыке, и о птичьем пении. Много десятилетий тому назад то же самое слышала Джесс — в ту ночь, когда обнаружила в тайнике разрушенной стены дневник Клодии. Она не только слышала эти звуки, но еще и видела движущиеся фигуры, освещенные масляными лампами.

В панике Джесс убежала отсюда, захватив с собой куклу, четки и дневник.

Призрак Клодии преследовал ее до самой гостиницы. Джесс слегла в полутемном номере, сраженная болезнью. Ее отвезли в больницу, а потом отправили домой, в Англию, и, насколько я знаю, больше она сюда не возвращалась.

Джесс Ривз превратилась в вампира, повинуясь судьбе, а вовсе не из-за ошибок или просчетов Таламаски. Джесс Ривз сама поведала свою историю Луи.

Мы оба ее отлично знали, но я не припоминал, чтобы Джесс когда-нибудь называла музыкальное произведение, которое услышала в этом доме.

Теперь Луи подтвердил своим тихим голосом, что его возлюбленная Клодия отдавала предпочтение ранним сонатам Моцарта и говорила, что особенно любит их, потому что композитор сочинил их еще в детстве.

Внезапно Луи охватило какое-то сильное чувство, он поднялся и, повернувшись ко мне спиной, уставился в окно — видимо, глядел сквозь тюлевые занавески на небо, распростертое над крышами и высокими банановыми деревьями, высаженными вдоль ограды.

Я наблюдал за ним, из вежливости не нарушая тишину, и чувствовал, как ко мне возвращаются силы — сверхъестественные силы, на которые я всегда полагался, с тех пор как впервые отведал крови.

— Я понимаю, насколько все это мучительно,— наконец произнес я.— Можно предположить, что мы уже близки к цели.

— Дело не в том,— сказал он, поворачиваясь ко мне лицом.— Разве ты не понял, Дэвид? Ты слышал музыку. Джесс тоже. А я — нет. Никогда... Никогда! Многие годы я ждал, что услышу ее, молил о том, чтобы она зазвучала, жаждал услышать ее, но этого не произошло.

Его французский акцент стал явственнее, как всегда случалось в минуты сильного волнения: его речь приобретала особый шарм, который мне очень импонировал. Мне кажется, что мы, говорящие по-английски, мудро поступаем, смакуя акценты, ибо они позволяют нам постичь многие нюансы родного языка.

Мне нравился Луи, нравились его грациозные жесты и то, как он живо реагировал или, наоборот, не обращал внимания на происходящее. С первой же минуты нашего знакомства он проявил ко мне великодушие, предоставив кров в этом доме, а его верность Лестату не подвергалась сомнению и вызывала искреннее восхищение.

— Если тебя это хоть как-то утешит,— поспешил я добавить,— то я виделся с Меррик Мэйфейр. Передал ей твою просьбу, и, мне кажется, она готова ее выполнить.

Его удивление меня поразило. Я забыл, что в нем осталось еще очень много от смертного, что он самый слабый из нас, а потому совершенно не умеет читать мысли. А я-то думал, что Луи в последнее время следит за мной на расстоянии, шпионит — скрытно, как умеет это делать только вампир или ангел,— чтобы не пропустить намеченную важную встречу.

Луи отошел от окна и снова уселся напротив.

— Ты должен мне все рассказать,— попросил он.

Лицо его на мгновение вспыхнуло, утратив неестественную белизну, и он стал похож на обыкновенного молодого человека двадцати четырех лет. С резко очерченными чертами безукоризненно красивого лица и впалыми щеками, он мог бы послужить идеальной моделью для Андреа дель Сарто*.

— Дэвид, прошу тебя, расскажи мне все,— не выдержав моего молчания, настойчиво попросил он.

— Да, конечно, я сам этого хочу. Только дай мне еще несколько минут. Видишь ли, происходит нечто странное, и я полагаю, хотя еще не до конца в этом уверен, что здесь проявилась ее подлая сущность.

— Подлая сущность? — Луи явно ничего не понимал.

— Не думаю, что это стоит воспринимать всерьез. Видишь ли, она очень сильная женщина и очень часто ведет себя довольно странно. Впрочем... Позволь, я расскажу все по порядку.

Прежде чем начать, я еще раз внимательно оглядел Луи и в который уже раз убедился в его абсолютном несходстве с кем-либо из нас — вампиров, бессмертных созданий, пьющих кровь. Во всяком случае, с теми, кого мне доводилось встречать до сих пор.

За многие годы нашего знакомства мы вместе наблюдали множество чудес. Мы видели самых древних представителей племени бессмертных, чьи визиты приводили нас в униженное смирение. И все они лишь снисходительно посмеивались над усилиями Луи отыскать ответы на мучившие его вопросы, ибо этих ответов просто не существовало. А Луи потратил на тщетные поиски весь девятнадцатый век.

Во время наших последних собраний многие из старых вампиров предлагали Луи силу своей древней крови. Более того, сама Маарет, особо почитаемая как

---

* Андреа дель Сарто (1486—1530) — итальянский живописец, представитель флорентийской школы Высокого Возрождения. Алтарные картины и фресковые циклы во флорентийских монастырях.

сестра-близнец нашей общей прародительницы, весьма настоятельно предлагала Луи отведать крови из ее вен. Я наблюдал за этой сценой, терзаясь мрачными предчувствиями. Мне показалось, что Маарет оскорблял сам факт присутствия на собрании столь слабого существа.

Луи отказался от предложения. Решительно его отверг. Мне никогда не забыть их разговор.

— Я вовсе не ценю свою слабость,— объяснял он Маарет.— Ваша кровь, конечно же, заключает в себе могущество. Только глупец усомнился бы в истинности такого утверждения. Но именно благодаря всем вам я знаю, что самое главное — это способность умереть. Если я вкушу вашей крови, то стану слишком сильным и лишусь возможности навсегда покинуть этот мир, совершив акт самоубийства. Я не могу это допустить. Позвольте мне остаться среди вас смертным. Позвольте мне приобретать силу малыми дозами, как когда-то это делали вы, постепенно, по мере насыщения человеческой кровью. Я никогда не стану таким, как Лестат, вкусивший крови древних. И не позволю себе в обмен на могущество утратить право на простую смерть.

Меня тогда поразило явное недовольство Маарет. Ее непросто понять, ибо она сама воплощение простоты. Я хочу сказать, что Маарет настолько стара, что давно уже разучилась как-либо выражать собственные чувства — разве что в крайне редких случаях, если, конечно, она сама того пожелает.

Когда Луи отказал ей, она тут же потеряла к нему всякий интерес и, насколько помню, больше никогда не взглянула в его сторону, ни разу не произнесла его имени. Разумеется, она не стала ему вредить, хотя имела предостаточно возможностей. Луи просто-напросто перестал для нее существовать, перестал быть в ее понимании одним из *нас*. По крайней мере, у меня сложилось такое впечатление.

А с другой стороны, кто я такой, чтобы судить о Маарет? Мне следовало благодарить судьбу уже за то, что довелось видеть одну из древнейших, слышать ее голос и даже посетить как-то раз ее убежище.

Лично я испытывал огромное уважение к Луи за его нежелание отведать эликсира жизни темных богов. В вампира Луи превратил Лестат, который, однако, в то время был еще очень молод. Луи отличался гораздо большей силой, чем любой смертный, мог очаровать и перехитрить самого умного противника. Хотя он в отличие от меня до сих пор не научился преодолевать силу гравитации, однако мог передвигаться с такой скоростью, что становился почти невидимым, и эта способность чрезвычайно его радовала. Проникать в мысли собеседников он не умел, искусством негласного наблюдения не владел.

Прямые лучи солнца, окажись Луи в их власти, непременно убили бы его, хотя едва ли смогли бы испепелить тело дотла, как это произошло с Клодией спустя всего лишь семьдесят лет после ее рождения. Луи по-прежнему нуждался в крови каждую ночь. И весьма вероятно, он мог бы попытаться найти забвение в пламени костра.

Мысль о том, что бессмертное создание намеренно ограничило свои способности, в который уже раз заставила меня вздрогнуть. Хотя, наверное, и в этом проявилась присущая Луи мудрость.

Кровь, дарованная Лестатом мне, обладала исключительной силой, ибо в ней заключалась не только мощь старого Мариуса, но и могущество самой Королевы Проклятых, матери всех вампиров. Я в точности не знал, каким образом мог бы прекратить свое существование, но был уверен, что задача будет не из легких. Что касается Лестата, то для вампира, обладающего такими талантами и способностями, как у него, не существует способа покинуть этот мир. Дабы лишний раз увериться в этом, достаточно вспомнить все пережитые Лестатом приключения.

Глубоко взволнованный воспоминаниями, я схватил Луи за руку, но не сразу нашел в себе силы заговорить.

— Эта женщина обладает огромной силой,— сделав над собой усилие, наконец сказал я.— Весь вечер она проделывала со мной невероятные трюки, и я до сих пор не понимаю, каким образом и зачем.

— Ты совсем обессилел,— заботливо произнес Луи.— Не хочешь отдохнуть?

Я поспешил отказаться:

— Нет, мне нужно с тобой поговорить.

Я во всех деталях поведал ему о встрече в кафе и обо всем, что произошло между мной и Меррик, в том числе и в годы ее детства.

Я поведал ему все, о чем выше рассказал вам.

И даже поделился скудными воспоминаниями о первой встрече с Меррик, о подсознательном страхе, который испытал, когда понял, что мы с Эроном находимся под пристальным наблюдением предков этой странной девочки, запечатленных на дагерротипах.

Эта часть моего рассказа чрезвычайно поразила Луи, однако он не остановил меня, а, наоборот, с нетерпением ожидал продолжения.

Тогда я признался, что последняя встреча с Меррик пробудила во мне другие воспоминания, эротического плана, а потом вскользь упомянул, что Меррик пока не отказалась выполнить его просьбу.

Я объяснил своему другу, что Меррик видела его и знала, кто он такой и как его зовут, еще задолго до того, как Таламаска предоставила ей хоть какие-то сведения о вампирах. Впрочем, насколько мне известно, Меррик *никогда* не получала какую-либо информацию, относящуюся к вампирам.

— Я припоминаю не одну встречу с ней,— признался Луи.— Следовало бы тебе рассказать раньше, но, полагаю, тебе уже достаточно хорошо известен мой характер.

— Что ты имеешь в виду?

— Я рассказываю только то, что необходимо.— Луи едва заметно вздохнул.— И предпочитаю говорить только о том, в чем уверен, но это сложно. Правда такова, что я действительно встречался с Меррик. Поверь, это так. И она действительно послала в мой адрес какое-то проклятие. Этого было более чем достаточно, чтобы я от нее отвернулся. Однако не потому, что испугался. Дело в том, что между нами возникло недопонимание. Если бы я умел читать чужие мысли так же, как ты, этого бы не произошло.

— Ты должен мне все объяснить,— сказал я.

— Все случилось в темном переулке, довольно опасном,— начал он.— Мне показалось, что она хочет умереть. Она шла одна в полной темноте, а когда услышала мои шаги у себя за спиной, то даже не сочла нужным оглянуться или прибавить шаг. Такое беспечное поведение совершенно не характерно для женщины, кем бы она ни была. Мне показалось, что она устала от жизни.

— Понимаю.

— А когда я приблизился,— продолжил Луи,— она яростно сверкнула глазами и мысленно пригрозила: «Посмей только тронуть — и я тебя уничтожу». Я так четко уловил эти слова, словно они были произнесены вслух. Она произносила и другие угрозы, называла какие-то имена, но я не очень их разобрал. Я не убежал, поддавшись страху, а остался стоять, стараясь не сердить ее. Ведь жажда, которая влекла меня к Меррик, была вызвана именно уверенностью, что эта девушка ищет смерти.

— Да, понимаю,— вновь кивнул я.— Твой рассказ совпадает с тем, что говорила она. В других случаях, полагаю, она видела тебя издалека.

Луи ненадолго задумался.

— Была еще какая-то старуха, очень могущественная старуха.

— Значит, ты и о ней знаешь?

— Дэвид, когда я пришел к тебе и попросил поговорить с Меррик, мне действительно было уже кое-что о ней известно. Но все эти встречи произошли в прошлом, когда старуха была жива, и точно могу сказать: она меня видела несколько раз и знала, кто я такой.— Он помолчал секунду, затем продолжил: — Еще в начале прошлого века были жрицы вуду, которые знали о нас все. Впрочем, опасность нам не грозила, потому что никто не верил их словам.

— Разумеется,— ответил я.

— Но, видишь ли, сам я никогда особенно не верил в колдовские силы этих женщин. И только встретив Меррик, я ощутил нечто невообразимо сильное и чуждое моему пониманию. А теперь продолжай, прошу тебя. Что произошло сегодня вечером?

Я поведал, как отвел Меррик в гостиницу «Виндзор-Корт» и как потом под воздействием колдовских чар меня посетили многочисленные видения, в самом страшном из которых присутствовала умершая бабушка, Большая Нанэнн.

— Если бы ты только видел те две фигуры, стоявшие на подъездной аллее, если бы ты только видел, как они были поглощены своим таинственным разговором и как бесстрашно поглядывали на меня, то оцепенел бы от ужаса.

— Не сомневаюсь,— сказал Луи.— Значит, ты действительно их видел, как будто они стояли там на самом деле? Это не было игрой воображения?

— Да, мой друг, я видел их. Воочию, как живых. Разумеется, они мало походили на обычных людей. Но они все-таки там были!

Дальше я рассказал о возвращении в гостиницу, про алтарь, про Папу Легбу и, наконец, о своем приходе домой, снова упомянув клавесин и пение птиц в клетках.

Луи явно погрустнел, но снова не стал меня перебивать.

— Я уже тебе говорил, что узнал музыку,— сказал я.— Первая соната Моцарта. А исполнение было каким-то нереальным, полным...

— Продолжай.

— Но ты сам, должно быть, слышал ее — давным-давно, когда она звучала здесь впервые. Ведь привидение только повторяет то, что когда-то случилось. А такую музыку невозможно забыть.

— Ее игра всегда была исполнена гнева,— тихо произнес Луи, словно само слово «гнев» заставило его перейти на шепот.

— Да, вот именно: гнева. Так играла Клодия — я прав?

Он не ответил и, казалось, был потрясен собственными воспоминаниями и мыслями.

— Но ты не можешь утверждать, что именно Клодия заставила тебя услышать эти звуки,— наконец заговорил Луи.— Возможно, все дело в колдовстве Меррик.

— Ты прав. Но мы точно так же не можем с уверенностью знать, что Меррик вызвала и остальные видения. Алтарь, свеча, даже мой носовой платок с каплями крови — все это не доказывает, что именно Меррик наслала на меня духов. Нам следовало бы подумать о призраке Большой Нанэнн.

— Ты считаешь, что ее призрак мог вмешаться в нашу жизнь по собственной воле?

Я кивнул.

— Что, если этот призрак хочет защитить Меррик? Что, если она не желает, чтобы внучка вызывала душу вампира? Откуда нам знать?

Луи был буквально на грани отчаяния. Он выглядел собранным и уравновешенным, но в глазах читалось страдание. Затем он, видимо, взял себя в руки и взглядом попросил продолжить, словно никакие слова не могли выразить, что творится у него на душе.

— Луи, послушай. У меня самого довольно слабые представления о том, что я сейчас скажу, но это очень важно.

— О чем это ты? — Он вдруг оживился, выпрямившись на стуле, всем своим видом показывая, что жаждет продолжения.

— Мы с тобой существа приземленные. Вампиры. Но мы не эфемерны. И неразрывно связаны с гомо сапиенс, потому что живем только благодаря крови этого вида. Тот дух, который населяет наше тело, управляет его клетками, позволяет нам жить, если на то пошло, лишен разума и имени. Во всяком случае, так мы считаем. Ты ведь согласен...

— Согласен,— поспешно перебил меня Луи, с явным нетерпением ожидая продолжения.

— То, что делает Меррик, это магия, Луи. Связанная с другим измерением.

Он промолчал.

— Мы и просим Меррик совершить для нас магические обряды. Вуду — это магия, как и кандомбле. Как и Святое причастие.

Он был озадачен и в то же время, несомненно, захвачен этой идеей.

— Бог — это магия,— продолжал я.— И святые. И ангелы. И призраки, если они действительно представляют души, некогда жившие на земле, тоже проявления магии.

Луи уважительно ловил каждое слово, храня молчание.

— Надеюсь, ты понимаешь, я вовсе не утверждаю, что все эти понятия равны. Я только лишь имею в виду, что у них есть одна общая черта: оторванные от земли и плоти, они не принадлежат материальному миру. Разумеется, они не утратили связи с материей, но обитают в царстве чистого духа, где существуют другие законы, совершенно не похожие на наши, земные...

— Я понимаю, куда ты клонишь,— перебил меня Луи.— Хочешь предупредить, что эта женщина способна поставить нас в тупик так же легко, как и любого смертного.

— Да, отчасти я имел в виду именно это,— ответил я.— Однако ты понимаешь, что Меррик может не просто сбить нас с толку. Поэтому мы должны относиться к ней и всему, что она делает, с чрезвычайным уважением.

— Согласен,— кивнул он.— Но если люди обладают душами, способными пережить смерть и предстать перед живущими в виде призраков, значит, люди тоже способны на магию.

— Да, это всего лишь магическая черточка, наряду с вампирскими талантами принадлежащая и нам. Но что происходит, когда душа покидает физическое тело? Она попадает в Царство Бога.

— Ты веришь в Бога? — изумленно пробормотал он.

— Д-да... Наверное...— Я помолчал.— Конечно да. Какой смысл это скрывать?

— В таком случае ты действительно испытываешь огромное уважение к Меррик и ее магии,— сказал он.— И ты веришь, что Большая Нанэнн, как ты ее называешь, на самом деле может оказаться всесильным призраком.

— Все так.

Луи откинулся на спинку стула. Глаза его стремительно перебегали с одного предмета на другой. Все, что я рассказал, сильно его взволновало, но он по-прежнему был преисполнен глубочайшей печали, рассеять которую, похоже, ничто не могло.

— Большая Нанэнн может оказаться опасной...— пробормотал он.— Большая Нанэнн захочет защитить Меррик... от тебя и от меня.

Он был чрезвычайно красив в своей грусти. Несмотря на резкость черт, было в этой красоте что-то притягательное. Мне снова вспомнились полотна Андреа дель Сарто.

— Я вовсе не жду, что моя вера повлияет и на тебя,— сказал я.— Но я хочу обратить твое внимание на эти вещи, потому что все это колдовство, обращение к духам на самом деле небезопасно.

Луи выглядел взволнованным, но не испуганным — я бы даже сказал, напротив, он совершенно не думал об осмотрительности. Мне хотелось поведать ему о поездке в Бразилию, но я счел за лучшее отложить этот разговор до другого раза.

— Ладно, Дэвид, вернемся к вопросу о призраках.— Голос Луи вновь звучал ровно.— Наверняка все они далеко не одинаковы.

— Да, ты прав,— ответил я.

— Взять, к примеру, эту самую Большую Нанэнн. Если она и в самом деле является на землю по собственной воле, то откуда именно она приходит?

— Едва ли мы можем знать такое о любом призраке.

— Но ведь исследователи оккультизма считают, что некоторые призраки имеют земное происхождение,— разве нет?

— Согласен.

— Если эти призраки — души мертвых, связанных с землей, то почему мы говорим о магии? Разве они не находятся в атмосфере? Разве они не стараются всеми силами прорваться к живущим? Разве они не покинули Бога? Чем еще можно объяснить то, что Клодия неотступно преследовала Джесс? Если это была Клодия, значит, она не отправилась в царство чистого духа. Значит, она неподвластна непостижимым для нас законам и не знает покоя.

— Понятно,— кивнул я, упрекая себя в том, что не понял этого раньше.— Ты полагаешь, что Клодия страдает, и потому хочешь совершить ритуал.

— Думаю, что это вполне возможно.— Вид у Луи был несчастным.— Если Клодия действительно предстала перед Джесс, как той казалось. Честно говоря, я надеюсь, что нам не удастся вызвать дух Клодии. Надеюсь, что магия Меррик не сработает. Надеюсь, что если Клодия обладала бессмертной душой, то эта душа отправилась к Богу. Надеюсь на то, во что не могу верить.

— Вот почему история призрака Клодии так мучает тебя. Ты вовсе не хочешь с ней говорить. Тебе важно знать, что она пребывает в покое.

— Да, ты прав. Боюсь, что душа Клодии мечется сейчас, испытывая невыразимые муки. Опыт других для меня ничего не значит. Лично я никогда не имел дела с призраками, Дэвид. И, как уже говорил, ни разу не слышал ни клавесинную музыку, ни пение птиц, заточенных в клетке. Мне не доводилось видеть или слышать что-либо указывающее на существование Клодии где-то в любой форме. Я хочу попытаться связаться с Клодией, чтобы знать наверняка.

Это признание дорого стоило моему другу — обессиленный, он снова откинулся на спинку стула и отвел взгляд. Возможно, обратив его в какой-то потаенный уголок своей души. Наконец, неподвижно уставившись на что-то невидимое в тени, он продолжил:

— Если бы мне только удалось ее увидеть, я бы мог составить хоть какое-то представление, пусть даже самое приблизительное. Не перестаю твердить себе, что ни одному блуждающему духу не удастся одурачить меня, прикинувшись, будто он и есть Клодия, но, с другой стороны, я никогда не встречал блуждающих духов. Не сталкивался ни с чем подобным. У меня есть лишь рассказ Джесс, который она наверняка смягчила, щадя мои чувства, ну и, разумеется, несвязный бред Лестата о возвращении Клодии и о том, как во время мучительных экспериментов с Похитителем Тел он словно вновь погрузился в прошлое.

— Да, я тоже слышал, как он об этом рассказывал.

— Что касается Лестата, то с ним никогда нельзя быть уверенным...— Луи пожал плечами.— Вполне вероятно, бредни Лестата не более чем порождение больного воображения. Не знаю. Зато точно знаю, чего отчаянно хочу сам: чтобы Меррик Мэйфейр попыталась вызвать дух Клодии. И готов ко всему, что за этим последует.

— Тебе только кажется, что готов,— поспешил заметить я, хотя, быть может, несправедливо.

— Понятно. Сегодняшнее колдовство тебя потрясло.

— Ты даже не можешь себе представить насколько,— вздохнул я.

— Ладно, признаю. Я не могу это представить. Но ответь мне на один вопрос. Вот ты рассуждаешь о других измерениях — о тех, что существуют за пределами Земли,— и утверждаешь, что Меррик с помощью колдовских обрядов может легко туда проникнуть. Но почему для этого нужна кровь? Ведь не секрет, что

для колдовства потребуется кровь.— В голосе Луи зазвучали сердитые нотки.— Колдовство почти всегда
требует крови. Вот ты только что назвал Святое причастие магическим действом — это мне понятно. Если хлеб и вино превращаются в святую жертву рас-
пятия, то это магия. Но при чем здесь кровь? Мы
земные существа, да, но есть в нас и крупица магии.
Так почему же эта крупица требует крови?

Чувствовалось, что в душе Луи кипит злость. Взгляд
его, обращенный на меня, был суров, хотя я понимал,
что его эмоции связаны не со мной.

— Я хочу сказать, что если сравнить ритуалы во
всем мире, во всех религиях, во всех видах магии во
все времена, то везде обнаружится кровь. Почему?
Разумеется, я понимаю, что человеческие существа
не могут жить без крови. Я знаю, что «кровь — это
жизнь», как говорил Дракула. Я знаю, что человече-
ство говорит о криках и шепотах, доносящихся с про-
питанных кровью алтарей, о кровопролитиях и кров-
ном родстве, о голубой крови и о том, что за кровь
следует платить кровью. Но почему? Что за нить свя-
зывает все эти предрассудки и изречения мудрости?
А главное, почему Бог требует крови?

Я был огорошен и, разумеется, не мог отважиться
на поспешный ответ. К тому же у меня его не было.
Луи затронул слишком серьезный вопрос. Кровь была существенным компонентом в кандомбле. Равно
как и неотъемлемой частью и любого настоящего колдовства.

— Я не имею в виду твоего Бога,— смягчившись,
сказал Луи,— но Бог Святого причастия требовал крови, а распятие дошло до нас как одно из самых известных кровавых жертвоприношений во все времена. Но
как же насчет всех остальных богов: богов Древнего
Рима, для которых кровь должна была проливаться

не только на аренах, но и на алтарях, или богов ацтеков, требовавших кровавых убийств в обмен на свое согласие управлять вселенной во время вторжения испанцев.

— Вполне возможно, мы задаем не тот вопрос,— наконец произнес я.— Вполне возможно, кровь не имеет значения для богов. Вполне возможно, кровь важна только для нас. Это мы сделали из нее проводника в Царство Божие. Может быть, только с ее помощью мы можем выйти за мирские пределы.

— М-м, это не просто анахронизм,— сказал он.— Это самая настоящая тайна. Почему, скажи, у коренных жителей древней Южной Америки одно слово в языке обозначало и цветы, и кровь?

Он снова встал со стула, беспокойно огляделся, а потом прошел к окну и уставился в него через тюль.

— Мне снятся сны,— прошептал он.— Во сне она приходит ко мне и говорит, что пребывает в покое. Во сне она дает мне силы делать то, что я должен.

Его слова огорчили и взволновали меня.

— Если бы предвечный не уставил запрет *моему* самоубийству...* — задумчиво произнес Луи, перефразируя Шекспира.— Потому что все, что мне нужно для этого,— это не искать крова на восходе солнца. Мне снится, что она предупреждает меня об адском огне и уверяет в необходимости раскаяться. Но, с другой стороны, это всего лишь игра моего воображения. Если она появится, то, возможно, будет на ощупь пробираться в темноте. Она могла потеряться среди блуждающих мертвых душ, которые видел Лестат, когда покидал пределы этого мира.

— Возможно все, что угодно,— сказал я.

---

* У. Шекспир. «Гамлет» (акт I, сцена 2): «...если бы предвечный не уставил запрет самоубийству». (Перевод М. Лозинского.)

Последовала длинная пауза, во время которой я тихо подошел к Луи и положил ему на плечо руку. Мне хотелось таким образом дать понять другу, что я уважаю его боль. Он не отреагировал на этот крошечный жест близости. Тогда я снова вернулся к дивану и стал ждать. Мне не хотелось покидать его в таком состоянии.

Наконец он обернулся.

— Подожди здесь,— негромко попросил он, после чего вышел из комнаты и направился по коридору.

Я услышал звук открывающейся двери. Вскоре Луи вернулся, держа в руке небольшую старинную фотографию.

Я чрезвычайно разволновался. Неужели это было то, о чем я подумал? Я узнал маленькую черную рамку, в которую был вставлен портрет. Она была похожа на рамки дагерротипов, принадлежавших Меррик,— очень затейливая, в хорошем состоянии.

Луи раскрыл двойные створки книжечки, взглянул на изображение и только тогда заговорил:

— Ты рассказывал о семейных портретах нашей дорогой колдуньи,— произнес он.— Ты спрашивал, не являются ли они проводниками умерших душ?

— Верно. Могу поклясться, что люди, запечатленные на тех небольших фотографиях, разглядывали нас с Эроном.

— И ты еще говорил, как важно было для вас в то далекое время впервые увидеть дагерротипы... Или как они там называются?..

Я слушал его, и меня охватывало изумление. Луи был там! Жил в ту эпоху и все это видел! Пройдя сквозь десятилетия, он переместился из мира живописных портретов в мир фотографий, в наше время.

— Вспомни о зеркалах,— сказал он,— к которым все привыкли. Подумай об отражении, застывшем на века. Вот так все и было. Только цвет исчез, совершенно исчез — остался лишь ужас. Но, как видишь, никто не считал это особым чудом, а вскоре оно вообще стало обыденностью. Нам фотография не пришлась по вкусу. Но она слишком быстро приобрела популярность. И разумеется, когда это все только начиналось, когда появились первые фотостудии, они были не для нас.

— Кого ты имеешь в виду?

— Дэвид, фотографии делались днем — ты разве не понял? Первые фотографии были доступны только смертным.

— Конечно! А я как-то об этом не подумал.

— Она возненавидела фотографию.— Луи вновь обратил взгляд на портрет.— И однажды ночью, втайне от меня, сломала замок какой-то из новых студий — они тогда попадались на каждом шагу — и украла все снимки, которые смогла найти. Она в ярости расколотила их, разбила вдребезги! И считала отвратительным, что мы не можем заказать свои портреты. «Да, мы видим себя в зеркалах, хотя старая легенда утверждает, что это не так!» — кричала она.— Но как же тогда вот это зеркало? Разве это не угроза здравомыслию?» Я убедил ее, что она не права. Помню, Лестат тогда посмеялся над ней, назвал жадной и глупой и посоветовал радоваться тому, что у нее есть. Но она потеряла всякое терпение и даже не удосужилась ему ответить. Именно тогда он заказал ее миниатюрный портрет для своего медальона — того самого, который ты отыскал для него в подземных хранилищах Таламаски.

— Понятно,— отозвался я.— Лестат никогда не рассказывал мне эту историю.

— Лестат многое забывает.— В голосе Луи не было упрека или порицания.— После этого он не раз заказывал ее портреты у живописцев. Здесь когда-то висел один из них — большой, очень красивый. Мы его даже взяли с собой в Европу — наш багаж состоял из многих сундуков... Впрочем... Лучше не вспоминать то время. Не хочу вспоминать, как она попыталась навредить Лестату.

Я промолчал, и Луи продолжил:

— Живописные портреты ее не устраивали. Ей нужны были фотографии, дагерротипы, подлинные изображения на стекле. Невозможность осуществить это желание приводила ее в ярость. Но потом, несколько лет спустя, когда мы уже были в Париже, в одну из чудесных ночей, предшествовавшей нашему посещению Театра вампиров и встрече с ужасными монстрами, уничтожившими ее, Клодия обнаружила, что магические картинки можно делать и ночью, при искусственном освещении...

Луи печально вздохнул — казалось, он заново переживает прошлое. Я не смел нарушить молчание.

— Ты не можешь себе представить, в какое волнение ее привело это открытие,— после паузы вновь заговорил он.— Она посетила выставку известного фотографа Надара, который снимал парижские катакомбы, целые горы человеческих костей. Как тебе, несомненно, известно, Надар был неисправимым ловеласом. Клодию привели в восторг его фотографии. Однажды вечером, предварительно договорившись о встрече, она отправилась к нему в студию, и там был сделан этот портрет.

Луи подошел ко мне.

— Снимок темный. Всех зеркал и искусственных ламп было мало, чтобы добиться качества. Клодия стояла неподвижно как статуя. Но она осталась очень довольна результатом и держала этот портрет на своем трюмо в отеле «Сент-Габриэль» — последнем пристанище, служившем нам домом. Там у нас были чудесные номера. Отель располагался неподалеку от здания Оперы. Кажется, Клодия даже не распаковала живописные портреты. Для нее был важен только этот снимок. Я действительно полагал, что со временем она будет счастлива в Париже. Может быть, так бы все и вышло... Просто не хватило времени. Она считала, что этот маленький портрет только начало, и планировала вернуться к Надару в еще более прелестном платье.

Луи посмотрел на меня.

Я поднялся, чтобы взять портрет, и он передал его мне в руки с чрезвычайной осторожностью, словно тот мог рассыпаться на куски.

Я опешил. Каким маленьким и невинным казалось это дитя со светлыми локонами, полными щечками, темными губками бантиком и белым личиком. Когда я взглянул на затемненное стекло, взгляд Клодии буквально пылал. А меня вновь охватило то же мучительное подозрение, что терзало разум, когда я рассматривал родственников Меррик: казалось, что Клодия меня рассматривает.

Должно быть, у меня вырвался какой-то тихий возглас. Не помню. Я закрыл маленькую книжицу и даже защелкнул крошечный золотой замочек.

— Разве она не была красива? — спросил Луи.— Ответь. Дело не во вкусе. Была. Это факт, который никто не станет отрицать.

Я взглянул на него и хотел было заверить, что он прав, что Клодия и в самом деле была прелестна... Но не проронил ни звука.

— Я принес портрет для колдовского обряда,— пояснил Луи.— У нас нет ни локона ее волос, ни крови, ни одежды. Но у нас есть это. После ее смерти я отправился в отель, где мы были счастливы, и забрал портрет, а все остальное оставил.

Луи спрятал снимок во внутренний карман пиджака. С застывшим взглядом невидящих глаз, он выглядел потрясенным, углубленным в себя, но быстро вернулся к действительности, слегка тряхнул головой, словно избавляясь от наваждения, и спросил:

— Как ты думаешь, этого достаточно?

— Да,— только и сказал я. В голове у меня проносилось множество слов утешения, но все они казались пустыми и невыразительными.

Мы стояли и смотрели друг на друга, и меня поразило выражение его лица, в котором читалась подлинная человеческая страсть. Я никак не ожидал, что стану свидетелем столь безграничного отчаяния.

— На самом деле я не хочу видеть Клодию,— признался Луи.— И если честно, думаю, нам не удастся вызвать ее призрак. Поверь, Дэвид, это правда.

— Верю.

— Но если призрак все-таки появится и окажется, что Клодия претерпевает муки...

— Тогда Меррик будет знать, куда и как ее направить,— быстро договорил я.— И я буду знать. Все медиумы Таламаски знают, как следует действовать в таких случаях, как подтолкнуть таких призраков к свету.

— Я как раз на это рассчитывал,— кивнул он.— Но, видишь ли, не думаю, что Клодия где-то заблудилась,— она просто захотела остаться. А в таком случае только такая всесильная колдунья, как Меррик, сможет убедить ее, что за пределами этого мира мучениям наступит конец.

— Вот именно,— подтвердил я.

— Ладно, я и так злоупотребил твоим вниманием,— сказал Луи.— Теперь мне нужно идти. Лестат сейчас на окраине города, в старом сиротском приюте. Слушает музыку. И мне нужно убедиться, что ему не помешают случайные посетители.

Я понимал, что все это выдумки: Лестат всегда в состоянии защитить себя от чего и от кого угодно. Однако я отреагировал на его слова так, как подобает джентльмену, и не произнес ни слова.

— Ты прав. Меня мучит жажда,— добавил он, с легкой улыбкой бросив на меня взгляд.— На самом деле я вовсе не собираюсь навещать Лестата, потому что уже успел побывать в сиротском доме Святой Елизаветы. Лестат там остался один на один со своей музыкой — ему это нравится. А меня мучит жажда, и я должен насытиться, но без свидетелей.

— Нет,— мягко возразил я.— Позволь мне пойти с тобой. После колдовских проделок Меррик я не хочу, чтобы ты отправлялся бродить по улицам один.

Это шло вразрез с привычками Луи, однако он согласился.

Мы вместе покинули дом и пошли довольно быстрым шагом, пока не оставили далеко позади освещенные кварталы Рю-Рояль и Рю-Бурбон.

Вскоре Новый Орлеан раскрыл перед нами свое чрево, и мы углубились в район трущоб, напоминавший тот, в котором я когда-то давно впервые увидел Большую Нанэнн. Но если здесь и обитали другие великие колдуньи, то этой ночью я с ними не встретился.

Позвольте мне сделать сейчас небольшое отступление о Новом Орлеане и о его значении для нас.

Первое и самое главное: этот город не так чудовищен, как Лос-Анджелес и Нью-Йорк. Он невелик. И хотя в нем живет довольно большое число опасных деклассированных элементов, они не в силах утолить жажду даже трех вампиров. А уж если здесь собирается целая толпа пьющих кровь, начинается беспорядочная охота и возникает нежелательный ажиотаж.

Именно это и случилось в недавнем прошлом, когда Лестат опубликовал повествование о Мемнохе-дьяволе. В Новый Орлеан потянулись самые древние вампиры, не говоря уже о вампирах-скитальцах — созданиях с ненасытным аппетитом, пренебрежительно относящихся к своим сородичам и заведенным порядкам, благодаря которым только и можно выжить в современном мире.

Как раз во время этого великого сбора мне удалось уговорить Армана продиктовать свою историю жизни, а кроме того, я, с разрешения Пандоры, одной из древнейших представительниц нашего племени, предал гласности избранные страницы ее дневника, который она мне сама вручила.

Эти истории привлекли еще больше бродяг, пьющих кровь,— безродных лживых созданий, которые никому не подчинялись, наводили туман по поводу своего происхождения, часто издевались над своими жертвами, старались запутать их,— в общем, вели себя так, что могли навлечь беду на всех нас.

Такое положение вещей не могло долго продолжаться.

Но хотя Мариус, дитя двух тысячелетий, и прелестная Пандора не одобряли поведения молодежи, они и пальцем не пошевелили, чтобы изгнать смутьянов или расправиться с ними. Древние старались не реагировать на подобные неприятности, хотя поведение некоторых исчадий ада приводило их в ярость.

Что касается матери Лестата, Габриэль, одной из самых хладнокровных и удивительных особ, с которыми мне доводилось встречаться, то ей абсолютно ни до чего не было дела. Ее всегда волновала лишь судьба сына.

Но дело в том, что даже если бы кто-нибудь и захотел причинить зло Лестату, то все равно не смог бы. Насколько нам всем известно, он неуязвим. А если говорить прямо, то поведение самого Лестата несло в себе гораздо больше угроз его безопасности, чем любой вампир. Его путешествие во вселенной с Мемнохом — чем бы оно ни было: иллюзией или сверхъестественным перемещением — настолько духовно его ошеломило, что он пока не был готов ни на какие другие поступки и не мог снова стать тем принцем, которого мы когда-то обожали.

Тем не менее, когда во все двери приюта Святой Елизаветы ломились злокозненные и омерзительные твари, пьющие кровь, когда они оккупировали лестницы нашего собственного дома на Рю-Рояль, именно Арман сумел разбудить Лестата и заставил его взять ситуацию в свои руки.

Лестат, уже успевший очнуться, чтобы насладиться фортепьянной музыкой в исполнении своего отпрыска-вампира, винил себя за это вторжение. Ведь именно он создал в свое время «Великий шабаш избранных». Так вот, Лестат тихим голосом, в котором не слышалось никакого энтузиазма перед предстоящей битвой, заявил нам, что исправит положение вещей.

Арман, в прошлом возглавлявший вампирские общины, помог Лестату расправиться с незваными вампирами, дабы не допустить окончательного разрушения социального порядка.

Обладая способностью воспламенять на расстоянии, с помощью телекинеза, Лестат уничтожил огнем наглецов, захвативших его собственное логово, а также тех, кто осмелился нарушить покой склонных к уединению Мариуса, Пандоры, Сантино и Луи. Арман расчленил и стер с лица земли тех, кто умер от его руки.

Те несколько сверхъестественных особей, что сумели уцелеть в бойне, спешно покинули город, но очень многих настиг Арман, не питавший и толики жалости к незаконнорожденным, бессердечным тварям, отличавшимся намеренной жестокостью.

После того как Лестат вновь погрузился в полудрему, целиком отдавшись музыке, записями которой обеспечивали его мы с Луи, старейшие — Мариус, Пандора, Сантино и Арман, а следом за ними и двое вампиров помоложе постепенно разошлись кто куда.

Расставание было неизбежным, ибо никто из нас не мог долго выносить общество своих соплеменников.

Так уж повелось, что нам не обойтись без людей, и потому мы предпочитаем проводить время в мире смертных, несмотря на все его сложности.

Разумеется, в будущем нам предстоит еще не одна встреча с себе подобными. Мы отлично знаем, как найти друг друга. Нам не чужд эпистолярный жанр, хорошо известны все средства связи. Старейшие из нашего племени телепатически улавливают происходящее в любой части земли и быстро узнают, что с кем-то приключилась беда. В определенной степени таким же даром обладают и молодые вампиры. Но в настоящее время на улицах Нового Орлеана охотимся только мы — Луи, Лестат и я. И так будет продолжаться, видимо, достаточно долго.

Строго говоря, на охоту выходим только мы с Луи, поскольку Лестат вообще не нуждается в насыщении. Обладая телом бога, он подавил в себе жажду, которая до сих пор преследует даже самых сильных, и под звуки музыки погрузился в оцепенение.

Таким образом, Новый Орлеан во всей своей сонной красоте стал прибежищем всего двух возродившихся из мертвых. Тем не менее нам приходится проявлять хитрость и изобретательность. Главное — заметать за собой следы. Мы поклялись пить только кровь негодяев — так учит Мариус. Но как бы то ни было, жажда крови — ужасная вещь.

Прежде чем я вернусь к своему повествованию о том, как мы с Луи охотились в тот вечер, позвольте мне добавить еще несколько слов — о Лестате.

Лично я не думаю, что с ним все так просто, как полагают другие. Кроме тех подробностей, которые я вам поведал о его близкой к коме дремоте под звуки музыки, есть еще несколько весьма непростых аспектов его существования, которые я не могу ни понять, ни сбросить со счетов.

Именно Лестат сделал меня вампиром, и я, как его создание, не способен читать мысли Лестата, так как кровное родство препятствует такому виду общения. И все же в те часы, когда он слушает блестящие, великолепные произведения Бетховена, Брамса, Баха, Шопена, Верди, Чайковского и других любимых им композиторов, я что-то улавливаю.

Своими «сомнениями» относительно его состояния я поделился с Мариусом, Пандорой и Арманом. Но ни один из них не смог проникнуть сквозь завесу неестественной тишины, за которой Лестат спрятался от всего мира.

«Он утомлен,— говорят мне другие вампиры.— Скоро он снова станет самим собой». Или: «Не волнуйся, наступит момент, когда он очнется».

Я в этом не сомневаюсь. Ничуть. И все же волнуюсь, ибо никто до сих пор не осознает, *насколько* серьезна сложившаяся ситуация. Дело в том, что иногда Лестат *вообще отсутствует* в собственном теле.

Возможно, он высвобождает свою душу из бренной оболочки, чтобы в виде чистого духа свободно побродить по свету, отправиться куда вздумается. Кто-кто, а Лестат умеет проделывать такие фокусы. Он постиг науку самых древних вампиров и доказал, что способен на такое, когда вступил в сговор со злокозненным Похитителем Тел.

Но Лестат не любит злоупотреблять этой способностью. Да и пользоваться ею можно всего лишь в течение нескольких часов за одну ночь.

Я чувствую, что все обстоит гораздо серьезнее. Уверен, Лестат не всегда властен над своими телом и душой, и нам остается только ждать окончания той жестокой битвы, которую он, скорее всего, ведет до сих пор.

Чисто внешне дело обстоит так: Лестат лежит на полу часовни или в своей огромной кровати в городском доме; глаза его открыты, хотя, похоже, ничего не видят. Время от времени он переодевается, предпочитая старомодные камзолы из красного бархата, отделанные кружевом рубашки из плотного льна, узкие панталоны и простые черные сапоги.

В его внимании к одежде остальные вампиры видят добрый знак. Я же полагаю, что Лестат таким образом старается отвлечь наше внимание, поскольку жаждет лишь одного: чтобы мы оставили его в покое.

Увы, в своем повествовании мне больше нечего сказать по этому поводу. По крайней мере, мне так кажется. Я не в силах защитить Лестата от того, что происходит, да и никому до сих пор не удавалось защитить его или остановить, какая бы беда ему ни грозила.

Теперь позвольте мне вернуться к основным событиям.

Мы с Луи все дальше и дальше забирались в жуткие городские трущобы, где большинство домов давно стояли заброшенными, а в тех нескольких, где еще заметны были следы обитания, на окнах и дверях стояли крепкие железные решетки.

Как и в любом районе Нового Орлеана, пройдя несколько кварталов, мы оказались на торговой улице. И там тоже наткнулись на множество неработающих, забитых досками лавок. Признаки жизни подавал только так называемый «клуб удовольствий», посетители которого проводили пьяную ночь за игрой в карты и кости.

Однако мы шли все дальше. Я послушно следовал за Луи, так как это была его охота. Вскоре перед нами возник маленький домишко, пристроившийся между двумя старыми магазинами,— полуразвалившийся, одноэтажный, парадное крыльцо его утопало в высоких сорняках.

Я тут же почувствовал, что внутри дома находятся смертные, совершенно разные по своим пристрастиям и наклонностям.

Первой, чьи мысли я уловил, была пожилая женщина, сидевшая возле дешевой маленькой плетеной люльки, где лежал младенец. Женщина не переставая молилась, чтобы Бог избавил ее от тяжкого бремени, подразумевая под ним двух погрязших в пьянстве и наркотиках молодых людей, пребывавших в передней половине дома.

Луи, двигаясь тихо и проворно, повел меня на задворки этой покосившейся хижины и, не издав ни звука, заглянул в оконце над гудящим кондиционером. Отчаявшаяся женщина вытирала личико младенцу, хотя тот и не думал плакать.

Снова и снова я выслушивал бормотание несчастной, которая вслух жаловалась, что те двое разрушили ее жизнь, что несчастный младенец непременно умрет с голоду или от недосмотра, если молодая мать, беспутная пьяница, будет вынуждена заботиться о нем сама. Женщина не знала, как поступить, как справиться с обрушившейся на нее бедой.

Луи, подошедший к окну, походил на ангела смерти. Заглянув через его плечо, я увидел, что женщина не только приглядывает за младенцем, но и гладит белье, разложив его на низкой доске, что позволяло ей работать сидя и время от времени протягивать руку, чтобы покачать люльку с малышом.

Запах свежевыглаженной ткани казался даже приятным, хотя слегка отдавал подпаленным хлопком.

Потом я разглядел, что белья и одежды, предназначенных для глажения, в комнате очень много, и догадался, что женщина таким образом зарабатывает на пропитание.

— Помоги мне, Боже,— монотонно шептала она, потряхивая головой,— забрал бы ты у меня эту девчонку вместе с ее друзьями. Помоги мне, Боже, забери меня из этой Долины*, ведь я слишком здесь задержалась.

Сама комната была уютной, удобно и с любовью обставленной, повсюду ощущалось присутствие хорошей хозяйки: кружевные салфеточки на спинках кресел, сияющий чистый пол, похоже совсем недавно натертый.

Сама женщина была грузной, с пучком волос, закрученным на затылке.

Луи прошел дальше, чтобы рассмотреть остальные комнаты, но хозяйка этого даже не заметила, продолжая свою монотонную молитву.

Кухня тоже сияла чистотой: блестящий пол, вымытые тарелки, аккуратно расставленные на сушилке возле раковины.

Совсем иначе выглядела передняя половина дома. Здесь в полном запустении влачила свое существование молодежь. Одно существо растянулось в спальне, на грязном матрасе без простыней, а второе, до обморока накачавшееся наркотиками, лежало в гостиной.

---

* Имеется в виду долина реки Миссисипи, которую часто называют просто the Valley.

Оба этих жалких создания оказались женского пола, хотя с первого взгляда определить это было трудно: кое-как остриженные волосы, чахлые тела и бесформенная джинсовая одежда делали их словно бы бесполыми. А горы повсюду разбросанных вещей не давали даже намека на принадлежность их хозяев к той или другой половине человечества.

Мне это зрелище показалось невыносимым.

Разумеется, Мариус перед отъездом из Нового Орлеана недвусмысленно предупреждал нас, что если мы не будем охотиться исключительно на негодяев, то очень скоро сойдем с ума. Насыщаться кровью невинных — высшее наслаждение, но оно неизбежно влечет за собой любовь к человеческой жизни и, как следствие, скорую гибель вампира.

Не могу утверждать, что я согласен в этом с Мариусом, поскольку многие вампиры, питающиеся кровью невинных, чувствуют себя прекрасно. Однако приверженность к охоте на злодеев помогает мне сохранить душевный покой. А то, что приходится так близко соприкасаться со злом, вытерпеть легче.

Луи прошел в дом через боковую дверь. В домах такого типа, где нет коридоров и комнаты следуют одна за другой, составляя своего рода анфиладу, боковые двери не редкость.

Я остался в заросшем сорняками саду и, чтобы успокоить нервы, время от времени поглядывал на звезды. Неожиданно из маленькой ванной, еще одного чуда порядка и чистоты, потянуло рвотой и фекалиями, недавно оставленными на полу.

Да, похоже, спасти этих двух молодых женщин от самих себя могло лишь чье-то немедленное вмешательство, но Луи пришел не для этого. Охваченный такой жаждой, что даже я ее почувствовал, он сначала прошел в спальню и, присев на полосатый матрас рядом с лежащим на нем подобием человека, мгновенно впился зубами в шею захихикавшей женщины, чтобы сделать несколько смертоносных глотков.

А старуха в задней комнате все продолжала молиться.

Я думал, что Луи сразу уйдет, но ничего подобного.

Как только костлявое тело женщины повалилось обратно на матрас, рухнув на бок, Луи поднялся и постоял секунду, освещенный несколькими лампами, зажженными по разным углам.

Он выглядел великолепно: свет играл бликами в черных кудрявых волосах и вспыхивал в темно-зеленых глазах, свежая кровь придала лицу вампира естественный оттенок. В темно-желтом бархатном пиджаке с золотыми пуговицами он казался прекрасным видением среди грязи и запустения.

У меня перехватило дыхание, когда я увидел, как он медленно прошел в другую комнату.

Вторая женщина, в небрежной позе развалившаяся в мягком кресле, при виде незнакомца издала глухой крик, в котором смешалось недоумение и веселье. Ее ноги были широко расставлены, голые, покрытые болячками руки безвольно свешивались с подлокотников.

Луи постоял несколько секунд, внимательно разглядывая это создание. Казалось, он пребывает в нерешительности, не зная, что предпринять. На лице его, еще секунду назад задумчивом, теперь читался только голод. Наконец он двинулся вперед. От неуверенности не осталось и следа. Приподняв с кресла это омерзительное молодое существо, Луи сомкнул губы на его шее. Никаких оскаленных зубов, никакой жестокости. Обычный последний поцелуй.

Последовал обморок. Мне было хорошо видно в окно, что происходит. Женщина потеряла сознание, но обморок длился лишь несколько мгновений, а потом она умерла. Луи осторожно положил ее обратно в засаленное кресло. Я смотрел не отрываясь, как он своей кровью запечатал ранки на ее горле. Можно было не сомневаться, что то же самое он проделал с жертвой, лежавшей в другой комнате.

На меня нахлынула печаль. Жизнь показалась просто невыносимой. Я вдруг почувствовал, что никогда больше мне не знать ни покоя, ни счастья, ибо я не имею права ни на то, ни на другое. Но я понимал, что Луи в тот момент испытывал невероятное наслаждение, которое дает монстру только кровь, и должен был признать, что свои жертвы он выбрал безошибочно.

Он вышел через незапертую, оставленную без всякого присмотра парадную дверь, обогнул дом и оказался рядом со мной в боковом дворике. Он неузнаваемо изменился, превратившись в удивительно красивого мужчину, в сияющих глазах светилась неуемная энергия, незатуманенный взгляд был почти яростным, а на щеках играл румянец.

Смерть этих двух несчастных едва ли привлечет особое внимание. Все решат, что они умерли от передозировки наркотиков.

А старуха в задней комнате все продолжала не то молиться, не то напевать колыбельную младенцу, который тихо похныкивал.

— Оставь ей что-нибудь на похороны,— сказал я приглушенным голосом.

Мои слова почему-то привели Луи в смятение.

Я быстро обошел дом и, проскользнув в парадную дверь, оставил значительную сумму на сломанном столе, уставленном полными пепельницами и стаканами с остатками прокисшего вина. Еще немного денег я положил на старое бюро.

Мы с Луи отправились домой. Ночь стояла теплая, влажная, но ясная и прелестная, мои легкие наполнял запах лигуструма.

Вскоре мы уже подходили к нашим любимым освещенным улицам.

Луи шел легким шагом и внешне ничем не отличался от обычного человека. Время от времени он останавливался, чтобы сорвать цветок с выглядывающего из-за забора или выросшего за границами палисадника куста. Всю дорогу он тихо что-то напевал, а иногда обращал взгляд к звездам.

Я наблюдал за ним с удовольствием, хотя представить себя на его месте не мог. Откуда у Луи смелость насыщаться только кровью негодяев или отвечать на молитвы, как только что он поступил. Меня не покидало ощущение неправильности такой теории, душа болела, и мне вдруг нестерпимо захотелось излить Луи душу... Но время для откровений было не подходящее.

Меня тяжело поразило сознание, что в своей смертной жизни я дожил до преклонного возраста, а потому был привязан к человеческой расе теми путями, которых у многих других вампиров просто не было. Луи исполнилось лишь двадцать четыре, когда он заключил сделку с Лестатом. Так сколько он успел узнать за свою жизнь и сколько потом забыть?

Мои размышления были прерваны неожиданно возникшим внутренним беспокойством. Как оказалось, причиной его стал огромный черный кот, который выскочил из кустов и преградил нам дорогу.

Я замер на месте. Луи тоже остановился.

Проезжавшая машина осветила фарами кота, и глаза его на секунду сверкнули золотом, а в следующий момент животное юркнуло в темноту так же быстро, как и появилось. Воистину, таких огромных и таких отвратительных существ я еще не видел,

— Надеюсь, ты не воспринял это как дурной знак,— с улыбкой проговорил Луи, желая меня поддразнить.— Тебе ведь, Дэвид, чужды предрассудки, как сказали бы смертные.

Меня порадовали легкомысленные нотки, прозвучавшие в его голосе. Мне нравилось видеть его таким оживленным, наполненным теплой кровью, практически не отличающимся от смертного. Но ответить ему я отчего-то не смог.

Кот мне совершенно не понравился. В душе кипела злость и на Меррик. Даже если бы сейчас пошел дождь, то и в этом я, наверное, обвинил бы ее. Неужели колдунья бросила мне вызов? Я сам себя накручивал, доводя до крайности. Но не сказал ни слова.

— Когда ты позволишь мне увидеться с Меррик? — спросил Луи.

— Сначала ты выслушаешь историю ее жизни,— ответил я.— Точнее, ту часть, которая мне известна. Завтра постарайся насытиться пораньше, а когда я приду в квартиру, то расскажу все, что ты должен знать.

— И тогда мы договоримся о встрече?

— И тогда ты примешь решение.

Проснувшись следующим вечером, я увидел, что небо необычно ясное и звездное. Отличный знак для всех, на кого снизошла благодать. Такая ночь редкость для Нового Орлеана: из-за очень влажного воздуха небо здесь обычно подернуто дымкой или закрыто облаками.

Не испытывая голода, я направился прямиком в гостиницу «Виндзор-Корт», вновь оказался в красивом холле — современном, но отличавшемся элегантностью старых отелей,— а оттуда поднялся в номер к Меррик.

Оказалось, она только что выехала, и горничная готовила комнаты для нового постояльца.

Что ж, Меррик прожила здесь дольше, чем я ожидал, но меньше, чем надеялся. Как бы там ни было, решил я, она благополучно находится на пути к Оук-Хейвен. Я заглянул в письменный стол, чтобы проверить, не оставила ли она для меня письма. Оставила.

Только покинув гостиницу и убедившись, что рядом никого нет, я прочел короткую записку: «Уехала в Лондон забрать из хранилища те несколько предметов, которые, как мы знаем, связаны с ребенком».

Итак, дело движется!

Разумеется, она имела в виду четки и дневник, найденные более десяти лет тому назад нашим агентом

Джесс Ривз в квартире на Рю-Рояль. И если память мне не изменяла, в обители хранились еще несколько предметов, обнаруженные столетием раньше в покинутом номере одного из парижских отелей, где, по слухам, обитали вампиры.

Я встревожился.

А чего я мог ожидать? Что Меррик откажет мне в просьбе? Тем не менее я никак не предполагал, что она отреагирует так быстро. Конечно, она получит предметы, за которыми поехала,— в этом я не сомневался. Авторитет Меррик в Таламаске был велик и обеспечивал ей постоянный доступ к тайным хранилищам.

Мне пришла мысль попытаться позвонить ей в Оук-Хейвен и сказать, что мы должны чуть подробнее обсудить дело. Но я не мог рисковать.

Хотя агентов Таламаски в Оук-Хейвен насчитывалось немного, но все они были по-разному одарены. Телефон для них не был просто лишь обычным средством связи, и я не мог допустить, чтобы кто-то уловил нечто «странное» в голосе, звучащем на другом конце провода.

Я оставил все, как есть, и отправился в нашу квартиру на Рю-Рояль.

Стоило мне свернуть на подъездную аллею, как что-то мягкое прошмыгнуло мимо, коснувшись моей ноги. Я остановился и пошарил взглядом в темноте, пока не разглядел очертания еще одного огромного черного кота — наверняка уже другого. Я не мог представить, чтобы тот котяра, которого я видел прошлой ночью, проследовал за нами до самого дома без всякой приманки.

Кот скрылся на заднем дворе и пропал, когда я дошел до железной лестницы. Все это мне не понравилось. И кот тоже. Совершенно не понравился. Я задержался в саду: прошел к фонтану, чашу которого недавно очистили, и провел несколько минут, глазея на плавающих в прозрачной воде золотых рыбок и на лица совершенно заросших лишайником каменных херувимов, высоко державших над собой раковины, а затем оглядел клумбы, тянувшиеся вдоль кирпичных стен.

За чистотой двора следили, хотя не очень тщательно: подметали каменные дорожки, но позволяли растительности буйно разрастаться. Вероятно, Лестата это вполне устраивало, если он вообще на что-то обращал внимание. А Луи просто обожал этот двор.

Едва я поставил ногу на первую ступеньку лестницы, как вновь увидел кота — огромное черное чудище. Нет, не нравятся мне коты, запрыгивающие на высокие стены.

В голове роились мысли. Предстоящая сделка с Меррик порождала все усиливающуюся тревогу, дурные предчувствия камнем ложились на сердце. Ведь за все приходится платить. Внезапный отъезд Меррик в Лондон вдруг показался пугающе подозрительным. Неужели моя просьба показалась ей настолько серьезной, что ради нее она бросила все остальные дела?

Следовало ли мне рассказать Луи о ее намерениях? Тогда мы определенно смогли бы поставить точку в наших планах.

Войдя в квартиру, я включил все лампы в каждой комнате. Это давно вошло у нас в привычку, за которую я цеплялся изо всех сил, чтобы чувствовать себя обычным человеком, хотя это была, конечно, чистая иллюзия. С другой стороны, возможно, нормальность всегда является иллюзией. Кто я такой, чтобы судить?

Луи появился почти сразу. Он совершенно бесшумно поднялся по черной лестнице, и я услышал лишь его сердцебиение, а не шаги.

Я стоял у распахнутого окна в задней гостиной, наиболее отдаленной от шумной, вечно заполненной туристами Рю-Рояль, и пытался снова отыскать взглядом кота, хотя сам себе в этом не признавался. Невольно заметил, как разросшаяся бугенвиллия закрыла высокие стены, а заодно и всех нас от остального мира. Густо переплетенные лозы глицинии перекинулись с кирпичных стен на балконную ограду, а оттуда дотянулись до крыши.

Роскошные цветы и зелень Нового Орлеана поражали меня всегда, наполняли радостью, где и когда бы я ни останавливался, чтобы ими полюбоваться и насладиться их ароматом, словно по-прежнему имел на это право, словно по-прежнему оставался частью природы, словно по-прежнему был смертным.

Луи точно так же, как и накануне, был тщательно и продуманно одет: черный льняной костюм отличного покроя (редкость для льняных вещей), свежая белоснежная рубашка и темный шелковый галстук. Великолепные вьющиеся волосы блестели, зеленые глаза сияли.

Сразу было видно, что он успел насытиться: бледная кожа снова приобрела чувственный оттенок, который дает только кровь.

Такое внимание к малейшим деталям удивило меня и в то же время обрадовало, ибо означало своего рода душевный покой или, по крайней мере, отсутствие отчаяния.

— Присаживайся на диван, если хочешь,— сказал я, опускаясь на тот стул, на котором прошлой ночью сидел Луи.

Старинные стеклянные светильники, тускло поблескивавший натертый пол, ярко-красные мягкие ковры создавали в небольшой гостиной некий особый, утонченный уют. На стенах висели прекрасные образцы французской живописи. Видимо, даже малейшие детали призваны были нести покой.

Меня вдруг поразило, что именно в этой комнате больше века тому назад Клодия попыталась убить Лестата. Но Лестат сам выбрал именно этот дом, и мы собирались в нем уже несколько лет, так что давнее происшествие, вероятно, уже не имело значения.

Неожиданно я понял, что обязан сообщить Луи об отъезде Меррик в Англию и рассказать о том, что беспокоило меня больше всего остального: еще в девятнадцатом столетии Таламаска забрала из парижского отеля «Сент-Габриэль» оставленные там личные вещи — его и Клодии.

— Вы знали о нашем присутствии в Париже? — спросил он, и кровь прихлынула к его щекам.

Я немного помедлил, прежде чем ответить.

— Мы не были уверены,— сказал я.— Да, мы знали о существовании Театра вампиров, актеры которого не были смертными. Что касается твоей связи с Клодией и ее гибелью, то это было лишь предположение исследователя-одиночки. А когда ты бросил все вещи в отеле и вместе с другим вампиром покинул Париж, мы осторожно навели справки и приобрели все, что осталось в номере.

Луи спокойно воспринял услышанное.

— Почему вы никогда не пытались уничтожить вампиров из театра или хотя бы разоблачить их?

— Нас бы подняли на смех, если бы мы попытались их разоблачить,— ответил я.— Кроме того, это не в наших правилах. Луи, мы впервые всерьез заговорили о Таламаске. Для меня это все равно что говорить о родине, которую я предал. Но ты должен понять, что Таламаска — только сторонний наблюдатель и главная цель ордена — сохраниться в веках.

Мы немного помолчали. Лицо Луи было сосредоточенным и слегка печальным.

— Значит, Меррик привезет сюда одежду Клодии?

— Если мы ее приобрели, то, думаю, да. Я сам точно не знаю, что хранится в подвалах Обители.— Я замолчал. Давным-давно, еще будучи смертным, я привез Лестату подарок из хранилища. Сейчас у меня не возникало даже мысли попытаться что-нибудь взять из Таламаски.

— Я часто размышлял о хранилищах ордена,— со вздохом произнес Луи и добавил: — Но никогда о них не расспрашивал. Мне хочется видеть Клодию, а не те вещи, которые мы бросили.

— Понимаю.

— Но они важны для колдовских обрядов, да? — спросил он.

— Да. Возможно, ты лучше поймешь, когда я расскажу тебе о Меррик.

— Что мне следует знать о ней? — серьезно спросил он.— Я готов выслушать. Вчера ночью ты рассказал о вашей первой встрече. О том, что она показала тебе дагерротипы...

— Да, это была наша первая встреча. Но еще многое, очень многое не досказано. Вспомни, о чем я говорил прошлой ночью. Меррик — своего рода волшебница, ведьма, настоящая Медея, а мы подвержены воздействию колдовства не в меньшей степени, чем любое земное создание.

— Я стремлюсь только к одному: увидеть призрак Клодии,— повторил Луи.

Промелькнувшая на моих губах невольная улыбка тут же угасла и заставила меня устыдиться, ибо я заметил, что она больно задела Луи.

— Уверен, что ты понимаешь всю опасность связи со сверхъестественным,— твердо сказал я.— Но позволь мне вначале поделиться с тобой тем, что мне известно о Меррик,— точнее, тем, что, как мне кажется, имею право рассказать.

Я постарался максимально упорядочить собственные воспоминания.

Спустя всего несколько дней после появления Меррик в Оук-Хейвен (а это случилось более двадцати лет назад) Эрон и я вместе с ней отправились в Новый Орлеан, чтобы навестить Большую Нанэнн.

Я очень живо все помню.

Прошли последние прохладные дни весны, и мы окунулись во влажную духоту, что мне, всегда любившему и продолжающему любить тропики, было крайне приятно. Я не испытывал никаких сожалений по поводу отъезда из Лондона.

Меррик до сих пор не раскрыла нам дату смерти Большой Нанэнн, по секрету сообщенную ей старухой. А Эрон, хоть и был тем, кто явился в видении Большой Нанэнн и назвал роковой день, понятия не имел об этом сновидении.

Эрон заранее подготовил меня к тому, что предстояло увидеть в старом районе Нового Орлеана, но я все равно был поражен, когда оказался среди полуразрушенных домов всех размеров и стилей, утопающих в зарослях олеандра, обильно цветущего во влажном тепле. Но больше всего меня поразил старый, высоко поднятый на сваях дом, принадлежавший Большой Нанэнн.

День, как я уже сказал, был теплый и душный, время от времени на нас внезапно обрушивались бурные ливни, и, хотя прошло уже пять лет с тех пор, как я стал вампиром, отчетливо помню, как сквозь потоки дождя пробивались солнечные лучи, освещая узкие разбитые тропинки, как повсюду поднимались сорняки из сточных канав, напоминавших скорее открытые рвы, помню сплетающиеся ветви дубов и тополей, мимо которых мы шли к дому, в котором прежде жила Меррик.

Наконец мы подошли к высокому железному частоколу, за которым стояло строение — гораздо более внушительное, чем соседние, и гораздо более старое.

Это был типичный луизианский дом, возведенный на пятифутовых кирпичных сваях. К парадному крыльцу его вела деревянная лестница. Навес над крыльцом в стиле греческого ренессанса поддерживали стоявшие в ряд простые квадратные столбики, а маленькое оконце над центральной дверью заставило вспомнить величественный фасад Оук-Хейвен.

Высокие окна от пола до потолка украшали фасад, но все они были заклеены газетами, отчего дом казался заброшенным и необитаемым. Тисовые деревья, протянувшие свои тощие ветви к небесам по обе стороны парадного крыльца, прибавляли мрачную нотку, а передний холл, куда мы вошли, был пуст и темен, хотя вел прямо к открытой двери в дальнюю половину. Я не обнаружил лестницы на чердак, а он, по моим понятиям, непременно должен был присутствовать, так как дом венчала высокая крыша с очень крутыми скатами. За открытой задней дверью виднелись лишь зеленые заросли.

Глубину дома от передних до задних дверей составляли три комнаты, так что всего на первом этаже располагались шесть комнат, и в первой из них, слева от вестибюля, мы нашли Большую Нанэнн, лежавшую под слоем лоскутных одеял на простой старой кровати красного дерева, о четырех столбиках, но без балдахина. Я называю такую мебель плантаторской, потому что она огромная, и, когда ее втискивают в маленькие городские комнаты, невольно сразу вспоминаются обширные пространства загородных домов, для которых такая мебель, должно быть, и предназначалась. Кроме того, столбики из красного дерева, хоть и умело выточенные, были крайне непритязательны по форме.

Когда я взглянул на иссохшую маленькую женщину, чья голова покоилась на огромной, заляпанной пятнами подушке, а форма тела едва угадывалась под множеством потрепанных одеял, мне показалось в первую секунду, что она мертва.

Я мог бы поклясться всем, что знал о призраках и людях, что это высушенное маленькое тельце лишилось обитавшей в нем души. Возможно, она так долго мечтала о смерти и так сильно к ней стремилась, что на несколько секунд действительно покинула свою смертную оболочку. Но когда в дверях возникла малютка Меррик, Большая Нанэнн вернулась и с трудом подняла сморщенные веки. Старая кожа красивого, хотя и несколько поблекшего золотистого оттенка. Маленький плоский нос, рот, застывший в улыбке, волосы с седыми прядями.

Комнату освещали не только электрические лампы в убогих самодельных абажурах, но и множество свечей, расставленных на огромном алтаре. Сам алтарь я не мог как следует разглядеть, так как все окна на фасаде дома были заклеены газетами и комната утопала в сумерках. К тому же меня больше интересовали люди.

Эрон взял старый стул с плетеной спинкой и устроился на нем рядом с кроватью, источавшей запах болезни и мочи.

Все стены в комнате были сплошь заклеены газетами и большими яркими изображениями святых. По потолку расползлись трещины, вниз свисали хлопья облупившейся краски, грозившие вот-вот свалиться нам на голову. Только на боковых окнах висели портьеры, но и там в рамах вместо разбитых стекол виднелись газетные лоскуты, заменявшие разбитые стекла.

— Мы пришлем вам сиделок, Большая Нанэнн,— сказал Эрон с искренней добротой.— Простите, что так долго не приезжал.— Он подался вперед.— Вы можете мне абсолютно доверять. Мы пошлем за сиделками, как только выйдем отсюда.

— О чем это вы? — спросила старуха, утопая в пышной подушке.— Разве я просила... кого-то из вас... приехать?

Она говорила без французского акцента, удивительно молодым голосом, низким и сильным.

— Меррик, посиди со мной немного, chérie*,— сказала она.— Успокойтесь, мистер Лайтнер. Никто не просил вас приезжать.

Она подняла руку, но тут же уронила — словно ветка упала на ветру, безжизненная, сухая. Пальцы скрючились, царапнув платье Меррик.

— Видишь, Большая Нанэнн, что купил мне мистер Лайтнер? — заговорила Меррик, разводя в стороны руки и демонстрируя новый наряд.

Только тут я заметил, что она нарядилась в свое лучшее платье из белого пике и черные лакированные туфельки. Короткие белые носочки смотрелись нелепо на такой развитой девушке. Впрочем, Эрон все еще видел в ней только невинного ребенка.

Меррик наклонилась и поцеловала маленькую голову старухи.

— Больше не волнуйся за меня,— сказала она.— Мне с ними хорошо, Большая Нанэнн, как дома.

В эту секунду в комнате появился священник — высокий сутулый старик, как мне показалось, ровесник Нанэнн. Он еле передвигал ногами и казался со-

---

* Дорогая (фр.).

всем тощим в своей длинной черной сутане, широкий кожаный пояс болтался на костях, с него свисали четки, мягко постукивавшие при каждом шаге.

Он не обратил на нас внимания, а только кивнул старухе и тут же исчез, не проронив ни слова. Какие чувства у него мог вызвать алтарь слева от нас, устроенный прямо у стены, я не мог догадаться.

Меня вдруг охватило беспокойство, не попытается ли он помешать нам — из добрых чувств, разумеется,— забрать с собою Меррик.

Никогда не знаешь, какой священник, находящийся в подчинении у Рима, мог слышать о Таламаске, какой священник мог опасаться нашего ордена или презирать его. Для всех приверженцев церкви мы, ученые скитальцы, были чужаками, неразгаданной тайной. Заявив о светской природе ордена, пусть и древнего, мы не могли надеяться на сотрудничество или понимание со стороны Римской церкви.

Только когда этот человек исчез, а Эрон продолжил свой вежливый разговор со старухой, я получил возможность как следует разглядеть алтарь.

Он был построен из кирпичей и представлял собой нечто похожее на лестницу, которая завершалась широкой площадкой, предназначенной, скорее всего, для особых подношений. На алтаре длинными рядами выстроились большие гипсовые скульптуры святых.

Я тут же увидел святого Петра, Папу Легбу с Гаити и святого на коне — видимо, святого Барбару, заменявшего Шанго, или Чанго*, в религии кандомбле, которого мы в свою очередь ассоциировали со святым Георгием. Дева Мария была представлена в виде Кар-

---

* Шанго — верховное божество негритянской языческой мифологии, повелитель бурь, молний и грома.

мелитской Божией Матери, заменявшей Эзили, богиню вуду, у ног которой лежало множество цветов и горело больше всего свечей, мерцавших в высоких стаканах, так как по комнате гуляли сквозняки.

Был там и черный святой Южной Америки Мартин де Поррес с метлой в руке, а рядом с ним стоял, потупив взор, святой Патрик, от ног которого во все стороны расползались змеи. Всем нашлось место в этих подпольных религиях, сохраненных рабами Америки.

Перед статуэтками были разложены всевозможные маленькие сувениры, ступени ниже тоже были заставлены различными предметами, среди которых стояли тарелочки с птичьим кормом, зерном и какой-то снедью, уже начавшей гнить и источать дурной запах.

Чем дольше я разглядывал алтарь, тем больше подробностей замечал — например, жуткую фигуру Черной Мадонны с белым младенцем Иисусом на руках. Были там многочисленные маленькие кисеты, плотно завязанные, и несколько дорогих на вид сигар в нераспечатанных упаковках — наверное, их берегли для будущих подношений. Но это лишь мое предположение. На краю алтаря стояли несколько бутылок рома.

Это был один из самых больших домашних алтарей, которые я когда-либо видел. Меня не удивило, что некоторые тарелки с едой уже заполнены муравьями. В целом зрелище было неприятным и пугающим, не идущим ни в какое сравнение с тем алтарем, что Меррик устроила недавно в номере гостиницы. Даже во время моего пребывания в Бразилии, когда я поклонялся кандомбле, я не встречал ничего более торжественного и красивого. При виде алтаря я буквально цепенел, а мой прошлый опыт, скорее всего, лишь усиливал впечатление.

Наверное, сам того не сознавая, я прошел в глубину комнаты, поближе к алтарю, оставив позади печальное ложе, дабы не видеть лежавшую на нем больную.

Неожиданно раздавшийся голос старухи вывел меня из задумчивости.

Я обернулся и увидел ее сидящей в кровати, что казалось невозможным при такой слабости. Меррик поправила подушки, чтобы бабушка подольше оставалась в этом положении.

— Священник кандомбле, посвятивший себя Ошала,— обратилась ко мне старуха.

Ну вот, наконец прозвучало и имя моего бога.

Я был слишком поражен, чтобы ответить.

— Я не видела тебя в своих снах, англичанин,— продолжала старуха.— Ты был в джунглях, ты искал сокровища.

— Сокровища, мадам? — переспросил я в полном замешательстве.— Сокровища, да. Но только не в обычном понимании этого слова. Ни в коем случае.

— Я следую своим снам,— говорила старуха, буквально впившись в меня взглядом, в котором читалась угроза,— а потому отдаю тебе свое дитя. Но берегись ее крови. Она потомок многих магов, гораздо более сильных, чем ты.

Пораженный, я буквально прирос к месту, стоя прямо перед старухой.

Эрон давно уже встал со стула и отошел в сторону, чтобы не мешать нам.

— Ты ведь вызывал Одинокого Духа? — спросила она.— Ну что, напугался тогда в бразильских джунглях?

Откуда эта женщина могла столько обо мне узнать? Даже Эрону не была известна вся моя жизнь. Я всегда находил возможность умолчать о своей приверженности к кандомбле, словно это был пустяк.

Что касается «Одинокого Духа», то, конечно, я сразу понял, что она имеет в виду. Тот, кто обращается к Одинокому Духу, призывает к себе чью-то измученую душу — душу из чистилища или привязанную к земле каким-то горем — и просит, чтобы она помогла ему войти в контакт с богами или духами, находящимися в другом царстве. Так гласит старая легенда. Столь же старая, как магия, носящая разные названия в разных странах.

— Да, конечно, ты ведь у нас ученый,— сказала старуха и улыбнулась, обнажив ровные вставные зубы, такие же желтые, как она сама. Взгляд ее оживился.— А что у тебя на душе?

— Мы здесь не для того, чтобы обсуждать это,— потрясенный, выпалил я.— Вы знаете, что я хочу защитить вашу крестницу. Уверен, вы смогли разглядеть это в моем сердце.

— Да, жрец кандомбле. И ты видел своих родственников, когда заглядывал в потир. Разве нет? — Она улыбнулась, но в низком голосе появились угрожающие нотки.— И они велели тебе отправляться домой в Англию, иначе ты потеряешь свою английскую душу.

Все сказанное было справедливо и в то же время не было правдой, о чем я тут же поспешил сообщить колдунье.

— Вы знаете далеко не все,— объявил я.— Нужно уметь использовать магию в благородных целях. Вы научили этому Меррик?

В моем голосе звучал гнев, которого эта старая женщина не заслужила. Неужели я вдруг позавидовал ее силе? Но в ту минуту мне уже было не сдержаться.

— Посмотрите, до какой катастрофы довела вас ваша магия! — сказал я, обводя рукой вокруг.— Разве это подходящее место для красивого ребенка?

Эрон тут же принялся упрашивать меня замолчать.

Даже священник вышел вперед и, пристально глядя мне в глаза, покачал головой, печально нахмурился и погрозил пальцем перед моим носом — словно имел дело с маленьким ребенком.

Старуха коротко и надрывно рассмеялась.

— Значит, ты считаешь ее красивой? — спросила она.— Всем вам, англичанам, нравятся дети.

— Ко мне это никак не относится! — с возмущением заявил я.— Вы сами не верите в то, что говорите. Вы просто хотите ввести всех в заблуждение. Вы сами отослали девочку к Эрону, причем без какого-либо сопровождения.

Я тут же пожалел о сказанном. Теперь священник наверняка будет возражать, когда придет время увезти отсюда Меррик.

Но, как я заметил, он был слишком потрясен моею дерзостью, чтобы возражать.

Бедняга Эрон буквально помертвел. Я вел себя как скотина: потерял всякое самообладание и обрушил гнев на умирающую старуху.

Но, взглянув на Меррик, я увидел, что наш спор ее забавляет. На лице девочки явственно читались гордость и торжество. Но потом она встретилась глазами со старухой, и они беззвучно обменялись какими-то мыслями — какими именно, посторонним пока не полагалось знать.

— Ты, конечно, позаботишься о моей крестнице. Тебя не испугает то, что она может сделать,— произнесла больная и опустила сморщенные веки.

Я видел, как вздымается ее грудь под белой фланелевой рубахой и дрожит лежащая на одеяле рука.

— Нет, я никогда не испугаюсь,— почтительно сказал я, готовый заключить мир, и, приблизившись на несколько шагов к кровати, добавил: — В обществе любого из нас она в полной безопасности, мадам. Скажите, почему вы пытаетесь напугать меня?

Казалось, она уже не в силах открыть глаза, но чуть позже ей все же удалось поднять веки и обратить на меня взгляд.

— Мне здесь покойно, Дэвид Тальбот. Другого мне и не надо, а что до ребенка, то она всегда была счастлива в этом доме. Места здесь предостаточно

Странно... Я не мог припомнить, чтобы кто-то называл ей мое имя.

— Простите мои слова,— поспешил извиниться я, и раскаяние мое было искренним.— У меня нет права так с вами разговаривать.

Старуха шумно вздохнула, глядя в потолок.

— Меня терзает боль, не отступает ни на минуту,— негромко произнесла она.— Я хочу умереть. Вы, наверное, считаете, что я в состоянии избавиться от нее с помощью колдовства. Ничего подобного. Для других у меня найдутся заклинания, но не для себя. Кроме того, пришло время. Я живу уже сто лет.

— Я верю вам. И, не сомневайтесь, позабочусь о Меррик,— сказал я, исполненный сочувствия и взволнованный ее признанием.

— Мы пришлем сиделок, и сегодня же придет доктор. Вы не должны терпеть боль, в этом нет необходимости,— сказал Эрон.— Позвольте мне теперь отлучиться, чтобы отдать распоряжения. Я скоро вернусь.

Эрон всегда брал на себя практическую сторону любого дела и всегда великолепно справлялся с задачей.

— Нет, мне не нужны в доме чужие люди.— Большая Нанэнн бросила взгляд сначала на Эрона, потом на меня.— Вы увезете отсюда мою крестницу. Забирайте ее и все вещи из дома. Передай им, Меррик, все, что я тебе говорила. Расскажи, чему научили тебя твои дяди, тети и прабабушки. Вот этот высокий, с темными волосами...— Она указала на меня.— Он знает о тех сокровищах, что достались тебе от Холодной Сандры, так что доверься ему. Расскажи ему о Медовой Капле на Солнце. Иногда я чувствую, Меррик, что тебя окружают дурные призраки...— Она посмотрела на меня.— Оттони от нее дурных призраков, англичанин. Ты знаешь, как это делается. Только теперь я поняла, в чем смысл моего сна.

— Медовая Капля на Солнце? Что это значит? — спросил я.

Старуха с мучительной миной закрыла глаза и сжала губы, и мне сразу стало ясно, как сильно она страдает от боли. Меррик вздрогнула и впервые за все время едва не расплакалась.

— Успокойся, Меррик,— после паузы произнесла Большая Нанэнн.

Она указала пальцем на девочку, но тут же уронила руку, будто слабость не позволила ей продолжить.

Я собрал все свое умение и попытался проникнуть в мысли старой женщины. Но ничего не вышло, если не считать того, что я, похоже, перепугал ее как раз тогда, когда ей больше всего хотелось покоя.

Я тут же постарался загладить свою вину.

— Верьте нам, мадам. Вы оставляете Меррик в хороших руках.

Старуха покачала головой.

— Ты считаешь, что колдовать легко,— прошептала она, и наши взгляды снова встретились.— Ты считаешь, что колдовство можно оставить позади, если пересечь океан. Ты считаешь, les mystères* не имеют отношения к реальности.

— Нет, напротив.

Она снова рассмеялась, тихо и с издевкой.

— Ты никогда не понимал их истинной силы, англичанин. Ты способен только вызвать дрожь — и все. Ты был чужаком в чужой стране со своим кандомбле. Ты забыл Ошала, зато он тебя не забыл.

С каждой секундой мне становилось все труднее сдерживаться и сохранять невозмутимый вид.

Старуха закрыла глаза и сомкнула пальцы вокруг тоненького запястья Меррик. Я услышал позвякивание четок, висевших на поясе у священника, а затем до меня донесся аромат свежесваренного кофе и сладковатый запах только что выпавшего дождя.

Это была минута покоя — душный влажный воздух новоорлеанской весны, благоухающая свежесть дождевых капель, тихие раскаты грома, доносящиеся издалека. Я почувствовал запах восковых свечей и цветов, украшавших алтарь, но его быстро вытеснил тот, что исходил от ложа больной. Все эти запахи, даже крайне неприятные, вдруг идеально слились воедино.

Последний миг жизни старухи был уже действительно близок, так что этот букет ароматов был естественным. Мы не должны были обращать на него внимание — нам следовало просто с любовью смотреть на Большую Нанэнн.

— Слышите этот гром? — спросила она, и снова маленькие глазки сверкнули в мою сторону.— Скоро я буду дома.

Теперь Меррик не на шутку перепугалась. Взгляд ее стал диким, руки начали дрожать. Охваченная ужа-

* Тайны, загадки (фр.).

сом, она пытливо вглядывалась в лицо старой женщины.

Глаза Большой Нанэнн закатились, тело попыталось было выгнуться на подушках, однако толстые лоскутные одеяла оказались слишком тяжелыми и не позволили ему приподняться.

Что нам было делать? Иногда, чтобы умереть, человеку нужно целых сто лет, а иногда это происходит мгновенно. Я в не меньшей степени, чем Меррик, был объят страхом.

Вошел священник и, обогнув всех нас, приблизился к кровати, чтобы взглянуть в лицо больной. Руки старика были такими же сухими и маленькими, как у нее.

— Таламаска...— прошептала старуха.— Таламаска, забери мое дитя. Таламаска, позаботься о нем.

Мне показалось, что я вот-вот расплачусь. За долгую жизнь мне нередко доводилось присутствовать у смертного одра. Нелегкая обязанность, но есть в ней нечто безумно возбуждающее. Ужас перед смертью разжигает волнение, как перед битвой, хотя на самом деле сражение уже подходит к концу.

— Таламаска...— снова прошептала Большая Нанэнн.

Наверняка священник услышал ее слова, но не обратил на них ни малейшего внимания. Проникнуть в его мысли оказалось делом несложным. Он пришел только для того, чтобы совершить необходимый ритуал над женщиной, которую знал и уважал. Алтарь в спальне отнюдь не стал для него потрясением.

— Бог ждет тебя, Большая Нанэнн,— тихо произнес священник с заметным акцентом деревенского жителя этих мест.— Бог ждет, а с ним, возможно, и Медовая Капля на Солнце и Холодная Сандра.

— Холодная Сандра...— медленно, с натужным хрипом выдохнула старая женщина.— Холодная Сандра...— повторила она как молитву,— Медовая Капля на Солнце... в руках Господа.

Происходящее так взволновало Меррик, что девочка в конце концов расплакалась. Она, до сих пор казавшаяся необыкновенно сильной, теперь превратилась в хрупкое, ранимое существо, чье сердце готово было разбиться.

— Не трать время на поиски Холодной Сандры,— тем временем продолжила Большая Нанэнн.— И Медовой Капли тоже.— Она крепче вцепилась в запястье Меррик.— Оставь этих двоих мне. Холодная Сандра бросила своего ребенка ради мужчины. Не стоит проливать по ней слезы. Пусть твои свечи горят ради других. Оплакивай меня.

Меррик почти обезумела от горя. Она молча рыдала, склонив голову на подушку рядом с крестной, а та высохшей рукой обхватила девочку за плечи.

— Ты моя радость,— приговаривала старуха,— моя малышка. Не плачь по Холодной Сандре. Холодная Сандра, отправляясь в ад, забрала с собой Медовую Каплю на Солнце.

Священник отошел от кровати и начал тихо молиться, произнося по-английски «Радуйся, Мария», и, только дойдя до слов «Молись о нас, грешных, *ныне и в час смерти нашей*», слегка повысил голос.

— Я сообщу тебе, если найду этих двух,— пробормотала Большая Нанэнн.— Святой Петр, открой мне ворота. Святой Петр, позволь мне войти.

Но я-то знал, что на самом деле она взывает к Папе Легбе. Возможно, Папа Легба и святой Петр представлялись ей единым божеством. Вероятно, священник тоже об этом догадывался.

Он вновь подошел к кровати. Эрон уважительно попятился. Меррик по-прежнему сидела, зарывшись лицом в подушку и прижав правую руку к щеке старухи.

Священник благословил умиравшую по-латыни: «In Nomine Patris, et filie, et spiritu sanctum, Amen»*.

Мне казалось, что из приличия нам следует уйти. Какое право мы имели оставаться? Но Эрон не подавал сигнала. Я вновь взглянул на жуткий алтарь и большую статуэтку святого Петра с ключами от рая, очень похожую на ту, что много лет спустя — не далее как вчера ночью — предстала предо мной в гостиничном номере Меррик.

Я вышел в вестибюль и, сам не знаю почему, выглянул в открытую заднюю дверь — наверное, захотелось полюбоваться на потемневшую под дождем листву. Сердце бешено колотилось. В открытые двери парадного и черного ходов шумно влетали большие капли, оставляя пятна на замызганном деревянном полу.

До меня донеслись громкие судорожные всхлипы Меррик. Время остановилось — такое ощущение часто возникает теплыми вечерами в Новом Орлеане. Меррик зарыдала еще отчаяннее, и Эрон обнял ее.

Я понял, что старая женщина умерла, и осознание горя словно послужило толчком к пробуждению.

Впервые увидев Большую Нанэнн меньше часа тому назад, выслушав ее откровения, я был ошеломлен и не мог должным образом оценить ее колдовской дар. Весь мой опыт, приобретенный в Таламаске, носил скорее теоретический характер, так что, столкнувшись лицом к лицу с истинным колдовством, я был потрясен не меньше любого другого человека.

---

* Во имя Отца, и Сына, и Святого Духа, аминь.

Мы простояли у дверей в спальню еще три четверти часа. Кто-то сказал, что соседи хотят зайти, чтобы попрощаться..

Сначала Меррик была против этого. Она рыдала, прижавшись к Эрону, и приговаривала, что ей никогда не найти Холодную Сандру и что той давно следовало бы вернуться домой.

Нам всем было мучительно видеть, как страдает ребенок. Священник то и дело подходил к Меррик, чтобы поцеловать ее и ласково похлопать по плечу.

Наконец пришли две молодые цветные женщины, обе светлокожие, но с явными признаками африканского происхождения, и принялись готовить Большую Нанэнн к погребению. Одна из них взяла за руку Меррик, подвела к крестной и велела закрыть ей глаза. Меня эти две женщины искренне восхитили. И дело было не только в великолепном цвете их кожи или блеске глаз. Меня поразила их старомодная церемонность, простые шелковые платья с украшениями, словно предназначенные для обычного визита, и торжественность, с какой они совершали этот маленький ритуал.

Меррик послушно подошла к кровати и двумя пальцами правой руки опустила веки усопшей. Эрон вышел ко мне в вестибюль.

Потом вышла Меррик и сквозь рыдания спросила Эрона, может ли он подождать, пока женщины обмоют Большую Нанэнн и сменят постель. Разумеется, Эрон ответил, что мы сделаем все, как она пожелает.

Мы прошли на другую половину дома, в довольно строго обставленную гостиную. Мне невольно вспомнилась гордая похвальба старухи. Гостиная соединялась аркой с большой столовой, и в обеих комнатах было много чудесных дорогих вещей.

Над каминами, отделанными резным белым мрамором, висели огромные зеркала, мебель из красного дерева тоже стоила немалых денег.

Кое-где на стенах мы увидели потемневшие изображения святых, а в огромном серванте — изобилие посуды из костяного фарфора, украшенного старинным узором. Помимо всего в гостиной стояли несколько больших светильников с тусклыми лампами под пыльными абажурами.

Мы могли бы разместиться с удобствами, если бы не удушающая жара: хотя в некоторых окнах были выбиты стекла, в пыльную тень комнаты проникала только сырость.

Вслед за нами в комнату вошла молодая женщина — еще одна красавица с экзотичным цветом кожи, одетая так же скромно, как и другие. Она несла стопку сложенной черной ткани, чтобы закрыть зеркала, и небольшую лесенку. Мы с Эроном в меру сил помогли ей.

После этого она закрыла клавиатуру старинного пианино, которое я до той минуты даже не заметил, а затем подошла к большим часам в углу, открыла стеклянную створку и остановила стрелки. Только когда тиканье часов прекратилось, я осознал, что до той минуты вообще его слышал.

Перед домом к тому времени уже собралась целая толпа людей всех цветов кожи.

Наконец скорбящим было позволено войти в дом, и длинная процессия медленно двинулась внутрь. Убедившись, что Меррик, занявшая место в изголовье кровати, успокоилась и теперь испытывает лишь глубокую грусть, мы с Эроном ушли в глубину сада.

Люди входили в комнату, приближались к изножью кровати, а затем покидали дом через черный ход и попадали на боковую дорожку в саду, откуда на улицу вела небольшая калитка.

Помню, на меня произвело большое впечатление то, что вся церемония происходила в благоговейной тишине. Потом, к моему удивлению, стали прибывать машины и по ступеням начали подниматься элегантно одетые люди — опять же всех цветов кожи.

Одежда на мне стала неприятно влажной и липкой от жары. Несколько раз я заходил в дом, чтобы удостовериться, все ли в порядке с Меррик. В спальне, гостиной и столовой включили несколько кондиционеров, и в комнатах постепенно воцарилась прохлада.

Зайдя в дом в очередной раз, я увидел, что фарфоровая ваза на алтаре доверху заполнена двадцатидолларовыми купюрами — присутствующие жертвовали деньги на похороны Большой Нанэнн.

Что касается Меррик, то она, оцепеневшая от горя, почти бесстрастно кивала каждому визитеру.

Шли часы, людской поток не иссякал. Процессия протекала в той же уважительной тишине, люди заговаривали между собой, только отойдя подальше от дома. Официально одетые темнокожие женщины произносили слова с очень мягким южным акцентом, совершенно не похожим на африканский говор.

Эрон шепнул мне, что эти похороны весьма нетипичны для Нового Орлеана: слишком разношерстной была собравшаяся на них публика. И вели все себя слишком тихо.

Я отлично понимал, в чем дело: люди боялись Большой Нанэнн, равно как и Меррик. И специально пришли, чтобы Меррик их заметила. Они оставили множество двадцатидолларовых купюр. Похоронной мессы не было, и все пребывали в недоумении, ибо считали ее необходимой. Но, по словам Меррик, Большая Нанэнн сама от нее отказалась.

Чуть позже, когда мы с Эроном вновь стояли на аллее и с наслаждением курили, на его лице вдруг промелькнуло выражение не то удивления, не то озабоченности. Едва заметным жестом он указал мне на дорогую машину, только что подъехавшую к обочине.

Из машины выбрались новые посетители — белые: молодой человек весьма приятной наружности и строгая с виду женщина в очках с тонкой оправой. Они сразу поднялись по ступеням, намеренно не обращая внимания на болтавшихся поблизости зевак.

— Это белые представители Мэйфейров,— едва слышно произнес Эрон.— Нельзя, чтобы они меня здесь заметили.

Мы поспешно удалились по садовой тропинке, ведущей к задней половине дома, и остановились в тени преградившей нам путь великолепной глицинии.

— Что это значит? — спросил я.— Зачем сюда явились белые Мэйфейры?

— Очевидно, они сочли это своим долгом,— прошептал Эрон.— Право, Дэвид, веди себя потише. Все без исключения члены этого семейства в той или иной степени наделены сверхъестественными способностями. Ты же знаешь, я упорно, но безуспешно пытался установить с ними контакт. Не хочу, чтобы нас здесь видели.

— Но кто они? — настаивал я.

Я знал о существовании пухлого досье на Мэйфейрских ведьм, которое в течение многих лет составлял Эрон. Но для меня, как для Верховного главы, история клана Мэйфейров была всего лишь одной из тысяч других, хранящихся в архивах ордена.

Экзотический климат, странный старый дом, ясновидение старухи, высокие сорняки, ливень, пронизанный солнцем,— все это подействовало на меня возбуждающе. Я разволновался, словно пред нами предстали призраки.

— Семейные адвокаты,— приглушенно сказал он, пытаясь скрыть раздражение, вызванное моей настойчивостью.— Лорен Мэйфейр и молодой Райен Мэйфейр. Они ничего не знают ни о ведьмах, ни о колдовстве, здешнем или городском. Им известно лишь, что эта женщина их родственница. Мэйфейры никогда не уклоняются от исполнения семейного долга, и тем не менее я не ожидал, что они сюда явятся.

Он вновь попросил меня помолчать и не попадаться на глаза вновь прибывшим. И тут из дома до меня донесся голос Меррик. Я подошел поближе к разбитому окну гостиной, однако не сумел разобрать ни единого слова.

Эрон тоже прислушался — и тоже безрезультатно.

Вскоре белые Мэйфейры покинули дом и уехали на своей шикарной новой машине.

Только тогда Эрон поднялся по лестнице.

Через комнату проходили последние скорбящие. Остальные, отдав дань уважения, толклись на мостовой.

Я последовал за Эроном в спальню Большой Нанэнн.

— Сюда явились городские Мэйфейры,— тихо сообщила Меррик.— Видели их? Они хотели за все заплатить. Я сказала, что денег у нас предостаточно. Сами посмотрите: здесь несколько тысяч долларов. Гробовщик уже в пути. Сегодня ночью мы будем читать молитвы над телом, а завтра состоятся похороны. Я проголодалась. Хорошо бы перекусить.

Вскоре явился пожилой гробовщик, тоже из цветных, довольно высокий и абсолютно лысый. Он принес с собой прямоугольную корзину, предназначенную для тела Большой Нанэнн.

Что касается дома, то теперь он был предоставлен в распоряжение отца гробовщика — очень старого человека с кожей почти такого же цвета, как у Меррик, и совершенно белыми, мелко вьющимися волосами. Оба старика, одетые, несмотря на чудовищную жару, в строгие официальные костюмы, держались с большим достоинством.

Они тоже считали, что в церкви Богоматери Гваделупской должна состояться римско-католическая месса, но Меррик в который уже раз терпеливо объяснила, что Большой Нанэнн месса не нужна.

Поразительно, но все проблемы как-то сами собой быстро разрешились.

Затем Меррик подошла к секретеру в комнате крестной, вынула из верхнего ящика сверток в белой ткани и жестом пригласила нас последовать за ней.

Мы все отправились в ресторан, где Меррик, положив сверток на колени, молча проглотила огромный сэндвич с жареными креветками и выпила две диетические кока-колы. Было видно, что она устала плакать, в ее печальном взгляде читалось огромное, непоправимое горе.

Маленький ресторанчик показался мне очень экзотичным местом: замызганные полы, грязные столешницы, но самые жизнерадостные официанты и официантки и самые веселые клиенты.

Я был опьянен гипнотической атмосферой Нового Орлеана и оказался во власти магии Меррик, хотя она не произнесла ни слова. В то время я еще не подозревал, что самые странные вещи меня ждут впереди.

Словно во сне мы вернулись в Оук-Хейвен, чтобы принять душ и переодеться к ночному бдению. В Обители нас встретила молодая женщина, верная служительница Таламаски, имя которой я по понятным причинам здесь не назову. Она помогла Меррик и подобрала для нее новый наряд: темно-синее платье и соломенную шляпку с широкими полями. Эрон сам навел последний лоск на ее лакированные туфельки. В руках Меррик держала четки и католический молитвенник, украшенный жемчугом.

Но, прежде чем вернуться в Новый Орлеан, она захотела показать нам содержимое свертка, принесенного из комнаты крестной.

Мы прошли в библиотеку, где я еще совсем недавно впервые увидел Меррик. В Обители наступило время ужина, поэтому комната была предоставлена в наше полное распоряжение.

Когда Меррик развернула ткань, я был поражен, увидев древнюю книгу: рукописный фолиант с великолепными иллюстрациями на деревянном переплете, порядком разрушенном, так что Меррик обращалась с ним чрезвычайно бережно.

— Эта книга досталась мне от Большой Нанэнн,— пояснила Меррик.

Во взгляде девочки, обращенном на пухлый том, читалось искреннее почтение. Она позволила Эрону взять книгу в руки и вместе с тканью перенести на стол, поближе к свету.

Пергамент — самый прочный материал, когда-либо изобретенный для книг, а этот фолиант был таким древним, что ни за что бы не сохранился, будь текст написан на чем-либо другом. Ведь даже деревянная обложка разве что не разваливалась на куски. Меррик сама взяла на себя смелость отодвинуть верхнюю доску, чтобы дать нам возможность прочитать титульный лист.

Надпись была сделана на латыни, не представлявшей для меня, как и для любого служителя Таламаски, ни малейшей трудности. Я перевел ее мгновенно:

«ЗДЕСЬ НАХОДЯТСЯ ВСЕ ТАЙНЫ
МАГИЧЕСКИХ ИСКУССТВ,
ПРЕПОДАННЫХ ХАМУ, СЫНУ НОЯ,
БОДРСТВУЮЩИМИ
И ПЕРЕДАННЫХ ЕГО ЕДИНСТВЕННОМУ СЫНУ
МИЦРАИМУ».

Осторожно приподняв эту страницу, которая была прошита, как и все остальные, тремя кожаными ремешками, Меррик открыла первый из многочисленных листов магических заклинаний, написанных поблекшим, но еще четким и очень плотным латинским шрифтом.

Это была самая старая из всех колдовских книг, которые я когда-либо видел, и, если верить, разумеется, титульному листу, она претендовала на то, что является самым ранним сводом заклинаний черной магии, известным со времен Потопа.

Я отлично знал предания, связанные с Ноем и его сыном Хамом, и даже еще более раннюю легенду, по которой сыны Божии обучили магии дочерей человеческих, когда стали входить к ним, как гласит Бытие.

Даже ангел Мемнох, совратитель Лестата, по-своему рассказывал это предание: якобы его совратила дщерь человеческая, когда он бродил по земле. Хотя, конечно, в то время я еще ничего не знал о Мемнохе.

Как мне хотелось остаться наедине с этой книгой! Я жаждал прочитать каждый слог, мечтал поскорее вручить ее нашим экспертам, дабы те проверили ее бумагу, чернила, а также исследовали стиль.

Большинство читателей моего повествования не удивляет тот факт, что существуют люди, умеющие с одного взгляда определять возраст книг. Я к их числу не принадлежал, но твердо верил, что лежавший передо мной раритет был переписан в каком-то монастыре уже в христианскую эпоху, но до того, как Вильгельм Завоеватель приблизился к английскому побережью.

Иными словами, датировать книгу следует, скорее всего, восьмым или девятым веком. Склонившись, чтобы прочесть первую страницу, я обратил внимание на надпись, гласившую, что «это подлинная копия» гораздо более раннего текста, дошедшего до нас, разумеется, от самого Хама, сына Ноя.

Как много легенд окружало эти имена!

Но самое поразительное, что эта книга принадлежала Меррик, и именно Меррик показывала ее нам.

— Это моя книга,— повторила она.— И я знаю, как колдовать по ней. Я знаю все ее заклинания.

— Но кто научил тебя ее читать? — спросил я, не в силах скрыть волнение.

— Мэтью,— ответила она.— Тот человек, который возил меня и Холодную Сандру в Южную Америку. Он страшно разволновался, когда увидел эту книгу среди других. Конечно, в то время я мало что в ней понимала, а вот для крестной это не составляло никакого труда. Мэтью лучший из всех мужчин, кого мать приводила в дом. Когда с нами был Мэтью, в доме царили покой и веселье. Но о нем поговорим в другой раз. А сейчас хочу сказать, что вам придется позволить мне оставить эту книгу у себя.

— Аминь, так и будет,— поспешно проговорил Эрон.

Наверное, он боялся, что я захочу отобрать фолиант у девочки, хотя у меня и в мыслях такого не было. Я хотел изучить его, да, но только с позволения Меррик.

Что касается упоминания Меррик о матери, то меня одолело недюжинное любопытство. Я уже готов был засыпать девочку вопросами, но, заметив, что Эрон строго покачал головой, не посмел открыть рот.

— Идемте, пора возвращаться,— сказала Меррик.— Скоро вынесут тело.

Оставив бесценную книгу в комнате Меррик, мы спустились в гостиную, где уже стоял светло-серый, обитый внутри атласом гроб с усопшей.

При свете многочисленных свечей — обшарпанную, без абажура люстру включать не стали — мрачная комната выглядела торжественно и почти красиво.

Большую Нанэнн обрядили в самое любимое ее платье из белого шелка с крошечными розовыми бутончиками, вышитыми на воротнике. Вокруг скрюченных пальцев были обмотаны великолепные хрустальные четки, а чуть выше головы на фоне затянутой атласом крышки гроба виднелся золотой крест.

Возле гроба стояла обитая красным бархатом скамеечка, принесенная, наверное, гробовщиком. Многие преклоняли на ней колена, чтобы осенить себя крестным знамением и помолиться.

И снова потянулись толпы людей, причем они распределялись строго по расовым группам: мулаты держались вместе, белые — с белыми, а темнокожие — с темнокожими.

Впоследствии я стал обращать внимание на эту особенность, имевшую место в Новом Орлеане, и часто наблюдал ее проявления. Но в то время я еще не знал город. Мне было лишь известно, что больше не существует такой ужасной несправедливости, как сегрегация, и меня восхищало, что людей с белым цветом кожи среди собравшихся меньшинство.

Мы с Эроном очень нервничали, боясь, что нас вот-вот станут расспрашивать о будущем Меррик. Но никто даже не заикнулся об этом. Люди лишь обнимали девочку, целовали, шептали ей на ухо несколько слов и уходили восвояси. Снова выставили вазу, и в нее снова посыпались деньги, но для чего и для кого они предназначались, я не знал. Вероятнее всего, для Меррик, поскольку всем было, конечно, известно, что она сирота.

Наконец мы отправились в соседнюю комнату, чтобы хоть немного поспать (открытый гроб был выставлен в гостиной на всю ночь). Там не было никакой мебели, кроме раскладушек. Меррик привела священника, чтобы мы могли с ним побеседовать, и на беглом, очень хорошем французском сообщила ему, что мы ее дяди и она поедет жить к нам.

«Вот, значит, какая история,— подумал я.— Мы превратились в ее дядюшек... Что ж, пусть так. Зато теперь Меррик точно пойдет в школу».

— Это именно то, что я хотел ей предложить,— шепнул мне Эрон.— И как она догадалась? А я опасался, что она будет против такой перемены.

Я не знал, что и думать. Этот серьезный, умный и красивый ребенок внушал мне опасения и в то же время притягивал. Весь разыгранный спектакль даже заставил меня усомниться в собственном рассудке.

В ту ночь мы спали урывками. Раскладушки были неудобные, в пустой комнате нечем было дышать, а в вестибюле не переставая ходили и перешептывались люди.

Несколько раз я наведывался в гостиную и видел, что Меррик безмятежно дремлет в кресле. Старик священник тоже заснул, уже ближе к утру. Задняя дверь дома оставалась открытой. Я выглянул. Двор был погружен во тьму, но в отдалении беспорядочно мерцали и перемигивались огоньки свечей и ламп. На душе у меня стало отчего-то беспокойно. Я заснул, когда на небе еще оставалось несколько звезд.

Настало утро, и пора было начинать погребальную церемонию.

Появился священник, в подобающих одеждах, в сопровождении служки, и начал произносить молитвы, которые, как оказалось, знала вся толпа. Служба на английском внушала не меньше трепета, чем старинный латинский обряд, от которого отказались. Гроб к этому времени уже закрыли.

Меррик вдруг задрожала и начала всхлипывать. Смотреть на нее было невыносимо. Она сорвала соломенную шляпку и начала рыдать — все громче и громче. Несколько хорошо одетых мулаток тут же окружили бедняжку и повели вниз по лестнице, энергично растирая ей руки и то и дело вытирая платком лоб. Всхлипывания перешли в икоту. Женщины ворковали над девочкой, целовали ее. В какой-то момент из горла Меррик вырвался крик.

У меня сердце разрывалось при виде беспредельного отчаяния этой еще недавно сдержанной и рассудительной малышки.

Меррик едва ли не на руках понесли к похоронному лимузину. Гроб поставили на катафалк, и процессия направилась на кладбище. Мы с Эроном сочли за лучшее поехать в машине Таламаски, отдельно от Меррик.

Печальная процессия не утратила своей почти театральной торжественности, даже когда полил дождь. Гроб с телом Большой Нанэнн пронесли по заросшей тропе кладбища Сент-Луис среди высоких каменных надгробий с остроконечными крышами и поместили в одно из похожих на жерло печи отверстий трехъярусного склепа.

Нещадно жалили комары, сорняки, казалось, кишели невидимыми насекомыми. Меррик, видя, что гроб устанавливают на отведенное ему место, снова закричала.

И опять добрые женщины растирали ей руки, вытирали платком лицо и целовали в щеки.

— Где ты, Холодная Сандра, где ты, Медовая Капля на Солнце? Почему вы не вернулись домой? — по-французски кричала Меррик.

Постукивали четки, люди вслух молились, а Меррик привалилась к склепу, положив правую руку на гроб.

Вконец обессилев, она затихла, повернулась и, поддерживаемая женщинами с обеих сторон, решительно направилась к нам с Эроном. Женщины не переставали ласково ее поглаживать, а она обняла Эрона, спрятала лицо у него на груди.

Я испытывал глубокое сострадание к несчастному ребенку и говорил себе, что Таламаска должна окружить девочку заботой и выполнять любое желание, какое только придет ей в голову.

Тем временем священник настоятельно требовал, чтобы работники кладбища *незамедлительно* поставили на место каменную плиту. По этому поводу возник небольшой спор, но в конце концов могильное отверстие было намертво запечатано и гроб стал недосягаем для взглядов и прикосновений.

Я достал носовой платок и вытер глаза.

Эрон гладил Меррик по длинным каштановым волосам, приговаривая на французском, что Большая Нанэнн прожила долгую чудесную жизнь и что ее предсмертное желание, чтобы о Меррик позаботились, уже выполнено.

Меррик подняла голову и произнесла только одну фразу: «Холодной Сандре следовало бы прийти». Я помню это, потому что, услышав эти слова, несколько человек покачали головами и обменялись осуждающими взглядами.

Я чувствовал себя совершенно беспомощным. Вокруг были люди — мужчины и женщины, темнокожие и белые, красивые и не очень, необычные и вполне обыкновенные. Но практически ни одно лицо нельзя было назвать заурядным в общепринятом значении этого слова. А еще мне казалось, что невозможно угадать происхождение или принадлежность к той или иной расе любого из тех, кто здесь собрался.

Но никто из этих людей не был близок нашей девочке. Меррик осталась в полном одиночестве. Если, конечно, не считать Эрона и меня. Добросердечные женщины выполнили свой долг, но было ясно, что на самом деле они ее не знали. И очень порадовались за девочку, узнав, что за ней приехали два богатых дядюшки.

Что касается «белых Мэйфейров», которых заметил накануне Эрон, то ни один из них не пришел на похороны. Эрон назвал это «большой удачей». Узнав, что ребенок из рода Мэйфейров остался один-одинешенек в целом мире, они непременно заявили бы о своих обязательствах перед Меррик и желании взять ее под свою опеку. Теперь я вспоминаю, что никто из них не пришел даже на бдение. Видимо, после разговора с Меррик они сочли за лучшее убраться восвояси.

Мы направились к старому дому.

Грузовик из Оук-Хейвен, который должен был доставить туда скромные пожитки Меррик, уже прибыл. Вещей было немного, но она не пожелала оставлять в доме крестной то, что считала своим.

На обратном пути Меррик перестала плакать, и на ее лице появилось то выражение глубочайшей печали, которое с тех пор мне часто приходилось на нем видеть.

Машина медленно двигалась сквозь беззвучно падавший на землю дождь.

— Холодная Сандра не знает,— без всякого вступления вдруг заявила Меррик.— Если бы она знала, то обязательно пришла бы.

— Она твоя мать? — почтительно поинтересовался Эрон.

Меррик кивнула и неожиданно улыбнулась.

— Так она всегда говорила.— Девочка встряхнула головой и посмотрела в окошко.— Не думайте ничего плохого, мистер Лайтнер. На самом деле Холодная Сандра меня не бросила. Просто она ушла и больше не вернулась.

В тот момент такое объяснение показалось мне вполне разумным. Может быть, мне просто хотелось, чтобы оно было таковым и не ранило Меррик суровой правдой.

— Когда ты видела ее в последний раз? — осмелился поинтересоваться Эрон.

— Когда мне было десять лет и мы вернулись из Южной Америки. Тогда Мэтью был еще жив. Вы должны понять Холодную Сандру. Она единственная из двенадцати детей отличалась.

— Чем отличалась? — спросил Эрон.

— Цветом кожи,— не задумываясь ответил я.

И снова Меррик улыбнулась.

— А-а, понятно,— кивнул Эрон.

— Она была красива,— сказала Меррик,— никто бы никогда не стал это отрицать. И могла справиться с любым человеком, с каким только пожелает. Никому не удавалось уйти.

— Справиться? — переспросил Эрон.

— Заколдовать,— едва слышно уточнил я.

И снова Меррик улыбнулась мне.

— А-а, понятно,— повторил Эрон.

— Дедушка, увидев смуглый цвет кожи ребенка, заявил, что это не его дочь, и тогда бабушка пошла и оставила Холодную Сандру на крыльце дома Большой Нанэнн. Все бабушкины братья и сестры вступали в брак с белыми. И мой дедушка, конечно, тоже был белый. Теперь они все живут в Чикаго. Отец Холодной Сандры владел там джаз-клубом. Если людям нравится Чикаго или Нью-Йорк, то здесь они долго не задерживаются. Лично мне не понравился ни тот, ни другой город.

— Ты хочешь сказать, что там бывала? — спросил я.

— Да, я ездила туда с Холодной Сандрой. Конечно, мы не встречались с теми белыми, но нашли их адрес в телефонной книге. Холодная Сандра сказала, что хочет посмотреть на свою мать, а не разговаривать с ней. Как знать, быть может, она наслала на нее порчу. Ей ничего не стоило наслать порчу на них на всех. Холодной Сандре было страшно лететь в Чикаго, а мысль отправиться туда на машине повергала ее в ужас. А как она боялась утонуть! Ей постоянно снились кошмары, что она тонет. Ни за какие коврижки она не проехалась бы на машине по гребню дамбы. Озер боялась так, словно это были болота. Она много чего страшилась...— Меррик замолчала. Лицо ее окаменело. Спустя минуту она слегка нахмурилась и продолжила: — Помнится, Чикаго мне не очень понравился. В Нью-Йорке я не увидела ни одного деревца. Все никак не могла дождаться, когда же мы поедем домой. Холодная Сандра тоже любила Новый Орлеан. Она всегда возвращалась домой, если не считать последнего раза.

— Твоя мать была умной женщиной? — спросил я.— Такой же смышленой, как ты?

Мой вопрос заставил Меррик призадуматься.

— У нее не было образования,— наконец заговорила она.— Она не читала книг. Я вот люблю читать. Можно узнать много нового. Я читаю старые журналы — те, что повсюду оставляют. Как-то мне досталось несколько пачек журнала «Тайм» из какого-то старого дома, предназначенного на снос. Я изучила их все — от корки до корки: статьи об искусстве, науке, книгах, музыке, политике и обо всем на свете, пока не зачитала журналы до дыр. Я брала книги в библиотеке и в бакалейной лавке. Читала газеты и даже старые молитвенники. А еще колдовские книги. У меня хранится много колдовских книг, которые вы еще не видели.

Она слегка пожала плечиками, такая маленькая и усталая, совсем еще ребенок — растерянный, недоумевающий, не до конца осознающий случившееся.

— Холодная Сандра вообще ничего не читала,— сказала Меррик.— Никто не видел, чтобы она смотрела шестичасовые новости по телевизору. Большая Нанэнн рассказывала, что несколько раз отсылала ее к монахиням, но Холодная Сандра плохо себя вела, и они всегда отправляли ее домой. Кроме того, Холодная Сандра была достаточно светлой, чтобы не любить темнокожих. Можно было бы предположить, что ей прекрасно известно, каково это — быть темнокожей, ведь от нее отказался собственный отец. Но ничего подобного! На фотографии видно, что кожа у нее была цвета миндаля, но глаза — светло-желтыми. Они-то ее и выдавали. К тому же она страшно злилась, когда ее называли Холодной Сандрой.

— Откуда взялось это прозвище? — спросил я.— Его придумали дети?

Мы почти доехали до дома. Однако мне хотелось узнать как можно больше про это странное общество, такое непохожее на все, что я до сих пор знал. В тот момент я понял, что мое пребывание в Бразилии было в общем-то пустой тратой времени. Слова старухи больно укололи в самое сердце.

— Нет, все началось в нашем доме,— сказала Меррик.— Наверное, это самое обидное прозвище. Когда соседи и все дети услышали его, они сказали: «Твоя Нанэнн называет тебя Холодной Сандрой». Но прозвище прилипло к ней из-за того, что она делала: все время колдовала, насылала порчу на людей. Как-то раз прямо на моих глазах она снимала шкуру с черного кота. Ужас! Никогда больше не желаю видеть что-либо подобное.

Заметив, как я поморщился, Меррик едва заметно улыбнулась и продолжила:

— К тому времени, как мне исполнилось шесть лет, она уже сама называла себя Холодной Сандрой. Бывало, скажет мне: «Меррик, иди к Холодной Сандре», и я тут же прыгну ей на колени.

Голос Меррик слегка дрогнул, но девочка справилась с волнением.

— Она совсем не походила на Большую Нанэнн,— сказала Меррик.— Все время курила, пила, была какой-то нервной, а если напивалась, то и вовсе становилась злой. Иногда она пропадала надолго, а когда возвращалась, Большая Нанэнн обычно спрашивала: «Что затаилось в твоем холодном сердце на этот раз, Холодная Сандра? Какую ложь ты приготовила?» — Меррик вздохнула.— Большая Нанэнн часто говорила, что в этом мире не следует заниматься черной магией, потому как всего можно добиться с помощью магии белой. Затем появился Мэтью, и Холодная Сандра стала такой счастливой, какой никогда не была.

— Мэтью, тот человек, который отдал тебе пергаментную книгу? — уточнил я, надеясь, что Меррик расскажет о нем поподробнее.

— Не, мистер Тальбот, он не отдал мне эту книгу, а научил ее читать,— ответила девочка.— Книга-то была у нас уже давно — досталась в наследство от двоюродного дяди Вервэна, жуткого колдуна. В городе все называли его Доктор Вервэн. И хотели, чтобы он им наколдовал. Еще при жизни старика — а он был старшим братом Большой Нанэнн — ко мне перешли многие его вещи. Я впервые видела, чтобы человек скончался в мгновение ока: он спокойно сидел в столовой, читал газету, а потом буквально в одну секунду вдруг взял да и умер.

У меня накопилось великое множество вопросов, готовых сорваться с языка.

В частности, например, почему за весь долгий путь с кладбища Меррик ни разу не произнесла другое имя, упомянутое Большой Нанэнн: Медовая Капля на Солнце.

Но тут мы подъехали к дому. Дождь поредел, и сквозь тучи пробивались лучи послеполуденного солнца.

К моему удивлению, возле дома толпилось множество людей. Они заполонили всю улицу, но вели себя тихо и сразу обратили на нас внимание. Я заметил, что из Обители приехал не один, а два маленьких грузовичка с высокими бортами, рядом с которыми в ожидании распоряжения выносить вещи из дома дежурили несколько служителей Таламаски.

Поприветствовав этих молодых мужчин, примкнувших к ордену, я заранее поблагодарил их за заботу и осторожность и велел спокойно ждать сигнала к началу работы.

Мы поднялись по лестнице и прошли по дому. Поглядывая в окна, я видел, что по всем дорожкам слоняются люди, а когда мы вышли на задний двор, то оказалось, что повсюду, и справа и слева, за низкими дубами тоже собрался народ. Насколько я мог разглядеть, никаких заборов там не было. Полагаю, их вообще не существовало в то время.

Под пышным пологом листвы все казалось тусклым, откуда-то доносилось тихое журчание неспешно льющейся воды. Там, где солнце сумело проникнуть сквозь чудесный зеленый мрак, разросся дикий красный гиацинт. Я увидел тонкие тисовые деревца — священное растение для покойной колдуньи — и множество лилий, затерянных в высокой траве. Наверное, японский сад не смог бы навеять более сонную, убаюкивающую атмосферу.

Когда глаза немного привыкли к свету, я понял, что мы вышли на открытый внутренний дворик, вымощенный плитами, довольно потресканными и заросшими скользким мхом; по периметру его росли немногочисленные деревья — не слишком красивые, но цветущие. Перед нами возвышалось высокое строение с центральной опорой под рифленой железной крышей.

Нижняя половина опоры, поднимавшейся от огромного валуна, сплошь заляпанного пятнами, была выкрашена в ярко-красный цвет, а верхняя — до самой крыши — в зеленый. В темной глубине строения скрывался непременный алтарь, заставленный фигурками святых, еще более многочисленными и великолепными, чем те, что хранились в комнате Большой Нанэнн.

На алтаре в несколько рядов выстроились зажженные свечи.

Центральная опора и валун неоспоримо указывали на то, что перед нами некое колдовское сооружение. Такие часто встречаются на острове Гаити. А площадку, вымощенную замшелым плитняком, какой-нибудь знахарь с Гаити назвал бы своим перистилем.

В стороне, среди тесно посаженных тисовых деревьев, виднелись два маленьких прямоугольных железных стола и тренога с закрепленным на ней огромным горшком — хотя, наверное, его правильнее было бы назвать котлом. Этот котел на треноге почему-то взволновал меня больше всего. Он показался мне каким-то зловещим.

Тут меня отвлекло какое-то гудение. Я даже испугался было, подумав, что это пчелы, которых очень боюсь. Как и у многих агентов Таламаски, мои опасения связаны с тайной, имеющей отношение к возникновению ордена, но сейчас не время пускаться в объяснения.

Позвольте мне продолжить рассказ.

В конце концов я догадался, что звуки эти производят колибри, поселившиеся в зарослях, а чуть позже, стоя рядом с Меррик, увидел, как они зависают над цветущими лианами, затянувшими всю крышу постройки.

— Дядюшка Вервэн любил их, различал птиц по цветам и давал им красивые имена,— негромко заметила Меррик.— Он даже выставлял для них специальные кормушки.

— Мне они тоже нравятся, дитя мое,— откликнулся я.— В Бразилии их называют красивым словом, которое в переводе с португальского означает «целующие цветы».

— Да, дядюшка Вервэн знал о таких вещах. Он объездил всю Южную Америку и постоянно видел вокруг себя парящих в воздухе призраков.

После этих слов Меррик замолчала, но мне вдруг стало ясно, что ей будет очень трудно попрощаться со всем этим — со своим домом, со своим прошлым. Что касается фразы о «парящих в воздухе призраках», то она произвела на меня впечатление — впрочем, как и многое другое. Разумеется, мы сохраним этот дом для нее — я лично этим займусь. Если Меррик пожелает, дом будет полностью восстановлен.

Меррик оглянулась и на секунду задержала взгляд на жаровне с котлом.

— Только дядюшка Вервэн мог вскипятить котел,— тихо сказала она.— Он сыпал под него уголь. До сих пор помню запах дыма. Тогда Большая Нанэнн выходила на заднее крыльцо, опускалась на ступеньки и наблюдала за ним. Все остальные в страхе разбегались.

Меррик вошла в строение и остановилась перед святыней, разглядывая многочисленные подношения и мигающие свечи. Потом, быстро перекрестившись, двумя пальцами правой руки коснулась обнаженной ступни Девы Марии.

Мы с Эроном в нерешительности застыли поодаль за ее спиной, как два смущенных ангела-хранителя. Блюда, стоявшие на алтаре, были полны свежей снеди. В воздухе витали запахи сладких духов и рома. Очевидно, кто-то из тех, кто скрывался сейчас за деревьями, и принес эти таинственные подношения. Разглядев, что один из необычных предметов, сваленных горой в живописном беспорядке, был на самом деле человеческой рукой, я невольно попятился.

Отрезанная кисть высохла и съежилась, но это было еще не самое страшное. По ней ползали тысячи муравьев, устроившие себе настоящий пир.

Обнаружив, что омерзительные насекомые здесь были повсюду, я испытал тот особый ужас, который способны вызвать только муравьи.

К моему удивлению, Меррик очень ловко двумя пальцами подняла кошмарную руку и несколькими энергичными движениями стряхнула с нее наглых муравьев.

Я не слышал, чтобы собравшиеся зеваки шумели, но мне показалось, что они придвинулись плотнее. Гудение колибри завораживало, как гипноз. Снова тихо зашелестел дождь, но сквозь зеленый шатер не пробилось ни капли. Ни одна не упала и на рифленую крышу.

— Что нам делать с этими вещами? — мягко спросил Эрон.— Насколько я понимаю, ты не хочешь ничего оставлять.

— Мы заберем все это с собой,— решительно произнесла Меррик и тут же, спохватившись, добавила: — Если вы не возражаете. Эти предметы сослужили свою службу. А саму постройку следует запереть, если вы собираетесь держать данное мне обещание. Я хочу поехать с вами.

— Да, мы прикажем все здесь размонтировать.

Меррик вдруг взглянула на усохшую кисть, которую продолжала сжимать в пальцах. Муравьи теперь переползли на ее руку.

— Положи ее обратно, девочка,— резким от испуга тоном произнес я.

Она снова раз или два встряхнула кисть и послушно вернула ее на прежнее место.

— Все это должно уехать с нами,— сказала она.— Абсолютно все. Наступит день, и я достану каждую вещь, чтобы как следует ее рассмотреть.— Она снова смахнула назойливых муравьев.

Должен признать, ее невозмутимость несколько успокоила и меня.

— Разумеется,— вмешался в разговор Эрон.— Сейчас все упакуют.

Он повернулся и подал сигнал служителям Таламаски, которые стояли в ожидании на краю дворика за нашей спиной.

— На этом дворе есть еще кое-что. Я сама должна это забрать.

Меррик переводила взгляд то на меня, то на Эрона. Было очевидно, что она вовсе не намерена нагнетать таинственность — ее действительно что-то беспокоило.

Отойдя в сторону, она медленно направилась к одному из сучковатых фруктовых деревьев, росшему в самом центре двора. Наклонив голову, чтобы вступить под низкую зеленую крону, она подняла руки, как будто собиралась обнять дерево.

В ту же секунду — хотя следовало бы догадаться и раньше — я понял, в чем, собственно, дело.

С дерева спустилась огромная змея и обвила кольцами руки и плечи Меррик. Удав!

Меня охватила непреодолимая дрожь отвращения. За все годы, проведенные на Амазонке, я не смог полюбить змей. Как раз наоборот. Но я знал, каковы они на ощупь, я знал, что значит ощутить в руках жуткий шелковистый груз и испытать странное чувство, когда змея быстро обвивается кольцами вокруг запястий.

Глядя на девочку, я все это вновь пережил.

Тем временем из густых зеленых зарослей донесся тихий шепот зрителей. Именно для этого они здесь и собрались. Это был самый главный момент. Змея, разумеется, олицетворяла собой божество вуду. Я знал это, но все равно не переставал поражаться.

— Определенно она безвредна,— поспешил успокоить меня Эрон. Можно подумать, он что-то знал! — Придется скармливать ей одну или двух крыс, полагаю, но для нас она совершенно...

— Не важно,— улыбнулся я, видя, что ему не по себе, и своими словами снимая с него ответственность. А затем, чтобы подразнить его немного, а заодно хоть как-то разрядить тоскливую обстановку, добавил: — Тебе известно, конечно, что корм должен быть живым.

Эрон пришел в ужас и с укоризной посмотрел на меня, словно говоря: «Об этом можно было бы и помолчать!» Но он был слишком благовоспитан, чтобы проронить хоть слово упрека.

Меррик что-то тихо говорила змее по-французски.

Затем она вернулась к алтарю и там отыскала черный железный ящик с зарешеченными окошками со всех четырех сторон — не знаю, как лучше его описать. Отворив одной рукой створку, громко заскрипевшую петлями, Меррик поднесла к отверстию рептилию, и та, к нашему облегчению, медленно и грациозно заползла в ящик и удобно устроилась внутри.

— Что ж, вот и посмотрим, найдутся ли среди вас смельчаки, готовые понести змею,— обратился Эрон к помощникам из ордена, которые, утратив дар речи, безмолвно взирали на происходящее.

Тем временем толпа начала редеть, люди потихоньку расходились. В деревьях что-то зашуршало, над нашими головами закружились, опускаясь на землю, листья. Но в глубине сада, скрываясь в густой листве, продолжали порхать неугомонные птицы, разрезая воздух крошечными крылышками.

Меррик долго стояла, задрав голову, словно нашла в зеленом пологе просвет.

— Думаю, я больше сюда не вернусь,— тихо сказала она нам обоим,— а может быть, самой себе.

— Почему ты так говоришь, дитя? — спросил я.— Ты можешь поступать, как тебе вздумается. Приезжай сюда хоть каждый день. Мы еще о многом должны с тобой поговорить.

— Все здесь в руинах,— Меррик тяжело вздохнула,— а кроме того, если Холодная Сандра когда-нибудь вернется, я не хочу, чтобы она нашла меня.— Взгляд Меррик, обращенный на меня, был спокоен.— Видите ли, она моя мать и вправе взять меня к себе, так что я не хочу с ней встречаться.

— Этого не случится,— ответил я, хотя никто на земле не мог бы дать ребенку гарантию, что мать перестанет его любить, и Меррик это знала.

Я мог лишь сделать все возможное, чтобы исполнить желание девочки.

— Идемте же,— сказала она,— на чердаке хранятся вещи, которые следует упаковать. И сделать это должна я.

Чердак представлял собой фактически второй этаж дома, имевшего, как я уже описывал, очень крутую крышу. Там было четыре слуховых окошка, по одному на каждую часть света, если предположить, что дом был правильно сориентирован. Лично я этого так и не понял.

Мы поднялись по узкой черной лестнице в два пролета, а затем вошли в помещение, благоухавшее такими тонкими ароматами древесины, что я опешил. Несмотря на пыль, здесь царил уют и создавалось впечатление абсолютной чистоты.

Меррик включила тусклую электрическую лампочку, и вскоре мы уже стояли в окружении чемоданов, старых сундуков и кожаных саквояжей. Классический багаж. Какой-нибудь антиквар пришел бы в восторг. А я, ознакомившись с одной колдовской книгой, с нетерпением ждал, что увижу другие экземпляры.

Но девочку интересовала только одна вещь, как она объяснила, когда вынесла ее под болтавшуюся лампочку и опустила на пыльную балку.

Это был гобеленовый чемодан с кожаными уголками. Меррик легко его раскрыла, так как он не был заперт на замок, и уставилась внутрь, на лежавшие там несколько свертков. Они были обернуты тканью, точнее — ветхими, отслужившими срок наволочками. Я сразу понял, что содержимое чемодана имеет особую важность, но какую именно — не догадывался.

Я был поражен, когда Меррик на моих глазах, шепча короткую молитву — «Радуйся, Мария», если не ошибаюсь,— взяла в руки один сверток и, размотав ткань, достала удивительный предмет: зеленое лезвие топора, с обеих сторон украшенное резными фигурками.

Топор был фута два в длину, не меньше, и довольно тяжелый, но Меррик держала его с легкостью. Мы с Эроном сразу подметили глубоко врезанную в камень голову, изображенную в профиль и увенчанную затейливым, великолепно выполненным головным убором, состоявшим, насколько я мог судить, из перьев и колосьев.

— Настоящий нефрит,— уважительно произнес Эрон.

Вырезанный портрет, или ритуальный образ, был выполнен в натуральную величину.

Меррик перевернула топор, и я увидел, что на обратной стороне изображена фигура в полный рост. Возле узкого края имелось небольшое отверстие — наверное, для того, чтобы подвязывать топор к поясу.

— Бог мой,— выдохнул Эрон,— это ведь эпоха ольмеков, не так ли? Должно быть, ему нет цены.

— Я тоже думаю, что ольмеков,— сказал я.— Впервые вижу такой большой и великолепно украшенный предмет не в музейной витрине.

Меррик не выказала никакого удивления.

— Не говорите того, чего не думаете, мистер Тальбот,— мягко произнесла она.— В ваших собственных подвалах хранятся такие же вещи.— Она посмотрела на меня долгим пронзительным взглядом.

У меня перехватило дыхание. Откуда ей это известно? Но потом я сказал себе, что, возможно, она узнала обо всем от Эрона. Правда, стоило бросить на него взгляд, чтобы убедиться в том, что я ошибаюсь.

— Во-первых, не такие красивые,— сказал я, ничуть не кривя душой,— а во-вторых, у нас хранятся лишь фрагменты.

Она никак не отреагировала, а просто стояла, держа на вытянутых руках сверкающее лезвие топора, словно хотела разглядеть его при свете.

Тогда я продолжил:

— Он стоит целое состояние, дитя. Никак не ожидал увидеть такую вещь в подобном месте.

Она подумала секунду, а потом кивнула с серьезным видом, словно прощая меня.

— По-моему мнению, он восходит к старейшей цивилизации Центральной Америки,— вновь заговорил я, словно стараясь оправдаться.— От одного взгляда на него у меня начинается сердцебиение.

— Возможно, он даже древнее цивилизации ольмеков.— Меррик сначала бросила взгляд на меня, потом неторопливо перевела его на Эрона. Золотистый свет от лампочки падал на ее тщательно продуманный наряд.— Мэтью так и сказал, когда мы вынесли эту вещь из пещеры за водопадом. И дядюшка Вервэн так говорил, объясняя нам, где искать.

Я снова посмотрел на великолепно исполненное на блестящем зеленом камне лицо с пустыми глазницами и приплюснутым носом.

— Думаю, мне не нужно тебя убеждать,— сказал я,— что, скорее всего, это так и есть. Цивилизация ольмеков возникла ниоткуда — так, по крайней мере, говорится в учебниках.

Меррик кивнула.

— Предком дядюшки Вервэна был кто-то из тех индейцев, владевших древней магией. Метис и индианка родили дядюшку Вервэна и большую Нанэнн, а мать Холодной Сандры была внучкой Большой Нанэнн, так что эта магия внутри меня.

Я буквально лишился дара речи: не было слов, чтобы выразить охватившее меня удивление.

Меррик отложила лезвие топора в сторону и потянулась к другому свертку. На этот раз в ткань было завернуто что-то длинное и тонкое. А когда она с осторожностью развернула сверток, я буквально замер, безмолвно раскрыв рот.

Внутри оказалась высокая статуэтка изящной работы, изображавшая, очевидно, бога или короля — я точно не смог определить. Размер статуэтки производил впечатление, не говоря уже о выделке камня.

— Этого никто не знает,— произнесла девочка, отвечая на мой невысказанный вслух вопрос.— Взгляните на скипетр. Он волшебный. Значит, если перед нами король, то он еще и жрец и бог.

Я робко принялся рассматривать тонкую резьбу. Худая длинная фигура, красивый головной убор, надвинутый прямо на огромные свирепые глаза и ниспадающий до плеч. На голой груди украшение в виде круга, подвешенного к воротнику, закрывавшему шею и плечи.

Что касается скипетра, то казалось, что король похлопывает им по ладони левой руки, словно при виде приближающегося врага или жертвы готовится нанести удар. Грозный облик фигуры приводил в трепет, и в то же время она была прекрасна, а отполированный камень излучал не меньшее сияние, чем предыдущее сокровище.

— Поставить его или положить? — глядя на меня, спросила Меррик.— Я не играю с этими фигурами. Никогда бы не сделала ничего подобного. Я ощущаю исходящую от них магическую силу. С их помощью я колдую. Но для игры они не предназначены. Лучше сейчас его снова завернуть и оставить в покое.

Обернув тканью идола, она полезла в чемодан за третьим свертком. Я не смог определить, сколько еще предметов в этом туго набитом чемодане.

Я видел, что Эрон тоже не в силах говорить. Не нужно быть экспертом по древностям, чтобы понять, какую ценность представляют эти артефакты.

Что касается Меррик, то она продолжала щебетать, раскрывая третье чудо...

— Мы отправились туда и шли по карте, которую дал нам дядюшка Вервэн. Холодная Сандра все время упрашивала дядюшку указать нам путь. Там были Мэтью, Холодная Сандра и я. Холодная Сандра без конца приговаривала: «Разве тебя сейчас не радует, что ты не ходишь в школу? Вечно ты жалуешься. А ведь нас ждет грандиозное приключение». И, по правде говоря, так оно и было.

Ткань упала с длинной остроги, которую на этот раз держала в руках Меррик. Ручку остроги, вырезанной из цельного куска нефрита, украшали резные перышки колибри и два маленьких глаза. Мне и раньше доводилось видеть такие орудия в музеях, но столь прекрасный экземпляр до сих пор не попадался. Теперь я понял, откуда взялась любовь дядюшки Вервэна к птицам, обитавшим на заднем дворе.

— Да, сэр,— сказала Меррик.— Он говорил, что те птицы волшебные. Именно он велел расставить в саду кормушки. Я уже вам рассказывала. Кто будет их наполнять, когда я покину дом?

— Мы обо всем позаботимся,— постарался успокоить ее Эрон.

Я видел, что он очень волнуется за Меррик.

А она тем временем продолжала:

— Ацтеки верили в колибри. Эти птички как по волшебству зависают в воздухе. Они поворачиваются то в одну, то в другую сторону и меняют цвет оперения. Существует легенда, что воины ацтеков, погибая, превращаются в колибри. Дядюшка Вервэн говорил, что чародеям нужно знать обо всем. Дядюшка Вервэн говорил, что в нашем роду все чародеи и что мы появились за четыре тысячи лет до ацтеков. Он рассказал мне о картинах на стенах в пещере.

— И ты знаешь, где находится эта пещера? — спросил Эрон и тут же поспешил добавить: — Дорогая, ты не должна никому об этом рассказывать. Люди теряют рассудок из-за таких тайн.

— Я храню записки дядюшки Вервэна,— все с тем же задумчивым видом ответила Меррик, опустила острое орудие на остальные свертки.

Настала очередь четвертого предмета, который она небрежно развернула: маленького приземистого идола такой же тонкой работы, как и предыдущие раритеты. Ее рука снова потянулась к круглой, украшенной колибри, рукояти остроги.

— Они использовали это, чтобы пускать кровь, когда колдовали. Дядюшка Вервэн сказал, что я найду предмет для пускания крови, а Мэтью потом пояснил, что это он и есть.

— В этом чемодане еще много других предметов, да? — спросил я.— А эти, безусловно, самые важные из них.— Я огляделся по сторонам.— Что еще здесь спрятано?

Она пожала плечами. Только сейчас я заметил, как на чердаке душно и как Меррик жарко под этим низким потолком.

— Пойдемте. Давайте все сложим обратно в чемодан и спустимся в кухню,— попросила она.— Велите своим людям не открывать ящики, а просто перевезти их туда, где они будут спокойно храниться. Я заварю хороший кофе. У меня он отлично получается — лучше, чем у Холодной Сандры или Большой Нанэнн.

Мистер Тальбот, вы вот-вот упадете в обморок от жары, а вы, мистер Лайтнер, чересчур взволнованы. В этот дом никто никогда не вломится, а ваш дом охраняется круглые сутки.

Она тщательно завернула лезвие топора, идола и острогу, потом закрыла чемодан и защелкнула два проржавевших замка. Только тогда я обратил внимание на потертую картонную бирку с названием одного из аэропортов в Мексике и на несколько наклеек, указывавших, что после этого аэропорта чемодан преодолел еще много миль.

Я повременил с расспросами, пока мы не оказались на кухне, где было немного прохладнее. Девочка была абсолютно права, говоря, что я вот-вот потеряю сознание из-за жары. Я чувствовал себя разбитым.

Меррик опустила чемодан на пол, сняла с себя белые колготки и туфли, включила ржавый вентилятор над холодильником, который лениво завибрировал, и принялась готовить кофе.

Эрон начал искать сахар и в старом «ящике со льдом», как она называла морозилку, обнаружил кувшин еще свежих сливок. Однако Меррик от них отказалась и подогрела, не доводя до кипения, молоко.

— Вот как нужно готовить кофе,— сказала она, обращаясь к нам.

Наконец мы расселись за круглым дубовым столом с выкрашенной в белый цвет чистой столешницей.

Кофе с молоком был крепок и вкусен. Пять лет, проведенные среди восставших из мертвых, не убили во мне воспоминания. И ничто никогда его не убьет. По примеру Меррик, я щедро насыпал в чашку сахар и пил большими глотками, искренне веря, что кофе восстанавливает силы, а осушив чашку до дна, я откинулся на спинку скрипучего деревянного стула.

Кухня содержалась в образцовом порядке, хотя и по старинке. Даже холодильник здесь был древний, с гудящим мотором наверху, прямо под скрежещущим вентилятором. Сквозь стеклянные дверцы полок над плитой я разглядел всю утварь, которой регулярно пользовались. Линолеум на полу был старым, но тоже абсолютно чистым.

Тут вдруг я вспомнил о чемодане, вскочил, огляделся и увидел его на пустом стуле рядом с Меррик.

Обернувшись к девочке, я увидел в ее глазах слезы.

— Что случилось, дорогая? — спросил я.— Расскажи, и я постараюсь сделать все, что в моих силах, чтобы помочь тебе.

— Я горюю по дому и по всему, что произошло, мистер Тальбот,— ответила она.— В этом доме умер Мэтью.

Это был ответ на довольно важный вопрос, причем такой, который я не осмеливался произнести вслух. Не могу сказать, что испытал облегчение, услышав его, хотя, с другой стороны, меня очень волновало, кто еще мог претендовать на сокровища, которые Меррик считала своей собственностью.

— Не беспокойтесь насчет Холодной Сандры,— произнесла Меррик, глядя прямо на меня.— Если бы она собиралась вернуться за этими вещами, то сделала бы это давным-давно. Ей всегда не хватало денег. Мэтью по-настоящему любил Холодную Сандру, а ее в первую очередь привлекало то, что у него было полно денег.

— Как он умер, дорогая? — спросил я.

— От лихорадки, которую подхватил в джунглях. А ведь он заставил всех нас сделать перед поездкой прививки. Терпеть не могу уколы. Мы сделали прививки от всех болезней, какие только можно представить. И все же он вернулся из путешествия больным. Чуть позже, когда Холодная Сандра металась, голосила и швыряла вещи, она проговорилась, что индейцы в джунглях наслали на него порчу, что ему ни за что не следовало подниматься в ту пещеру за водопадом. Но Большая Нанэнн сказала, что лихорадка очень сильная. Он умер там, в задней комнате.

Она указала на вестибюль, отделявший нас от той комнаты, в которой мы с Эроном провели беспокойную ночь.

— После его смерти и отъезда Холодной Сандры я вынесла оттуда мебель. Теперь она стоит в спальне, рядом с комнатой Большой Нанэнн. Я там сплю с той поры.

— Могу понять почему,— произнес Эрон.— Должно быть, для тебя было ужасно потерять сразу обоих.

— Мэтью ко всем нам хорошо относился,— продолжала девочка,— жаль, он не был моим отцом, как бы теперь мне это помогло. Сначала он лежал в больнице, потом дома, под конец врачи перестали приходить, потому что он все время пил и кричал на них, а потом настал день, когда он перестал дышать.

— А к тому времени Холодная Сандра уже уехала? — мягко спросил Эрон и положил ладонь на стол, рядом с рукой Меррик.

— Она все дни проводила в баре на углу, а когда ее вышвырнули оттуда, отправилась в бар на главной улице. Той ночью, когда ему стало совсем плохо, я пробежала два квартала, а оттуда на главную улицу, чтобы позвать ее. Мне пришлось колотить в дверь черного хода. Но она была слишком пьяна, чтобы идти. Холодная Сандра сидела в баре с белым красавчиком. Сразу было видно, что он влюблен в нее, просто восхищен. А она была такой пьяной, что не могла даже подняться со стула. И тогда меня осенило. Она не хотела видеть, как умирает Мэтью. Она боялась оказаться возле него, когда это случится. Она не была бессердечной. Просто искренне боялась. Я побежала обратно домой. Большая Нанэнн умыла ему лицо и дала выпить виски: он пил все время только виски, ничего другого не принимал. И все задыхался, задыхался... А мы сидели рядом всю ночь. А на рассвете дыхание у него вдруг стало очень ровным, таким ровным, как тиканье часов, грудь вздымалась вверх-вниз, вверх-вниз. Я очень обрадовалась, что он перестал хрипеть, но Большая Нанэнн покачала головой: мол, ничего хорошего. Потом дыхание стало совсем тихим, неслышным. Грудь перестала колыхаться. Большая Нанэнн сказала, что Мэтью умер.

Меррик замолкла, допила кофе, встала, небрежно отодвинув стул, сняла с плиты кофейник и разлила всем троим остатки густого напитка.

Она снова уселась и по давней привычке провела языком по губам. Каждый ее жест выдавал в ней ребенка, а на стуле она сидела, как ученица монастырской школы: держа спину прямо и сложив руки на коленях.

— А знаете, я рада, что могу вам это рассказать.— Она вновь попеременно переводила взгляд то на меня, то на Эрона.— До сих пор никто не слышал всего рассказа полностью — так, отдельные фрагменты. Мэтью оставил Холодной Сандре много денег. Она явилась домой на следующий день, около полудня, и потребовала, чтобы мы сказали, куда его отвезли. Начала кричать и расшвыривать вещи, упрекая нас за то, что мы позволили отвезти его в морг. «А как, по-твоему, мы должны были поступить? — спросила Большая Нанэнн.— Разве ты не знаешь, что в этом городе существует закон относительно мертвых? Ты что, думала, мы просто вынесем его из дома и похороним на заднем дворе?» Оказалось, что из Бостона приехали родственники Мэтью и забрали его, а вскоре Сандра получила чек — ну, те деньги, что он оставил ей,— и была такова. Конечно, я не знала, что вижу ее в последний раз. Помню только, как она сложила кое-что из вещей в новый красный кожаный чемодан и сама была разодета как картинка — в белом шелковом костюме. Она была такой красивой, что не нуждалась в косметике, но все равно нанесла на веки темно-фиолетовые тени и накрасила губы темной помадой — по-моему, тоже фиолетовой. Я сразу поняла, что темно-фиолетовый цвет предвещает беду. Она выглядела великолепно. Поцеловав меня, Холодная Сандра сунула мне в руки флакон духов, «Шанель № 22», и сказала, что они для меня. Она обещала за мной вернуться. А еще сказала, что купит машину и поедет на ней. Так и сказала: «Если мне удастся проехать по дамбе и не утонуть, то я уберусь из этого города».

Меррик замолчала на минуту, насупив брови и слегка приоткрыв рот, потом продолжила:

— «Черта с два ты за ней вернешься,— сказала ей Большая Нанэнн.— Ты всегда жила как беспризорница и из дочки своей сделала беспризорницу. Так вот, она остается со мной, а ты убирайся к черту».

И снова Меррик замолкла. Ее детское личико было очень спокойно. Я испугался, что она опять расплачется. Мне показалось, что она глотает слезы. Потом, слегка прокашлявшись, она заговорила:

— Думаю, она отправилась в Чикаго.

Я едва разобрал слова. На старой кухне вновь воцарилась тишина, Эрон почтительно выжидал. Я взял свою чашку с кофе и сделал большой глоток — не только из уважения к девочке, но и ради собственного удовольствия наслаждаясь вкусом.

— Теперь, дорогая, у тебя есть мы,— сказал я.

— Я знаю, мистер Тальбот,— тихо ответила она и, не сводя глаз с какой-то далекой точки, подняла правую ладонь и положила на мою. До сих пор помню этот жест. Она словно утешала меня.

И вновь в кухне повисла тишина.

Первой ее нарушила Меррик.

— Большая Нанэнн теперь знает. Она знает, жива моя мать или мертва.

— Да, знает,— подхватил я, открыто признаваясь в своей вере.— Но в любом случае она обрела покой.

Мы все молчали довольно долго. Я чувствовал, как страдает Меррик. До нас доносился шум, сопровождающий любой переезд: скрежет от передвигаемых тяжелых предметов, свист липкой ленты, когда ее разматывают и отрывают. Это трудились помощники из Таламаски.

— Я любила Мэтью,— тихо сказала Меррик.— Сильно любила. Он научил меня читать колдовскую книгу. Он научил меня читать все книги, оставшиеся после дядюшки Вервэна. Он любил разглядывать портреты, которые я вам показывала. И был интересным человеком.

Последовала еще одна длинная пауза. Что-то в атмосфере этого дома не давало мне покоя. Я сам не понимал своих ощущений. Это не имело отношения к обычным шумам. Внезапно мне показалось важным скрыть от Меррик свое беспокойство, чтобы она не догадалась о причинах, его вызвавших.

У меня возникло ясное ощущение, будто в доме появился кто-то еще, я даже слышал осторожные шаги. Я заставил себя не думать об этом, не испытывал ни малейшего страха, а сам не сводил взгляда с Меррик. Наконец она снова заговорила, быстро и монотонно, словно в забытьи:

— В Бостоне Мэтью изучал историю и естественные науки. Он все знал о Мексике и джунглях. Это он рассказал мне историю цивилизации ольмеков. Когда мы приехали в Мехико, он водил меня в музеи. Собирался отправить меня в школу. А в джунглях он совсем не боялся. Был уверен, что те прививки защищают нас. Не позволял нам пить вообще какую-то воду. Он был богат, как я уже говорила, и никогда бы не украл тех вещей у Холодной Сандры или у меня.

Взгляд ее оставался неподвижным.

Я все еще ощущал присутствие какого-то существа в доме, но Меррик, как видно, этого не почувствовала. Эрон тоже ни о чем не догадывался. Но оно там было. Совсем недалеко от того места, где мы сидели.

Меррик заговорила вновь, и я ловил каждое ее слово.

— Дядюшка Вервэн оставил после себя много вещей. Я вам покажу. Дядюшка Вервэн утверждал, что наш род уходит корнями в джунгли. Прежде чем появиться здесь, наши предки жили на Гаити. Он говорил, что мы отличаемся от американских негров, хотя он никогда не произносил слово «негр», всегда говорил «цветной». Считал, что так вежливее. Холодная Сандра частенько над ним подтрунивала. Дядюшка Вервэн был всесильным магом, таким же, как его дед. Дядюшка рассказывал нам о том, что мог творить Старик.

Ее негромкая речь становилась все быстрее. История семьи буквально рвалась наружу.

— Старик — так я всегда его называла. Во время Гражданской войны он был знахарем. И даже ездил на Гаити, чтобы научиться там многому, а когда вернулся в этот город, то, как говорят, покорил его сразу. Разумеется, люди вспоминают Мэри Лаво*, но не меньше они вспоминают и Старика. Иногда я ощущаю рядом их присутствие — дядюшки Вервэна и Старика, а также Люси Нэнси Мэри Мэйфейр, чей портрет вы видели, и еще одной колдовской королевы, которую звали Милашка Джастин. Говорят, ее все боялись.

— Чего бы ты хотела для себя, Меррик? — неожиданно спросил я, прерывая стремительный поток ее слов.

Меррик пронзительно взглянула на меня, а потом улыбнулась.

— Я хочу получить образование, мистер Тальбот. Хочу ходить в школу.

— Превосходно,— прошептал я.

— Я уже говорила об этом мистеру Лайтнеру,— продолжала девочка,— и он сказал, что вы сможете все устроить. Я хочу ходить в первоклассную школу, где меня научат латыни и греческому, а еще какой вилкой есть салат и рыбу. Я хочу все узнать о колдовстве. Хочу стать такой, как Мэтью, который цитировал Библию, читал старинные книги и говорил, что в них истинно и что было проверено на практике. Мэтью никогда не приходилось зарабатывать себе на жизнь. Думаю, у меня так не получится. Но я должна получить образование. Надеюсь, вы понимаете, что я имею в виду.

Она пригвоздила меня взглядом сухих и ясных глаз, и меня опять восхитил их чудесный цвет.

— Мистер Лайтнер говорит, что все служители Таламаски образованные люди, об этом он мне рассказал незадолго до вашего приезда.— Речь Меррик

---

* Мэри Лаво — знаменитая в Новом Орлеане колдунья (XIX век). Провозгласила себя Королевой вуду. Практиковала колдовство за плату.

теперь текла чуть медленнее и спокойнее.— Я ведь вижу, какие манеры у тех, кто живет в Обители, слышу, как они разговаривают. Мистер Лайтнер говорит, что в традициях Таламаски давать образование своим служителям, которые остаются в ордене на всю жизнь и живут под одной крышей.

Я улыбнулся.

— Да. Все именно так. Мы принимаем всех, кто к нам приходит, если они стремятся к образованию и способны его получить, так что ты тоже его приобретешь.

Меррик наклонилась и поцеловала меня в щеку.

Я совершенно растерялся от такой ласки и не знал, что делать.

— Дорогая, мы все тебе дадим.— Мои слова шли от самого сердца.— Мы можем поделиться очень многим. Я бы сказал, что это наш долг, если бы... Если бы общение с тобой не доставляло такого удовольствия.

Невидимое существо внезапно исчезло из дома. У меня было ощущение, что оно щелкнуло пальцами и просто растворилось. Меррик так ничего и не почувствовала.

— А что же я могу сделать для вас? — спросила она спокойным и уверенным голосом.— Вы не можете дать мне все и ничего не получить взамен, мистер Тальбот. Скажите, что бы вы хотели получить от меня.

— Научи нас тому, что знаешь о магии,— ответил я.— А еще расти сильной, счастливой и никогда ничего не бойся.

Когда мы вышли из дома, уже начало темнеть.

Перед отъездом из Нового Орлеана мы вместе пообедали в «Галатуар» — известном старом ресторане, где подавали, на мой вкус, изысканные блюда. Меррик к этому времени была так измотана, что заснула прямо на стуле.

Она вообще очень изменилась: побледнела и все время бормотала, что мы с Эроном должны бережно отнестись к древним сокровищам.

— Глядите на них, но только осторожно,— сказала она, а потом вдруг на нее напала дремота, она стала вялой и, насколько я мог судить, ничего вокруг не сознавала.

Нам с Эроном пришлось едва ли не на руках тащить Меррик в машину — точнее, ноги во сне она переставляла сама, а мы бережно поддерживали ее с двух сторон.

По дороге домой мне очень хотелось поговорить с Эроном, но я не рискнул, хотя Меррик, похоже, спала довольно крепко.

Когда мы добрались до Обители, та добрая служительница ордена, о которой я уже упоминал и впредь для удобства повествования буду называть Мэри, помогла нам отнести Меррик в ее комнату и уложить в постель.

Мне уже довелось говорить о своем желании создать для девочки в стенах ордена сказочные условия, дать ей все, что она только пожелает.

Теперь позвольте пояснить, что мы уже начали воплощать в жизнь это желание, устроив наверху для нее спальню, которая, по нашим представлениям, была мечтой молодой женщины. Кровать из красного дерева с резными столбиками, украшенными цветами, и с балдахином, отделанным тонким кружевом, трюмо с маленьким атласным пуфиком и высоким овальным зеркалом, небольшими светильниками-близнецами и множеством баночек и бутылочек — все это было частью сказки, равно как и пара роскошных будуарных кукол — так их, кажется, называют,— которые пришлось отодвинуть в сторону, когда мы укладывали малышку в постель, устраивая на ночь.

Позвольте добавить, что вдоль одной из стен, той самой, где не было окон, открывавшихся на террасу, выстроились полки с прекрасным собранием книг. В углу стоял стол для занятий, повсюду горели красивые светильники, а в ванной комнате было полно душистого мыла, разноцветных шампуней и бутылочек с ароматическими лосьонами и маслами. Меррик сама скупила почти все, что выпускалось с бесподобным ароматом «Шанель № 22».

К тому времени, когда мы оставили ее крепко спящей, вверив добрым заботам Мэри, оба, как я полагаю, успели полюбить ее совершенно по-отцовски. Я, во всяком случае, вознамерился заниматься только девочкой, не отвлекаясь ни на какие другие дела Таламаски.

Разумеется, Эрон, не обремененный обязанностями Верховного главы ордена, мог еще долго оставаться в Оук-Хейвен, наслаждаясь ее обществом, тогда как я был вынужден вернуться в свой лондонский кабинет.

Ах, как я завидовал своему другу! На его глазах это дитя познакомится с первыми наставниками и сама выберет себе школу.

Что касается сокровищ цивилизации ольмеков, то мы отнесли их ради безопасности в небольшое хранилище, под сводами которого после короткого спора открыли чемодан и осмотрели содержимое.

Клад оказался поистине бесценным: около сорока идолов, по крайней мере дюжина ножей, множество топоров и мелких предметов в форме лезвия, которые археологи обычно называют орудиями. Каждый предмет был по-своему совершенен. А еще мы обнаружили опись, выполненную, видимо, рукой таинственного Мэтью, с названием каждого предмета и указанием его размеров. К документу прилагалась записка:

«В туннеле осталось еще очень много сокровищ, но им придется подождать следующих раскопок. Я болен и должен незамедлительно вернуться домой. Медовая Капля и Сандра все время спорят по этому поводу. Им хочется забрать из пещеры все. Но я слабею с каждой минутой, даже когда пишу эти строки. Что касается Меррик, то моя болезнь ее пугает. Я должен увезти ее домой. Стоит отметить, пока у меня еще есть силы в правой руке, что моих дам больше ничто не страшит: ни джунгли, ни индейцы, ни их поселения. Мне следует вернуться».

Эти слова умершего доставили мне невыносимую боль и еще больше разожгли любопытство. Прежде всего мне хотелось узнать, кто такая Медовая Капля.

Мы уже упаковывали и укладывали сокровища обратно в чемодан в том же порядке, в каком они там лежали, когда в дверь хранилища постучали.

— Идемте быстрее,— позвала из-за двери Мэри.— С ней истерика. Не знаю, что и делать.

Мы бросились вверх по лестнице и еще прежде, чем добрались до второго этажа, услышали отчаянные всхлипывания.

Меррик сидела на кровати, все в том же синем платье, в каком была на похоронах, босая, со спутанными волосами, и взахлеб оплакивала Большую Нанэнн.

Все это было совершенно понятно. Эрон, обладавший почти волшебной способностью воздействовать на людей в такой ситуации, вскоре успокоил ее, найдя нужные слова, да и Мэри помогала в меру сил.

В конце концов Меррик сквозь слезы попросила дать ей немного рома.

Разумеется, никто из нас не приветствовал такое лекарство, но, с другой стороны, как разумно заметил Эрон, спиртное успокоит нервы и девочка быстрее заснет.

Внизу, в баре, нашлось несколько бутылок. После первой принесенной порции Меррик попросила еще одну.

— Это какой-то ничтожный глоток,— объяснила она, всхлипывая,— а мне нужен целый стакан.— Бедняжка выглядела такой несчастной и потерянной, что у нас не хватило духу ей отказать. Наконец она затихла.

— Что мне теперь делать, куда идти? — жалобно причитала она.

Мы снова принялись ее успокаивать, хотя, как мне казалось, ей было бы лучше выплакать свое горе.

Другое дело — ее сомнения насчет собственного будущего. Я выслал из комнаты Мэри, а сам уселся на кровать рядом с девочкой.

— Дорогая, послушай меня,— произнес я.— Ты уже сейчас богата. Я имею в виду книги дядюшки Вервэна. Они стоят огромных денег. Университеты и музеи станут биться за них на аукционах. А что касается ольмекских сокровищ, то я даже не могу назвать их приблизительную стоимость. Разумеется, ты не захочешь с ними расставаться, да и мы никогда этого от тебя не потребуем. Просто будь уверена, что даже без нашей помощи ты обеспечена на всю жизнь.

Мои слова несколько успокоили Меррик. Наконец, тихо поплакав у меня на груди, она обняла Эрона, положила голову ему на плечо и сказала, что заснет, если будет знать, что мы в доме и никуда из него не уедем.

— Утром ты найдешь нас внизу,— сказал я.— Мы хотим, чтобы ты приготовила нам свой знаменитый кофе. Как глупо мы поступали, что до сих пор пили неправильно заваренный кофе. Мы отказываемся завтракать без тебя. А теперь тебе нужно поспать.

Она благодарно улыбнулась, хотя по щекам все еще текли слезы. Потом, не спрашивая разрешения, направилась к вычурному трюмо, где, неуместная среди изящных флакончиков, стояла бутылка с ромом, и сделала большой глоток.

Мы поднялись, чтобы уйти, когда Мэри появилась с ночной рубашкой для Меррик. Я забрал бутылку рома, кивнув Меррик из вежливости, что, мол, она видит, как я это делаю, и не возражает, после чего мы с Эроном ушли в библиотеку, расположенную этажом ниже.

Не помню, как долго мы проговорили. Наверное, не меньше часа. Обсуждали наставников, школы, программы обучения, прикидывали, чем в дальнейшем следует заняться девочке.

— Разумеется, не может быть и речи о том, чтобы просить ее продемонстрировать нам свои необычные способности,— твердо заявил Эрон, словно я собирался возразить.— Но они велики. Я постоянно ощущаю их.

— Да, но есть еще. и другая сторона,— сказал я, собираясь поведать о странном «присутствии», которое я ощущал в доме Большой Нанэнн, когда мы сидели на кухне.

Однако в последний момент что-то меня удержало. Я вдруг понял, что чувствую то же самое «присутствие» сейчас, под крышей родной Обители.

— В чем дело, дружище? — спросил Эрон, умевший отлично читать по моему лицу, а при желании без труда читавший и мои мысли.

— Ни в чем,— ответил я, а потом инстинктивно и, возможно, эгоистично, из желания проявить геройство, добавил: — Лучше пока посиди здесь.

Я поднялся и вышел через открытые двери библиотеки в коридор.

С верхних этажей, из дальней половины дома доносился сардонический звонкий смех. Смеялась женщина — в этом у меня никаких сомнений не было, только я никак не мог связать этот смех с Мэри или другими служительницами ордена, проживавшими в то время в доме. Если уж быть совсем точным, то Мэри единственная оставалась в главном здании. Остальные давно отправились спать в коттеджи и «постройки для рабов», стоявшие в отдалении от дома.

И снова я услышал смех. Он показался мне ответом на то, что меня сейчас волновало.

За моим плечом возник Эрон.

— Это Меррик,— встревоженно произнес он.

На этот раз я не стал просить его остаться в стороне, и мы вместе пошли вверх по лестнице.

Дверь в комнату Меррик оказалась открытой, все лампы горели, озаряя ярким светом длинный широкий коридор.

— Что ж, входите,— сказал женский голос.

Я замялся у порога, но когда вошел и увидел представшее глазам зрелище, то не на шутку встревожился.

Возле трюмо в чрезвычайно соблазнительной позе сидела молодая женщина, окутанная сигаретным дымом. Ее молодое и развитое тело было облачено только в тонкую белую хлопчатую рубаху, сквозь которую просвечивали полные груди с розовыми сосками и темная тень внизу живота.

Конечно, это была Меррик, но в то же время совсем другая личность.

Правой рукой она поднесла к губам сигарету, с небрежным видом бывалого курильщика глубоко затянулась и легко выдохнула.

Взглянув на меня, женщина удивленно приподняла брови, и ее губы растянулись в прекрасной улыбке. Однако выражение ее лица было абсолютно чуждым для той Меррик, которую я успел узнать, и это само по себе внушало ужас. Ни одной талантливой актрисе не удалось бы так успешно перевоплотиться в кого-то другого. А что касается голоса, то он был низким, исполненным страсти.

Она поиграла пачкой, явно заимствованной из моей комнаты, и холодным, лишенным всяких чувств — если не считать легкой насмешки — голосом продолжила:

— Отличные сигареты, мистер Тальбот. Это ведь, кажется, «Ротманс»? Мэтью когда-то курил такие. Специально ездил за ними во французский квартал, потому что их нельзя было купить в ближайших лавчонках. Он курил до самой смерти.

— Кто вы? — спросил я.

Эрон молчал. Он предоставил мне возможность контролировать ситуацию, однако не ушел, а остался рядом.

— Не торопитесь, мистер Тальбот,— последовал нелюбезный ответ.— Задайте мне несколько вопросов.— Незнакомка еще сильнее оперлась левым локтем на трюмо, отчего рубаха на ней распахнулась, открыв взгляду полную грудь.

Глаза женщины ярко сверкали при свете установленных на трюмо ламп. Нам казалось, что мы видим перед собой совершенно другого человека, даже отдаленно не похожего на Меррик.

— Холодная Сандра? — спросил я.

Женщина зловеще расхохоталась, повергнув нас в шок, после чего тряхнула темной шевелюрой и снова глубоко затянулась.

— Она, наверное, никогда вам обо мне не рассказывала? — Таинственная посетительница перестала смеяться, а улыбка, по-прежнему игравшая на ее губах, была преисполнена злобы.— Девчонка всегда была ревнивой. Я ненавидела ее с того дня, как она родилась.

— Медовая Капля на Солнце,— спокойно произнес я.

Она кивнула и выдохнула дым.

— Это имя всегда мне нравилось. Надо же, она обо мне даже не заикнулась. Не думайте, мистер Тальбот, что я соглашусь с таким порядком вещей. Или мне следует называть вас Дэвид? Мне кажется, вам подходит это имя, знаете ли. Праведная, чистенькая жизнь и все такое прочее.

Потушив сигарету прямо о столик трюмо, она сразу же взяла следующую и прикурила от золотой зажигалки, которую я тоже забыл в своей комнате.

Перевернув зажигалку и выпустив кольцо дыма, женщина прочитала вслух надпись: «Дэвиду, моему спасителю, от Джошуа», бросила на меня сверкающий взгляд и улыбнулась.

Слова, которые она только что прочитала, ранили душу, но я решил не сдаваться, а потому просто стоял и смотрел на нее. Я понимал, что требуется время.

— Вы чертовски правы,— сказала она,— на это уйдет время. Мне тоже хочется частицу того, что получает она. Но поговорим сейчас о другом. Джошуа — это ведь, кажется, ваш любовник? Вы были с ним любовниками, и он умер.

Пронзившая меня боль была нестерпимой, и, что бы я там ни говорил о собственной просвещенности, самопознании, меня привело в ужас то, что эти слова были высказаны в присутствии Эрона. Когда-то Джошуа был одним из нас.

Она рассмеялась чувственным низким смехом.

— Разумеется, вы и от женщин не откажетесь, если они достаточно молоды,— разве нет? — злобно прошипела она.

— Откуда ты взялась, Медовая Капля на Солнце? — возмутился я.

— Не называй ее по имени,— прошептал Эрон.

— Хороший совет, но сейчас он ни к чему. Я останусь здесь столько, сколько захочу. Поговорим все-таки о вас и об этом пареньке, Джошуа. Он вроде бы был совсем молоденький, когда вы...

— Прекрати! — рявкнул я.

— Не разговаривай с этим существом, Дэвид,— едва слышно произнес Эрон.— Каждое твое обращение придает ему силы.

Маленькая женщина, сидящая у трюмо, зашлась высоким пронзительным смехом, тряхнула головой и развернулась к нам всем корпусом. От резкого движения подол рубахи задрался еще выше, почти полностью открыв бедра.

— Я думаю, ему было около восемнадцати,— произнесла она, глядя на меня горящими глазами и отлепляя от губы сигарету.— А вот вы наверняка этого не знали, Дэвид. Вам просто захотелось заполучить его.

— Убирайся из тела Меррик,— сказал я.— Тебе там не место.

— Меррик моя сестра! — гневно вспыхнула дева.— Я буду делать с ней все, что захочу. Она сводила меня с ума с самой колыбели, всегда с легкостью узнавала, о чем я думаю, и во всеуслышание произносила мои мысли. Она упрекала меня во всех грехах и твердила, что я сама во всем виновата!

Женщина оскалилась и, не сводя с меня взгляда, подалась вперед.

— Ты выдаешь себя с головой, и сразу ясно, кто ты такая,— заметил я.— Или лучше сказать, какой ты была?

Внезапно она вскочила и свободной рукой одним движением смела со столика все флакончики и одну из ламп.

Зазвенело разбившееся стекло. Лампа с треском погасла. Ковер усыпали острые осколки, и комнату наполнил аромат стойких духов.

Она стояла перед нами, положив одну руку на бедро, а другую — с зажатой в пальцах сигаретой — подняв примерно на уровень лица. Потом бросила взгляд на флакончики.

— Да, она любит подобные штуки! — последовало замечание.— А ведь вам нравится то, что вы видите перед собой, правда, Дэвид? Она еще пока достаточно юная. В ней даже есть что-то от мальчишки, не так ли? Большая Нанэнн раскусила вас со всеми вашими желаниями. Я тоже вас раскусила.

Ее лицо, полное злобы, было тем не менее удивительно красивым.

— Разве не вы убили Джошуа? — тихо произнесла она, внезапно прищурившись, словно вглядываясь в мою душу.— Вы позволили ему отправиться в Гималаи... Вы знали, что это опасно, но так его любили, что не смогли запретить.

Я ничего не мог сказать. Боль, засевшая внутри, была слишком сильной. Я попытался выкинуть из головы все мысли о Джошуа. Попытался не вспоминать тот день, когда его тело привезли в Лондон. Попытался сконцентрироваться на стоявшей передо мной девушке.

— Меррик,— позвал я, собравшись с силами,— Меррик, изгони ее.

— Вы хотите меня. Да и вы тоже, Эрон.— От улыбки на щеках Медовой Капли появились ямочки, лицо порозовело.— Любой из вас готов прямо сейчас пригвоздить меня к матрасу, если бы посмел.

Я промолчал.

— Меррик,— громко произнес Эрон.— Прогони ее. Она причиняет тебе одно зло, дорогая, прогони ее!

— А вы знаете, что Джошуа думал о вас, когда падал с той скалы? — спросила она.

— Прекрати! — закричал я.

— Он ненавидел вас за то, что вы отправили его в горы, ненавидел за то, что позволили ему поехать!

— Ты лгунья! — воскликнул я.— Убирайся из Меррик!

— Не кричите на меня, мистер,— огрызнулась она и, бросив взгляд на разбитое стекло, стряхнула на него пепел.— Ну а сейчас мы кое-что ей устроим.

Она сделала шаг вперед, ступив прямо на разделявшие нас осколки и перевернутые флакончики.

Я бросился ей навстречу.

— Стой, где стоишь!

Я схватил ее за плечи и принудил отодвинуться назад. Но на это ушли все мои силы. Ее кожа была влажной от пота. Она легко выскользнула из рук.

— По-вашему, я не сумею пройти босая по стеклу? — бросила она мне в лицо, пытаясь меня оттолкнуть.— Глупый старик! С чего бы мне, скажите на милость, хотеть поранить ноги Меррик?

Я схватил ее, не обращая внимания на хрустевшее под подошвами стекло.

— Ты ведь умерла, Медовая Капля на Солнце,— разве нет? Ты умерла, сама знаешь, и это единственная жизнь, которую ты способна украсть!

На секунду красивое лицо лишилось всякого выражения. Девушка стала снова походить на Меррик. Затем ее брови опять поползли вверх, веки томно опустились, под ними заблестели глаза.

— Я пришла и намерена здесь остаться.

— Ты в могиле, Медовая Капля на Солнце,— сказал я.— То есть тело, которое тебе нужно, находится в могиле, и все, что от тебя осталось,— это неприкаянно бродящий призрак!

На ее лице промелькнул страх, но потом оно вновь ожесточилось, и она сумела высвободиться из моих рук.

— Вы ничего обо мне не знаете, мистер.

Женщина была явно сбита с толку — такое часто случается с призраками — и не сумела сохранить дерзкое выражение на личике Меррик. А в следующий миг ее тело внезапно охватила дрожь. Это боролась Меррик.

— Возвращайся, Меррик, вышвырни ее из себя,— сказал я и вновь шагнул вперед.

Она отступила к высокой кровати, не переставая вертеть в руках сигарету и, похоже, намереваясь прижечь ею меня.

— Можете не сомневаться, я так и сделаю,— сказала она, прочитав мои мысли.— Жаль, у меня под рукой нет ничего более грозного, чтобы сделать вам побольнее. Наверное, придется довольствоваться наказанием Меррик!

Она принялась озираться.

Мне только это и нужно было. Я метнулся к ней и схватил за плечи. Удержать ее было непросто: она отчаянно старалась вырваться, и мои руки скользили по влажной коже.

— Прекратите! Отпустите меня! — взвизгнула Медовая Капля и всадила сигарету мне в щеку.

Я схватил ее руку и вывернул, так что в конце концов ей пришлось бросить сигарету. Но тут она ударила меня по лицу с такой силой, что целую секунду я был близок к обмороку, однако хватку не ослабил.

— Вот-вот! Правильно! — кричала она.— Почему бы вам не переломать ей кости? Думаете, сможете вернуть Джошуа? Думаете, он станет чуть старше и все будет хорошо?

— Убирайся из Меррик! — вопил я.

Под ногами у меня все еще хрустело стекло. Она стояла совсем рядом с осколками, рискуя порезаться.

Я встряхнул Медовую Каплю с такой силой, что голова ее замоталась из стороны в сторону.

Она передернулась и все-таки вырвалась на свободу, после чего снова с такой ужасающей силой нанесла мне удар, что я едва не рухнул и даже на долю секунды ослеп.

Тогда я кинулся на нее, схватил под мышки и швырнул на кровать, а потом сел на нее верхом, припечатав к матрасу. Она продолжала бороться, стараясь дотянуться до моего лица.

— Отпусти ее, Дэвид,— вскричал за моей спиной Эрон.

Внезапно к нему присоединился голос Мэри, умолявшей не выворачивать запястья девочки с такой силой.

А Медовая Капля тем временем отчаянно старалась выцарапать мне глаза.

— Ты мертва! И у тебя нет никакого права быть здесь,— гремел я, зависнув над ней.— Скажи, что ты мертва, скажи это и отпусти Меррик.

Я почувствовал, как ее колено уперлось мне в грудь.

— Большая Нанэнн, прогони ее! — закричал я.

— Как вы смеете?! — раздался в ответ пронзительный визг.— Нечего настраивать крестную против меня!

Пленница вцепилась мне в волосы левой рукой и с силой дернула.

Но я продолжал ее трясти.

Потом я отстранился, разжал пальцы и призвал на помощь собственный дух, мою собственную душу — самое мощное свое орудие. Именно с этим невидимым орудием я предпринял новую атаку и поразил деву в самое сердце, так что она даже перестала дышать.

«Прочь, прочь, прочь!» — приказал я мысленно, собрав все силы и явственно ощущая сопротивление противоборствующего мне невероятно мощного духа, ничем не связанного с телесной оболочкой. Я и сам утратил ощущение собственного тела и только неустанно безмолвно повторял: «Убирайся из Меррик! Прочь!»

— Для нас не нашлось могилы, ублюдок, дьявол! — всхлипнув, прокричала она.— Ни для меня, ни для моей матери! Я отсюда не уйду!

Я смотрел ей в лицо сверху вниз, не ведая, куда упало мое собственное тело — на пол или на кровать.

«Призови Всевышнего и ступай к нему! — велел я.— Оставь тела там, где они покоятся. Слышишь? Оставь их и ступай. Немедленно! Это твой шанс!»

Внезапно сила, боровшаяся со мной, отступила, неимоверная тяжесть куда-то исчезла. На секунду мне показалось, будто я увидел, как надо мной проплыла аморфная тень.

В следующее мгновение я понял, что лежу на полу, уставившись в потолок, и слушаю, как Меррик, наша Меррик, опять рыдает:

— Они мертвы, мистер Тальбот, они мертвы! И Холодная Сандра, и Медовая Капля на Солнце, моя сестра,— они обе мертвы, мистер Тальбот, мертвы с тех пор, как покинули Новый Орлеан, мистер Тальбот, целых четыре года ожидания, а ведь они умерли в первую же ночь в Лафейетте, мистер Тальбот, они мертвы, мертвы, мертвы.

Чувствуя себя совершенно больным, разбитым, я медленно поднялся с пола. Руки были изрезаны разбитым стеклом.

Меррик, судорожно всхлипывая, лежала на кровати. Глаза ее были закрыты, уголки губ горестно опустились.

Мэри быстро накрыла ее толстым халатом. Тут же подошел Эрон.

Внезапно Меррик перевернулась на спину и поморщилась.

— Меня тошнит, мистер Тальбот,— прохрипела она.

— Сюда.

Я не позволил ей наступить на осколки, а поднял ее и отнес на руках в ванную. Едва девочка наклонилась над раковиной, как из нее потоком хлынула рвота.

Меня трясло с ног до головы, одежда намокла.

Мэри заставила меня отойти в сторону. Я было сначала возмутился, но потом понял, что она права.

Я вышел из ванной и взглянул на Эрона. Меня поразило его лицо. На своем веку он повидал много случаев одержимости. Все они ужасны, каждый по-своему.

Мы подождали в коридоре, пока Мэри не позволила нам войти.

Меррик в белом халате сидела в кресле в углу. Расчесанные волосы блестели в свете стоявшего рядом торшера, веки покраснели, но взгляд стал ясным. На ногах у нее теперь были белые атласные тапочки, надежно защищавшие от стекла.

Впрочем, стекло с пола исчезло. Да и на трюмо был наведен относительный порядок, хотя на нем осталась всего одна лампа и несколько уцелевших флакончиков.

Девочка все еще дрожала, а когда я приблизился, вцепилась мне в руку.

— Плечи у тебя еще поболят какое-то время,— сказал я, извиняясь.

— Я хочу рассказать, как они умерли.— Меррик попеременно смотрела то на меня, то на Эрона.— Получив деньги, они отправились покупать новую машину. Человек, который продал ее, подцепил их... ну, знаете, как это бывает. В общем, он отправился с ними в Лафейетт и там убил обеих — ради денег. Проломил им головы.

Я потрясенно молчал.

— Случилось это четыре года тому назад,— как во сне продолжала она, не в силах думать ни о чем другом.— На следующий же день после их отъезда. Он расправился с ними в номере мотеля в Лафейетте, перетащил тела в машину и отвез на болота. Машина затонула, наполнилась водой. Если они и пришли в себя, то сразу же захлебнулись. Сейчас от них уже ничего не осталось.

— Какой ужас! — прошептал я.

— И все это время,— продолжала Меррик,— я чувствовала себя очень виноватой за то, что ревновала к собственной сестре. Мне было обидно, что Холодная Сандра забрала с собой Медовую Каплю, а меня оставила. Я терзалась чувством вины и ревностью. Медовая Капля на Солнце была моей старшей сестрой. Ей тогда исполнилось шестнадцать, и она, как говорила Холодная Сандра, «не причиняла хлопот». А я была еще слишком мала. Холодная Сандра обещала вскоре за мной вернуться.

Меррик на секунду закрыла глаза и глубоко вздохнула.

— Где она сейчас? — спросил я.

Эрон дал мне понять, что пока не готов к такому откровению, но я чувствовал, что должен задать ей этот вопрос.

Несколько бесконечно долгих минут она молчала, глядя в никуда и дрожа всем телом, а потом наконец произнесла:

— Она ушла.

— Но как ей удалось сюда проникнуть? — не унимался я.

Мэри и Эрон укоризненно покачали головами.

— Дэвид, позволь ей успокоиться,— вежливо попросил Эрон.

Однако я не желал прекращать расспросы. Мне нужно было знать.

И снова вместо ответа последовала длинная пауза. Потом Меррик вздохнула и отвернулась.

— Как ей удалось сюда проникнуть? — повторил я.

Личико Меррик сморщилось, и она тихонько заплакала.

— Прошу вас, сэр,— взмолилась Мэри,— оставьте сейчас девочку в покое.

— Меррик, как здесь появилась Медовая Капля на Солнце? — продолжал упорствовать я.— Ты знала, что она рвется сюда?

Мэри встала по левую руку от Меррик и принялась сверлить меня сердитым взглядом. Но я упорно смотрел только на дрожавшую девочку и тихо, но твердо спросил:

— Это ты попросила ее прийти?

— Нет, мистер Тальбот,— едва слышно ответила она усталым голосом.— Я обращалась к Большой Нанэнн. Взывала к ее духу, пока он еще достаточно близко от земли, чтобы меня услышать. И Большая Нанэнн прислала ее, чтобы она мне все рассказала. Теперь Большая Нанэнн позаботится о них обеих.

— Понятно.

— Вы знаете, что я сделала,— продолжала девочка.— Я обратилась к духу той, что недавно умерла. Я позвала душу, не успевшую пока отдалиться, и попросила ее о помощи, а получила Медовую Каплю — гораздо больше того, о чем просила. Так иногда случается, мистер Тальбот. Когда обращаешься к les mystères, не всегда знаешь, каков будет ответ.

— Понимаю,— отозвался я.— Ты помнишь все, что случилось?

— Да,— ответила она.— И нет. Я помню, но далеко не все, что происходило, пока она была во мне,— так, какие-то отрывки. Помню, как вы меня трясли, помню, что все осознавала...

— А что ты чувствуешь теперь, Меррик?

— Мне немного страшно,— ответила она.— Очень жаль, что она вас поранила.

— Дорогая, ради всего святого, не думай обо мне,— ответил я.— Меня волнует только твое благополучие.

— Я знаю, мистер Тальбот, и если это вас хоть немного утешит, то верьте, что Джошуа после смерти ушел к Свету. Он не испытывал к вам ненависти, когда падал с горы. Медовая Капля все придумала.

Меня как громом поразило. Я почувствовал внезапное смущение Мэри, увидел, что Эрон тоже удивлен.

— Я уверена в этом,— продолжала Меррик.— Джошуа сейчас на Небесах. Медовая Капля просто прочитала ваши мысли.

Я не нашелся что ответить. Рискуя навлечь на себя еще больше подозрений со стороны бдительной Мэри, я наклонился и поцеловал Меррик в щеку.

— Дурной сон закончился,— сказала девочка.— Я освободилась от всех кошмаров. Теперь я свободна и могу начать сначала.

Так начался наш долгий путь с Меррик.

10

Нелегко мне далась эта история, которую я поведал Луи, к тому же она не была закончена. Мне предстояло рассказать еще о многом.

Но я замолк, словно очнувшись и впервые осознав, что сижу в гостиной напротив Луи, внимательно ловящего каждое мое слово. Меня охватил покой и в то же время чувство тяжкой вины. Я потянулся и почувствовал, как по телу разливается вампирская сила.

Мы сидели и смотрели друг на друга — два крепких здравомыслящих существа, удобно устроившиеся в уютной гостиной, мягко освещенной лампами под стеклянными абажурами.

Впервые с момента начала рассказа я обратил внимание на висевшие на стенах комнаты картины. Это были сплошь шедевры импрессионизма чудесной колористики, давным-давно собранные Луи. Когда-то картины украшали небольшой дом в престижной части города, где Луи жил до пожара, устроенного Лестатом. После примирения Лестат уговорил Луи переехать сюда, к нему.

Я взглянул на картину кисти Моне, к которой давно успел приглядеться и потому в последнее время практически ее не замечал. На полотне, наполненном солнечным светом и зеленью, была изображена женщина за рукоделием, сидящая у окна, под сенью комнатных растений. Написанная выпуклыми мазками картина, как и большинство работ импрессионистов, отличалась глубиной мысли, рациональностью и в то же время была удивительно домашней. Ее, если так можно выразиться, здоровая обыденность успокоила мое страдающее сердце.

Здесь, на Рю-Рояль, я хотел ощущать именно обыденность нашей жизни, мечтал обрести душевный покой, хотя, конечно, понимал, что это недостижимо.

Моя душа была истерзана оттого, что пришлось возвратиться в те времена, когда я был обыкновенным живым смертным и воспринимал влажные жаркие дни Нового Орлеана как само собой разумеющееся, когда я считался, и по праву, надежным, верным другом Меррик — хотя Медовая Капля на Солнце была другого мнения,— когда рядом был мальчик по имени Джошуа, живший много-много лет тому назад.

Что касается Джошуа, ни Эрон, ни Мэри не обмолвились о нем ни словом. Но я понимал, что отныне их отношение ко мне уже не будет прежним. Ведь Джошуа был слишком юн, а я слишком стар для каких-либо отношений. Уже после смерти Джошуа я признался старшинам в своем грехе, откровенно поведав о нескольких ночах любви, проведенных рядом с этим мальчиком. Старшины осудили меня и велели впредь не позволять себе подобного.

Прежде чем меня назначили Верховным главой, старшины потребовали подтверждения, что я больше не осмелюсь нарушить законы морали, и я заверил их в своей непогрешимости, однако почувствовал себя униженным из-за того, что снова возник этот вопрос.

Что касается смерти Джошуа, то я действительно винил себя в том, что с ним случилось. Он упрашивал меня отправиться с ним в горы. Сама по себе поездка не была опасной: Джошуа собирался лишь посетить святые места в Гималаях, ибо изучал историю и культуру Тибета. Более того, он был не один, и все его спутники — другие служители ордена — благополучно вернулись домой. Насколько мне известно, Джошуа смела с горы внезапно сошедшая лавина. Его тело удалось обнаружить только через несколько месяцев.

Теперь, когда я рассказал обо всем Луи и размышлял над тем, что возобновил знакомство с Меррик уже в другом качестве, под темной и вечной личиной вампира, я почувствовал острейшую и глубочайшую вину. Прощения мне вовек не найти. Но и видеться с Меррик мне больше ничто не помешает.

Дело было сделано. Я попросил Меррик вызвать нам призрак Клодии. Мне предстояло еще о многом рассказать Луи, прежде чем эти двое встретятся, а еще больше проблем решить в самом себе.

Все это время Луи слушал меня, не произнося ни слова. Подперев пальцем подбородок и положив локоть на диванный валик, он просто смотрел на меня, пока я предавался воспоминаниям, и теперь ему не терпелось услышать продолжение истории.

— Я знал, что эта женщина обладает большой силой,— тихо произнес он,— но даже представить себе не мог, как сильно ты ее любишь.

Я в очередной раз поразился его обычной манере изъясняться: медоточивому голосу и манере произносить слова так, что казалось, будто даже воздух у рта остается неподвижным.

— Я тоже этого не знал,— ответил я.— Многие в Таламаске связаны между собой любовью, и у каждого своя история.

— Но ведь ты и вправду любил эту женщину,— мягко настаивал он.— А я обременил тебя такой просьбой, заставив пойти против сердца.

— О нет, ничего подобного,— поспешил заверить его я, но тут же умолк и лишь после некоторых колебаний продолжил: — Мой контакт с Таламаской был неизбежен. Правда, я действовал в обход старшин. Следовало бы обратиться к ним с письменной просьбой, а не так.

— Не кори себя за возобновление отношений с Меррик.

В голосе Луи прозвучали непривычные нотки самоуверенности. Он выглядел серьезным и, как всегда, молодым.

— Почему? — спросил я.— Неужели это говоришь ты, специалист по самобичеванию?

Он вежливо хохотнул и покачал головой.

— У каждого из нас ведь есть сердце,— заметил он, меняя позу и поудобнее устраиваясь на диванных подушках.— Ты говорил мне, что веришь в Бога,— ни от кого другого я не слышал такого признания. Поверь, ни от кого. Что, по-твоему, уготовил нам Бог?

— Не думаю, что Бог вообще утруждает себя чем-либо подобным,— ответил я резковато.— Я только знаю, что Он есть.

Я вдруг осознал, как сильно люблю Луи, с тех пор как стал темным созданием Лестата, как сильно от него завишу и на какие жертвы готов пойти ради него. Именно любовь к Луи временами ломала Лестата, именно она поработила Армана. Но сам Луи совершенно не сознавал силу собственной красоты и непреодолимого природного обаяния.

— Дэвид, ты должен меня простить,— внезапно произнес он.— Я так отчаянно стремлюсь встретиться с этой женщиной, что подтолкнул тебя к действию, руководствуясь только собственными эгоистичными побуждениями. Но я не лукавил, когда сказал, что у нас тоже есть сердце — как в прямом, так и в переносном смысле этого слова.

— Я в этом и не сомневался,— ответил я.— Не знаю, правда, есть ли у ангелов сердце,— прошептал я.— Но это не важно — ты согласен? Мы такие, какие есть.

Луи промолчал, но его лицо на мгновение помрачнело, а затем вновь стало спокойно-задумчивым и на нем появилось привычное выражение любознательного интереса.

— Что касается встречи с Меррик,— продолжил я,— должен признаться, что я сам отчаянно в ней нуждался. Я не смог бы долго вытерпеть, делая вид, что ее не существует. Каждая ночь, проведенная мною в Новом Орлеане, наполнена мыслями о ней. Она преследует меня, словно призрак.

— Расскажи, что было дальше,— попросил Луи.— И если по окончании своей повести ты примешь решение покончить со всем этим, то есть больше не видеться с ней, я безоговорочно ему подчинюсь.

11

Я продолжил свой рассказ, еще раз вернувшись на двадцать лет назад, в то лето, когда Меррик исполнилось четырнадцать.

Как можно догадаться, члены ордена Таламаска с готовностью окружили заботой оставшуюся без друзей сироту.

После похорон Большой Нанэнн мы обнаружили, что у Меррик вообще нет никаких юридических документов, если не считать паспорта, полученного на основании свидетельства Холодной Сандры, что Меррик является ее дочерью. Девочке дали фамилию матери.

Несмотря на скрупулезные поиски, нам так и не удалось выяснить, где было зарегистрировано рождение Меррик и имела ли место такая регистрация вообще. Ни в одной из приходских церквей Нового Орлеана не нашлось записи о крещении Меррик Мэйфейр в год ее рождения. В тех коробках, что она привезла в Обитель, было лишь несколько ее фотографий.

Более того, отсутствовали и записи о Холодной Сандре или Медовой Капле, если не считать паспортов, выданных на вымышленные имена. Мы вычислили год смерти обеих несчастных, но не нашли в газетах Лафейетта, штат Луизиана, или соседних городах никаких сообщений об обнаружении жертв убийства.

В сущности, история жизни Меррик Мэйфейр началась в Таламаске с чистого листа. Вскоре старшины ордена, использовав все имевшиеся в их распоряжении огромные ресурсы и обширные связи, выправили для нее документы, необходимые в современной жизни. Что касается католического крещения, то Меррик стояла на своем, заявляя, что в детстве ее крестили: Большая Нанэнн «носила ее в церковь». Незадолго до того, как я покинул орден, Меррик продолжала настойчиво, но безрезультатно просматривать все церковные реестры в поисках доказательств совершения над ней обряда крещения.

Я никогда не мог до конца понять, почему для Меррик так важно это крещение. Впрочем, я многого в ней так и до конца не понял. Могу лишь с уверенностью утверждать, что колдовство и римский католицизм навсегда слились в представлении Меррик в одно целое.

Что касается одаренного добросердечного человека по имени Мэтью, то проследить его жизненный путь оказалось совсем нетрудно.

Мэтью был археологом, посвятившим себя изучению цивилизации ольмеков. Когда мы навели осторожные справки среди его родственников в Бостоне, то сразу выяснилось, что некая женщина по имени Сандра Мэйфейр завлекла его в Новый Орлеан, прислав лет пять тому назад письмо, в котором заявила, что у нее якобы есть старая карта, нарисованная от руки, где указано местонахождение сокровищ цивилизации ольмеков. Холодная Сандра писала, что о любительских экспедициях Мэтью узнала из статьи в журнале «Тайм», на которую случайно наткнулась ее дочь Меррик.

В то время мать Мэтью серьезно заболела, но он с ее благословения все равно отправился на юг и организовал частную экспедицию, маршрут которой начинался в Мексике. Больше никто из семьи живым его не видел.

Что касается подробностей экспедиции, то о них можно узнать из писем Мэтью, адресованных матери,— своеобразного путевого журнала, который он вел очень тщательно. На обратном пути в Штаты письма были отправлены из Мехико все разом.

После смерти Мэтью, несмотря на упорные старания старой женщины, ни один из ученых, изучавших цивилизацию ольмеков, не заинтересовался находками и записями ее сына.

Мать Мэтью умерла, оставив документы своей сестре, которая решила, что для нее это «чересчур большая ответственность», и охотно продала нам все бумаги за кругленькую сумму. Была там и небольшая коробка с яркими цветными фотографиями, на многих из которых мы увидели двух женщин поразительной красоты — Холодную Сандру и Медовую Каплю на Солнце,— а также десятилетнюю девочку, совсем на них не похожую,— Меррик.

Наша подопечная к тому времени только-только вышла из недельного ступора и погрузилась в учебу, увлеченно постигая этикет, поэтому я без всякого удовольствия передал ей на хранение эти фотографии и письма.

Однако фотографии матери и сестры не вызвали у нее никаких эмоций: быстро просмотрев, она невозмутимо отложила их в сторону, вновь ни словом не обмолвившись о Медовой Капле на Солнце, которой на фотографиях было лет шестнадцать.

А я, напротив, внимательно изучил снимки.

Холодная Сандра была высокой, смуглой, с исси-
ня-черными волосами и светлыми глазами. Медовая
Капля на Солнце оправдала все ожидания, порож-
денные этим именем. На фотографиях ее кожа действительно казалась медового цвета, глаза были желтые, как у матери, а светлые, слегка волнистые волосы
лежали на плечах легким облаком. Черты лица она —
как, впрочем, и Холодная Сандра — полностью заим-
ствовала у англосаксов.

Зато Меррик на фотографиях была такой же, какой появилась впервые у наших дверей. Уже в десять
лет в ней можно было разглядеть будущую красавицу. Она выглядела спокойной и скромной, тогда как
обе другие, похоже, не давали прохода Мэтью. Во всяком случае, перед объективом они с радостными улыб-
ками сжимали его в объятиях. Меррик почти на всех
фотографиях была серьезной и, как правило, одна.

Разумеется, Мэтью запечатлел и джунгли, куда
проникли путешественники, и даже сумел сделать
несколько снимков — увы, некачественных — таин-
ственной наскальной живописи, которая, на мой не-
просвещенный взгляд, не относилась ни к цивилизации ольмеков, ни к цивилизации майя. Впрочем, я мог
ошибиться. Что же до точного маршрута, Мэтью намеренно не указал его, использовав такие термины,
как «Первая деревня» и «Вторая деревня».

Принимая во внимание отсутствие досконально-
го описания маршрута экспедиции и плохое качество
снимков, нетрудно понять, почему археологи не заин-
тересовались открытиями Мэтью.

Заручившись согласием Меррик, мы, соблюдая сек-
ретность, увеличили все мало-мальски ценные снимки.
Однако качество оригиналов не позволило получить
конкретные сведения, достаточные для совершения

путешествия по следам экспедиции. Но в одном я был абсолютно уверен: пещера находилась не в Мексике, хотя, возможно, начать поиски следовало именно с этой страны и прежде всего посетить Мехико.

Да, в нашем распоряжении имелась карта, нетвердой рукой выполненная черными чернилами на обычном листе пергамента, но она представляла собой только схему с пометками «Город» и уже упомянутыми «Первая деревня» и «Вторая деревня». Не было указано ни одного названия. Поскольку пергамент успел сильно обтрепаться по краям, мы ради сохранности скопировали карту, но назвать ее большим подспорьем я бы не отважился.

А читать полные энтузиазма письма Мэтью, которые он отослал домой, было больно.

Мне никогда не забыть первое из них, написанное матери сразу после сделанного открытия. Незадолго до этого бедная женщина узнала, что ее болезнь неизлечима, и эта новость каким-то образом дошла до Мэтью, застигнув его примерно на середине маршрута, хотя где именно, мы точно не знаем. Мэтью молил мать дождаться его возвращения. Именно поэтому он быстро свернул экспедицию, взяв только малую часть сокровищ.

«Если бы только я был рядом! — писал он.— Только представь, как я, твой долговязый, неуклюжий сын, продираюсь сквозь тьму в разрушенном храме и вдруг нахожу эту странную наскальную живопись, не поддающуюся никакой классификации! Разумеется, это не майя, но и не ольмеки. Тогда кто ее создал и для чего? И в самый решительный момент фонарик выскальзывает у меня из рук, словно его кто вырвал. И темнота окутывает великолепные рисун-

ки — совершенно необычные, каких я в жизни не видел.

Только мы покинули храм, как сразу были вынуждены карабкаться по камням рядом с водопадом. Холодная Сандра и Медовая Капля шли впереди. За стеной водопада мы нашли пещеру, хотя я подозреваю, что когда-то это был туннель. Найти его не составило труда, так как вход в него сделан в виде раскрытого рта на огромном лице, вырезанном на вулканических глыбах.

К несчастью, у нас не было света — фонарик Холодной Сандры промок,— а жара внутри пещеры оказалась такой невыносимой, что мы чуть не потеряли сознание. Холодная Сандра и Медовая Капля испугались призраков и все время твердили, что чувствуют их. Меррик тоже высказалась на этот счет, обвинив призраков в том, что упала и чуть не разбилась о камни.

Тем не менее завтра мы намерены повторить весь путь. А пока позволь мне описать увиденное в луче солнца, пробравшемся в храм и пещеру. Уникальные рисунки, как я уже тебе писал, и в храме, и в пещере. Их следует немедленно изучить. Там же мы нашли сотни блестящих нефритовых предметов — они словно ждали прикосновения наших рук.

Понятия не имею, каким образом эти сокровища сохранились в местах, где не гнушаются разорять священные храмы. Местные жители, принадлежащие к племени майя, вроде бы ничего не знают об этом месте, а я не спешу их просвещать. По отношению к нам они проявляют доброту и гостеприимство: кормят и поят нас. Но шаман затаил на нас злобу и отказывается объяснить причину. Я живу и дышу только для того, чтобы вернуться домой».

Но домой Мэтью так и не вернулся. Ночью у него началась лихорадка, и уже в следующем письме он пишет, что с сожалением должен вернуться к цивилизации. Тогда он еще надеялся, что болезнь не опасна.

Как прискорбно, что этого любознательного и великодушного человека сразил недуг.

Причиной явился укус какого-то неизвестного насекомого, но это выяснилось, только когда он достиг «Города», как он его называл, тщательно избегая имен собственных или каких-либо детальных описаний. Последние заметки были написаны в больнице Нового Орлеана и по просьбе Мэтью отправлены медсестрами матери.

«Мама, ничего нельзя сделать. Врачи даже не уверены в типе паразита — знают только, что он поселился во внутренних органах и не поддается ни одному известному лекарству. Иногда я думаю, что, возможно, средство от этой болезни известно индейцам майя и они могли бы излечить меня — ведь местные жители были к нам очень добры. Хотя, скорее всего, коренные жители давным-давно приобрели иммунитет».

Самое последнее письмо он написал в тот день, когда собирался переехать в дом Большой Нанэнн. Почерк стал неразборчив — видимо, Мэтью страдал от часто повторявшихся приступов. И тем не менее письмо не осталось незаконченным. Текст его отмечен той странной смесью смирения и самоотречения, которая характерна для умирающих.

«Ты не поверишь, какие милые и заботливые Сандра, Медовая Капля и Большая Нанэнн. Разумеется, я сделал все, чтобы облегчить их бремя. Все находки,

обнаруженные во время экспедиции, по праву принадлежат Сандре, а когда я покину больничные стены, то попытаюсь составить исправленный каталог. Вдруг заботы Большой Нанэнн сотворят чудо. Я напишу, как только будут хорошие новости».

Последнее письмо в пачке было написано рукой Большой Нанэнн: прекрасный почерк, вечное перо. По ее словам, Мэтью умер, получив причастие, и в самом конце уже не страдал. Она подписалась как Ирэн Флоран Мэйфейр.

Настоящая трагедия. Точнее слова не подобрать.

В то время трагедия словно шла по пятам за Меррик, ведь вскоре убили Холодную Сандру и Медовую Каплю, и я прекрасно понимал, почему архив Мэтью не отвлек ее от привычных занятий или от частых поездок в городские магазины и рестораны.

Кроме того, она проявила безразличие к восстановлению старого дома Большой Нанэнн, который на самом деле принадлежал ее крестной. Он перешел к Меррик по рукописному завещанию, выправленному по нашей просьбе умелым местным адвокатом, не задававшим лишних вопросов.

Полномасштабная реставрация дома, порученная двум опытным подрядчикам, велась с учетом исторических документов. Меррик вообще отказалась туда наведываться. Насколько я знаю, дом до сих пор остается ее собственностью.

К концу того далекого лета Меррик обзавелась роскошным гардеробом, хотя росла буквально на глазах. Предпочтение она отдавала дорогим, хорошо сшитым платьям, обильно украшенным вышивкой, как, например, то белое пикейное, которое я уже описывал. Когда она начала являться на ужин в изящных туфельках на высоком каблуке, лично я втайне чуть не лишился рассудка.

Я не из тех мужчин, что любят женщин любого возраста, но одного вида ее ножки, круто изогнутой в подъеме и напряженно ступавшей из-за высокого каблука, было достаточно, чтобы во мне проснулись совершенно ненужные эротические желания.

Что касается духов «Шанель № 22», то она начала ими пользоваться ежедневно. Даже те, у кого этот аромат прежде вызывал раздражение, вдруг полюбили его, ведь он был связан с ее присутствием, вопросами, непрекращающимися разговорами и жаждой все знать.

Она с легкостью освоила азы грамматики, что очень помогло ей и в изучении французского языка. А латынь и вовсе далась ей проще простого. Математику она презирала, теория была выше ее понимания, но девочка оказалась достаточно сообразительной, чтобы разобраться в основах. Зато к литературе Меррик проявила такое рвение, какое я редко встречал. Она буквально залпом проглотила романы Диккенса и Достоевского и рассуждала о персонажах как о добрых знакомых, живущих неподалеку от ее дома. С большим увлечением Меррик читала журналы по искусству и археологии, на которые мы подписывались. Не чуждалась она и поп-культуры, а к политике испытывала даже своего рода любовь.

С юных лет Меррик пребывала в убеждении, что чтение — ключ ко всему. По ее словам, она прекрасно понимала Англию только потому, что каждый день читала лондонский «Таймс». А еще она полюбила историю Мезоамерики, хотя так ни разу и не попросила разрешения взглянуть на древние сокровища, привезенные в чемодане.

Вырабатывая собственный почерк, она добилась потрясающих успехов и вскоре в совершенстве освоила даже старинный шрифт. Поставив себе целью научиться писать так же красиво, как когда-то это делала крестная, Меррик вела подробные дневники и в конце концов своего добилась.

Поймите меня правильно: она была вовсе не вундеркиндом, а просто талантливой, умной девочкой, которая после многих лет разочарования и скуки наконец-то получила свой шанс. Для нее не было помех на пути к знаниям. Ее не возмущало, если кто-то проявлял свое превосходство. Наоборот, она все впитывала в себя, как губка.

Обитатели Оук-Хейвен, где никогда прежде не было детей, пришли от нее в восторг. Гигантский удав стал всеобщим любимцем.

Эрон и Мэри часто возили девочку в город, где посещали местный музей, а также совершали короткие поездки в Хьюстон, чтобы познакомить ее с великолепными сокровищницами искусства этой южной столицы.

Что до меня, то в то роковое лето я, к собственному огорчению, был вынужден несколько раз возвращаться в Англию. Я успел полюбить новоорлеанскую Обитель, а потому искал любой предлог, чтобы задержаться в ней подольше, и писал длинные отчеты старшинам Таламаски, признаваясь в этой слабости, умоляя позволить мне оставаться здесь и объясняя, что должен получше узнать эту странную часть Америки, которая ничуть не походила на американскую.

Старшины проявили снисхождение. Я много времени проводил с Меррик. Тем не менее однажды пришло от них письмо, предостерегавшее меня от проявления чрезмерной любви к этой маленькой девочке. Превратно истолковав их советы, я почувствовал себя оскорбленным и поспешил поклясться в чистоте своих намерений. В ответ старшины написали:

«Дэвид, мы не сомневаемся в твоей безгрешности. Но дети бывают переменчивы. Мы заботимся лишь о твоем сердце».

Тем временем Эрон составил реестр всех сокровищ Меррик и в конце концов в одном из флигелей отвел целую комнату для статуэток, перевезенных из старого дома.

Наследство от дядюшки Вервэна составляла не одна, а несколько средневековых рукописных книг. Как и откуда он их получил, оставалось тайной. Но тот факт, что он их использовал, сомнений не вызывал: в некоторых томах мы обнаружили заметки, сделанные карандашом, а также несколько дат.

В одной из картонных коробок с чердака дома Большой Нанэнн оказалась целая подборка печатных книг по колдовству, изданных в 1800-х годах, когда в Лондоне да и во всей Европе резко вырос интерес ко всему «паранормальному», не говоря уже о медиумах, спиритических сеансах и тому подобном. Эти книги тоже были испещрены карандашными пометами.

Еще мы обнаружили огромный ветхий альбом, заполненный хрупкими пожелтевшими вырезками из новоорлеанских газет, рассказывающими о чудесах, приписываемых «местному доктору, знаменитому Джерому Мэйфейру», который, по утверждению Меррик, приходился дедушкой дядюшке Вервэну и которого она называла Стариком. Как выяснилось, в Новом Орлеане все были наслышаны об этой личности: газеты часто печатали краткие сообщения о колдовских шабашах, разогнанных местной полицией, каждый раз наряду с цветными и черными женщинами арестовывавшей множество «белых дам».

Самым драматическим открытием, однако меньше других полезным для нас как для ордена детективов-экстрасенсов — если мы действительно таковыми являемся,— стал дневник одного темнокожего мастера, изготовлявшего дагерротипы. Он был родственником Меррик, но настолько дальним, что она о нем даже не упоминала.

В неспешном повествовании некий Лоренс Мэйфейр рассказывал о мелких событиях местного значения и среди прочего описывал, какой была погода в тот или иной день, какие клиенты и в каком количестве посещали его студию, упоминал множество других, на первый взгляд не особо значимых, подробностей.

Я был уверен, что человек этот считал свою жизнь счастливой, и мы не пожалели времени, чтобы тщательно скопировать дневник и отослать копию в местный университет, где по достоинству оценят столь редкий документ, созданный еще до Гражданской войны и принадлежащий перу цветного.

Впоследствии мы разослали в различные южные университеты много копий рукописных свидетельств прошлого и фотографий. Ради благополучия Меррик такие шаги всегда предпринимались с огромной осторожностью.

Имя Меррик в сопроводительных письмах не упоминалось. Она не хотела, чтобы какие-либо материалы связывали с ней лично, ибо не желала обсуждать свои семейные дела вне ордена. Думаю, она опасалась — возможно, не без оснований,— что ее присутствие в Обители может вызвать у людей нежелательные расспросы.

— Пусть они узнают о моих родственниках,— частенько повторяла она за столом,— но им совершенно ни к чему знать обо мне.

Она одобряла все, что мы делали, но отказывалась в этом участвовать, так как жила теперь в другом мире. От того несчастного ребенка, который демонстрировал мне семейные дагерротипы в первый вечер нашего знакомства, не осталось и следа.

Теперь Меррик часами изучала книги, смотрела телевизионные выпуски новостей, а до, во время и после них с увлечением спорила о политике. Теперь у нее было семнадцать пар туфель, и она меняла их по три раза за день. Теперь она стала преданной католичкой и каждое воскресенье, несмотря ни на что, посещала мессу — казалось, ей не помешает делать это даже библейский потоп.

Разумеется, меня радовали эти перемены, хотя я понимал, что воспоминания дремлют в ней лишь до поры до времени и однажды непременно так или иначе дадут о себе знать.

В конце концов наступила осень, и мне ничего не оставалось, как навсегда вернуться в Лондон. Меррик предстояло еще полгода заниматься, прежде чем она отправится в Швейцарию. Прощались мы со слезами.

Я больше не был мистером Тальботом, а стал просто Дэвидом, как для многих других служителей ордена, а когда мы помахали друг другу на прощание у трапа в самолет, я увидел, что Меррик плачет — впервые с той ужасной ночи, когда она изгнала призрак Медовой Капли и разразилась рыданиями.

Это было ужасно. Едва дождавшись, когда приземлится самолет, я принялся писать ей письмо.

Следующие месяцы ее частые письма стали самым интересным, что было в моей жизни.

Пришел Новый год, и уже в феврале мы с Меррик оказались в самолете, летевшем в Женеву. Хотя в том климате она чувствовала себя несчастной, но училась прилежно, мечтая о летних каникулах в Луизиане и о многочисленных поездках в обожаемые ею тропики.

Однажды она вернулась в Мексику в самое неподходящее время года, чтобы посмотреть на то, что оставила нам в наследство цивилизация майя. В то самое лето она призналась мне по секрету, что нам придется найти ту пещеру.

— Я пока не готова пройти по тому пути,— сказала она,— время еще не настало. Знаю, ты сохранил архив Мэтью. Возможно, в этом путешествии мне помогут и другие. Впрочем, можешь пока не волноваться. Нам еще рано отправляться в дорогу.

На следующий год она съездила в Перу, а потом побывала в Рио-де-Жанейро, но всякий раз к началу осени возвращалась в школу. Она нелегко сходилась с людьми и практически не имела друзей в Швейцарии. Мы делали все, что было в наших силах, чтобы внушить ей сознание собственной нормальности, но Таламаска уникальна сама по себе и всегда окутана атмосферой тайны, а потому я не уверен, что наши попытки убедить Меррик, будто она такая же, как остальные ученицы, были успешными.

В восемнадцать лет Меррик сообщила мне официальным письмом, что намерена посвятить свою жизнь Таламаске, хотя мы заверяли ее, что дадим ей образование в любой области по ее выбору. Она была принята в орден в качестве послушницы — этот этап проходят все без исключения молодые служители — и отправилась на учебу в Оксфорд.

Я был несказанно рад переезду Меррик в Англию и, естественно, поехал в аэропорт, чтобы встретить ее. Каково же было мое удивление, когда из самолета выпорхнула и бросилась в мои объятия высокая грациозная молодая особа.

Каждый уик-энд Меррик приезжала в Обитель. Промозглый климат ужасно ее угнетал, но она твердо решила остаться в Англии.

В выходные мы обычно совершали поездки: то в Кентерберийский собор, то в Стонхендж, то в Гластонбери — словом, туда, куда она сама хотела. Всю дорогу мы, как правило, увлеченно болтали. От своего новоорлеанского акцента — я так его называю за неимением лучшего термина — она полностью избавилась, а в знании классических языков превзошла меня на голову: ее греческий был превосходен, и она с легкостью беседовала на латыни с другими служителями ордена — редкий талант среди ее сверстников.

Она стала специалистом по коптскому языку, перевела множество томов коптских текстов, веками хранившихся в архивах Таламаски, а потом с головой погрузилась в изучение истории колдовства и страстно уверяла меня в очевидном: в том, что во всем мире и во все времена колдовство было и остается неизменным.

Меррик часто засыпала в библиотеке Обители, уткнувшись лицом в раскрытую книгу. Интерес к нарядам постепенно сошел на нет, и теперь она довольствовалась всего лишь несколькими очень красивыми и женственными вещами да время от времени покупала очередную пару туфель на очень высоких каблуках, от одного вида которых меня бросало в дрожь.

Что касается ее любви к «Шанель № 22», то ничто и никогда не мешало ей пользоваться этими духами, и ее волосы, кожа и одежда были всегда пропитаны их ароматом. Большинство служителей ордена находили его восхитительным, и в каком бы уголке Обители я ни находился, дивное благоухание сообщало мне, что Меррик вошла в дом.

В день своего совершеннолетия я сделал ей личный подарок: тройную нить настоящего, тщательно подобранного белого жемчуга. Разумеется, украшение стоило целого состояния, но меня это не волновало. Я был богат и мог позволить себе такие траты. Меррик была тронута до глубины души и всегда надевала ожерелье на все важные мероприятия ордена, независимо от наряда, будь то простое черное шелковое платье — ее любимое для таких случаев — или повседневный костюм из темной шерсти.

К этому времени Меррик превратилась в настоящую красавицу, молодые служители постоянно влюблялись в нее и горестно жаловались, что она отвергает их ухаживания и даже комплименты. Меррик никогда не говорила о любви и мужчинах, проявляющих к ней интерес. Я начал подозревать, что она настолько хорошо читает мысли других, что чувствует себя очень одинокой и отчужденной даже в наших священных стенах.

Нельзя сказать, что я оказался невосприимчивым к ее чарам. Временами мне было чрезвычайно трудно находиться рядом с ней — такой свежей, прелестной, зовущей казалась эта девушка. Высокая упругая грудь и длинные стройные ноги позволяли ей роскошно выглядеть даже в самом строгом и скромном наряде.

Однажды мы ездили в Рим. До сих пор помню, каким несчастным я чувствовал себя в те дни из-за терзавшего душу желания. Я проклинал тот факт, что возраст пока не избавил меня от этих мук, и делал все, лишь бы Меррик ни о чем не догадалась. Все равно, думаю, она знала. По-своему она была немилосердна. Однажды после обильного обеда в отеле «Хасслер» она как бы вскользь обронила, что считает меня единственным по-настоящему интересным мужчиной.

— Не повезло, не правда ли, Дэвид? — многозначительно поинтересовалась Меррик.

Тут за стол вернулись еще два служителя Таламаски, и разговор оборвался. Я был польщен, но чрезвычайно обеспокоен. Конечно, между нами не могло быть интимных отношений, и то, что я так желал ее, явилось для меня самого крайне тревожным сюрпризом.

После поездки в Рим Меррик какое-то время провела в Луизиане, где полностью воссоздала историю своего семейства, записав все, что ей было известно о родственниках. Умолчала она лишь об их оккультных способностях. Вместе с качественными копиями всех дагерротипов и фотографий она направила материалы в несколько университетов. Эта семейная летопись, где не упомянуто ни имя Меррик, ни еще несколько важных имен, является сейчас частью нескольких коллекций, посвященных истории черных семейств Юга.

Эрон рассказывал, что эта работа эмоционально истощила Меррик, но она утверждала, что les mystères неотступно преследуют ее и что работу нужно закончить. Этого требовали Люси Нэнси Мэри Мэйфейр, а также Большая Нананн. А еще дядюшка Джулиен Мэйфейр, живший в престижном районе. Но когда Эрон принялся настоятельно расспрашивать, действительно ли ее преследуют призраки, или она просто хочет отдать дань уважения ушедшим из жизни родственникам, Меррик ничего не ответила, сказав только, что ей пора вернуться к работе в Англии.

Что касается ее собственного афро-американского происхождения, то Меррик никогда его не скрывала и даже, к удивлению многих, часто сама заговаривала на эту тему. Те же, кто не знал о семейных корнях Меррик, безоговорочно принимали ее за белую.

Два года Меррик провела в Египте. Ничто не могло ее выманить из Каира, до тех пор пока она не приняла решение всерьез заняться изучением египетских и коптских документов, разбросанных по музеям и библиотекам всего мира. Помню, как мы с ней бродили по грязным полутемным залам Каирского музея. Мне импонировала ее увлеченность египетскими тайнами. В довершение всего Меррик напилась и отключилась после ужина прямо у меня на руках. К счастью, я был пьян почти так же, как она. Кажется, мы проснулись одновременно, оба одетые, и увидели, что лежим рядышком в ее кровати.

К этому времени уже никого не удивляло, что Меррик иногда попивает. И не раз она обхватывала меня руками и целовала так, что я испытывал восторг и одновременно отчаяние.

Я делал вид, что не замечаю ее явных посылов. Я говорил себе — и, наверное, не без оснований,— что все дело в моем собственном богатом воображении и что я принимаю желаемое за действительное. Кроме того, одно дело, когда юная девушка думает, что любит старика, и совсем другое — когда такая любовь обретает физическую форму. Что мог я предложить, кроме множества старческих немощей? В то время я и помыслить не мог о возможности встречи с Похитителем Тел, который дарует мне телесную оболочку юноши.

Тут я должен признаться, что спустя годы, когда я действительно стал обладателем своего нынешнего тела и обрел облик молодого человека, я не мог не думать о Меррик. Да, не мог о ней не думать. Впрочем, вскоре я полюбил сверхъестественное существо, нашего несравненного Лестата, а он постарался изгнать из моей памяти воспоминания о чарах Меррик.

Но довольно об этой проклятой теме! Да, я жаждал ее, но в данный момент моя задача — вернуться к истории женщины сегодняшнего дня — к истории Меррик, храброй и умной служительницы Таламаски.

Она освоила их компьютеры задолго до того, как те стали рядовым явлением в быту людей, и с невероятной скоростью стучала по клавиатуре, засиживаясь до поздней ночи за работой. Она публиковала сотни переводов и статей для наших служителей, и множество ее работ вышли под псевдонимом во внешнем мире.

Разумеется, мы очень осторожно делимся добытыми знаниями. Не в наших интересах быть замеченными, но существуют такие вещи, которые мы не вправе скрывать от других. Однако мы никогда не стали бы настаивать на псевдониме, но Меррик всю жизнь, с самого детства, хранила тайну вокруг своего имени.

В то же время по отношению к Мэйфейрам из престижного района Нового Орлеана она не проявляла почти никакого интереса и едва удосужилась прочитать те несколько документов, что мы ей предоставили. Они никогда не были для нее настоящими родственниками, что бы она там ни думала о дядюшке Джулиене, явившемся во сне Большой Нанэнн. Кроме того, какие бы способности мы ни обнаруживали у тех Мэйфейров, в этом веке они не проявляли почти никакого интереса к «ритуальной магии», каковая являлась главным предметом исследования Меррик.

Разумеется, мы не продали ни одно из сокровищ Меррик. Не было причин для такого абсурдного шага.

Таламаска настолько богата, что расходы одной персоны, такой как Меррик, практически ничего не значат, а Меррик, даже в свои юные годы, была предана делу ордена и по собственной воле работала в архивах, где обновляла реестры, делала переводы, составляла сопроводительные надписи к ольмекским находкам, очень похожим на те сокровища, что принадлежали ей.

Если кто из служителей Таламаски и зарабатывал себе на жизнь, то это была Меррик. Она трудилась так, что временами мы испытывали неловкость. Поэтому, когда ей вдруг приходило в голову совершить набег на магазины Нью-Йорка или Парижа, то никто и не думал возражать. А когда она выбрала себе черный седан «роллс-ройс» в качестве личной машины — вскоре у нее уже собралась целая коллекция разных авто,— никто не счел это неразумной тратой.

Меррик исполнилось двадцать четыре, когда она впервые обратилась к Эрону с просьбой о разрешении осмотреть оккультную коллекцию, привезенную в орден десять лет тому назад.

Я помню об этом, потому что сохранил письмо Эрона.

«До сих пор она ни разу не проявила ни малейшего интереса,— писал он.— Сам знаешь, как меня это беспокоило. Даже занимаясь историей семьи и отсылая свои труды различным ученым, она вообще не касалась оккультного наследия. Но вот сегодня днем она призналась мне, что видела несколько "важных" снов о своем детстве, и сказала, что должна вернуться в дом Большой Нанэнн. Вместе с нашим шо-

фером нам пришлось отправиться в тот старый район. Нас ожидало печальное зрелище.

Все там пришло в такое запустение, что трудно себе представить, а полуразвалившиеся бар и лавочка на углу повергли ее в уныние. Что касается дома, то он находится в прекрасном состоянии благодаря нанятому смотрителю. Меррик попросила оставить ее одну и почти целый час провела на заднем дворе.

Смотритель устроил там патио, а навес с алтарем сейчас пустует. Ничего не осталось от прежнего храма, разве что свежевыкрашенный центральный столб.

Вернувшись в Обитель, Меррик отказалась обсуждать свои сны и ничего мне не рассказала.

Она была очень благодарна, что мы сохраняли для нее дом все то время, пока она "о нем не думала". Я надеялся, что на этом поставлена точка, как вдруг за ужином, к моему крайнему удивлению, услышал, что она планирует переехать в свой дом и проводить там отныне часть времени. Она попросила вернуть в дом всю старую мебель и пообещала взять на себя все хлопоты.

— А как же соседи? — робко спросил я, не придумав ничего лучше.

— Я никогда не боялась соседей,— с улыбкой ответила Меррик.— Скоро ты убедишься, Эрон, что соседи начнут бояться меня.

Чтобы не чувствовать себя побежденным, я решил съязвить:

— А вдруг какой-нибудь прохожий попытается убить тебя, Меррик?

И она не замедлила ответить:

— Да поможет небо тому, кто осмелится на такое».

Меррик сдержала слово и действительно переехала в «старый район», но прежде велела построить там флигель для смотрителя.

Два убогих ветхих домика, стоявшие по обеим сторонам дома, были приобретены и снесены, после чего с трех сторон огромного участка возвели кирпичные стены, а с четвертой, перед фасадом,— железную ограду. Во флигеле поселился смотритель. Установили систему сигнализации, разбили цветник. В саду снова появились кормушки для колибри. Все вроде бы правильно и обыкновенно, но, побывав только раз в том доме, я все еще испытывал холодок, слушая рассказы о том, как Меррик часто туда наведывается.

Обитель оставалась для нее истинным домом, но, как уверял Эрон, она то и дело уезжала в Новый Орлеан и не возвращалась по нескольку дней.

«Дом сейчас выглядит вполне презентабельно,— писал Эрон.— Всю мебель, разумеется, отреставрировали и заново отполировали. Огромную кровать Большой Нанэнн Меррик забрала себе. Сосновые полы полностью восстановили, и теперь они придают комнатам янтарное сияние. Тем не менее меня ужасно беспокоит, что Меррик зачастую уединяется там на несколько дней».

Разумеется, я тут же написал Меррик, затронув вопрос о снах, заставивших ее вернуться в старый дом.

«Я обязательно расскажу тебе обо всем, но сейчас еще слишком рано,— не замедлила ответить Меррик.— Скажу лишь, что в этих снах со мной говорит дядюшка Вервэн. Иногда я вижу себя ребенком, каким была в день его смерти, а иной раз — взрослой. Кажется, хотя точно не поручусь, в одном из снов мы с ним оба были одинаково молоды.

Пока ни о чем не волнуйся. Ты ведь понимаешь, что мое возвращение в дом детства было неизбежным. Я в том возрасте, когда люди начинают интересоваться своим прошлым, особенно если оно было так внезапно и безоговорочно закрыто для них.

Пойми меня правильно. Я не чувствую вины за то, что бросила дом, где выросла. Просто мои сны велят мне вернуться туда. Равно как и кое-что другое».

Письма Меррик встревожили меня, но на все расспросы она отвечала предельно кратко.

Беспокойство не покидало и Эрона. Меррик все меньше и меньше времени проводила в Оук-Хейвен. Частенько Эрон отправлялся на машине в Новый Орлеан и навещал ее в старом доме, но в конце концов Меррик попросила не нарушать ее уединения.

Разумеется, такой образ жизни присущ многим служителям Таламаски, которые часто делят свое время между Обителью и своим собственным домом. У меня тоже был собственный дом в Англии, в Котсуолде. Он и до сих пор остается моим. Однако продолжительные отлучки служителей в ордене не приветствуются. Случай с Меррик был особым из-за ее частых и таинственных упоминаний о снах.

Осенью того рокового года, когда Меррик исполнилось двадцать пять, она написала мне о поездке в известную пещеру.

Позвольте мне процитировать ее послание.

«Дэвид, я теперь не могу сомкнуть глаз ночью, чтобы не увидеть во сне дядюшку Вервэна. При всем том я все менее отчетливо припоминаю суть этих снов. Знаю только одно: он хочет, чтобы я вернулась в пещеру, где когда-то побывала в детстве. Дэвид, я должна это сделать. Меня ничто не остановит. Эти сны стали какой-то навязчивой идеей, и я прошу: перестань бомбить меня письмами с логическим объяснением причин, по которым мне нельзя делать то, что я, как тебе известно, обязана делать».

Далее речь в ее письме шла о сокровищах:

«Я внимательно изучила все так называемые ольмекские сокровища и теперь точно знаю, что к цивилизации ольмеков они не имеют никакого отношения. Никак не могу их идентифицировать, хотя в моем распоряжении все опубликованные работы и каталоги, хотя бы отдаленно, вскользь касающиеся древностей, сохранившихся в этой части света. Что касается самого маршрута, то я кое-что помню, а еще в моем распоряжении имеются некоторые записи дядюшки Вервэна и архив Мэтью Кемпа, в далеком прошлом моего дорогого отчима.

Я хочу, чтобы ты совершил это путешествие вместе со мной, хотя, конечно, мы не сможем обойтись без помощников. Прошу тебя, ответь как можно быстрее, согласен ли ты поехать. Если нет, я организую экспедицию самостоятельно».

Когда я получил это письмо, мне было почти семьдесят. Ее предложение явилось для меня своеобразным вызовом, к которому я отнесся без малейшего восторга. Я хотел попасть в джунгли, жаждал узнать что-то новое, но в то же время я был абсолютно уверен, что подобное путешествие мне уже не по силам. Свое письмо Меррик продолжила рассказом о многочасовом изучении артефактов, добытых в ее первом, детском, путешествии.

«На самом деле они гораздо старше,— писала она,— чем те предметы, которые археологи относят к цивилизации ольмеков, хотя, несомненно, имеют общие черты с артефактами этой цивилизации и за свое сходство с ними, несомненно, получат название «ольмекоиды». В этих артефактах чрезвычайно распространены азиатские, или, как мы часто говорим, китайские, элементы, а кроме того, нельзя забывать о странных наскальных рисунках, которые Мэтью удалось сфотографировать. Я должна лично их исследовать и попытаться сделать какой-то собственный вывод по поводу деятельности моего дядюшки Вервэна в той части света».

Тем же вечером я позвонил ей из Лондона.

— Послушай, я слишком стар, чтобы отправляться в джунгли,— сказал я,— даже если они по-прежнему стоят на том же месте. Тебе ведь известно, что сейчас вырубают тропические леса. На месте тех джунглей вполне могут оказаться фермерские угодья. Кроме того, я стал бы помехой в пути — независимо от сложности маршрута.

— Я хочу, чтобы ты поехал со мной,— умоляюще произнесла она.— Дэвид, пожалуйста, не отказывай мне. Мы можем передвигаться с той скоростью, с какой скажешь, но когда настанет момент карабкаться за стеной водопада, я сделаю это сама. Дэвид, ты ведь был в джунглях Амазонки много лет тому назад. Тебе все там знакомо. Только представь нас теперь, снаряженных по последнему слову техники. Камеры, фонари, походное снаряжение — у нас будет все. Дэвид, соглашайся. Если захочешь, можешь остаться в деревне. Я сама отправлюсь к водопаду. На современном четырехколесном внедорожнике это будет пустяк.

Как показало время, это был далеко не пустяк.

Неделю спустя я прибыл в Новый Орлеан, исполненный решимости отговорить ее от экспедиции, и слегка встревожился, увидев, что ни Эрон, ни Меррик не приехали встретить меня у самолета. Меня тут же отвезли в Обитель.

Эрон встретил меня у дверей.

— Меррик в своем городском доме. Смотритель говорит, у нее очередной запой. Разговаривать с ним отказывается. Я целое утро пытаюсь дозвониться, но она не берет трубку.

— Почему ты раньше не сообщил? — не на шутку обеспокоенный, возмутился я.

— А зачем? Чтобы ты волновался во время перелета через Атлантику? Я знал, что скоро ты будешь здесь, а это самое главное. Ты единственный, кто способен урезонить ее в таком состоянии.

— Откуда такая уверенность? — возразил я.

Откровенно говоря, Эрон был прав. Иногда мне действительно удавалось уговорить Меррик прекратить кутеж. Но не всегда.

В общем, я принял ванну, сменил одежду на более теплую, так как было не по сезону холодно, и отправился на машине с шофером к дому Меррик. На улице моросил тихий дождик.

Было совсем темно, когда я попал в тот район, но я все равно разглядел, что все там пришло в немыслимый упадок. Казалось, здесь была проиграна война и выжившим ничего не оставалось, как продолжать жить среди безнадежных деревянных руин, погребенных под гигантскими сорняками. То там, то здесь попадались симпатичные, недавно выкрашенные домики с резными карнизами, но сквозь их зарешеченные окна светили тусклые огни. Заброшенные дома разрушала буйная растительность. Здесь царило запустение и наверняка было небезопасно.

Мне показалось, будто в темноте бродят какие-то люди. Я испугался, хотя доселе чувство страха было мне неведомо, и тот факт, что я его испытал сейчас, заставил меня устыдиться. Но старость научила меня с почтением относиться к опасностям. Как я уже сказал, мне это было ненавистно. Как ненавистна мысль, что я не в силах сопровождать Меррик в ее безумном путешествии по джунглям Центральной Америки. Я не желал жалости и презрения к себе.

Наконец машина остановилась у дома Меррик.

Прелестный старый дом, выкрашенный в розовый цвет, с белыми бордюрами, смотрелся чудесно за высокой железной оградой. Новые кирпичные стены, толстые и высокие, со всех сторон ограждали территорию. За забором густо рос цветущий олеандр, закрывавший дом от уличного запустения.

Когда смотритель, поздоровавшись, провел меня к крыльцу, я увидел, что высокие окна дома забраны решетками, хотя внутри все было красиво: белый тюль и портьеры.

Свет горел во всех комнатах.

Крыльцо было чисто выметено. Квадратные колонны, оставшиеся от прежнего дома, смотрелись как новые, двойные полированные двери поблескивали зеркальными вставками. Все выглядело совсем не так, как прежде, тем не менее меня охватили воспоминания.

— Она не ответит на звонок, сэр,— сказал смотритель, на которого я из-за спешки едва обратил внимание.— Но дверь не заперта. В пять часов я относил ей еду.

— Она попросила поесть? — уточнил я.

— Нет, сэр, она ничего не просила. Но поела. Через час я забрал пустые тарелки.

Я открыл двери и оказался в парадном вестибюле, где царила приятная прохлада. Тут же заметил, что старая гостиная и столовая по правую руку заново обставлены великолепной мебелью и украшены яркими китайскими коврами. Антикварная мебель по-современному сияла полировкой. А вот старые, потускневшие зеркала над каминными полками из белого мрамора остались такими же темными.

Слева от меня располагалась спальня. Кровать Большой Нанэнн под белым резным балдахином из слоновой кости была застелена кружевным покрывалом.

Меррик сидела в сверкающем полировкой кресле-качалке, ее задумчивое лицо, обращенное к окну, отчетливо вырисовывалось в мигающем свете.

Рядом на маленьком столике стояла бутылка рома «Флор де Канья».

Она поднесла стакан к губам, отпила немного и снова поставила на столик, продолжая смотреть в одну точку, словно не подозревала о моем появлении.

— Дорогая,— заговорил я, останавливаясь на пороге,— не хочешь предложить выпить и мне?

Меррик улыбнулась, но не повернула головы.

— Ты никогда не любил неразбавленный ром, Дэвид,— тихо произнесла она.— Всегда предпочитал виски, как мой отчим Мэтью. Бутылка в столовой. Ты не против «Макаллана»? Двадцатипятилетней выдержки. Годится для моего дорогого Верховного главы?

— Не сомневайтесь, любезная дама,— ответил я.— Но не будем сейчас об этом. Мне позволено войти в ваш будуар?

Она коротко рассмеялась.

— Конечно, Дэвид. Входи смело.

Бросив взгляд налево, я мгновенно опешил: между двумя фасадными окнами возвышался массивный мраморный алтарь, уставленный гипсовыми фигурами святых,— совсем как в прежние времена. Дева Мария в венце и в одеянии монахини-кармелитки держала на руках сияющего младенца Иисуса и невинно улыбалась.

Появились и другие детали. В новых статуэтках я узнал трех волхвов из христианской Библии. Надеюсь, вы понимаете, что алтарь вовсе не напоминал сценку с рождественскими яслями. Волхвов просто добавили к большой коллекции священных фигурок, и они существовали как бы сами по себе.

Среди святых я заметил несколько таинственных нефритовых идолов, включая одного, очень противного, который занес скипетр, готовясь то ли к совершению какого-то обрядового действа, то ли к нападению.

Два других, довольно злобных маленьких персонажа стояли по обе стороны большой статуи святого Петра. А перед ними лежал нож с зеленой нефритовой ручкой в виде колибри — один из самых красивых артефактов в большой коллекции Меррик.

Прекрасному лезвию топора, которое я впервые увидел много лет назад, было отведено почетное место между Девой Марией и архангелом Михаилом. В тусклом свете оно красиво поблескивало.

Но, наверное, удивительнее всего на алтаре смотрелись дагерротипы и старые фотографии родственников Меррик, стоявшие вплотную один к другому, как на рояле в гостиной. Множество лиц сливались и расплывались в неярком свете.

Среди многочисленных ваз со свежими цветами перед сооружением в два ряда горели свечи. Нигде не было ни пылинки, все сияло чистотой. Так мне казалось, пока я не увидел, что среди подношений на алтаре нашла свое место и сморщенная рука. Она выделялась на белом мраморе — скрюченная, отвратительная, почти такая же, какой я ее увидел в далеком прошлом.

— В память о старых временах? — спросил я, жестом показывая на алтарь.

— Не говори глупостей,— тихо ответила Меррик и поднесла к губам сигарету.

Я знал, что она время от времени покуривает. Бросив взгляд на пачку, лежавшую на маленьком столике, я прочел название: «Ротманс». Любимый сорт Мэтью. И мой тоже.

Тем не менее я сурово взглянул на нее, словно сомневаясь, действительно ли передо мной моя любимая Меррик, и почувствовал, как по телу побежали мурашки,— я всегда терпеть не мог это отвратительное ощущение.

— Меррик! — позвал я.

Она подняла взгляд. Да, передо мной она, Меррик,— никто другой не проник в это красивое молодое тело. А еще я понял, что она вовсе не так пьяна.

— Присаживайся, Дэвид, дорогой.— Голос ее звучал ласково, почти печально.— Кресло здесь удобное. Я действительно рада тебя видеть.

Услышав знакомые интонации, я почувствовал облегчение. Пересек комнату и уселся в кресло, откуда хорошо мог разглядеть ее лицо. Алтарь светился за правым плечом Меррик, а со всех фотографий точно так же, как когда-то, на меня были устремлены немигающие взгляды ее предков. Все это мне не понравилось, равно как и многочисленные безразличные святые и коленопреклоненные волхвы, хотя, должен признать, зрелище было впечатляющее.

— Зачем нам отправляться в эти джунгли, Меррик? — спросил я.— Что, скажи на милость, заставило тебя бросить все ради этой идеи?

Прежде чем ответить, Меррик сделала внушительный глоток рома и перевела взгляд на алтарь.

Только теперь я заметил, что на противоположной стене, рядом с дверью, через которую я вошел, висит огромный портрет дядюшки Вервэна.

Я сразу узнал в нем портрет, который Меррик показала нам в тот далекий вечер. Она его увеличила — заказ, наверное, обошелся дорого. Копия сохранила ярко-коричневые тона оригинала, и дядюшка Вервэн, юноша в расцвете лет, удобно положивший локоть на греческую колонну, смотрел, казалось, прямо на меня своими дерзкими блестящими светлыми глазами.

Даже в мерцающем полумраке я разглядел широкий, красивой формы нос и изящно очерченные полные губы. Что касается глаз, то они придавали лицу несколько пугающее выражение, хотя я не был уверен, что правильно оценил свои ощущения.

— Я вижу, ты приехал, чтобы продолжать спор,— сказала Меррик.— Никаких доводов тебе не найти, Дэвид. Я должна ехать, и немедленно.

— Ты меня не убедила. Отлично знаешь, что я не позволю тебе отправляться в ту часть света без поддержки Таламаски, но мне нужно понять...

— Дядюшка Вервэн не оставит меня одну,— тихо произнесла она.

Глаза ее в полумраке казались огромными и пронзительными, лицо было озарено только скудным светом, проникавшим сюда из коридора.

— Все дело в снах, Дэвид. По-правде говоря, они снятся мне уже несколько лет, но раньше я не видела то, что вижу теперь. Может быть, мне не хотелось обращать на них внимание. Может быть, я даже в самих снах притворялась, будто не понимаю, что от меня требуется.

Мне казалось, Меррик стала намного привлекательнее, чем я ее помнил. Простое платье из фиолетовой хлопковой ткани было туго перетянуто на талии, подол едва прикрывал колени. Стройные красивые ноги без чулок, ноготки накрашены под цвет платья.

— Когда точно началось это наваждение?

— Весной,— устало ответила она.— А может, сразу после Рождества. Я не уверена. Зима выдалась суровой. Эрон тебе расскажет. Стояли сильные морозы. Все красивые банановые деревья погибли. Конечно, они ожили, как только наступило весеннее тепло. Ты видел их у входа?

— Прости, дорогая, не заметил,— ответил я.

Словно не слыша моих слов, она продолжала:

— Именно тогда он начал являться ко мне наиболее отчетливо. Во сне не было ни прошлого, ни будущего — только дядюшка Вервэн и я. Мы с ним находились в этом доме, он сидел за обеденным столом...— Она показала на открытую дверь, откуда виднелась столовая.— Я была с ним. Он сказал мне: «Девочка, разве я не велел тебе вернуться туда и забрать остальные вещи?»,— а потом начал длинный рассказ о каких-то призраках — жутких призраках, столкнувших его с утеса, так что он упал и разбил голову. Я проснулась среди ночи и записала все, что запомнила, но кое-что все-таки упустила — впрочем, возможно, так и должно было случиться.

— И что же ты запомнила?

— Дядюшка рассказал, что об этой пещере знал еще прадед его матери. Он утверждал, будто Старик возил его туда, хотя сам боялся джунглей. Можешь представить, сколько лет тому назад это было? Дядюшка Вервэн сказал, что больше ему не удалось там побывать. Он приехал в Новый Орлеан и сказочно разбогател благодаря знахарству. Он часто повторял, что чем дольше живешь, тем чаще приходится отказываться от своих мечтаний, пока в конце концов их у тебя вообще не остается.

Кажется, я поморщился, услышав эти мудрые, правдивые слова.

— Мне было семь лет,— продолжала Меррик,— когда дядюшка Вервэн умер под этой самой крышей. Прадед его матери считался brujo среди майя. Так называют шаманов, своего рода жрецов. До сих пор помню, что дядюшка Вервэн использовал именно это слово.

— Почему он требует, чтобы ты туда вернулась? — спросил я.

Она не сводила глаз с алтаря. Я бросил взгляд в ту сторону и только тогда разглядел фотографию дядюшки Вервэна. Маленький снимок без рамки, просто прислоненный к подножию статуэтки Девы Марии.

— Чтобы забрать сокровища,— тихо, но взволнованно ответила она,— и привезти сюда. По его словам, там есть нечто, способное в корне изменить мою судьбу. Но я не понимаю, что он имеет в виду.— Послышался знакомый вздох.— Он почему-то думает, мне необходим этот предмет, эта вещь. Хотя что могут знать призраки?

— Вот именно, Меррик, *что он имеет в виду?* — подхватил я.

— Не могу ответить, Дэвид,— дрожащим голоском призналась она.— Знаю только, что он преследует меня неотступно, требуя, чтобы я отправилась туда и привезла сокровища.

— Тебе самой это не нужно,— заявил я.— Уверен. Ты просто во власти назойливого призрака.

— Он очень силен, Дэвид.— Она медленно обвела взглядом гипсовые фигурки и тряхнула головой.— И эти сны меня не отпускают. Он каждый раз является мне во сне. Боже, как мне его не хватает! — Ее взгляд блуждал по комнате.— Знаешь, к старости у него совсем ослабли ноги. Пришел священник и разрешил дядюшке Вервэну больше не посещать воскресную мессу. Для него это было слишком тяжело. И все же каждое воскресенье дядюшка переодевался в свой лучший костюм-тройку с неизменными карманными часами — знаешь, у него были такие круглые часики на короткой золотой цепочке, которые он носил в маленьком кармашке,— затем усаживался в столовой перед приемником, слушал трансляцию мессы и шептал молитвы. Он был настоящий джентльмен. А днем приходил священник и причащал его. Как бы ни болели у него ноги, дядюшка Вервэн каждый раз опускался на колени, чтобы принять причащение. Я стояла в дверях, чтобы проводить священника со служкой. Дядюшка Вервэн считал нашу церковь магической, потому что мы принимаем тело и кровь Христа в причастии. Дядюшка Вервэн говорил, что меня крестили как Меррик Марию Луизу Мэйфейр, благословленную Девой Марией. Мое имя произносили на французский лад: Мерри́к. Я точно знаю, что меня крестили. Уверена.

Она помолчала. Мне было тяжело видеть, как она страдает. Я даже подумал, что если бы только нам удалось найти свидетельство о крещении, то мы смогли бы излечить ее от навязчивой идеи.

— Нет, Дэвид,— резким тоном возразила она.— Я ведь говорю тебе, что он приходит ко мне во сне. Я вижу, как он держит свои золотые часы.— Меррик вновь погрузилась в воспоминания, не дарящие ей никакого утешения.— Как я любила те часы... те золотые часы. Мне очень хотелось их получить, но он завещал часы Холодной Сандре. Я часто просила его дать мне полюбоваться на них, позволить подвести стрелки или пощелкать крышечкой... Но нет, всякий раз он говорил: «Они тикают не для тебя, chérie, а для других». И часы получила Холодная Сандра; уезжая, взяла их с собой.

— Меррик, все это семейные призраки. Они есть у каждого?

— Да, Дэвид, но это моя семья, и она никогда не была похожа на другие. Разве не так, Дэвид? Он является ко мне в снах и рассказывает о пещере.

— Не могу видеть, как ты страдаешь, дорогая,— сказал я.— В Лондоне, сидя за письменным столом, я изолирую себя духовно от служителей ордена, разбросанных по всему миру. Но только не от тебя.

Меррик кивнула.

— Я тоже не хочу причинять тебе боль, мой наставник,— сказала она,— но ты мне нужен.

— Ты, видно, ни за что не откажешься от этой идеи,— произнес я с нежностью, на какую только был способен.

Меррик помолчала.

— У нас проблема, Дэвид,— после паузы заговорила она, устремив взгляд на алтарь.

Скорее всего, она намеренно избегала смотреть мне в глаза.

— Какая? — спросил я.

— Мы не знаем точно, куда ехать.

— Я не удивлен, дорогая,— ответил я, пытаясь вспомнить хоть что-то из туманных писем Мэтью и стараясь, чтобы мой голос не звучал сердито или напыщенно.— Насколько я понял, письма Мэтью были отправлены из Мехико все вместе, когда он уже направлялся домой.

Меррик кивнула.

— А как насчет той карты, что передал вам дядюшка Вервэн? Я знаю, на ней нет никаких названий, но что происходило, когда ты до нее дотрагивалась?

— Ничего не происходило,— ответила она и горестно улыбнулась.

Меррик долго молчала, а потом жестом указала на алтарь. Только тогда я заметил рядом с фотографией дядюшки Вервэна небольшой свернутый пергамент, обвязанный черной лентой.

— Мэтью помогали добраться до пещеры,— сказала она странным глуховатым голосом.— Он узнал маршрут вовсе не из карты, а каким-то другим образом.

— С помощью колдовства?

— Ты говоришь со мной словно Великий Инквизитор,— укоризненно произнесла Меррик, по-прежнему не глядя в мою сторону. Ни по голосу, ни по лицу нельзя было догадаться о ее истинных чувствах.— Ему помогала Холодная Сандра. Она знала от дядюшки Вервэна то, чего не знаю я. Холодная Сандра прекрасно ориентировалась в тех местах. Как и Медовая Капля на Солнце, которая была на шесть лет старше меня.

Меррик помолчала. Она была явно встревожена. За последние годы я ни разу не видел ее такой нервозной.

— Предки дядюшки Вервэна по материнской линии знали какие-то тайны,— после паузы вновь заговорила она.— В своих снах я вижу очень много лиц.— Она затрясла головой, словно пытаясь отбросить ненужные мысли, и продолжила, но уже почти шепотом: — Дядюшка Вервэн всегда подолгу разговаривал с Холодной Сандрой. Если бы он тогда не умер, то Холодной Сандре, возможно, повезло бы больше. Хотя, конечно, он был очень стар. Пришло его время.

— А в снах дядюшка Вервэн не рассказывает тебе, где находится пещера?

— Он пытается. Я вижу какие-то картины, фрагменты. Вижу brujo племени майя, шамана, взбирающегося по скале рядом с водопадом. Я вижу огромный камень, на котором вырезано лицо. Я вижу ладанки и свечи, перья диких птиц, красивые цветные перья и подношения съестного.

— Понятно.

Меррик несколько раз качнулась в кресле, медленно поводя глазами из стороны в сторону. Потом снова глотнула рома.

— Конечно, я многое помню из того путешествия,— с печалью в голосе неспешно произнесла она.

— Тебе было всего десять лет,— сочувственно заметил я.— И ты не должна думать, что из-за этих снов тебе следует сейчас туда вернуться.

Никак не реагируя на мои слова, Меррик медленно потягивала ром. Взгляд ее был устремлен на алтарь.

— На земле очень много развалин, очень много высокогорных водоемов,— задумчиво проговорила она.— Не меньше водопадов и тропических лесов. Мне нужно узнать еще одну вещь. Нет, пожалуй, даже две. Название города, в который мы вылетели из Мехико, и название деревушки, где разбили лагерь. До того города мы летели с одной пересадкой. Ни одного названия не помню, даже если когда-то и знала. Наверное, я просто была невнимательна. Я играла в джунглях, предоставленная самой себе, и вообще слабо представляла, зачем мы туда приехали.

— Дорогая, послушай меня...— начал было я.

— Не нужно. Забудь. Я должна вернуться,— резко перебила она.

— Что ж, я могу предположить, что ты тщательно просмотрела все свои книги, изучая особенности джунглей, и составила список городов и деревень?

Я хотел было сказать что-то еще, но умолк, чтобы еще раз напомнить себе о невозможности совершить столь опасное путешествие.

Меррик не сразу ответила и лишь молча смотрела мне прямо в глаза. Взгляд ее был непривычно холоден и тверд. При свете свечей и ламп глаза приобрели восхитительный зеленый оттенок. И снова она показалась мне воплощением всех моих мечтаний.

— Конечно, я это сделала,— в конце концов сказала она ровным тоном.— Но теперь мне предстоит выяснить название той далекой деревни, где мы сделали последний привал, и название города, куда вылетели на самолете. Если бы у меня были эти сведения, я могла бы отправиться в путь хоть сейчас.— Меррик вздохнула.— Мне особенно важно узнать название той деревушки, где жил brujo. Она простояла в течение нескольких веков, недоступная для всех, в ожидании нас... Если бы только узнать ее название, у меня был бы весь маршрут.

— Но как, каким образом? — недоумевал я.

— Медовая Капля знает,— ответила Меррик.— Ей было шестнадцать, когда мы совершали то путешествие. Она запомнила. И скажет мне.

— Меррик, тебе нельзя призывать Медовую Каплю! — всполошился я.— Ты сама знаешь, что это очень опасно и совершенно неразумно. Тебе нельзя...

— Дэвид, но ведь ты же здесь.

— Господи, да я не смогу защитить тебя, если ты призовешь ее призрак.

— Но ты должен меня защитить! Должен! Потому что Медовая Капля будет вести себя так же ужасно, как при жизни. Она попытается уничтожить меня, когда появится здесь.

— Тогда ничего не предпринимай.

— Но это необходимо! Мне нужно это сделать, я должна вернуться в пещеру. Когда Мэтью Кемп умирал, я пообещала ему, что сделаю его открытие всеобщим достоянием. Он не знал, что говорит со мной. Думал, что обращается к Холодной Сандре, а может быть, даже к Медовой Капле или к собственной матери — я так и не поняла. Но обещание дала я! Поклялась рассказать об этой пещере всему миру!

— Миру наплевать на еще одну ольмекскую находку! — воскликнул я.— В тропических лесах и без тебя трудится множество университетских экспедиций. В Центральной Америке полно древних городов! Какое значение сейчас имеют те сокровища?

— Я обещала дядюшке Вервэну,— серьезно ответила Меррик,— привезти сюда все сокровища. «Ты сделаешь это, когда вырастешь»,— сказал он тогда. И я дала ему слово.

— Такое обещание могла дать Холодная Сандра,— резко возразил я.— Или, возможно, Медовая Капля на Солнце. А тебе сколько было, когда старик умер? Лет семь, не больше.

— Я должна сдержать слово,— торжественно заявила она.

— Послушай, Меррик, это надо прекратить.— Я не терял надежды урезонить упрямицу.— Все равно сейчас не та политическая обстановка, чтобы отправляться в Центральную Америку. Как Верховный глава, я ни за что не одобрю эту поездку, а ты не имеешь права действовать через мою голову.

— А я и не собиралась это делать.— Тон Меррик чуть смягчился.— Ты мне нужен рядом. Нужен мне сейчас.

Она замолкла и, наклонившись, загасила сигарету, после чего плеснула в стакан новую порцию рома, сделала большой глоток и вновь откинулась в кресле-качалке.

— Придется вызывать Медовую Каплю,— прошептала она.

— Почему бы не вызвать Холодную Сандру? — в отчаянии вскричал я.

— Ты не понимаешь. Я держала это в душе все годы, но я должна вызвать Медовую Каплю. Она рядом со мной. Она всегда рядом! Я постоянно чувствую ее присутствие и оттоняю, насколько хватает сил, прибегая к колдовству, чтобы защититься. Но она все равно далеко не уходит.— Меррик сделала еще один глоток рома.— Дэвид,— произнесла она,— дядюшка Вервэн любил Медовую Каплю на Солнце. Она приходит ко мне в тех же снах.

— Мне кажется, все это лишь плод твоего мрачного воображения,— объявил я.

Меррик звонко рассмеялась — видно, действительно нашла в моих словах что-то забавное. Меня испугал ее смех.

— Ты только послушай себя, Дэвид. Ты еще скажешь, что на свете не существует ни призраков, ни вампиров. И что Таламаска — не более чем легенда и никакого ордена нет.

— Зачем тебе обязательно обращаться к Медовой Капле?

Она покачала головой, и в глазах блеснули слезы. Я разглядел их в мерцании свечей и едва не обезумел от снедавшей душу тревоги.

В надежде хоть немного успокоиться я поднялся, твердым шагом вышел в столовую, нашел бутылку шотландского виски двадцатипятилетней выдержки, хрустальный бокал в буфете и налил себе щедрую порцию, после чего вернулся к Меррик. И почти сразу снова прошел в столовую, забрал бутылку и поставил ее на ночной столик слева от себя.

Виски оказалось превосходным. Во время полета я вообще ничего не пил, не желая терять бдительность при встрече с Меррик, поэтому теперь глоток спиртного отлично сделал свое дело и мгновенно снял напряжение.

Меррик плакала.

— Ладно, ты вызовешь Медовую Каплю, потому что по какой-то причине уверена, что ей известно название деревушки или поселка,— сдался я, не в силах скрыть раздражение в голосе.

Меррик, однако, казалось, совершенно не обратила внимания на мой повышенный тон и невозмутимо ответила:

— Медовой Капле пришлись по душе те места. Ей нравилось название деревни, где мы останавливались в последний раз, перед тем как отправиться в пещеру.— Меррик повернулась ко мне.— Разве ты не понимаешь, что все эти имена навсегда впечатываются в сознание как драгоценные воспоминания. Медовая Капля ушла и унесла их с собой! Ей не нужно вспоминать, как живому существу. Знание неотъемлемо от нее самой, и я должна заставить ее поделиться со мной.

— Ладно, все понятно. Но я все же настаиваю, что это очень опасно, а кроме того, почему призрак Медовой Капли не удалился в вечность?

— Она не может исчезнуть до тех пор, пока не услышит от меня то, что хочет знать.

Я был окончательно сбит с толку. Что еще понадобилось узнать Медовой Капле?

Внезапно Меррик поднялась из кресла, точно сонная кошка, вдруг почуявшая мышь, и заперла дверь в коридор. Я услышал, как она повернула ключ в замке.

Я тоже вскочил и попятился, теряясь в догадках, что она сейчас предпримет. Она была не настолько пьяна, чтобы согласиться на мои уговоры. Я не удивился, когда вместо стакана она взяла бутылку рома и отнесла на середину комнаты.

Только тогда я заметил, что там не было ковра. Босые ступни бесшумно ступали по отполированным доскам. Прижимая бутылку к груди, Меррик начала вращаться, издавая какое-то мычание и запрокинув голову.

Я прижался к стене.

Она все кружилась и кружилась, расплескивая ром из бутылки. Фиолетовая юбка раздулась колоколом. Меррик не обращала внимания на то, что разливает напиток, на секунду замедлила кружение, чтобы сделать еще один глоток, а потом молниеносно крутанулась — так, что юбка облепила ей колени.

Остановившись как вкопанная перед алтарем, она принялась сквозь зубы опрыскивать ромом скульптуры святых, которые словно чего-то ждали.

В какой-то момент из чуть приоткрытого рта Меррик вырвался пронзительный вой.

И снова начался безумный танец с притоптыванием и бормотанием. Я не мог разобрать слов. На ее лицо упали спутанные волосы. Еще один глоток рома — и новый веер брызг. Свечи затрещали, поймав и воспламенив микроскопические капельки.

Тут она начала лить ром прямо из бутылки на свечи, и пламя вспыхнуло высокой стеной прямо перед святыми. К счастью, огонь тут же погас.

Запрокинув голову и все еще не разжимая зубов, Меррик закричала по-французски:

— Медовая Капля, я виновата! Я виновата!

Казалось, вся комната сотрясается от ее безумного танца.

— Медовая Капля, я навела порчу на тебя и Холодную Сандру! — кричала Меррик.— Я виновата!

Внезапно она метнулась к алтарю, по-прежнему крепко сжимая пальцами бутылку, схватила левой рукой нож с зеленой нефритовой рукоятью и нанесла длинный порез на правую руку.

Я охнул. Что делать? Как поступить, чтобы не спровоцировать у Меррик приступ безудержного гнева?

Кровь потекла по ее руке. Меррик наклонила голову, лизнула струйку, отхлебнула рома и еще раз опрыскала терпеливых святых.

Я видел, как кровь заливает ей руку, течет по пальцам. Рана была поверхностной, но очень сильно кровоточила.

А тем временем Меррик вновь подняла нож.

— Медовая Капля, я виновата перед тобой и Холодной Сандрой. Я погубила вас, наслав порчу! — пронзительно выкрикнула она.

Я было решился схватить ее, чтобы она снова себя не ранила, но не мог шевельнуться.

Бог свидетель, я не мог шевельнуться. Буквально прирос к полу. Собрав все силы, я попытался преодолеть паралич. Безрезультатно. Я только и мог, что крикнуть:

— Остановись, Меррик!

Она полоснула ножом поперек первой раны. И снова потекла кровь.

— Медовая Капля, приди ко мне, отдай мне свою ненависть, отдай мне свою ярость, ведь это я убила тебя, Медовая Капля, это я сделала две куклы — твою и Холодной Сандры — и утопила их в канаве в первую же ночь после вашего отъезда. Я убила вас, Медовая Капля! Это я послала вас в болото, это я сделала! — кричала Меррик.

— Ради всего святого, Меррик, перестань! — воскликнул я, с ужасом ожидая продолжения столь ужасной сцены, а потом вдруг, не в состоянии больше это видеть, начал исступленно молиться Ошала: — Дай мне силы остановить ее, дай мне силы образумить ее, прежде чем она изувечит себя, дай мне силы, молю тебя, Ошала, это я, твой верный Дэвид, дай мне силы.— Я закрыл глаза. Пол подо мной ходил ходуном.

Внезапно и крики, и топот босых ног прекратились.

Я почувствовал, как Меррик прижалась ко мне, и открыл глаза. Она замерла в моих объятиях, и оба мы стояли лицом к двери, которая оказалась распахнутой. На пороге мы увидели темную фигуру, на которую падал свет из коридора.

Это была грациозная юная девушка с длинными вьющимися волосами, светлой волной укрывшими плечи. Черты ее лица скрывала тень, но желтые глаза пронзительно поблескивали в сиянии свечей.

— Это я виновата! — прошептала Меррик.— Я убила вас!

Почувствовав, что Меррик тяжело обвисла в моих руках, я обхватил ее покрепче и снова воззвал к Ошала, но на этот раз молча: «Защити нас от этого духа, если он задумал зло. Ошала, ты, кто сотворил этот мир, ты, кто правишь на небесах, ты, кто живешь в облаках, защити нас, не смотри на мои прегрешения, когда я к тебе призываю, а даруй мне свою милость, защити нас, если этот дух задумал причинить нам вред».

Меррик трясло мелкой дрожью, она покрылась потом, как и много лет назад, когда в нее вселился дух Медовой Капли.

— Я бросила кукол в канаву, я утопила их, я сделала это. Я утопила их. Я сделала это. Я молилась: «Пусть они умрут!» Я знала от Холодной Сандры, что она собирается купить машину, и я сказала: «Пусть машина съедет с моста, пусть они утонут». Я сказала: «Когда они поедут через озеро, пусть они умрут». Холодная Сандра очень боялась воды, а я все равно сказала: «Пусть они умрут».

Фигура на пороге комнаты казалась мне отнюдь не призрачной. Лицо, остававшееся в тени, вроде бы ничего не выражало, но желтые глаза словно застыли, глядя на нас.

Потом послышался голос, полный ненависти:

— Глупая, ничего ты не сделала! Думаешь, ты причина того, что с нами случилось? Никакой порчи ты не насылала. Глупая, ты не сумела бы наколдовать даже ради спасения собственной души!

Я испугался, что Меррик вот-вот потеряет сознание, и напрягся, готовый удержать ее в любую секунду. Но она выдержала это испытание.

— Прости, что я желала вашей смерти,— хрипло прошептала она.— Прости меня, Медовая Капля. Я хотела поехать с вами, прости меня.

— Обращайся к Богу за прощением, а не ко мне,— донесся с темного порога тихий голос.

Меррик кивнула. Я почувствовал, как по моим пальцам течет липкая кровь, и вновь воззвал к Ошала, но молитвы теперь беззвучно возносились будто бы сами по себе, независимо от моего разума. Я же всей душой и сердцем сосредоточился на том существе, что стояло в дверях. Оно не шевелилось, но и не исчезало.

— Опустись на колени,— велел голос.— Напиши кровью то, что я тебе скажу.

— Не делай этого! — прошептал я.

Меррик метнулась вперед и рухнула на колени на мокрый и скользкий от крови и пролитого рома пол.

Я снова попытался пошевелиться, но не смог, словно пригвожденный к полу.

Меррик стояла ко мне спиной, но я понял, что она пальцами левой руки бередит рану, чтобы усилить кровотечение. В эту минуту существо в дверях произнесло два названия.

Я отчетливо услышал: «Город Гватемала, вот куда вы должны вылететь,— произнес призрак,— деревня Санта-Крус-дель-Флорес ближе всех находится к той пещере».

Меррик опустилась на пятки, выдавила несколько капель крови на пол и, учащенно и хрипло дыша, начала писать правой рукой, вслух повторяя названия.

Я продолжал молиться, прося силы, чтобы противостоять призраку, но не стану утверждать, будто именно мои молитвы заставили его поблекнуть.

Из груди Меррик вырвался жуткий крик.

— Не покидай меня, Медовая Капля! Не уходи. Медовая Капля, прошу тебя, пожалуйста, вернись,— всхлипывала она.— Медовая Капля на Солнце, я люблю тебя. Не оставляй меня одну.

Но призрак исчез.

Порезы на руках Меррик были неглубокие, хотя кровь из них буквально хлестала. Я кое-как перебинтовал ее и отвез в ближайшую больницу, где раны обработали как положено.

Не помню, какую чепуху мы наболтали дежурному врачу,— во всяком случае, мы сумели его убедить, что, хоть раны и были нанесены самой Меррик, она пребывает в здравом рассудке. Потом я настоял, чтобы мы вернулись в Обитель, и Меррик, к тому времени впавшая в полусонное состояние, не возражала. К стыду своему, должен признаться, что заскочил по дороге в дом, чтобы забрать виски. Оправданием мне отчасти может послужить только то, что трудно отказаться от настоящего шотландского виски двадцатипятилетней выдержки, такого как «Макаллан».

Откровенно говоря, я не уверен, что сам пребывал в здравом рассудке. Помню, что пил всю дорогу в машине, чего никогда со мной раньше не случалось, а Меррик заснула, положив голову мне на плечо и обхватив правой рукой мое запястье.

Нетрудно представить, в каком я был состоянии. Возникший передо мной призрак Медовой Капли на Солнце оказался одним из самых зловещих привидений, которых я когда-либо наблюдал. Я давно привык к теням, внутренним голосам и даже к случаям одержимости, но лицезреть с виду живую фигуру Медовой Капли на Солнце, стоявшей в дверях, было выше моих сил. Один только ее голос наводил ужас — что уж говорить о призраке, лишенном какой-либо аморфности или прозрачности, способном отражать свет и смотрящем на нас сверкающими желтыми глазами. Невыносимое зрелище!

Кроме того, почему вдруг меня поразил паралич? Как Меррик сумела этого добиться? В общем, я испытал огромное потрясение.

Разумеется, Меррик не собиралась объяснять, как она все это проделала. Она вообще не хотела говорить о том, что произошло. Стоило мне только заикнуться о Медовой Капле, как она начала плакать. Я, мужчина, счел ее поведение неоправданным и разозлился не на шутку. Но тут уж ничего нельзя было поделать. Меррик вытерла слезы и сразу сменила тему, заговорив о поездке в джунгли.

Если вас интересует мое личное мнение о ритуале, с помощью которого она вызвала Медовую Каплю, то я считаю его простым: главную роль в нем сыграли способности Меррик, с легкостью сумевшей установить связь с призраком, который явно до тех пор не обрел покоя.

Как бы там ни было, в тот вечер и весь следующий день Меррик говорила только об одном: о поездке в джунгли. Это путешествие превратилось для нее в своего рода манию. Она успела обзавестись подходящей одеждой цвета хаки и, как оказалось, даже заказала соответствующий костюм для меня! И неустанно твердила, что мы должны взять с собой лучшие фотокамеры, заручиться поддержкой Таламаски и отправиться в Центральную Америку немедленно.

Меррик стремилась вернуться в пещеру, где остались сокровища, а еще ей хотелось увидеть землю, сыгравшую такую важную роль в жизни дядюшки Вервэна. Она думала, что дядюшка Вервэн не стал бы преследовать ее в снах, если бы в пещере не хранились большие ценности, и, откажись она от поездки, он не оставит ее в покое.

Еще целых два дня, поглощая немыслимое количество великолепного «Макаллана», которого у нее был значительный запас, я пытался сломить упрямство Меррик и отменить поездку в джунгли. Но все мои усилия были напрасны. Я снова и снова напивался, а Меррик была преисполнена решимости. Более того, она заявила, что если я своей властью лишу ее поддержки Таламаски, то она организует экспедицию самостоятельно.

Но правда в том, что, несмотря на все мое сопротивление предстоящей поездке, я вдруг снова почувствовал себя молодым. Я испытывал неожиданную приподнятость духа, оттого что собственными глазами увидел призрака. И конечно, прежде чем отправиться в могилу, мне хотелось еще раз напоследок побывать в тропическом лесу. Даже споры с Меррик придавали мне бодрости. При одной только мысли, что эта красивая, сильная молодая женщина настаивает на совместной поездке, голова шла кругом.

— Решено. Едем,— сказала Меррик, внимательно изучая карту в библиотеке Таламаски.— Послушай, я теперь знаю точный маршрут. Медовая Капля дала как раз те подсказки, которых мне не хватало. Я помню все особенности местности и уверена, что джунгли в той части до сих пор не исследованы. Я просмотрела все последние публикации, где описывается этот район.

— Но ты же не нашла в своих книгах никакого упоминания о Санта-Крус-дель-Флорес,— запротестовал я.

— Не важно. Деревушка стоит на месте. Просто она слишком мала, чтобы быть обозначенной на больших картах, которые издают здесь. Все изменится, как только мы достигнем севера Гватемалы. Предоставь это мне. Исследователям не хватает денег, чтобы изучить все развалины, а в той части джунглей их великое множество. Возможно, это остатки какого-нибудь храмового комплекса или даже города. Ты сам мне рассказывал. Я помню красивейший храм. Неужели тебе не хочется увидеть его собственными глазами? — Она была сердита и в то же время наивна как дитя.— Дэвид, пожалуйста, вспомни, что ты Верховный глава, или как там еще, и немедленно все организуй для нас.

— Но почему ты думаешь, что Медовая Капля на Солнце дала верные ответы на твои вопросы, да еще с такой легкостью? — поинтересовался я.— Неужели у тебя не возникло никаких подозрений?

— Дэвид, это просто,— сказала Меррик.— Медовая Капля решилась сказать нечто важное только по одной причине: она хочет, чтобы я снова ее позвала.

Очевидность утверждения несколько шокировала меня.

— Бог свидетель, Меррик, ты даешь силы призраку сестры. Лучше бы помогла ей отправиться к Свету.

— Конечно, я все время стараюсь прогнать ее,— ответила Меррик,— но она отказывается меня покинуть. Я говорила тебе в тот вечер, что уже много лет чувствую рядом присутствие Медовой Капли. Все это время я делала вид, что нет ни Медовой Капли, ни джунглей, что мне не нужно возвращаться к болезненным воспоминаниям, что я могу погрузиться в учебу. Да ты сам все знаешь. Но учеба в основном завершена. И теперь я должна вернуться. Прошу тебя, перестань говорить о Медовой Капле. Неужели ты полагаешь, что мне приятно думать о том, что я сделала?

Она снова принялась изучать карты, но перед этим послала за новой бутылкой «Макаллана» для меня и сообщила, что нам понадобятся брезентовые палатки и что пора вплотную заняться подготовкой к поездке.

Я прибегнул к последнему аргументу: сейчас, мол, сезон дождей в джунглях, так что следует подождать до Рождества, когда дожди прекратятся. Но у нее и тут был готов ответ: дожди прекратились — она ежедневно проверяет метеосводки. А потому можно отправляться в путь хоть сейчас.

Что ж, действительно, ничего не оставалось, как тронуться в путь. Если бы я отверг ее план, пользуясь властью Верховного главы, Меррик поехала бы в Центральную Америку одна. В качестве полноправного служителя ордена она уже несколько лет получала довольно большое содержание, из которого не истратила ни одного пенни. Так что средства организовать собственную экспедицию у нее были, о чем она и не преминула мне сообщить:

— Послушай, мне очень тяжело идти против твоих желаний, но я поступлю именно так, если придется.

В общем, мы начали снаряжать экспедицию. С нами отправлялись четверо помощников из Таламаски. Им предстояло заниматься лагерным снаряжением и с оружием в руках защищать нас в случае столкновений с бандитами, которые в тех краях отнюдь не были редкостью.

Позвольте теперь дать краткие объяснения по поводу этих помощников, ибо они могут вызвать любопытство у любого, кто читает это повествование. У Таламаски много помощников по всему миру. Не являясь полноправными служителями ордена, они не имеют доступа к архивам и, конечно, к хранилищам Таламаски. А если быть точным, даже не подозревают о существовании этих сокровищниц наших знаний. В отличие от истинных служителей ордена помощники не приносят клятв, не обладают экстрасенсорными способностями — и, собственно говоря, по роду своей деятельности в них не нуждаются. Их принимают на службу не на всю жизнь и даже не на определенный срок, а по мере необходимости.

Они просто служащие Таламаски, существующей под различными корпоративными именами, и их главная обязанность — сопровождать агентов ордена в археологических и исследовательских экспедициях, оказывать разного рода помощь во всех уголках мира,— иными словами, делать то, о чем их попросят. Они эксперты по получению паспортов, виз и разрешений на ношение оружия в других странах. Многие прошли юридическую подготовку, а также службу в вооруженных силах различных государств. Это очень надежные люди.

В случае обнаружения сокровищ именно этим помощникам предстояло организовать легальную, надежную переправку артефактов из страны со всеми сопроводительными документами, разрешениями и оплатой пошлин. Будет ли эта часть их деятельности хоть в какой-то мере незаконной, честно признаюсь, я не имел понятия. Это была область ответственности помощников, и я в нее не вторгался.

Такие временные сотрудники имеют весьма смутное представление о Таламаске, знают ее как хорошо организованный орден исследователей-экстрасенсов, но никогда не пытаются проникнуть в наши тайны. Им нравится то, чем приходится заниматься, вполне устраивает щедрое вознаграждение, а в остальное они не вникают. Многие из помощников — закаленные в боях наемники. Те поручения, которые мы им даем, почти никогда не требуют умышленного применения насилия. Поэтому они дорожат возможностью получать хорошие деньги за выполнение относительно мирных заданий.

Наконец настал день отъезда. Эрон потерял с нами обоими всякое терпение, но все равно любезно проводил нас на самолет. Сам он никогда не путешествовал в джунглях и потому был чрезвычайно взволнован.

Мы полетели на юг, в город Гватемалу, где получили подтверждение существования на северо-востоке страны деревушки майя Санта-Крус-дель-Флорес и уточнили, где именно она находится. Меррик все время пребывала в приподнятом настроении.

Небольшой самолет доставил нас в прелестный северный городок, поближе к месту назначения. А оттуда на двух хорошо экипированных джипах мы продолжили путь с нашими помощниками.

Я наслаждался теплом, тихим шумом дождя, мелодичными голосами испанцев и коренных индейцев. Видя вокруг огромное число американских индейцев в красивых белых одеждах, я словно погружался в мир иной культуры и прикасался к чудесным богатствам этой чужой и пока еще не испорченной земли. Восхитительное ощущение!

На самом деле в этой части света в то время происходило много неприятного, но мы сумели удержаться в стороне, и мои глаза улавливали только красивое.

Я вдруг почувствовал себя невероятно счастливым. Ко мне как будто вернулась молодость, вид Меррик в ее куртке сафари и короткой юбке-брюках очень воодушевлял, а ее командный тон успокаивал нервы.

Сидя за рулем джипа, Меррик отчаянно лихачила, но, поскольку вторая машина нашего маленького каравана не отставала, я не жаловался. Я предпочитал не думать о канистрах с бензином, которые мы везли, и о том, как они могут рвануть, если мы врежемся в какое-нибудь каучуковое дерево, ибо верил, что женщина, способная вызвать призрака, может управлять джипом и на опасной дороге.

От джунглей захватывало дух. С обеих сторон дорогу, вьющуюся вверх по холму, тесно обступали банановые и цитрусовые деревья; то там, то здесь на высоту сто пятьдесят футов взмывали гигантские красные деревья, а из высокого зеленого полога доносились пугающие крики ревунов и пение экзотических птиц, разнообразие которых в этих краях не поддается описанию.

Мы буквально утопали в зелени, но время от времени оказывались на каком-нибудь высоком выступе вулканического склона, откуда могли лицезреть зеленое море джунглей, раскинувшееся ниже.

Вскоре мы углубились в самую гущу тропического леса. Потрясающее чувство, которое испытываешь, когда облака буквально обволакивают тебя и влага, проникающая сквозь незакрытые окна джипа, оседает на коже, трудно выразить словами.

Меррик понимала, какой восторг охватил все мое существо.

— Обещаю,— сказала она,— что завершающая часть не будет сложной.

Наконец мы прибыли в Санта-Крус-дель-Флорес, деревеньку посреди джунглей, такую маленькую и отдаленную, что сюда не дошли даже отголоски недавних политических событий, потрясших страну.

Меррик заявила, что деревушка осталась именно такой, какой она ее запомнила: немногочисленное скопление ярко раскрашенных домиков под соломенными крышами и небольшая, но изумительно красивая старинная испанская каменная церковь. Повсюду бродили свиньи, индюки и куры. Я заметил небольшие клочки земли, отвоеванные у джунглей и засеянные кукурузой. Главная площадь деревушки представляла собой участок утрамбованной глины.

Как только подъехали два наших джипа, жители вышли поприветствовать нас и своим радушием в очередной раз укрепили меня во мнении, что местные индейцы-майя одни из самых очаровательных людей в мире. В основном нас встречали женщины в нарядных, искусно расшитых белых одеждах. Лица, которые я увидел вокруг, словно сошли с древних произведений искусства Центральной Америки, сохраненных цивилизацией майя и, возможно, ольмеков.

Как нам объяснили индианки, почти все мужчины отправились на работу — на дальние плантации сахарного тростника или на ближайшее каучуковое ранчо. Мне стало любопытно, не принудительный ли это труд, но я решил воздержаться от расспросов. Что касается женщин, им часто приходилось преодолевать много миль, чтобы предложить на каком-нибудь большом рынке искусно сплетенные своими руками корзины и удивительной красоты вышивки. Они обрадовались возможности продемонстрировать свои товары в родной деревне.

Естественно, ни о каких гостиницах речи идти не могло. В деревушке не было даже почты, телефона или телеграфа. Несколько старух с готовностью согласились разместить нашу экспедицию в своих домишках. Американские доллары оказались здесь в ходу. Нам предложили прекрасные изделия местных ремесленников, и мы скупили почти все подряд. Продуктов было вдоволь.

Мне тут же захотелось осмотреть церковь, и один из местных объяснил мне по-испански, что я не должен входить через главную дверь, не спросив предварительно разрешения у божества, ее охранявшего. Однако при желании я мог беспрепятственно войти через боковую дверь.

Не желая никого обидеть, я воспользовался боковым входом и оказался в простом помещении с побеленными стенами, где было много старинных испанских деревянных статуэток и, как обычно, мигающих свечей,— от этого места веяло покоем.

Помнится, я начал молиться, как делал это в старые времена, когда жил в Бразилии. Я молился всем благожелательным божествам, которые незримо присутствуют рядом с нами и защищают нас от бед.

Через несколько минут ко мне присоединилась Меррик: перекрестившись, она опустилась на колени перед алтарем и углубилась в долгую молитву. В конце концов я вышел из церкви, чтобы подождать ее снаружи.

Там я заметил какого-то сморщенного старикашку невысокого роста с черными волосами до плеч. Одет он был просто, в сшитые на машинке рубаху и штаны. Я сразу понял, что передо мной местный шаман, и уважительно поклонился ему, а потом, хотя во взгляде шамана, задержавшемся на мне, не было и намека на угрозу, поспешил убраться восвояси.

Я изнывал от жары, но был несказанно, едва ли не до слез, счастлив. Деревню окружали кокосовые пальмы, изредка попадались сосны, а когда я прошелся по краю тропического леса, то впервые в жизни увидел в пестром мраке множество изумительных бабочек. В глубине души я благодарил Меррик за это путешествие, твердо зная: что бы впредь ни случилось, то, что я сейчас вижу, стоит любых испытаний.

Когда пришло время решить вопрос о размещении, мы выбрали компромиссный вариант. Четверых помощников Меррик расселила по деревенским домам, а для нас они поставили палатку на окраине. Все эти шаги казались мне вполне разумными, пока я вдруг не понял, что незамужним мужчине и женщине неудобно селиться под одной крышей.

Ну да ладно. Меррик пребывала в приподнятом настроении, впрочем, как и я. Мне хотелось одному наслаждаться ее компанией. Помощники Таламаски внесли в палатку походные кровати, фонари, складные столики и стулья, убедились, что у Меррик достаточный запас батареек для портативного компьютера, и после чудесного ужина — черепаховый суп, бобы, вкуснейшее мясо дикой индейки — оставили нас одних в наступившей ночи. Наслаждаясь уединением, мы принялись обсуждать планы на следующий день.

— Я хочу, чтобы мы отправились туда вдвоем, без помощников,— заявила Меррик.— Здесь мы не рискуем натолкнуться на бандитов, и, как я уже говорила, пещера расположена не очень далеко. Помнится, по дороге нам попадется еще одна деревушка, совсем крошечная по сравнению с этой. Помощники нам не нужны.

Я еще не видел ее в таком возбуждении.

— Часть пути мы сможем проделать на джипе. Как только отправимся в путь, ты увидишь вокруг много интересного. Мы будем проезжать мимо руин, оставленных цивилизацией майя. Когда тропа закончится, пойдем пешком.

Меррик прилегла на раскладушку, опершись на локоть, в другой руке она держала стакан с темным ромом «Флор-де-Канья», бутылку которого купила перед самым отъездом.

— Ух! Отлично пробирает,— сказала она.

При мысли, что Меррик вдруг запьет здесь, в джунглях, я пришел в ужас, но она, догадавшись, о чем я думаю, поспешила успокоить:

— Не волнуйся насчет этого, Дэвид, лучше сам выпей.

Я понял, чего она хочет добиться, но уступил и, должен признаться, был на седьмом небе.

Воспоминания о той ночи до сих пор будят в моей душе чувство вины. Я выпил слишком много вкусного, ароматного рома. Помню, что лежал на спине на своей кровати и смотрел в лицо Меррик, которая присела рядом. Потом она наклонилась, чтобы поцеловать меня, а я крепко прижал ее к себе — быть может, чуть более пылко, чем она ожидала. Но она не проявила недовольства.

В то время сексуальность почти потеряла для меня притягательность. И если за последние двадцать лет моей смертной жизни я и испытывал редкое душевное волнение, то почти всегда из-за какого-нибудь юноши.

Но привлекательность Меррик казалась никак не связанной с полом. Я вдруг понял, что возбужден сверх меры и готов завершить то, что началось так стихийно. И только когда она легла рядом, я вдруг обрел контроль над собой и покинул кровать.

— Дэвид...— прошептала она, и я услышал, как эхо повторило мое имя: «Дэвид, Дэвид, Дэвид...»

Я не мог пошевелиться. Я смотрел на женщину, скрытую мраком, которая меня ждала. Только тут до меня дошло, что все фонари в палатке погашены. Скудный свет шел от ближайшего дома, едва пробиваясь сквозь ткань палатки, но мне и этого хватило, чтобы разглядеть, как Меррик раздевается.

— Черт возьми, это невозможно,— сказал я, но правда была в том, что я боялся собственной старости.

Она приподнялась с той же стремительностью, которая напугала меня в тот раз, когда Меррик начала вызывать Медовую Каплю. Я почувствовал объятия обнаженных рук и жаркие поцелуи. Она знала, как нужно ласкать.

Полагаю, меня все еще терзали сомнения, но сейчас я уже этого не помню. Память отчетливо сохранила лишь одно: мы лежали вместе на одной кровати, и хотя я проиграл битву с самим собой, зато не проиграл битву с ней. Мы оба оказались на высоте как мужчина и женщина, а после погрузились в полудрему, испытывая ликование, не оставившее места для стыда.

Я держал ее в объятиях и, проваливаясь в сон, подумал, что, наверное, к этому и шло все те годы, что я знал Меррик. Но только теперь я полностью ей принадлежал, впитав аромат ее духов и рома, аромат кожи и волос. Мне ничего больше не хотелось, лишь бы быть рядом с ней, чувствовать, что она спит возле меня и согревает своим теплом мои сны.

Проснувшись на рассвете и вспомнив все, что случилось накануне, я испытал шок и не знал, что делать. Меррик крепко спала, разметав волосы по подушке. Пристыженный тем, что так ужасно запятнал звание Верховного главы, я заставил себя оторвать от нее взгляд, умылся, оделся, взял свой дневник и, покинув палатку, направился к маленькой испанской церквушке, чтобы излить на бумагу свои переживания по поводу совершенного греха.

Тут я снова заметил шамана, стоявшего у церковной стены и смотревшего на меня так, словно был в курсе всего, что произошло. Мне стало ужасно не по себе в его присутствии. Я больше не считал его наивным или необычным. Ну и конечно, непомерно презирал себя, но, должен признать, был бодр и полон жизни, как всегда бывает в таких случаях, и, естественно, о да, естественно, я чувствовал себя помолодевшим.

В тишине и прохладе маленькой церкви с крутой крышей под бесстрастными взглядами святых я в течение, наверное, целого часа не отрываясь вносил записи в дневник,

Потом пришла Меррик и после короткой молитвы как ни в чем не бывало присела рядом со мной на скамью и взволнованным шепотом принялась излагать дальнейший план действий.

— Я предал твое доверие, девочка,— прошептал я в ответ.

— Не глупи,— парировала она.— Ты поступил именно так, как я хотела. Неужели ты думаешь, что я позволила бы унизить себя? Ни за что на свете!

— Ты придаешь всему неверный смысл,— заупрямился я.

Меррик положила мне руки на затылок, чтобы я не мог шевельнуться, и поцеловала меня.

— Пошли,— сказала она, словно обращалась к ребенку.— Мы теряем время.

Мы ехали на джипе не меньше часа, а когда дорога закончилась, дальше пошли пешком, расчищая тропу с помощью мачете.

Нам было не до разговоров: все силы уходили на преодоление трудностей восхождения. И снова на меня снизошло чувство блаженства. Вид стройной, сильной фигурки Меррик впереди был источником восторга, смешанного с чувством вины.

Тропа вела в гору, джунгли здесь казались непроходимыми, и нас снова окутали облака, дарящие чудесный аромат и влагу.

Я все время смотрел по сторонам, надеясь, что вот-вот покажутся развалины, и действительно, они возникали то справа, то слева, но были ли это остатки храмов или пирамид или чего-то другого, мне так и не суждено было узнать. Меррик небрежно отмахнулась от этих чудес, упрямо настаивая, чтобы мы продолжали путь.

Зной проникал сквозь одежду. Правая рука гудела от тяжелого мачете. Насекомые буквально сводили с ума. Но в тот момент я бы ни за что на свете не хотел оказаться в другом месте.

Неожиданно Меррик остановилась и жестом подозвала меня к себе.

Мы стояли на краю когда-то, видимо, тщательно расчищенного, а теперь уже наполовину заросшего участка. Я увидел разрушенные глиняные лачуги, где некогда жили люди. На одном или двух строениях до сих пор сохранились старые соломенные крыши.

— Деревни больше нет,— сказала Меррик, осматриваясь вокруг.

Я вспомнил, что Мэтью Кемп упоминал в своих письмах «Первую деревню» и «Вторую деревню» и отметил их на своей карте.

Меррик долго стояла, оглядывая разрушенный поселок, а потом таинственно произнесла:

— Ты что-нибудь чувствуешь?

До тех пор пока она не спросила, я не чувствовал ничего, но стоило только услышать ее вопрос, как я ощутил в воздухе какое-то волнение. Сосредоточившись на нем, я убедился, что оно довольно сильное. Не стану утверждать, будто почувствовал чье-то присутствие. В атмосфере царил хаос. Потом меня вдруг на миг — только на миг — пронзило ощущение угрозы.

— Что ты об этом думаешь? — поинтересовался я.

Меррик по-прежнему не шевелилась, и мне стало не по себе.

— Это вовсе не призраки деревни,— наконец ответила она.— То, что мы сейчас чувствуем, и заставило здешних обитателей бросить свои дома и уйти. Я абсолютно в этом уверена.

Меррик вновь продолжила путь, и мне ничего не оставалось, как последовать за ней. Я был возбужден и взволнован не меньше ее.

Едва мы обошли деревенские развалины, как сразу увидели тропу. Вскоре, однако, джунгли стали совсем непроходимыми, нам приходилось все яростнее расчищать себе дорогу, и временами мою грудь сковывала невыносимая боль.

Совершенно неожиданно, словно по волшебству, я увидел прямо перед нами огромную пирамиду из светлого камня с заросшими ступенями.

Кто-то когда-то очистил ее от зарослей, и мы смогли разглядеть крутые ступени и многое из того, что было вырезано на каменных стенах. Нет, это не был памятник цивилизации майя — по крайней мере, насколько я мог судить.

— Дай мне полюбоваться на это,— сказал я Меррик.

Она не ответила. Казалось, она прислушивается, стараясь уловить какой-то важный звук. Я последовал ее примеру, и мне снова почудилось, будто мы не одни. Что-то кружилось в атмосфере, наталкиваясь на нас, что-то вопреки притяжению взмывало к небу и давило сверху.

Меррик резко свернула в сторону и начала прорубать себе путь вдоль левой стены пирамиды, придерживаясь того же направления, в котором мы шли с самого начала.

Тропы теперь не было видно. Вокруг — сплошные джунгли. Но вскоре я различил вторую пирамиду, возникшую слева от нас. Она была гораздо выше той, что осталась справа. Мы двигались между двух огромных сооружений, вынужденные перебираться через огромные камни, повторяя чей-то маршрут, проложенный в далеком прошлом.

— Воры,— предположила Меррик, словно прочитав мои мысли.— Они много раз грабили пирамиды.

Такое довольно часто случалось с развалинами майя. Так почему бы этим странным, непонятным пирамидам быть исключением?

— Да, но посмотри, что они после себя оставили,— сказал я.— Я хочу вскарабкаться на одну из этих пирамид. Давай попробуем справиться с той, что поменьше. Вдруг мне удастся взобраться на верхнюю платформу.

Меррик не хуже меня знала, что в древние времена там мог стоять храм под соломенной крышей.

Что касается возраста этих памятников, то никаких указаний я не нашел. Их могли построить как до рождения Христа, так и спустя тысячу лет. В любом случае они казались мне восхитительными и только распаляли мальчишескую жажду приключений. Мне захотелось достать фотоаппарат.

Тем временем незримая суматоха вокруг нас продолжалась. Все это ужасно интриговало. У меня было такое ощущение, будто воздух разрезают проносящиеся мимо призраки. На этот раз чувство угрозы было сильным.

— Боже мой, Меррик, ты только посмотри, как они пытаются нас остановить! — прошептал я.

Джунгли отозвались целым хором воплей. Что-то зашуршало в кустах.

А Меррик, помедлив всего несколько секунд, продолжила путь.

— Я должна найти пещеру,— упрямо твердила она.— В прошлый раз они нас не остановили, не остановят и теперь.

Она упорно продвигалась вперед, и джунгли сразу смыкались за ее спиной.

— Послушай,— прокричал я ей вслед,— это не один призрак! Их много! Они не хотят, чтобы мы приближались к пирамидам!

— Пирамиды тут ни при чем,— заявила Меррик, разрубая лианы и продираясь сквозь низкорослые кусты.— Все дело в пещере: они знают, что мы направляемся к ней.

Я изо всех сил старался не отставать, чтобы помочь ей, но именно она расчищала дорогу.

Мы преодолели несколько ярдов, когда джунгли совсем сомкнулись в непроходимую стену и даже свет внезапно изменился. Я понял, что мы подошли к входу в огромное сооружение, покатые стены которого тянулись справа и слева от нас. Определенно это был какой-то храм. Я разглядел великолепную резьбу по обеим сторонам от входа, а также на большом каменном карнизе, завершавшем высокую стену и освещенном несколькими лучами солнца, с трудом пробившимися сквозь листву.

— Меррик, погоди! — воскликнул я.— Позволь мне сделать снимок.— Я хотел было достать свой маленький фотоаппарат, но для этого мне пришлось бы стащить со спины рюкзак, а руки очень болели.

Волнение в воздухе несказанно усилилось. Я почувствовал, как по моим векам и щекам легонько колотят чьи-то пальцы. Странные ощущения, совершенно не похожие на атаки насекомых. Вдруг что-то коснулось моих запястий, и я чуть не выронил мачете, но быстро пришел в себя.

Меррик тем временем уставилась в черноту открывшегося перед ней не то коридора, не то зала.

— Боже мой,— прошептала она.— Сейчас они гораздо сильнее, чем раньше. И не желают, чтобы мы вошли внутрь.

— А зачем нам это делать? — спросил я.— Мы ведь ищем пещеру.

— Они знают, куда мы направляемся,— ответила она.— Пещера находится по другую сторону храма. Мы быстрее всего до нее доберемся, если пройдем храм насквозь.

— Храни нас Бог,— сказал я.— Неужели вы и в прошлый раз так шли?

— Да,— ответила Меррик.— Местные жители отказались с нами идти. Проводники даже близко не подошли к этому месту. Мы сами прошли через храм.

— А что, если потолок этого коридора рухнет нам на голову? — поинтересовался я.

— Все равно я пойду,— сказала Меррик.— Храм построен из прочного известняка. Ничего за это время не изменилось и впредь ничего не изменится.

Она достала из-за пояса маленький фонарик и направила луч в темноту. Я разглядел каменный пол, хотя несколько чахлых растеньиц пытались закрыть его от посторонних глаз. А еще я разглядел на стенах роскошную живопись!

Луч фонаря высветил огромные яркие фигуры темнокожих людей в золотой одежде, изображенных цепочкой на синем фоне. А выше, где стены переходили в сводчатый потолок, я обнаружил еще одну процессию, но фон был кроваво-красным.

Весь зал был не более пятидесяти футов в длину, и слабый лучик выхватил из глубины кусочек зелени.

И вновь вокруг меня принялись роиться невидимые духи, безмолвные и в то же время нестерпимо назойливые. Они упорно старались вцепиться мне в лицо.

Я видел, как Меррик попятилась.

— Прочь отсюда! — прошептала она.— У вас нет надо мной власти!

Ответ не заставил себя ждать. Джунгли вокруг вздрогнули, словно их всколыхнул неожиданно поднявшийся ветер, и осыпали нас дождем из листьев. Откуда-то с верхушек деревьев донесся жуткий рев обезьяны. Казалось, призраки обрели голос.

— Идем, Дэвид,— велела Меррик.

Однако едва она собралась шагнуть вперед, как ей помешало невидимое препятствие. Меррик покачнулась, потеряв равновесие, и подняла левую руку, словно защищаясь. На нас снова хлынул поток из листьев.

— Этим меня не остановишь! — громко произнесла Меррик и бросилась в сводчатый зал.

Фонарик в ее руке разгорелся ярче, и мы оказались перед самыми красочными фресками, какие я только видел за всю свою жизнь.

Повсюду, сколько хватало глаз, возвышались великолепные фигуры, выстроившиеся в процессию,— высокие и стройные, в красивых юбках и пышных головных уборах с серьгами,— стиль, не похожий ни на майя, ни на египетский. Вообще я такого никогда не изучал и не видел. Старые фотографии, сделанные Мэтью, не передали и одной десятой того великолепия, что предстало нашим взорам. Вдоль пола по обеим сторонам тянулся искусно выписанный черно-белый бордюр.

Мы шли все дальше и дальше, эхо наших шагов отражалось от стен, но духота с каждой минутой все больше давала о себе знать. В ноздри забивалась пыль, ко мне все время прикасались чьи-то пальцы, один раз кто-то цепко впился в предплечье, а потом я почувствовал смазанный удар по лицу. Я невольно потянулся к плечу Меррик, чтобы поторопить ее, а заодно чтобы быть поближе.

Мы дошли до середины прохода, когда она остановилась как вкопанная и отпрянула словно от удара.

— Прочь! Вам меня не остановить! — прошептала Меррик, а затем, перейдя на французский, призвала Медовую Каплю на Солнце, чтобы та расчистила нам дорогу.

Мы ускорили шаг. Я вовсе не был уверен, что Медовая Капля хоть как-то нам поможет. Скорее она обрушила бы храм на наши головы.

Наконец мы снова оказались в джунглях, и я кашлянул, прочищая горло. Я оглянулся. С тыльной стороны сооружение не так хорошо было видно, как с фасада. Призраки по-прежнему кружили вокруг нас. Я ощущал их безмолвную угрозу. Меня толкали со всех сторон слабые существа, отчаянно пытавшиеся остановить наше продвижение.

Я в тысячный раз потянулся за носовым платком, чтобы смахнуть с лица насекомых.

Меррик, не задерживаясь, пошла вперед.

Тропа уходила резко вверх. Я заметил блеск водопада и только потом услышал его грохот. Тропа сужалась в том месте, где водопад набирал силу. Меррик перебралась на другую сторону водопада. Я не отставал, работая мачете ничуть не яростнее, чем она.

Забраться вверх по склону оказалось совсем нетрудно, зато призраки теперь разошлись не на шутку. Меррик на каждом шагу сыпала проклятия, а я не раз взывал к Ошала, чтобы он указал нам дорогу.

— Медовая Капля, помоги мне,— произнесла Меррик.

И тут вдруг я увидел под самым карнизом, с которого низвергался водопад, чудовищную физиономию с открытым ртом, вырезанную в вулканической скале, где виднелась пещера. Физиономия была в точности такой, как ее описал Мэтью. Однако к этому времени его фотоаппарат успел испортиться от влаги, поэтому он ее не сфотографировал. Размер каменного лика меня поразил.

Нетрудно представить, как я был доволен, что мы наконец добрались до этого мифического места. В течение многих лет я слушал рассказы о нем, и в моем сознании оно сложными путями ассоциировалось с Меррик. И вот теперь мы оказались здесь. Хотя призраки не прекращали своих нападок, мягкий туман от водопада охлаждал лицо и руки.

Я взобрался наверх и остановился рядом с Меррик, когда внезапно почувствовал необыкновенно сильный толчок, отчего левая нога потеряла точку опоры.

Я не издал ни звука, просто старался сохранить устойчивость, но Меррик обернулась и схватила меня за рукав. Этого оказалось достаточно, чтобы я не рухнул вниз, а преодолел оставшиеся несколько футов плоской площадки, где располагался вход в пещеру.

Меррик взяла меня за руку.

— Взгляни на подношения.

Призраки усилили свою атаку, но я твердо стоял на ногах.

Меррик дважды отмахнулась от чего-то, совсем близко подлетевшего к ее лицу.

Что касается «подношений», то в первую очередь я увидел гигантскую базальтовую голову. Меня поразило ее удивительное сходство с творениями ольмекских мастеров. Напоминала ли она фрески храма? Об этом невозможно было судить. Как бы там ни было, я пришел от нее в восторг. Голова в шлеме была запрокинута назад, так что лицо с открытыми глазами и странно улыбающимся ртом было подставлено дождю, который неизбежно сюда падал, а у неровного основания, среди груд почерневших камней, виднелось огромное скопление свечей, перьев, засохших цветов и гончарных изделий. Туда, где я стоял, долетал запах ладана.

Почерневшие камни свидетельствовали о том, что свечи здесь зажигают уже много лет, но последние из подношений не могли быть принесены сюда более чем за два-три дня до нашего прихода.

Я почувствовал, как в воздухе что-то переменилось. Но Меррик по-прежнему раздраженно отмахивалась от невидимых призраков, не проявляя большого волнения.

— Значит, они все равно приходят, ничто их не останавливает,— сказал я, глядя на подношения.— Позволь мне провести маленький эксперимент.

Я полез в карман и вынул пачку «Ротманс», захваченную на случай, если вдруг очень захочется покурить, быстро распечатал ее, щелкнул газовой зажигалкой, сработавшей, несмотря на водяные брызги, висевшие в воздухе облаком, затянулся дымом, а потом положил сигарету рядом с огромной головой. Там же я оставил всю пачку, после чего молча воззвал к призракам, испрашивая их разрешения войти в пещеру.

Легче мне от этого не стало. Невидимки толкали меня с удвоенной силой, так что я даже начал терять мужество, хотя почему-то был уверен, что настоящей силы им не обрести.

— Они все про нас знают,— негромко произнесла Меррик, глядя на гигантскую запрокинутую голову и засохшие цветы.— Пошли в пещеру.

Мы воспользовались большими фонарями, сразу погрузившись в тишину с запахом сухой земли и праха. Шум водопада сюда не проникал.

Я различил настенную живопись — или то, что мне показалось настенной живописью. Росписи находились в глубине, и мы быстро направились к ним, не обращая внимания на призраков, которые со свистом проносились мимо.

К моему полному потрясению, я увидел, что эти великолепные цветные фрески на самом деле представляют собой мозаику, составленную из миллионов крошечных кусочков полудрагоценных камней! Изображенные фигуры были гораздо примитивнее тех, что красовались на фресках храма, что свидетельствовало, скорее всего, об их более древнем возрасте.

Призраки затихли.

— Какое великолепие,— прошептал я просто для того, чтобы хоть что-то сказать, и снова предпринял попытку достать фотоаппарат, но боль в руке была слишком острой.— Меррик, мы должны сделать снимки. Посмотри, дорогая, тут есть какая-то надпись. Мы должны ее сфотографировать.

Меррик не откликнулась. Она пристально смотрела на стены и, казалось, погрузилась в транс.

Высокие, стройные фигуры в длинных одеждах были представлены на фресках в профиль и несли в руках какие-то предметы. Я не мог понять смысл изображенного. Могу лишь сказать, что не видел ни окровавленных жертв, ни фигур жрецов.

Стараясь охватить взглядом всю мозаику с перемежающимися бликами, я угодил ногой в какую-то пустоту, а глянув вниз, увидел целое сонмище цветной керамики.

— Получается, что это вовсе не пещера,— заметила Меррик.— Помню, Мэтью говорил, что это туннель. Это и есть туннель, полностью созданный человеком.

От тишины и покоя, царивших вокруг, становилось жутко.

Стараясь ступать как можно осторожнее, Меррик пошла вперед. Я тронулся вслед за ней. Несколько раз мне пришлось наклоняться, чтобы убрать с дороги мелкие сосуды.

— Место захоронения — вот что это такое. А вся керамика — дары,— сказал я.

И тут же почувствовал резкий удар в затылок. Я молниеносно развернулся и осветил фонарем пустоту. Свет от входа в пещеру больно ударил по глазам.

Что-то толкнуло меня в левый бок, потом в правое плечо. Это призраки вновь предприняли атаку. Я видел, что Меррик вздрагивает и клонится набок — словно от ударов.

Я вновь обратился с молитвой к Ошала и услышал, как Меррик разговаривает с кем-то вслух, отказываясь повернуть назад.

— В прошлый раз мы остановились именно на этом месте,— сказала Меррик, оборачиваясь ко мне и направляя луч фонаря в землю. Лица ее я не разглядел: оно осталось в тени.— Мы забрали все, что здесь нашли. Сейчас я пойду дальше.

Я не отходил от нее ни на шаг, но сопротивление призраков усилилось. Что-то оттолкнуло Меррик в сторону, но она быстро выпрямилась. Под ее ногами захрустели глиняные черепки.

— Вы нас разозлили! — выкрикнул я, обращаясь к призракам.— Может, у нас и нет права быть здесь, но это еще как посмотреть!

И тут же вместо ответа я получил тяжелый удар в живот, но даже не почувствовал боли — наоборот, у меня словно открылось второе дыхание.

— Ладно, продолжайте в том же духе,— сказал я.— Ошала, кто здесь похоронен? Почему этот кто-то хочет навсегда сохранить тайну склепа? Зачем нас сюда прислал дядюшка Вервэн?

Меррик, ушедшая вперед на несколько ярдов, вдруг резко вскрикнула.

Я моментально оказался рядом. Туннель вывел нас в большой круглый зал с низким куполом, украшенным мозаикой. Многое здесь разрушилось то ли от возраста, то ли от сырости, но все равно зал оставался великолепным. Вдоль стен выстроились фигуры, смыкавшие круг у самой главной скульптуры, черты лица которой давно стерло время.

В самом центре зала в окружении глиняных изделий и искусных нефритовых статуэток лежали прекрасные украшения, припорошенные пылью.

— Посмотри, какая маска. Она была на лице того, кто здесь похоронен.

Меррик направила луч фонаря на блестящую нефритовую маску, пролежавшую здесь несколько тысяч лет. Ее последний обладатель давным-давно обратился в прах.

Ни Меррик, ни я не осмеливались сделать первый шаг. Драгоценные предметы, окружавшие место погребения, были разложены в безукоризненном порядке. Мы разглядели украшения, поблескивавшие в мягкой земле, почти поглотившей их, а там, где когда-то была грудь покойного, увидели длинный резной скипетр, который он, наверное, держал в руке.

— Посмотри на то, что осталось,— сказала Меррик.— Наверняка тело было завернуто в ткань с множеством амулетов и даров. Ткань истлела, и теперь мы видим только изделия из камня.

За спиной у нас раздался громкий шум. Я услышал звон бьющейся керамики. Меррик коротко вскрикнула, словно от удара, но уже в следующую секунду кинулась вперед, рухнула на колени и схватила блестящую зеленую маску, после чего отпрянула от останков.

В меня полетел камень и угодил прямо в лоб. Что-то ударило в спину.

— Идем, пусть остальным занимаются археологи,— сказала Меррик.— Я получила то, за чем пришла. Дядюшка Вервэн велел мне забрать именно эту маску.

— Выходит, ты с самого начала знала, что в туннеле хранится маска? Она-то тебе и понадобилась?

Меррик тем временем направилась к выходу.

Не успел я ее догнать, как что-то оттолкнуло ее назад.

— Я забираю маску, она должна храниться у меня,— объявила Меррик.

Мы оба пытались продолжить путь, но что-то невидимое загородило дорогу. Я протянул руку и дотронулся до какой-то мягкой преграды, излучавшей энергию.

Меррик внезапно передала мне свой фонарь, а сама вцепилась обеими руками в маску.

В любое другое время я бы восхитился этим произведением искусства, столь выразительным в каждой детали. Хотя вместо глаз и рта были вырезаны отверстия, все черты носили завершенность, а блеск нефрита сам по себе был великолепен.

Теперь же я сосредоточил все силы на том, чтобы побороть невидимое препятствие, подняв оба фонаря, словно дубинки.

Меррик тихо охнула, и от этого звука у меня по спине вновь побежали мурашки страха. Она поднесла маску к лицу и повернулась ко мне. Зрелище привело меня в ужас. На секунду показалось, будто маска зависла в воздухе, ибо я не мог разглядеть ни рук Меррик, ни ее тела.

Она отвернулась, по-прежнему прижимая маску к лицу, и снова сдавленно охнула. Воздух в пещере был неподвижен и тих. Я слышал лишь дыхание Меррик, а заодно и мое собственное. Кажется, она начала что-то шептать на иностранном языке, но я не понял, на каком именно.

— Меррик,— негромко позвал я.

Теперь, когда вокруг царил долгожданный покой, воздух в пещере казался влажным и прохладным.

— Меррик,— снова позвал я, но так и не смог вывести ее из транса.

Она стояла, закрыв лицо маской, и смотрела куда-то вдаль, а потом резко отвела маску от лица и передала мне.

— Возьми,— прошептала Меррик,— посмотри сквозь нее.

Я сунул свой фонарик за пояс, второй отдал Меррик и обеими руками взял маску. Я помню все эти мелкие подробности, потому что они не выходили за рамки обычного и я пока не обращал внимания ни на воцарившееся вдруг безмолвие, ни на сгустившуюся тьму.

Где-то далеко отсюда нас ждали зеленые джунгли, а вокруг и над головой поблескивала каждым своим камешком примитивная, но прекрасная мозаика.

Я поднял маску, как велела Меррик, и меня захлестнуло новое ощущение. Я попятился на несколько шагов и... Возможно, я сделал что-то еще, но ничего об этом не помню.

Маска по-прежнему оставалась в моих руках, но все остальное изменилось.

Пещеру заполнили горящие факелы, послышалось тихое, заунывное пение, а прямо передо мной в темноте возникла зыбкая фигура, словно сделанная из шелка и оставленная на милость слабому ветерку, долетавшему от входа в туннель.

Я смог ясно разглядеть черты лица этого юноши, однако не разобрал его выражения. Он молча, одними жестами, молил, чтобы я ушел и оставил маску.

— Мы не можем ее забрать,— сказал я.

Вернее, услышал, как мой голос произносит эти слова. Пение стало громче. Полупрозрачную, но решительную фигуру обступили другие призраки. Юноша все тем же умоляющим жестом протягивал ко мне руки.

— Мы не можем ее забрать,— снова произнес я.

Золотисто-смуглые запястья юноши были унизаны великолепными браслетами. Овальное лицо, темные пронзительные глаза. По его щекам текли слезы.

— Мы не можем ее забрать,— сказал я, чувствуя, что вот-вот упаду.— Мы должны оставить маску. Мы должны вернуть сюда то, что было увезено в прошлый раз!

Меня захлестнула непреодолимая скорбь. Чувства, охватившие меня, были столь сильны, что я с трудом держался на ногах. Еще немного — и я распластался бы на земле.

Но не успел я коснуться земли, как кто-то рывком вздернул меня вверх и выхватил из рук маску. Еще секунду назад я держал ее, прижимая к лицу, а уже в следующую в руках у меня было пусто и я ничего не видел, кроме далекого света, игравшего на зеленых листьях.

Фигура исчезла, пение прекратилось, скорбь растаяла. Меррик изо всех сил тянула меня за собой.

— Идем, Дэвид! — кричала она.— Идем!

Для нее не существовало преград.

И я сам вдруг почувствовал непреодолимое желание выбраться с ней из пещеры и унести маску; украсть магию, эту неописуемую магию, позволившую мне собственными глазами увидеть обитавших здесь призраков. Нагло, подло, не имея никакого оправдания, я, не замедляя шага, наклонился и подхватил с пола целую горсть ярких и блестящих каменных артефактов и на ходу принялся распихивать их по карманам.

Через несколько секунд мы оказались в джунглях и бросились прочь, не обращая внимания на цепляющие нас невидимые руки, на тучи листьев и резкие крики обезьян, которые словно решили присоединиться к нападавшим. Дорогу нам перекрыло рухнувшее банановое дерево, мы перешагнули через него, размахивая мачете, чтобы отбиться от веток других деревьев, которые так и норовили ударить по лицу.

Наконец мы обнаружили заросшую тропу. Призраки по-прежнему раскачивали банановые деревья у нас на пути. В какой-то момент на наши головы обрушился град кокосовых орехов, но, к счастью, не причинил никакого вреда. Время от времени на нас сыпались мелкие камешки.

Мы продолжали идти, и атаки постепенно стихли. В конце концов остался лишь вой. Мне казалось, я схожу с ума. Ну и что? Главное, что Меррик теперь владела маской. Той самой маской, которая позволяла человеку видеть призраков. Маска была у нее. Я знал, что дядюшке Вервэну не хватило сил ее добыть. Не удалось это ни Холодной Сандре, ни Медовой Капле, ни Мэтью. Духи прогнали их прочь.

Меррик молча прижимала маску к груди и упорно продвигалась вперед. Как бы ни было трудно идти, какой бы ни была изнуряющей жара, мы с ней ни разу не остановились, пока не вышли к джипу.

Меррик раскрыла рюкзак и положила туда маску. Включив заднюю передачу, она подала машину в заросли, развернулась и, развив бешеную скорость, помчалась в направлении Санта-Крус-дель-Флорес.

За всю оставшуюся дорогу никто из нас не проронил ни слова.

Наконец мы оказались в нашей палатке.

Меррик плюхнулась на свою кровать и несколько секунд сидела молча, ничего не предпринимая. Потом она потянулась за бутылкой рома «Флор-де-Канья» и сделала большой глоток.

Я предпочел выпить воды. Хотя мы провели много времени в машине и сердце до сих пор бешено колотилось. Пока я пытался отдышаться, меня мучило унизительное сознание собственной дряхлости.

Но когда я, нарушив молчание, заговорил о том, что мы сделали и как это у нас получилось, когда я попытался обсудить с Меррик наши дальнейшие действия, она жестом приказала мне закрыть рот.

Лицо Меррик раскраснелось, щеки были влажными от пота. Похоже, ее сердце тоже билось неспокойно, хотя я знал, что это не так. Она снова приложилась к бутылке рома, а потом пытливо взглянула на меня.

— Что ты видел, когда посмотрел сквозь маску?

— Я видел призраков! — ответил я.— Я видел скорбящего юношу — то ли жреца, то ли короля, а может, самого обычного человека. Но одет он был очень красиво. Чудесные браслеты. Длинные одежды. Он обращался ко мне с мольбой и выглядел таким несчастным в своем горе. Он дал мне понять, что мы совершили ужасный проступок и что мертвецы все еще там!

Меррик откинулась назад, опершись на обе руки, выпятив грудь и приковав взгляд к брезентовому потолку.

— А ты? — спросил я.— Что ты видела?

Ей хотелось ответить, но, видимо, она не смогла. Меррик снова выпрямилась и потянулась к своему рюкзаку, взгляд ее бегал из стороны в сторону, на лице застыло исступленное выражение.

— Ты видела то же самое? — спросил я.

Меррик кивнула, потом открыла рюкзак и вынула оттуда маску — с такой осторожностью, будто та была стеклянной. Только сейчас, при тусклом свете одного фонаря, я различил, с какой тщательностью были вырезаны все детали маски. Полные длинные губы растянулись, будто в крике. Веки над пустыми глазницами придавали лицу выражение умиротворенности.

— Взгляни,— сказала Меррик, просовывая палец сквозь отверстие чуть выше лба, а затем указывая на дырочки над ушами.— Скорее всего, маску прикрепляли к лицу кожаными ремешками. Ее не просто положили сверху.

— И что, по-твоему, это означает?

— Что эта маска принадлежала только этому человеку. Он разглядывал сквозь нее духов. Он знал, что эта магия не предназначена для всех и каждого. Понимал, что она может причинить зло.

Она вертела маску в руках, явно собираясь надеть, но что-то ее останавливало. Наконец она поднялась и подошла к пологу палатки. В просвете между двумя половинками брезента виднелась грязная улица, ведущая на главную площадь. Меррик устремила взгляд вдаль, держа маску под подбородком.

— Ну же,— сказал я,— посмотри сквозь нее или отдай мне.

Меррик неуверенно подняла маску и крепко прижала к лицу на несколько мгновений, но потом резко отдернула и в изнеможении опустилась на кровать, словно эти несколько секунд в маске лишили ее всех сил. И снова глаза ее дико забегали. Потом она взглянула на меня и немного успокоилась.

— Что ты видела? — спросил я.— Духов деревни?

— Нет,— ответила Меррик.— Я видела Медовую Каплю на Солнце. Она наблюдала за мной. Я видела Медовую Каплю. О Господи, я видела Медовую Каплю. Разве ты не понимаешь, чего она добилась?

Я не стал отвечать, хотя, конечно, все понимал. Однако позволил Меррик самой произнести это вслух.

— Она привела меня сюда, помогла добраться до маски, сквозь которую я могу ее видеть, она передала мне в руки средство, с помощью которого сумеет приходить в этот мир!

— Послушай меня, дорогая,— сказал я и, потянувшись, дотронулся до ее руки.— Борись с этим призраком. У него не больше прав на тебя, чем у любого другого призрака. Жизнь принадлежит живым, Меррик, и жизнь сильнее смерти! Не ты утопила Медовую Каплю на Солнце. Она сама заявила о твоей невиновности.

Меррик не ответила. Она оперлась локтем о колено и положила голову на правую руку, держа маску в левой. Кажется, она смотрела на нее, но я не уверен. Ее охватила дрожь.

Я мягко взял у нее маску и осторожно положил на свою кровать. Затем, вспомнив о предметах, унесенных из пещеры, порылся в карманах, чтобы их достать. Четыре резные ольмекоидные фигурки изумительной работы: два лысых и грузных создания и два худых нахмуренных божества. При взгляде на крошечные лица по мне пробежал озноб. Я мог бы поклясться, что услышал на секунду целый хор голосов, как будто кто-то повернул ручку настройки приемника. И сразу наступила тишина — тяжелая, гнетущая тишина. Меня прошиб пот.

Эти маленькие фигурки, крошечные божества, блестели точно так же, как маска.

— Все это мы увезем с собой,— объявил я.— А что касается меня, то я хочу вновь отправиться в пещеру, как только восстановлю силы.

Меррик подняла на меня взгляд.

— Неужели ты серьезно? — спросила она.— Хочешь бросить вызов тем призракам?

— Да, я готов бросить им вызов. Не скажу, что собираюсь отнести в пещеру маску, чтобы смотреть на них сквозь прорези. На такое я, конечно, не решусь. Но нельзя оставлять там столько неисследованных таинственных предметов. Я должен вернуться, потому что хочу изучить все как можно тщательнее. Потом, мне кажется, мы должны связаться с одним из университетов, занимающихся активным исследованием здешних мест, и поставить их в известность о находке. Надеюсь, ты понимаешь, что я не намерен сообщать им о маске. По крайней мере до тех пор, пока мы не будем уверены, что безоговорочно являемся ее владельцами.

Ситуация с университетами, раскопками и притязаниями на древние находки была довольно запутанной, поэтому мне не хотелось ее обсуждать. Я чувствовал жар во всем теле. С желудком творилось что-то неладное, хотя, как правило, со мной такого не бывает.

— Мне необходимо снова увидеть пещеру,— продолжал объяснять я.— Только сейчас я понял, почему ты сюда стремилась. Хочу вернуться туда хотя бы один раз, может быть, два, чтобы выяснить...

Я замолчал на полуслове. Приступ тошноты прошел. Она смотрела на меня глубоким печальным взглядом. Вид у нее был такой же больной, как у меня. Запустив обе руки в густые пряди волос, она отбросила их с прелестного лба. В зеленых глазах горел огонь.

— Ты знаешь,— вновь заговорил я,— что в нашем распоряжении четверо помощников, которые без труда сумеют вывезти из страны маску и доставить в Новый Орлеан. Хочешь, я передам им маску сейчас же?

— Нет, пока ничего не предпринимай,— ответила Меррик, поднимаясь на ноги.— Пойду в церковь.

— Зачем? — спросил я.

— Чтобы помолиться, Дэвид! — нетерпеливо ответила она и сердито посмотрела на меня.— Неужели ты вообще ни во что не веришь? Я иду в церковь, чтобы помолиться.

Меррик ушла.

Минут через двадцать я наконец налил себе рома. Меня мучила жажда. Странное ощущение: и тошнота, и жажда одновременно. Если не считать возни нескольких кур или индеек — не знаю, кого именно,— в деревне стояла тишина и никто не нарушил моего уединения.

Я уставился на маску и только тут понял, что у меня ужасно болит голова и кровь стучит в висках. Я не придал этому значения, так как никогда особенно не страдал от головных болей, но тут вдруг вместо маски я увидел расплывчатое пятно.

Я попытался сфокусировать взгляд и не смог. Меня охватил жар, и каждый укус насекомого, полученный в джунглях, вдруг снова напомнил о себе.

— Чепуха,— вслух произнес я,— мне сделали все чертовые прививки, какие только можно, включая те, что не были известны медицине в те времена, когда Мэтью подхватил свою лихорадку...

До меня вдруг дошло, что я разговариваю сам с собой. Плеснув себе еще добрую порцию рома, я выпил ее залпом.

И вдруг в голову пришла мысль, что мне станет гораздо лучше, если в палатке не будет столько народа, мне захотелось, чтобы все эти люди ушли.

Потом я понял, что никаких людей в палатке быть не может. Ведь никто не входил.

Я попытался восстановить в памяти последние несколько минут, но какое-то звено оказалось утерянным. Повернувшись, я снова взглянул на маску, а потом выпил еще рома, который к этому времени уже казался мне слаще нектара, отставил стакан и взял в руки маску.

Она казалась невесомой. Я поднял драгоценную вещь так, чтобы сквозь нее проходил свет, и она на секунду вроде бы ожила. Чей-то голос лихорадочно зашептал мне о всевозможных мелочах, о которых мне следует побеспокоиться, а другой голос добавил:

— Через тысячу лет придут и другие заботы.— Только эти слова были произнесены на незнакомом мне языке.

— Как же так? Я ведь тебя понимаю,— вслух сказал я, и тогда шепчущий голос произнес что-то вроде проклятия и зловещего пророчества — насчет того, что некоторые вопросы лучше не затрагивать, оставить как есть.

Палатка заходила ходуном. Точнее, заходила ходуном кровать, на которой я сидел. Я прижал к себе маску и ощутил прилив уверенности. Но весь мир изменился. Я сам изменился.

И вдруг понял, что стою на высокой площадке, с которой открывается чудесный вид на горы, покрытые темно-зеленым лесом, а над головой простирается ярко-голубое небо.

Я опустил взгляд вниз и увидел тысячную толпу, окружившую площадку. На вершинах других пирамид тоже стояли огромные массы людей. Они шептали, кричали и пели. Но рядом со мной на площадке находились лишь несколько человек, и все они преданно смотрели мне в глаза.

— Ты призовешь дождь,— произнес чей-то голос прямо мне в ухо,— и он прольется. Но однажды вместо дождя начнет падать снег, и в тот день ты умрешь.

— Нет, этого никогда не случится! — воскликнул я. У меня вдруг закружилась голова, я испугался, что сейчас упаду с площадки. Тогда я повернулся и протянул руки к моим последователям.— Вы жрецы? Скажите, кто вы? — спросил я.— Я Дэвид. И требую ответа. Я не тот, за кого вы меня принимаете!

В следующую же секунду я оказался в пещере и медленно повалился на мягкую от пыли землю. Меррик кричала, чтобы я поднялся. Передо мной возвышался плачущий призрак.

— Одинокий Дух, сколько раз ты меня призывал? — печально произнес высокий юноша.— Сколько раз ты, колдун, взывал к одинокой душе? Ты не имеешь права обращаться к тем, кто находится между жизнью и смертью. Оставь маску. Она приносит зло. Разве ты не понимаешь, что я тебе говорю?

Я услышал, как Меррик громко зовет меня по имени, и почувствовал, как с лица срывают маску. Я открыл глаза и увидел, что лежу на своей походной кровати, а Меррик стоит надо мной.

— Бог мой, я болен,— сказал я.— Серьезно болен. Приведи шамана. Нет, не надо шамана: времени не осталось. Мы должны немедленно ехать в аэропорт.

— Тихо, лежи тихо,— сказала Меррик, но лицо ее потемнело от страха.

Я отчетливо уловил ее мысли: «Все повторяется, то же самое происходило с Мэтью. Теперь это случилось с Дэвидом. У меня у самой невосприимчивость к этой заразе, но Дэвид заболел».

Я вдруг сразу успокоился и твердо решил бороться до последнего, а пока передвинул голову на подушке, надеясь, что она охладит щеку.

Меррик принялась звать людей, требуя, чтобы они немедленно пришли, и тут я увидел, что в палатке мы с ней не одни: на ее кровати сидел какой-то человек.

Это был высокий худой мужчина со смуглой кожей и узким лицом. Руки украшены нефритовыми браслетами. Высокий лоб, черные волосы до плеч. Он спокойно смотрел на меня. Я разглядел его темно-красное длинное одеяние, из-под края которого поблескивал ноготь на большом пальце.

— Это снова ты,— обратился я к нему.— Думаешь, убьешь меня? Думаешь, что сможешь дотянуться до меня из своей древней могилы и забрать мою жизнь?

— Я не хочу тебя убивать,— прошептал он все с тем же безмятежным выражением на лице.— Верни маску ради себя и ради Меррик.

— Нет,— ответил я.— Ты должен понимать, что я не могу это сделать. Я не могу оставить эту тайну. Не могу просто повернуться и уйти. Твое время вышло. Теперь настало мое время, и я унесу маску с собой. То есть на самом деле ее унесет Меррик. Но даже если бы она сдалась, я бы действовал самостоятельно. Жизнь принадлежит живым.

Пока я негромким голосом пытался урезонить его, в палатку пришли помощники, приехавшие вместе с нами. Кто-то сунул мне термометр под язык, а Меррик сказала:

— Не могу прощупать его пульс.

Путешествие в столицу Гватемалы память не сохранила.

Что касается больницы, то она была безликой, каких множество во всем мире.

Очень часто, стоило повернуть голову, я оказывался один на один со смуглолицым человеком в нефритовых браслетах, однако он, как правило, ничего не говорил. Когда я пытался что-то сказать, мне отвечали другие, а этот человек просто растворялся в воздухе.

Находясь в ясном сознании, что, впрочем, случалось довольно редко, я почему-то не сомневался, что медикам Гватемалы много известно о тропической болезни, которой я страдал. Страха у меня не было. По выражению лица моего смуглого визитера я видел, что не умираю. Каким образом меня перевезли в больницу Нового Орлеана, я совершенно не помню.

После моего возвращения в Новый Орлеан странный визитер ни разу не появлялся.

В конце концов я пошел на поправку: дни начали плавно сменяться один другим и больше не путались в моем сознании, жар спал и «токсин» полностью вышел. Вскоре отпала необходимость во внутривенном питании. Силы возвращались.

В моем случае не было ничего из ряда вон выходящего. Причиной болезни стал какой-то вид земноводных, с одним из представителей которого я, должно быть, столкнулся, пробираясь сквозь кустарник. Простое прикосновение к этой твари может быть смертельным. Мой контакт с нею, должно быть, не был прямым.

Вскоре стало ясно, что болезнь обошла стороной Меррик и других членов экспедиции. Мне было отрадно это узнать, хотя в том моем состоянии, должен признать, я мало о них думал.

Меррик проводила со мной много времени, а Эрон вообще почти не отходил от постели.

Если я начинал интересоваться у Меррик чем-то важным, то в палате тотчас появлялись врач или медсестра. В иные дни я путал порядок событий и не желал в этом признаваться. Порой, просыпаясь среди ночи, я был уверен, что вновь оказался в джунглях.

Наконец, хотя я все еще считался больным, меня перевезли на «скорой помощи» в Оук-Хейвен и устроили наверху, в передней половине дома.

Это была одна из самых удобных и красивых спален Обители, и я, надев тапочки и халат, мог вечерами прогуливаться по террасе. Стояла зима, но вокруг все чудесно зеленело и ветерок с реки был очень приятен.

Наконец, после двух дней «светских бесед», грозивших свести меня с ума, Меррик пришла ко мне в спальню одна. На ней был халат, надетый поверх ночной рубашки, и выглядела она очень усталой. Густые каштановые волосы были прихвачены у висков двумя янтарными заколками. Она взглянула на меня и с облегчением вздохнула.

Я лежал в кровати, опершись на подушки и держа на коленях открытую книгу, посвященную народу майя.

— Я думала, ты умрешь,— без всяких прелюдий заявила Меррик.— И молилась за тебя так, как никогда в жизни.

— Ты думаешь, Бог услышал твои молитвы? — спросил я и осекся, вспомнив, что, говоря о молитвах, она не упомянула Бога.— Скажи, разве мне действительно угрожала смерть?

Казалось, вопрос потряс Меррик, и она помолчала, словно обдумывая ответ. Отчасти я уже получил его, видя ее реакцию, поэтому теперь терпеливо ждал, пока она решится заговорить.

— В Гватемале мне сказали, что ты долго не протянешь. Я всех выставила за дверь, поскольку меня еще слушались, и приложила к лицу маску. Я видела твою душу, поднявшуюся над телом; я видела, как она борется, пытаясь освободиться из тисков плоти. Я видела, как она вытянулась в воздухе, превратившись в твоего двойника, и зависла. Тогда я протянула руки и надавила на нее сверху, заставив вернуться на место. Меня захлестнула всепоглощающая любовь.

— Слава Богу, что ты это сделала,— сказал я.

Она повторила мои слова, произнесенные в затерянной среди джунглей деревушке:

— Жизнь принадлежит живым.

— Ты запомнила? — Я не спросил, а скорее, выразил свою благодарность.

— Ты часто их повторял,— ответила Меррик.— Думал, что беседуешь с тем, кого мы оба видели у выхода из пещеры, прежде чем удрали. И будто бы с ним споришь. А потом, однажды утром, очень рано, когда я проснулась в кресле и увидела, что ты в сознании, ты сказал, что одержал победу.

— Что мы будем делать с маской? — спросил я.— Я уже очарован ею. Буквально грежу, что стану проверять ее на остальных, но так, чтобы они ничего не заподозрили. Я предвижу, что стану ее беспрекословным рабом.

— Мы этого не допустим,— сказала Меррик.— Кроме того, на других она так не действует.

— Откуда ты знаешь? — спросил я.

— В палатке тебе становилось все хуже и хуже. Пришли люди, увидели маску и решили, что это любопытная поделка. Один из них подумал, что мы купили ее у деревенских мастеров. Он тут же посмотрел сквозь нее, но ничего не увидел. Потом маска оказалась в руках у второго, который тоже приложил ее к лицу. Так и пошло по кругу.

— А здесь, в Новом Орлеане?

— Эрон ничего не увидел сквозь нее,— ответила Меррик и печально добавила: — Я не стала рассказывать ему обо всем, что случилось. Ты сам это сделаешь, если захочешь.

— Ну а ты что видишь, когда теперь надеваешь маску? — настойчиво поинтересовался я.

Меррик покачала головой и отвела взгляд, в отчаянии кусая губы, а затем снова посмотрела на меня.

— Когда я прикладываю маску, то вижу Медовую Каплю. Почти всегда. Я вижу Медовую Каплю на Солнце, только и всего. Я вижу ее среди дубов, растущих вокруг Обители. Я вижу ее в саду. Я вижу ее, когда бы ни взглянула на мир сквозь маску. Сам мир не меняется. Но она каждый раз здесь.— Последовала длинная пауза, после которой Меррик призналась: — Уверена, что все это сделала Медовая Капля. Это она подстегнула меня к действию, наслав ночные кошмары. Дядюшка Вервэн на самом деле тут ни при чем. Меня донимала Медовая Капля на Солнце. Она жаждала жизни — и разве я могу осудить ее за это? Это она послала нас в джунгли добыть маску, чтобы с ее помощью вернуться на землю. Я поклялась, что не позволю ей это сделать. Я хочу сказать, что не дам ей возможности становиться с каждым разом сильнее, не позволю ей использовать себя. Но это в конце концов приведет меня к гибели. Все так, как ты говорил. Жизнь принадлежит живым.

— Не будет ли достаточно просто поговорить с ней? Попробуй внушить сестре, что она мертва.

— Она сама знает,— грустно ответила Меррик.— Это сильный и коварный призрак. Если ты велишь мне на правах Верховного главы провести обряд изгнания нечистой силы или вызвать ее сюда, то я так и поступлю. Но по собственной воле я никогда, никогда ей не сдамся. Она слишком умная. Слишком сильная.

— Ни за что не попрошу тебя об этом,— поспешил я заверить Меррик.— Иди сюда, посиди со мной. Позволь взять тебя за руку. Вреда от меня никакого не будет, я слишком слаб.

Теперь, оглядываясь назад, я и сам не знаю, почему тогда не рассказал Меррик о юноше-призраке, о том, как он продолжал мне являться в течение всей болезни и особенно когда я был близок к смерти. Возможно, я сделал ей признание насчет видений, когда метался в бреду. Однако мы не обсуждали их подробно, когда говорили обо всем, что случилось.

Что касается моего личного отношения к юноше-призраку, то я его боялся. Я ведь ограбил священное для него место — безжалостно, повинуясь собственному эгоизму. Болезнь уничтожила во мне желание разгадать тайну пещеры, но я все равно боялся возвращения призрака.

Если быть честным, мне еще раз довелось его увидеть.

Произошло это много лет спустя. В ту самую ночь на Барбадосе, когда Лестат пришел ко мне, решив против моей воли превратить меня в вампира.

Как вам хорошо известно, в ту пору я уже не был старцем. Все это случилось после той жуткой истории с Похитителем Тел. Я чувствовал себя непобедимым в моем новом молодом теле и даже не думал просить у Лестата вечную жизнь. Когда стало ясно, что он намерен применить силу, я начал сопротивляться.

В какой-то момент отчаянной, но бесполезной борьбы с могущественным вампиром я воззвал к Богу, к ангелам, ко всем, кто мог мне помочь. Я воззвал к своему божеству, Ошала, на древнем португальском языке кандомбле.

Не знаю, услышал ли мои молитвы Ошала, но комната неожиданно наполнилась маленькими призраками, ни один из которых не сумел ни напугать Лестата, ни помешать ему. И когда я уже был близок к смерти, лишившись почти всей крови, передо мной промелькнул смуглый призрак из пещеры.

По мере того как я проигрывал битву не только за то, чтобы остаться смертным, но и за само право на существование, мне показалось, будто юноша протягивает мне руку. Лицо его выражало боль.

Фигура была полупрозрачной, но тем не менее вполне реальной. Я разглядел браслеты на руках, длинные пурпурные одежды. Я увидел слезы на его щеках.

Видение длилось всего лишь мгновение. Мир материальных и призрачных вещей вспыхнул и погас.

Я впал в ступор. Ничего не помню до того момента, как кровь Лестата хлынула мне в рот. К тому времени я видел только Лестата и понимал, что для моей души начинается новое испытание, которое уведет меня за пределы даже самых страшных снов.

Больше я ни разу не видел призрака из пещеры.

Но позвольте вернуться к рассказу о Меррик. Мне осталось поведать совсем немного.

Я выздоравливал в Обители Нового Орлеана. Спустя неделю после возвращения из больницы я надел свой обычный твидовый костюм и спустился к завтраку вместе с другими служителями ордена.

Позже мы с Меррик прогулялись в саду, где цвели роскошные камелии с темными листьями, выдержавшие даже легкий морозец. Никогда не забуду их розовые, красные и белые бутоны. Повсюду росли гигантские зеленые папоротники и фиолетовые орхидеи. Луизиана зимой прекрасна. Зеленая, полная жизни, она в то же время выглядит словно бы застывшей, отстраненной.

— Я спрятала маску в хранилище, в запечатанном ящике, надписанном моим именем,— сказала мне Меррик.— Предлагаю оставить ее там.

— Согласен,— ответил я.— Но ты должна пообещать: если когда-нибудь передумаешь насчет маски, то поставишь меня в известность, прежде чем предпринять даже простейший шаг.

— Не желаю больше видеть Медовую Каплю! — едва слышно произнесла Меррик.— Я уже тебе говорила. Она хочет воспользоваться мной, а я не позволю. Мне было всего десять лет, когда ее убили. Я устала, очень устала ее оплакивать. Можешь не беспокоиться. Я не дотронусь больше до маски, верь мне.

До сих пор Меррик никогда не нарушала своих клятв.

Закончив подробное описание нашей экспедиции с намерением отослать его в один из университетов, мы навсегда спрятали маску вместе с идолами и ножом, которым Меррик воспользовалась для колдовства, вместе с архивом Мэтью и остатками карты дядюшки Вервэна. Все это оказалось запертым в хранилище Оук-Хейвен. Доступ к вещам был позволен только Меррик и мне.

Весной мне в Лондон позвонил из Америки Эрон и рассказал, что в районе города Лафайетт, штат Луизиана, обнаружены обломки автомобиля Холодной Сандры.

Видимо, Меррик привела людей в ту часть болот, где когда-то затонула машина. Останки трупов позволили утверждать, что во время затопления в машине находились две женщины. На черепах обеих имелись глубокие раны, возможно, послужившие причиной смерти. Но никто не мог с точностью сказать, были ли жертвы мертвы или живы в тот момент, когда утонули.

Холодную Сандру опознали по остаткам пластиковой сумки, внутри которой нашли несколько предметов и среди них — золотые карманные часы в маленьком кожаном чехольчике. Меррик тут же признала часы, а надпись на них только подтвердила ее слова. «Моему дорогому сыну Вервэну от отца, Алексиаса Андре Мэйфейра, 1910».

Что касается останков второй женщины — предположительно Медовой Капли на Солнце,— то единственное, что эксперты смогли определить более или менее достоверно, это что они принадлежат шестнадцатилетней девушке. Больше ничего узнать не удалось.

Я немедленно собрал вещи. Сообщил по телефону Меррик, что уже в пути.

— Не приезжай, Дэвид,— спокойно сказала она.— Все кончено. Они обе похоронены в семейном склепе на кладбище Сент-Луис. Больше ничего сделать нельзя. Я вернусь к своей работе в Каире, как только ты позволишь.

— Дорогая, ты можешь ехать хоть сейчас, но непременно загляни в Лондон.

— Я и не думала уехать, не повидав тебя,— сказала она и уже, видимо, хотела положить трубку, но я ее остановил.

— Меррик, золотые карманные часы теперь твои. Пусть тебе их почистят, отремонтируют. Храни их у себя. Теперь никто не будет на них претендовать.

На другом конце провода повисла тяжелая тишина.

— Я же говорила тебе, Дэвид. Дядюшка Вервэн вечно твердил, что эти часы мне не нужны,— ответила она.— Он заявил, что они тикают для Холодной Сандры и Медовой Капли. Не для меня.

Ее слова меня несколько испугали.

— Чти их память, Меррик, и чти свое желание,— настаивал я,— но жизнь и ее богатства принадлежат живым.

Спустя неделю мы вместе обедали. Она выглядела такой же свежей и привлекательной, как всегда, каштановые волосы были убраны под кожаный берет, который начал мне нравиться.

— Я не пользовалась маской, чтобы обнаружить тела,— поспешила объясниться Меррик.— Хочу, чтобы ты знал. Я отправилась в Лафайетт и руководствовалась интуицией и молитвами. Пришлось исследовать драгой несколько мест, прежде чем нам повезло. Можно даже сказать, что найти тела помогла Большая Нанэнн. Она знала, как я хочу их разыскать. Что касается Медовой Капли, то я до сих пор ощущаю ее присутствие. Иногда мне ее становится жалко, иногда я просто теряю силы...

— Ты говоришь о призраке,— вмешался я,— а призрак не всегда тот человек, которого ты знала или любила.

После этого она говорила только о своей работе в Египте, радуясь возможности снова туда вернуться. За это время с помощью аэрофотосъемки в пустыне обнаружили несколько руин, и Меррик успела договориться о встрече, которая позволит ей увидеть никому до сих пор не известное захоронение.

Я был счастлив видеть Меррик в такой чудесной форме. Пока я расплачивался, она достала золотые карманные часы дядюшки Вервэна.

— Чуть о них не забыла. Разумеется, их уже нельзя починить,— пояснила она, с любовью держа на ладони хорошо отполированную реликвию. От легкого прикосновения крышка мгновенно открылась с громким щелчком.— Но мне нравится, что они у меня. Видишь? Стрелки остановились на без десяти восемь.

— Ты думаешь, это как-то связано с временем их смерти? — осторожно поинтересовался я.

— Скорее всего, нет,— ответила она, слегка пожав плечами.— Вряд ли Холодная Сандра когда-нибудь вспоминала, что часы нужно заводить. Думаю, она носила их в сумочке просто из сентиментальности. Удивительно, что она не заложила такую дорогую вещь. Ведь она много что отнесла скупщикам.

Меррик убрала часы обратно в сумку и ободряюще мне улыбнулась.

Я отвез ее в аэропорт, специально выбрав маршрут подлиннее, и проводил до самого самолета.

Все было спокойно до последних секунд. Просто два цивилизованных человека прощались ненадолго перед скорой встречей.

Потом вдруг во мне что-то сломалось. Я уже не мог больше сдерживаться и заключил Меррик в объятия.

— Моя дорогая, моя любовь,— забормотал я, чувствуя себя ужасно глупо. Меня тянуло к этой молодой женщине, и я жаждал всей душой ее преданности. Меррик не сопротивлялась, уступая поцелуям, разбивавшим мне сердце.

— Никого другого никогда не будет,— прошептала она мне на ухо.

Помню, как отстранил ее от себя, взяв за плечи, после чего повернулся и быстро ушел, даже ни разу не оглянувшись.

Кто я рядом с этой молодой женщиной? Семидесятилетний старик. А ей не было еще и двадцати пяти. Но по дороге в Обитель я понял, что мне все равно не удастся вызвать в своей душе чувство вины, сколько бы ни старался.

Я любил Меррик точно так, как когда-то любил Джошуа, юношу, считавшего меня самым чудесным любовником на свете. Я любил ее, поддавшись соблазну, и ничто никогда не заставило бы меня отречься от этой любви перед самим собой, перед ней или перед Богом.

Все оставшиеся годы, что я ее знал, Меррик провела в Египте. Дважды в год она возвращалась в Новый Орлеан, по пути домой непременно заезжая в Лондон.

Однажды я осмелился прямо спросить ее, почему она не занимается изучением наследия майя.

Мне показалось, вопрос вывел ее из себя. Она не любила вспоминать джунгли, тем более говорить о них. Она считала, что мне бы следовало это знать, но все-таки вполне вежливо ответила, пояснив, что в ходе исследования Мезоамерики слишком часто наталкивалась на препятствия. В особенности это касалось неизвестных ей диалектов, и к тому же у нее не было опыта археологических раскопок. Меррик много читала о Египте, хорошо знала его историю. Именно поэтому она отправилась туда и намеревалась там остаться.

«Колдовство повсюду одинаково»,— частенько повторяла она, но это не помешало ей посвятить магии всю жизнь.

Есть еще одно обстоятельство, связанное с тайной Меррик.

В тот год, когда Меррик работала в Египте после нашего с ней путешествия в джунгли, Эрон прислал странное послание, содержание которого навсегда запечатлелось в моей памяти.

В письме рассказывалось, что номер автомобиля, обнаруженного в болоте, вывел власти на продавца подержанными машинами, который и убил своих молодых клиенток — Холодную Сандру и Медовую Каплю. Им оказался бродяга, за которым числился длинный список преступлений, так что выследить его не составило особого труда. Воинственный и жестокий по своей природе, этот негодяй несколько раз в течение последних лет возвращался на ту самую работу, где когда-то встретил свои жертвы. Его личность была хорошо известна многим.

Вскоре этот человек признался во всех преступлениях, однако суд счел его невменяемым.

«Власти сообщили мне, что мерзавец запуган до смерти,— писал Эрон.— Он утверждает, что его преследует призрак и что он готов пойти на все, лишь бы искупить свою вину. И постоянно умоляет дать ему наркотики, чтобы впасть в забытье. Думаю, его поместят в больницу для душевнобольных, несмотря на тяжесть совершенных преступлений».

Естественно, обо всем этом Меррик поставили в известность. Эрон отослал ей подборку газетных вырезок, а также судебные стенограммы, которые сумел раздобыть.

Но, к великому моему облегчению, Меррик тогда не пожелала приехать в Луизиану.

«Мне незачем видеть этого человека,— написала она.— Судя по тому, что сообщил Эрон, справедливость восторжествовала».

Меньше чем через две недели Эрон сообщил, что убийца Холодной Сандры и Медовой Капли наложил на себя руки.

Я немедленно позвонил Эрону.

— Ты рассказал Меррик?

— Подозреваю, что Меррик знает об этом и без меня,— после продолжительной паузы спокойно ответил он.

— Почему ты так думаешь? — тут же спросил я, теряя терпение от его сдержанности.

Однако на этот раз он недолго держал меня в неведении.

— Призрак, который преследовал того типа, был высокой женщиной с каштановыми волосами и зелеными глазами. Как-то не очень соответствует фотографиям Холодной Сандры или Медовой Капли на Солнце — ты не находишь?

Я согласился.

— В общем, он мертв, бедолага,— сказал Эрон.— И может быть, сейчас Меррик спокойно продолжит работу.

Именно так Меррик и поступила: спокойно продолжила работу.

А теперь...

Теперь, спустя годы, я вернулся к ней с просьбой вызвать душу мертвого ребенка, Клодии,— для Луи и для меня.

Я просил ее прибегнуть к колдовству, и, вполне возможно, ей придется использовать маску, которая, насколько я знаю, до сих пор хранится в ящике с ее именем в подвалах Оук-Хейвен,— маску, позволяющую видеть призраков, витающих между жизнью и смертью.

Да, я это сделал, хотя знал, как много она выстрадала и каким хорошим и счастливым человеком могла бы быть. Впрочем, она такая и есть.

Когда я закончил рассказ, до рассвета оставалось не более часа.

Луи выслушал меня молча, не задав ни одного вопроса, ни разу не перебив меня и не отвлекаясь. Он буквально впитывал каждое слово.

Из уважения ко мне Луи продолжал хранить молчание, но на его лице читалось безмерное волнение. Похоже, его захлестнули эмоции. Зеленые глаза Луи напомнили мне о Меррик, и на секунду меня охватило такое желание и такой ужас от всего сотворенного, что я лишился дара речи.

Именно Луи объяснил те чувства, которые переполняли меня сейчас, когда я обдумывал сказанное.

— Я до сих пор не понимал, как сильно ты любишь эту женщину,— произнес он.— Я до сих пор не понимал, какие мы с тобой разные.

— Ты прав, я люблю ее и, возможно, сам не сознавал, как сильно, пока не рассказал тебе всю историю. Я заставил себя это понять. Я заставил себя все вспомнить. Я заставил себя заново пережить наш с ней союз. Но что ты имеешь в виду, говоря, что мы не похожи? Объясни.

— Ты мудр,— сказал он,— такой мудростью обладают только старые люди. Ты познал старость, что не довелось ни одному из нас. Даже Великая Мать Маарет не знала старческой немощи, прежде чем много веков тому назад ее сделали вампиром. Лестату старость тоже неведома, несмотря на все его увечья. Что уж говорить обо мне. Я слишком долго живу молодым.

— Не осуждай себя за это. Неужели ты считаешь, что предназначение людей — познать горечь и одиночество, какие я испытал в последние годы своей смертной жизни? Не думаю. Как все существа, мы созданы для того, чтобы жить до расцвета. Все остальное — духовная и физическая катастрофа. В этом я уверен.

— Не могу с тобой согласиться,— скромно согласился Луи.— Назови мне хоть одно племя на земле, где не было бы старейшин. А сколько произведений искусства и открытий созданы стариками! Рассуждая так, ты похож на Лестата, разглагольствующего о своем Саде Зла. Мир никогда не казался мне безнадежно жестоким.

Я улыбнулся.

— Ты веришь очень многим вещам и в то же время из-за своей вечной меланхолии отрицаешь ценность всего, что узнал. Стоит только слегка надавить на тебя, чтобы это понять.

Луи кивнул.

— Я во многом не могу разобраться, Дэвид.

— Может быть, нам и не следует в этом разбираться, и не важно, старики мы или молодые.

— Наверное,— согласился он.— Но сейчас очень важно, чтобы мы оба дали торжественную клятву. Мы не нанесем вреда этой уникальной жизнелюбивой женщине. Ее способности не ослепят нас. Мы удовлетворим ее любознательность, будем к ней справедливы, станем ее защищать, но никогда не причиним ей даже малейшее зло.

Я кивнул, мгновенно уловив, что он имеет в виду.

— Как бы мне хотелось сказать,— прошептал он,— что мы отказываемся от нашей просьбы. Как бы мне хотелось обойтись без колдовства Меррик. Как бы мне хотелось покинуть этот мир, не увидев призрака Клодии.

— Прошу тебя, не говори ни о каком прощании с миром. Я не могу это слышать,— взмолился я.

— Но я должен об этом говорить, потому что только об этом и думаю.

— Тогда думай о тех словах, что я сказал призраку в пещере. Жизнь принадлежит живым. То есть тебе.

— Но какой ценой,— вздохнул он.

— Луи, мы оба отчаянно стремимся жить,— принялся увещевать я.— Мы обращаемся к магии Меррик, чтобы найти утешение. Мы мечтаем о том, чтобы самим взглянуть на мир сквозь маску,— разве не так? Мы хотим увидеть нечто, что придаст цельность всему.

— Я не так решительно настроен, как ты, Дэвид,— признался Луи. Лицо его потемнело от беспокойства, в уголках глаз и рта проступили морщины, невидимые, когда он был спокоен.— Я сам не знаю, чего хочу. Но я хочу видеть призраков так, как видите их вы с Меррик. Хочу слышать звуки клавесина, которые слышат в этом доме другие. Хочу разговаривать с призраком, равным по силе Медовой Капле на Солнце. Это для меня очень важно.

— Луи, что может возродить в тебе желание жить? — спросил я.— Что может заставить тебя понять, что мы избранные свидетели того, что предлагает мир?

Он рассмеялся — коротко и негромко, но в то же время высокомерно.

— Чистая совесть, Дэвид,— ответил он.— Что же еще?

— Тогда возьми мою кровь,— предложил я.— Возьми кровь Лестата, которую он не раз тебе предлагал. Возьми кровь, от которой ты до сих пор отказывался, и обрети силы, которые уберут смерть с твоего пути и позволят жить, только изредка насыщаясь несколькими глотками.

Меня самого слегка удивила горячность, с какой я предлагал Луи принять могущественную кровь, потому что до этого разговора, до нынешней длинной ночи воспоминаний я считал его решение отказаться от всесильной крови очень мудрым.

Как я уже упоминал в своем повествовании, Луи был настолько слаб, что солнце могло с легкостью его уничтожить, и это обстоятельство служило ему огромным утешением, которое ни я, ни Лестат не могли с ним разделить.

Луи внимательно и заинтересованно вглядывался в меня, и в его глазах я не прочел ни малейшего осуждения.

Поднявшись, я медленно прошелся по комнате, еще раз посмотрел на прекрасное полотно Моне и, вспомнив всю свою жизнь, вновь осознал, что намерен ее продолжать.

— Нет, я не могу умереть по собственной воле,— пробормотал я,— даже если для этого только и нужно, что выйти на солнечный свет. Я не осмелюсь это сделать, ибо хочу знать, что будет дальше! Хочу знать, очнется ли Лестат от своего сна и когда именно. Хочу знать, что будет с Меррик! Хочу знать судьбу Армана. Мне суждено жить вечно? Прекрасно! Я не могу притвориться тем смертным, который когда-то отказал Лестату. Я не могу вернуться в прошлое и стать прежним, лишенным воображения существом.

Я обернулся, и мне показалось, будто комната яростно кружится вокруг меня, все ее краски слились в одно сплошное цветное пятно, будто дух Моне пропитал каждый предмет и даже воздух. Все вещи в гостиной показались мне случайными и символическими. А за окном, в Саду Зла, стояла дикая ночь, освещаемая редкими безответными звездами.

Что касается Луи, то он полностью попал под воздействие чар ночи, что, как правило, отнюдь не свойственно мужчинам вне зависимости от того, в какую плотскую оболочку заключена их душа.

— Все вы очень сильны,— тихо и печально произнес он.— Чрезвычайно сильны.

— Но мы все равно дадим эту клятву, дружище, относительно Меррик,— пообещал я.— Наступит день, когда Меррик захочет обладать этой магией и упрекнет нас в эгоизме, в том, что мы требуем от нее чуда и в то же время отказываемся поделиться тем чудом, которым владеем.

Казалось, Луи готов разрыдаться.

— Не стоит ее недооценивать, Дэвид,— взволнованно сказал он.— Возможно, она по-своему такая же несгибаемая, каким был ты. Возможно также, что у нее в запасе еще множество сюрпризов, о которых мы не подозреваем.

— Ты пришел к такому выводу после моего рассказа?

— Ты нарисовал передо мной яркую и глубокую картину,— последовал ответ.— А ты сам разве не думаешь, что ей известна моя тайна? Тебе не кажется, что она сразу все поймет, как только мы встретимся? — Он помолчал в нерешительности, затем продолжил: — Она не захочет разделить нашу участь. Да и зачем ей это, если она способна в облике призрака являться другим людям, если ей достаточно надеть нефритовую маску, чтобы увидеть сестру. Выслушав твою повесть, я пришел к выводу, что ей вовсе не захочется навсегда отказаться от возможности лицезреть египетский песок под полуденным солнцем.

Я невольно улыбнулся, считая, что он в корне не прав, и заговорил как можно мягче:

— Ну не знаю, дружище. Просто не знаю. Уверен лишь в одном: я предан нашей общей безумной цели. И все пережитое не научило меня ни осторожности, ни доброте.

Луи не проронил ни слова, а медленно поднялся со стула и направился к двери. Я понял, что ему пора идти к своему гробу и что вскоре мне придется последовать его примеру.

Я пошел за Луи, и мы вместе покинули дом, спустились по черной лестнице с железными ступенями и прошли сквозь влажный сад к парадным воротам.

Я снова на мгновение увидел черного кота, сидящего на ограде, но ничего не сказал Луи, решив, что в Новом Орлеане полно бродячих котов и все мои подозрения одна глупость.

Настало время прощаться.

— Ближайшие несколько вечеров я проведу с Лестатом,— ровным тоном сообщил Луи.— Хочу ему почитать. Он не реагирует, но и не останавливает меня. Теперь ты знаешь, где меня найти, когда Меррик вернется.

— Он все время молчит? — спросил я, имея в виду Лестата.

— Иногда говорит, но совсем немного. А то вдруг попросит поставить запись Моцарта или почитать ему стихи старых поэтов. Но в основном он такой, каким ты его привык видеть. Ничего не меняется.— Луи помолчал, бросив взгляд на небо.— Я хочу побыть с ним вдвоем несколько ночей, прежде чем вернется Меррик.

В голосе его слышалась решительность и в то же время печаль, тронувшая меня до глубины души. Так вот что он задумал! Попрощаться с Лестатом! Я знал, что сон Лестата настолько глубок и беспокоен, что даже столь ужасное известие от Луи не способно заставить его подняться.

Я смотрел вслед уходящему другу, а небо с каждой секундой становилось все светлее. Запели птицы. Я вспомнил о Меррик, и меня захлестнуло желание. Желание мужчины по отношению к женщине. А как вампир я жаждал иссушить ей душу и оставить здесь навсегда, чтобы иметь возможность ее видеть. Мысленно я вновь оказался с ней в палатке, в деревушке Санта-Крус-дель-Флорес и испытал мимолетное наслаждение.

Это мука, когда к вампиру возвращается слишком много воспоминаний из смертной жизни. Мой преклонный возраст действительно подразумевал наличие богатого опыта и обширных знаний. А теперешнее мое проклятие добавило к ним красок и блеска, от которых я не мог отказаться.

И мне пришла в голову мысль, что если Луи действительно решит оборвать свою жизнь, закончить долгое путешествие в сверхъестественное, то как я смогу оправдаться перед Лестатом, Арманом и, прежде всего, перед самим собой?

Прошла неделя, прежде чем я получил письмо от Меррик. Она вернулась в Луизиану.

«Мой возлюбленный Дэвид!

Приходи вместе с другом в мой старый дом завтра вечером, как можно раньше. Смотрителя я отошлю. Буду ждать вас в гостиной.

Хочу познакомиться с Луи и услышать из его собственных уст, чего он ждет от меня.

Что касается предметов, которые когда-то принадлежали Клодии, то у меня сохранились четки, дневник и кукла.

Все остальное можно без труда устроить».

Я едва сдерживал волнение. Ожидание следующего дня было мучительным. Я тут же отправился в сиротский дом Святой Елизаветы, где Лестат проводил в одиночестве многие часы, погрузившись в сон на полу старой часовни.

Когда я вошел, Луи сидел на мраморном полу рядом с Лестатом и негромко читал вслух какую-то английскую поэму из старой книги.

Я сообщил Луи о письме.

В облике Лестата ничего не изменилось.

— Я знаю, где этот дом,— сказал Луи. Он тоже чрезвычайно разволновался, хотя, как мне казалось, пытался это скрыть.— Я там буду. Наверное, мне следовало бы спросить у тебя разрешения, но прошлой ночью я сам отыскал этот дом.

— Превосходно,— откликнулся я.— Увидимся там завтра вечером. Но послушай, ты должен...

Я умолк.

— Ну же, продолжай,— мягко ободрил он.

— Ты должен помнить, что она очень сильная женщина. Мы поклялись защищать ее, но отнюдь не потому, что она не способна сама постоять за себя.

— Опять мы об одном и том же.— В голосе Луи не было ни нетерпения, ни раздражения.— Я тебя понимаю. И знаю, что ты имеешь в виду. Когда я поклялся пройти по этому пути, то заранее подготовился к беде. И завтра вечером возьму себя в руки.

Лестат не дал ни малейшего повода думать, что слышит наш разговор. Он лежал все в той же позе, со спутанной шевелюрой, одетый в мятый и пыльный красный бархатный камзол.

Я опустился на колени и почтительно поцеловал Лестата в щеку. Он продолжал, как прежде, смотреть перед собой во тьму. У меня опять создалось ясное впечатление, будто его душа не пребывает в теле, а где-то бродит как неприкаянная. Мне хотелось рассказать ему о нашем плане, но в то же время я не был уверен, что следует сообщать ему об этом.

Мне почему-то казалось, что если бы он узнал о нашем намерении, то наверняка попытался бы нас остановить. Должно быть, в ту минуту его мысли были очень далеко.

Уходя, я слышал тихий мелодичный и в то же время страстный голос Луи, продолжавшего чтение.

В назначенный вечер небо было очень ясным, если не считать нескольких небольших, ослепительно белых на темном фоне облаков. Светились лишь маленькие звезды, но я все равно их разглядел, хотя никакого утешения мне это не принесло. В меру влажный воздух окутывал восхитительным теплом.

Луи пришел за мной на Рю-Рояль. Мы встретились у каретных ворот. От волнения я почти не обратил внимания на его внешний вид и заметил только, что на этот раз он удивительно элегантно одет.

Я уже упоминал, что обычно Луи не слишком много внимания уделяет одежде, хотя в последнее время его вкус заметно улучшился. Однако в этот вечер он превзошел самого себя.

Повторюсь, я был слишком занят предстоящей встречей с Меррик, чтобы зацикливаться на мелочах. Убедившись, что Луи не мучит жажда, что выглядит он вполне по-человечески и на лице играет румянец — в подтверждение того, что он недавно насытился,— я сразу направился с ним к дому Меррик.

Пока мы неторопливо шагали по пустынным и унылым улицам старого района, ни один из нас не проронил ни слова.

У меня в голове роились беспокойные мысли. Мой рассказ о Меррик еще больше приблизил меня к ней, чем в тот вечер нашей встречи в кафе на Рю-Сент-Анн, и желание снова увидеть ее, вопреки любым обстоятельствам, оказалось гораздо сильнее, чем я ожидал.

Больше всего меня мучила последняя выходка Меррик, когда она прибегла к колдовству. Зачем она пыталась поразить меня, посылая ко мне собственный призрак? Я хотел прямо спросить ее об этом, решив добиться ответа на этот вопрос, прежде чем мы двинемся дальше.

Когда мы дошли до восстановленного дома за высокой стеной, Луи по моему настоянию остался терпеливо ждать, а я отправился побродить вокруг.

Маленькие домишки по обеим сторонам обширных владений Меррик пришли в полное разорение. А сами владения, как я уже упоминал, были огорожены с трех сторон и частично с фасада внушительной кирпичной стеной.

Я увидел во дворе дома островок деревьев, два из которых были огромными дубами, а еще одно — высоким раскидистым ореховым деревом, пытавшимся высвободиться из зарослей тиса, росшего вдоль стен. Мерцающий свет отражался от зеленого полога спутанных ветвей. До меня доносился запах ладана и восковых свечей. Я уловил множество других ароматов, однако среди них не было запаха чужака, а в ту минуту это интересовало меня больше всего.

Что касается жилища смотрителя на заднем дворе, то оно пустовало и было заперто на замок. Это обстоятельство меня чрезвычайно обрадовало, так как я не испытывал ни малейшего желания иметь дело с этим смертным.

Зато, несмотря ни на какие стены, я сразу почувствовал присутствие Меррик и поэтому быстро вернулся к Луи, который по-прежнему стоял перед железными воротами, отделявшими сад от улицы.

Олеандры пока не расцвели и представляли собой просто мощный вечнозеленый кустарник, зато другие цветы разрослись чрезвычайно, особенно алый африканский гибискус и пурпурная алтея на жестких стеблях, а еще белые каллы с восковыми остроконечными листьями.

Магнолии, о которых я почти забыл, чрезвычайно разрослись за последнее десятилетие и теперь застыли, словно грозные часовые, по обе стороны парадного крыльца.

Луи терпеливо стоял, разглядывая через решетчатую ограду зеркальные стекла парадных дверей, но было видно, что он до безумия взволнован. Дом был погружен во тьму, если не считать передней гостиной — той самой комнаты, где много лет назад стоял гроб Большой Нанэнн. Я уловил мерцание свечей в передней спальне, но сомневаюсь, что глаз смертного смог бы его разглядеть сквозь задернутые шторы.

Мы быстро вошли в ворота, миновали зловеще шуршащие кусты, поднялись по ступеням и позвонили в колокольчик. Откуда-то из глубины дома донесся тихий голос Меррик:

— Входите.

Мы оказались в полутемном вестибюле. Полированный пол был устлан огромным китайским ковром с ярким современным рисунком, под потолком в темноте виднелась новая хрустальная люстра, массивная и словно сделанная из множества резных льдинок.

Я провел Луи в гостиную, где нас ожидала Меррик. В простом платье из белого шелка она спокойно сидела в одном из старых кресел красного дерева. Приглушенный свет от торшера падал на нее мягким потоком.

Взгляды наши встретились, и я почувствовал, как мною овладевает страсть. Я почувствовал, что должен каким-то образом сообщить ей, что оживил в памяти наше с ней прошлое и поделился им с тем, кому безгранично доверяю. Мне захотелось, чтобы она знала: я люблю ее, как прежде.

Но ей следовало понять и другое: мне абсолютно не понравились видения, которые она недавно на меня наслала, и если навязчивый черный кот — тоже дело ее рук, то это отнюдь не смешно!

Наверное, Меррик все поняла, ибо, пока мы с Луи пересекали комнату, я заметил на губах своей возлюбленной легкую улыбку.

Я собирался было сообщить ей, какое зло причинило мне неуместное колдовство, но что-то меня удержало.

А если быть откровенным, меня остановило выражение, появившееся на лице Меррик, когда она взглянула на Луи, вышедшего на свет.

Внешне она осталась такой же, как и всегда, и все же что-то в ней переменилось.

Больше всего меня удивило, что она даже поднялась навстречу Луи. Видимо, потрясение было слишком сильным.

Только тогда до меня дошло, как изысканно выглядел Луи в прекрасно сшитом костюме из тонкой черной шерсти и в кремового цвета шелковой рубашке с красным галстуком, закрепленным маленькой золотой булавкой. Даже туфли, начищенные до совершенства, сияли как новые, а густые черные вьющиеся волосы были тщательно расчесаны и аккуратно уложены. Но наибольший блеск его облику придавали, разумеется, тонкие черты лица и лучезарные глаза. Мне не нужно повторять, что глаза у него зеленые, потому что цвет в данном случае не играл абсолютно никакой роли. Важно было другое: благоговейное выражение, с каким он взирал на Меррик, и то, как его красиво очерченные губы утратили скорбный изгиб.

Он и раньше видел Меррик и все же не был готов к встрече со столь интересной и привлекательной особой.

А она, в белом шелковом платье с острыми плечами, тонким пояском и широкой юбкой, выглядела чрезвычайно соблазнительно. Длинные волосы на этот раз были зачесаны назад и убраны под кожаный берет. На шее поверх платья сияло то самое жемчужное ожерелье в три нити, которое я подарил ей в далеком прошлом, серьги в ушах и кольцо на безымянном пальце правой руки тоже были с жемчужинами.

Я подробно перечисляю все детали, потому что в ту минуту искал в них утешение, ибо меня сразило полное отсутствие внимания со стороны этих двоих: они произвели столь сильное впечатление друг на друга, что я для них уже не существовал. Я даже побледнел от унижения. Меррик как зачарованная смотрела на Луи. А в его благоговейном к ней отношении не приходилось сомневаться.

— Меррик, дорогая моя,— тихо произнес я,— позволь мне представить Луи.

С таким же успехом я мог бы бессвязно бормотать любую ерунду: она не услышала ни одного моего слова и лишь безмолвно смотрела на гостя. Взгляд ее был исполнен восторга, а на лице застыло то соблазнительное выражение, каким до сих пор она одаривала только меня.

Старательно пытаясь скрыть обуревавшие ее чувства, Меррик порывисто протянула Луи руку.

Как и любой вампир, он неохотно ответил на ее жест, а потом, к моему полнейшему ужасу, наклонился и поцеловал... Нет, не руку, которую продолжал цепко держать в своей, а обе прелестные щечки.

Как я этого не предугадал? Почему вдруг решил, что она будет смотреть на него как на недоступное чудо? Почему не подумал о том, что собираюсь привести к ней едва ли не самого красивого мужчину из всех, кого когда-либо знал?

Я чувствовал себя глупцом из-за того, что не сумел предвидеть такой ход событий, а также из-за того, что меня это так задело.

Луи опустился на стул возле кресла, Меррик тоже села и сосредоточила на госте все свое внимание. А мне не оствалось ничего другого, кроме как устроиться на диване в другом конце комнаты. Меррик ни на секунду не отвела взгляда от Луи.

— Ты знаешь, зачем я пришел сюда, Меррик,— заговорил он с французским акцентом и с такой нежностью, словно признавался ей в любви, а его низкий голос был необыкновенно чувственным.— Я живу в муках, думая об одном существе, которое я однажды предал, потом вскормил и в конце концов потерял навсегда. И пришел, потому что верю: ты способна вызвать призрак этого существа и заставить его со мной поговорить. Я пришел, потому что верю: с твоей помощью я смогу узнать, обрел ли этот призрак покой.

Меррик не замедлила с ответом:

— Но что такое непокой для духов, Луи? Ты веришь в существование чистилища или, по-твоему, духи томятся в непроглядной тьме, не в силах отыскать Свет, который поведет их дальше?

— Я ни в чем не убежден,— ответил Луи. Его лицо говорило красноречивее слов.— Если и есть на свете существо, связанное с землей, то это вампир. Мы повенчаны с нею и душой и телом, и эту связь может оборвать только самая страшная смерть — гибель в огне. Клодия была моим ребенком. Клодия была моей любовью. Ее погубил огонь — нестерпимый жар солнечных лучей. Но ее призрак впоследствии не раз являлся людям — другим, но не мне. Она может прийти, если ты позовешь. Именно об этом я прошу. Помоги мне исполнить безумную, но страстную мечту.

Я чувствовал, что Меррик всей душой прониклась к нему состраданием. Ее мысли, насколько я мог их прочитать, пребывали в смятении. Боль и скорбь Луи глубоко ранили ее душу и преисполнили сочувствием сердце.

— Призраки действительно существуют, Луи,— сказала она слегка дрожащим голосом.— Они существуют, но по сути своей они лживы. Один призрак может явиться в обличии другого. Иногда они демонстрируют жадность, а иногда поступают подло.

Я следил за каждым отточенным жестом Луи: как он поднес палец к губам, прежде чем ответить, как нахмурился. Что касается Меррик, то я не нашел в ней ни одного физического или духовного изъяна, и это привело меня в бешенство. Передо мной была женщина, к ногам которой я давным-давно сложил свою честь, гордость и страсть.

— Я узна́ю Клодию, Меррик,— сказал Луи.— Меня не так легко обмануть. Если ты сумеешь ее вызвать и она придет, уверен, я непременно пойму, кто передо мной на самом деле.

— А что, если я сомневаюсь, Луи? — спросила Меррик.— Что, если в конце концов я скажу тебе, что нас постигла неудача? Тогда ты хотя бы попытаешься поверить моим словам?

— Значит, все решено? — выпалил я.— Выходит, мы все-таки сделаем это?

— О да, да,— ответил Луи, бросив на меня пристальный взгляд огромных глаз, и тут же вновь обратил его на Меррик.— Прости нас, Меррик, что мы побеспокоили тебя и попросили обратиться к одним лишь тебе ведомым силам. В самые жуткие для меня минуты я говорю себе, что благодаря нам ты приобретешь новые ценные знания и опыт и, может быть, еще больше утвердишься в своей вере — в вере в Бога. Я неустанно твержу себе это, потому что мне невыносимо думать, что одним лишь своим присутствием мы разрушаем твою жизнь. Прошу тебя, пойми.

Он говорил теми самыми словами, которые часто приходили мне на ум, когда я погружался в лихорадочные размышления. Я вдруг разозлился не только на Меррик, но и на него. Как мог он произнести эти слова? Значит, черт возьми, он умеет читать чужие мысли! Мне стоило большого труда взять себя в руки.

Лицо Меррик внезапно озарилось одной из самых ослепительных улыбок, какие я только видел. Кремовые щеки, поразительно зеленые глаза, длинные волосы... О, она была поистине неотразима! Я видел, какое впечатление произвела на Луи ее улыбка: словно Меррик кинулась к нему в объятия.

— У меня нет ни сомнений, ни сожалений, Луи,— сказала она.— Я обладаю огромной и редкой силой. Ты даешь мне повод воспользоваться ею. По твоим словам, какая-то душа сейчас испытывает муки, многолетние терзания. И ты хочешь, чтобы мы каким-то образом избавили эту душу от мучений.

В эту секунду щеки Луи ярко вспыхнули, он наклонился и снова крепко схватил ее за руку.

— Меррик, что я могу дать тебе взамен? Как отблагодарить?

Я встревожился. Ему не следовало так говорить, он не должен был столь явно намекать на самый редкий и могущественный дар, каким мы обладали. Однако я промолчал, с болью наблюдая, как эти два существа с каждой минутой все больше проникаются любовью друг к другу.

— Погоди, пока дело не будет сделано, потом поговорим о благодарности,— сказала она.— Если в том вообще возникнет необходимость. На самом деле ничего не нужно. Как я уже сказала, твоя просьба дает мне повод использовать свою силу — и одного этого уже достаточно. Но я опять прошу тебя прислушаться к моему мнению. Если я сочту, что мы вызвали нечто, что никак не связано с Богом, то я так и скажу, и ты должен, по крайней мере, попытаться мне поверить.

Меррик поднялась и прошла мимо меня, послав на ходу едва заметную улыбку. Сквозь открытые двери я видел, как она достала что-то из шкафа, стоявшего в дальнем углу столовой.

Разумеется, Луи, истинный джентльмен, тут же вскочил с места. Я снова отметил про себя великолепный костюм своего друга и восхитился стройностью его фигуры, грациозностью каждого жеста и безукоризненной красотой рук.

Меррик возникла передо мной в круге света, словно вышедшая на сцену актриса.

— Вот что мне досталось от твоей милой,— обратилась она к Луи, держа в руках небольшой сверток, обернутый бархатом.— Садись, прошу тебя. Позволь передать тебе в руки каждый из этих предметов.— Она снова заняла свое кресло рядом с торшером и положила бесценный сверток на колени.

Луи подчинился ей с готовностью школьника, восхищенного своим блестящим учителем. Он откинулся на спинку стула, готовый выполнить любое ее приказание.

Я любовался ее профилем, чувствуя, что душу мне наполняет одно-единственное чувство: самая настоящая примитивная ревность! Но, несмотря на переполнявшую меня любовь, в душе осталось место и для тревоги.

Что касается Луи, то я почти не сомневался, что Меррик его интересует ничуть не меньше вещей, принадлежавших когда-то Клодии.

— Вот четки. Зачем они ей понадобились? — спросила Меррик, извлекая из свертка нитку блестящих бусин.— Она ведь наверняка не молилась.

— Нет, они ей просто нравились чисто внешне,— ответил Луи, и во взгляде его, полном достоинства, читалась надежда, что Меррик все поймет.— Кажется, эти четки купил я и, скорее всего, даже не рассказал ей, для чего они предназначены. Учить чему-то Клодию было нелегко. Мы все время относились к ней как к ребенку, а ведь нам следовало знать, что внешность человека необъяснимым образом тесно связана с его характером.

— Каким образом? — поинтересовалась Меррик.

— Сама знаешь.— Луи скромно потупился.— Красивые сознают свою силу. И Клодия, очаровательное дитя, тоже сознавала свою силу, хотя относилась к ней пренебрежительно.— Луи замялся. Я видел, что он чувствует себя крайне неловко.— Мы суетились вокруг нее, безудержно баловали. Выглядела она лет на шесть или семь, не больше.

Огонь в его глазах на секунду потух, словно кто-то внутри щелкнул выключателем.

Меррик подалась вперед и снова взяла его за руку. Луи не сопротивлялся. Он лишь наклонил немного голову и приподнял руку, которую она держала, словно говоря: «Дай мне минуту».

— Ей нравились эти четки,— вскоре продолжил он.— Может быть, я и научил ее молиться. Не помню. Она любила иногда ходить со мной в собор. Ей нравилось слушать музыку во время вечерних служб. Клодия ценила все чувственное и красивое. И до конца сохраняла детский задор.

Меррик неохотно отпустила его руку.

— А что ты скажешь вот об этом? — спросила она, доставая небольшой дневник в белом кожаном переплете.— Давным-давно его нашли в тайнике квартиры на Рю-Рояль. Ты ведь не знал, что она вела дневник.

— Не знал,— подтвердил Луи.— Хорошо помню, что подарил ей эту тетрадь, но ни разу не видел, чтобы она делала в ней записи. То, что Клодия вела дневник, для меня полная неожиданность. Мне всегда казалось, что она предпочитает читать, а не писать. Она отлично разбиралась в поэзии. С легкостью запоминала стихи и часто цитировала то одно, то другое произведение. Сейчас я пытаюсь вспомнить ее любимых поэтов.

Луи уставился на дневник, словно боялся не только открыть его, но даже дотронуться. Можно было подумать, что дневник до сих пор принадлежит Клодии.

Меррик убрала тетрадь и достала куклу.

— Она никогда не любила кукол,— твердо заявил Луи.— Поначалу мы дарили ей много кукол, но, как выяснилось, это было ошибкой, и в конце концов она просто запретила нам их покупать. Эта кукла не имеет никакого значения. Хотя, если меня не подводит память, ее нашли с дневником и четками. Не пойму, зачем она ее сохранила. Не пойму, зачем спрятала. Может быть, ей хотелось, чтобы в далеком будущем кто-то нашел эту куклу и погоревал о Клодии, ведь она сама была заперта в кукольное тельце. Может быть, ей хотелось, чтобы какая-то одинокая душа пролила за нее слезы. Да, должно быть, все так и было.

— Четки, кукла, дневник,— перечислила Меррик.— А ты знаешь, что записано в дневнике?

— Я знаю только ту запись, которую прочитала Джесс Ривз, а потом пересказала мне. В день рождения Лестат подарил Клодии куклу, которую она возненавидела. Клодия попыталась обидеть его, высмеяв, а он ответил ей строками из старой пьесы, которые я не могу забыть.

Луи склонил голову, но не поддался печали. Несмотря на всю боль, в глазах его не было слез, когда он процитировал:

В глазах мутится.— Ей закрой лицо! —
Да, молодою умерла она...*

Воспоминание заставило меня поморщиться. Лестат проклял себя: произнося эти слова в присутствии Клодии, он сознательно навлекал на себя ее гнев, приносил себя в жертву. И Клодия это знала. Поэтому описала в дневнике весь инцидент: неудачный подарок Лестата, свою нелюбовь к игрушкам, злость на собственную ограниченность, а затем эти роковые строки.

Меррик немного помолчала, держа куклу на коленях, а потом вновь протянула Луи дневник.

— Здесь есть несколько записей,— сказала она.— Две из них пустяковые. Какую-то из записей я использую для обряда. Но среди них есть одна очень важная, и ты непременно должен ее прочесть, прежде чем мы продолжим.

---

* Строки из трагедии английского драматурга Джона Уэбстера «Герцогиня Амальфи» (1612—1614) в переводе П. Мелковой.

Тем не менее Луи не спешил брать в руки дневник. Он смотрел на Меррик уважительно, как и раньше, но даже не сделал попытки дотронуться до маленькой белой тетради.

— Зачем мне ее читать? — спросил он Меррик.

— Луи, подумай, о чем ты меня просишь. Неужели ты не можешь найти в себе силы прочесть слова, написанные ее собственной рукой?

— Это было давно, Меррик,— сказал он.— Она спрятала дневник за много лет до смерти. Разве то, что мы сейчас делаем, не важнее? Возьми страницу, если она тебе нужна. Возьми любую страницу из дневника, используй как угодно. Для меня это не имеет значения. Только не проси, чтобы я прочел хоть слово.

— Нет, ты должен,— с удивительной нежностью произнесла Меррик.— Прошу тебя, прочти вслух последнюю запись. Мне и Дэвиду. Я знаю, что там написано, и ты должен знать, а Дэвид пришел, чтобы помочь нам обоим.

Он пристально посмотрел на Меррик сквозь тонкую пелену кровавых слез, навернувшихся на глаза, но потом он едва заметно кивнул и принял дневник из протянутой руки.

Он открыл тетрадь и уставился на запись. В отличие от смертных Луи не нуждался в свете, чтобы прочесть написанное.

— Вот видишь,— умоляюще произнесла Меррик,— ничего важного здесь нет. Клодия рассказывает только о том, как вы ходили вместе в театр. По ее словам, давали «Макбета», любимую пьесу Лестата.

Луи кивнул, перелистывая небольшие страницы.

— А вот еще одна пустяковая запись,— продолжала Меррик, словно указывая Луи путь сквозь огонь.— Здесь она рассказывает, что любит белые хризантемы и даже как-то раз купила несколько штук у древней старухи. Клодия называет их цветами для мертвых.

Мне опять показалось, что у Луи вот-вот сдадут нервы, но он сдержал слезы и снова перевернул несколько страниц.

— Вот та самая запись. Ты должен ее прочесть,— сказала Меррик, старым как мир жестом обхватывая пальцами и чуть сжимая его колено.— Прошу, Луи, прочти ее.

Он долго смотрел на нее, потом перевел взгляд на страницу и начал читать. Его голос был нежен и тих, но я знал, что Меррик, так же как и я, слышит каждое слово.

«*21 сентября 1859 года.*

Прошло несколько десятилетий с тех пор, как Луи подарил мне эту маленькую книжку, чтобы я записывала свои мысли. Я не очень-то преуспела. За дневник бралась всего несколько раз и даже не уверена, что эти записи мне во благо.

Сегодня вечером я доверилась перу и бумаге, потому что теперь знаю, куда направить свою ненависть. И я боюсь за тех, кто вызвал мой гнев.

Я имею в виду, разумеется, своих злокозненных родителей, моих великолепных отцов, тех самых, кто привел меня от давно позабытой смертной жизни к этому сомнительному состоянию "вечного блаженства".

Покончить с Луи было бы глупо, так как он, несомненно, более покладист из этой пары...»

Луи замолчал, словно не в силах продолжать.

Я увидел, что пальцы Меррик еще крепче сжали его колено.

— Прошу, умоляю, читай дальше,— мягко произнесла она.— Ты должен продолжить.

Луи снова принялся читать — тихим, удивительно ровным голосом:

«Луи сделает все, что я пожелаю. Он согласится даже погубить Лестата, действуя по тому плану, который я продумала во всех деталях. А вот Лестат никогда бы не согласился вступить со мной в заговор против Луи. Вот и вся моя преданность, маскирующаяся под любовь даже в моем собственном сердце.

Что за тайну мы собой представляем — люди, вампиры, монстры, смертные, — раз можем любить и ненавидеть одновременно и все наши чувства на поверку оказываются совсем другими. Я смотрю на Луи и презираю его всей душой за то, что он сделал со мной, и в то же время я очень его люблю. Но и Лестата я тоже люблю.

Наверное, где-то в глубине души я сознаю, что в моем теперешнем положении в гораздо большей мере виновен Луи, чем импульсивный и простодушный Лестат. Одно несомненно: один из них должен умереть и таким образом расплатиться за содеянное, иначе боль во мне никогда не затихнет и бессмертие превратится в нескончаемую череду чудовищных мучений, которые прекратятся только тогда, когда рухнет весь мир. Один из них должен умереть, чтобы второй оказался в еще большей зависимости от меня, превратился в моего безропотного раба. Вскоре я отправлюсь в путешествие и буду все делать по-своему, а потому не смогу терпеть рядом с собой того или другого, если он не будет предан мне полностью — в мыслях, словах и поступках.

Осуществить это немыслимо. Зная неукротимый, вспыльчивый характер Лестата, представить его в роли раба невозможно. Так что эта участь уготована судьбой моему меланхоличному Луи. Впро-

· 344 ·

чем, уничтожение Лестата откроет перед Луи новые коридоры в том адском лабиринте, в котором я брожу давно.

Когда я нанесу удар и каким образом, пока не знаю, но мне доставляет несказанное удовольствие наблюдать за Лестатом в его безудержном веселье, сознавая, что я унижу его до предела, уничтожу без следа, тем самым пробудив бесполезную совесть в моем высокомерном Луи, и тогда его душа, если не тело, станет наконец того же размера, что моя собственная...»

Запись оборвалась.

Я понял это по выражению боли, исказившей лицо Луи, по тому, как он дернул бровями и откинулся на спинку стула, а потом закрыл книжицу и небрежно переложил в левую руку, словно совсем о ней позабыв. Казалось, он не замечает ни Меррик, ни меня.

— Ты все еще хочешь связаться с этим призраком? — почтительно спросила Меррик. Она потянулась за дневником, и он беспрекословно отдал ей книжицу.

— Да,— послышался в ответ тяжелый вздох.— Больше всего на свете. Больше, чем когда бы то ни было.

Мне очень хотелось его утешить, но нет таких слов, которые могли бы умерить столь затаенную боль.

— Я не виню ее за то, что она написала,— заговорил Луи слабым голосом.— Всем нам суждено пережить трагедию.— Он в отчаянии взглянул на Меррик.— Темный Дар... И надо же было так его назвать, в то время как он несет одно только горе...

В душе Луи явно происходила жестокая борьба: он отчаянно пытался обуздать охватившие его чувства и лишь спустя минуту или две вновь обрел голос:

— Меррик, скажи, откуда берутся эти призраки? Мне известно общепринятое мнение, но молва бывает порой такой глупой. Скажи, что ты думаешь об этом?

— Сейчас я знаю меньше, чем когда-либо,— ответила Меррик.— Кажется, в детстве я не задавалась подобными вопросами. Мы взывали к безвременно ушедшим, веря, что они, преисполненные мести или смятения, обитают где-то поблизости от земли и потому с ними можно связаться. С незапамятных времен колдуньи часто наведываются на кладбища в поисках неприкаянно скитающихся злобных духов, которые якобы могут помочь им пробиться к более могущественным силам и раскрыть многие тайны. Я верила в одинокие души, страдающие и потерянные. Возможно, я до сих пор по-своему в них верю. Дэвид тебе расскажет, что они жаждут тепла и света жизни, а иногда даже крови. Но кто может знать истинные намерения какого-нибудь призрака? Из каких глубин восстал библейский пророк Самуил? Должны ли мы верить Святому Писанию, где сказано, что Аэндорская ведьма обладала мощным магическим даром?

Луи жадно ловил каждое ее слово.

Внезапно он снова взял Меррик за руку, и пальцы их переплелись.

— А что ты видишь, Меррик, когда смотришь на Дэвида или меня? Ты видишь того духа, что живет в нас, голодного духа, сделавшего нас вампирами?

— Да, я его вижу, но он безрассуден и нем. И полностью подчиняется вашим умам и сердцам. Сейчас он не испытывает ничего, кроме жажды крови, да и трудно сказать, были ли ему когда-либо доступны иные чувства. Ради крови он медленно завоевывает ваше тело, постепенно подчиняя себе каждую его клеточку. Чем дольше вы живете, тем больше он процветает. А сейчас он зол из-за того, что на земле осталось слишком мало тех, кто пьет кровь.

Луи выглядел озадаченным, но понять Меррик было не так уж сложно.

— Меррик имеет в виду те жестокие бойни, которые происходили почти повсюду,— пояснил тем не менее я.— Последние, кстати, имели место здесь, в Новом Орлеане. Было уничтожено немало разного рода бродяг и тех, чье происхождение считалось сомнительным. А дух переселился в уцелевших.

— Да,— подтвердила Меррик, бросив на меня мимолетный взгляд.— Именно поэтому твоя жажда сейчас вдвойне ужасна, именно поэтому тебя не может удовлетворить «пара глотков». Минуту назад ты спросил, что я хочу получить от вас. Позволь мне сказать, что я хочу от *тебя*. Возьму на себя смелость ответить прямо сейчас.

Луи молча взирал на нее, готовый подчиниться любому приказу.

А Меррик тем временем продолжила:

— Воспользуйся сильной кровью, которую может даровать тебе Дэвид, и тогда ты обретешь возможность существовать не убивая, сможешь прекратить вечный поиск злодеев. Я понимаю, что, возможно, пользуюсь вашим языком излишне вольно. Это от избытка гордости. Гордость всегда была грехом тех из нас, кто посвятил жизнь Таламаске. Мы верим, что наблюдаем чудеса, верим, что создаем чудеса. И мы забываем при этом, что на самом деле ничего не знаем. Мы забываем, что, возможно, ищем то, чего вообще нет.

— Нет, есть, и немало,— возразил Луи, для убедительности мягко встряхнув ее руку.— И ты, и Дэвид убедили меня в этом, хотя, быть может, помимо своей воли. Есть еще много всего неизведанного. Скажи, когда мы сможем поговорить с призраком Клодии? Что еще от меня требуется прежде, чем ты начнешь колдовать?

— Колдовать? — тихо переспросила она.— Да, это будет колдовство. Вот, возьми этот дневник,— она передала ему книжку,— вырви из нее страницу, любую страницу, которая кажется тебе самой сильной или с которой тебе больше всего хочется расстаться.

Луи взял дневник левой рукой, не желая отпускать Меррик.

— Какую все-таки страницу мне вырвать? — настаивал он.

— Реши сам. Я сожгу ее, когда буду готова. Ты больше никогда не увидишь тех слов.

Меррик жестом отпустила его, велев действовать. Он открыл тетрадь обеими руками, снова вздохнул, как будто даже вид ее был невыносим, но потом начал читать тихо и неторопливо:

«Сегодня вечером, проходя мимо кладбища, я, этакая потерянная малышка, одиноко идущая навстречу опасности, предмет всеобщей жалости, купила хризантемы и побродила недолго среди свежих могил с разлагающимися в них мертвецами, размышляя, какая участь была бы уготована мне после смерти, будь мне позволено умереть. Я ходила и гадала, было бы во мне тогда столько ненависти, как теперь? Было бы во мне столько любви, как теперь?»

Осторожно прижав книгу к колену, Луи вырвал из нее лист, подержал его немного под лампой, после чего передал Меррик, проводив листок таким взглядом, словно совершил ужасное воровство.

Меррик бережно взяла страницу и положила на колени рядом с куклой.

— Теперь, прежде чем ответить, подумай хорошенько,— сказала она.— Ты когда-нибудь знал имя ее матери?

— Нет,— не задумываясь ответил Луи, потом вдруг засомневался, но снова отрицательно покачал головой.

— Она ни разу не назвала ее имени?

— Она была маленькой девочкой, и в ее рассказах звучало только слово «мама».

— Подумай хорошенько,— настаивала Меррик.— Вспомни первые вечера, проведенные с Клодией, вспомни ее детский лепет, прежде чем он сменился в твоем сердце воспоминаниями о женском голосе. Постарайся вспомнить. Имя ее матери. Мне нужно его знать.

— Не помню,— признался он.— Думаю, что она ни разу его не... Впрочем, я не слушал, ведь женщина была мертва. Я так и нашел малышку, обхватившую остывшее тело.— Я понял, что Луи сломлен. Он беспомощно взирал на Меррик, а она лишь кивнула.

Меррик посмотрела вниз, потом снова перевела взгляд на него, и, когда заговорила, ее голос звучал особенно ласково.

— Есть еще кое-что,— сказала она.— Ты не все мне отдал.

Луи поднял на нее исполненный горя взгляд.

— О чем ты? — спросил он с несчастным видом.— Что ты имеешь в виду?

— У меня страница из ее дневника,— сказала Меррик.— У меня есть кукла, которую она сохранила, хотя могла бы выбросить. Но ты оставил у себя что-то еще.

— Я не могу это отдать.— Нахмурив темные брови, Луи достал из кармана маленький дагерротип в картонном футляре.— Не могу допустить, чтобы это погибло, не могу,— прошептал он.

— Ты полагаешь, что будешь по-прежнему дорожить этими реликвиями после всего, что случится? —

спросила Меррик, стараясь его успокоить.— Или думаешь, что наше колдовство не принесет результата?

— Не знаю,— признался он.— Знаю только, что не хочу лишиться этой вещи.— Он щелкнул крошечным замочком, открыл футляр и долго смотрел на портрет, пока, видимо, хватало сил его видеть, а потом опустил веки.

— Отдай портрет для моего алтаря,— попросила Меррик.— Обещаю, он останется цел.

Луи не шевельнулся и молча позволил ей взять снимок. Я внимательно наблюдал за Меррик. Ее поразило это старое изображение вампира, запечатленное навеки на хрупком посеребренном стекле.

— Ты не находишь, что она была прелестна? — спросил Луи.

— Она была разной,— ответила Меррик.

Она захлопнула футляр, но не защелкнула маленькую золотую пряжку и положила дагерротип на колени рядом с куклой и вырванной из дневника страницей, а потом обеими руками снова потянулась к правой руке Луи, раскрыла и поднесла к свету его ладонь. Увиденное заставило ее тихо охнуть.

— Никогда не видела такой линии жизни,— прошептала Меррик.— Только взгляни — глубокая и бесконечная.— Она принялась рассматривать его ладонь под разными углами.— Все мелкие линии давным-давно исчезли, а эта, главная, продолжается.

— Я могу умереть,— возразил он негромко, но с вызовом. И печально добавил: — Знаю, что могу. Я умру, когда наберусь смелости. Мои глаза навсегда закроются, как у всех смертных, живших в мое время.

Меррик ничего не сказала, продолжая разглядывать открытую ладонь. Потом она ощупала ее, явно восхищаясь шелковистой кожей.

— Я вижу три большие любви,— прошептала она, словно нуждаясь в его разрешении произнести это вслух.— Три глубокие любви за все это время. Лестат? Да. Клодия? Несомненно. Но кто третий? Можешь сказать?

Он смешался, глядя на нее и не находя сил для ответа. Щеки его пылали, глаза засияли еще ярче.

Меррик отпустила его руку и тоже вспыхнула румянцем.

Неожиданно Луи посмотрел на меня, будто только сейчас вспомнил о моем существовании. Похоже, я ему зачем-то понадобился. Я ни разу не видел его таким взволнованным и оживленным. Любой, кто сейчас вошел бы в комнату, подумал, что перед ним обыкновенный молодой человек весьма приятной наружности.

— Ты готов, друг мой? — спросил он.— Ты готов начать?

Меррик тоже взглянула на меня. Ее глаза подернулись слезами. Наконец, различив меня среди теней, она послала мне доверчивую улыбку.

— Каков будет ваш совет, Верховный глава? — спросила она приглушенным, но полным уверенности голосом.

— Не смейся надо мной,— парировал я, испытывая странное удовольствие от того, что в ее глазах промелькнула боль.

— Я и не думала смеяться, Дэвид. Я спрашиваю, готов ли ты начать?

— Готов, Меррик,— ответил я.— Я всегда готов обратиться к духу, в которого едва верю и на помощь которого ни в малейшей степени не рассчитываю.

Она взяла обеими руками листок из дневника и внимательно его изучила, а возможно, перечитала снова, так как губы ее шевелились.

Потом она посмотрела снова на меня и перевела взгляд на Луи.

— Через час. Возвращайтесь через час. К тому времени я буду готова. Мы встретимся на заднем дворе. Старый алтарь восстановлен. Он послужит нашей цели. Свечи уже зажжены. Скоро разгорится уголь. Там мы осуществим наш план.

Я начал подниматься с дивана.

— А теперь вы должны уйти и привести сюда жертву, без нее у нас ничего не получится.

— Жертву? — переспросил я. — Боже мой, какую еще жертву? — Я поспешно вскочил.

— Человеческую жертву, — ответила она, пронзив меня взглядом, а потом снова перевела его на Луи, продолжавшего сидеть на стуле. — Этот призрак придет только на человеческую кровь, на меньшее он не согласится.

— Ты шутишь, Меррик! — в бешенстве вскричал я. — Боже мой, женщина, неужели ты согласишься стать соучастницей убийства?

— А разве я уже ею не стала? — властно спросила она. — Дэвид, скольких людей ты лишил жизни, с тех пор как Лестат сделал тебя вампиром? А ты, Луи? Твоим убийствам нет числа. Я сижу здесь с вами и планирую, как осуществить то, что вы задумали. Я уже соучастница ваших преступлений — разве нет? Для колдовства мне нужна кровь, поскольку придется провести обряд, которого я прежде никогда не совершала. Мне нужно будет сжечь подношение, мне нужен будет пар, поднимающийся от разогретой крови.

— Я на это не пойду. — В моем голосе прозвучала безоговорочная решимость. — Я не приведу сюда смертного. Ты глупа и наивна, если думаешь, что сумеешь выдержать такое зрелище. Оно изменит тебя навсегда. Неужели ты полагаешь, что раз на нас приятно смотреть, то и это убийство пройдет чистенько и аккуратно?

— Дэвид, делай, что я велю,— приказным тоном произнесла Меррик,— иначе не будет никакого колдовства.

— И не подумаю,— ответил я.— Ты перегнула палку, Меррик. Убийства здесь я не допущу.

— Позвольте мне стать жертвой,— внезапно произнес Луи. Он поднялся и взглянул на Меррик сверху вниз.— Я не хочу сказать, что готов умереть. Пусть только кровь будет моей.— Он снова взял ее за руку, сомкнув пальцы на запястье, после чего наклонился и поцеловал ей руку, потом выпрямился и с любовью посмотрел Меррик в глаза.

— Много лет назад,— сказал он,— ты использовала собственную кровь в этом самом доме, чтобы вызвать свою сестру, Медовую Каплю на Солнце. Так воспользуемся моей кровью, чтобы сегодня вечером вызвать Клодию. У меня хватит крови и для костра, и для котла.

Меррик сразу успокоилась.

— Это будет котел,— сказала она.— На заднем дворе, как прежде, стоят старые святые — я уже вам говорила. Камни, на которых танцевали мои предки, расчищены специально для нас. На углях установлен старый котел. Деревья не раз наблюдали подобное зрелище. Осталась только одна мелочь, которая мне нужна, чтобы подготовиться. Ступайте и возвращайтесь через час.

Я был вне себя от волнения и, как только мы оказались на тротуаре, схватил Луи за плечи и развернул к себе лицом.

— Мы не будем продолжать,— сказал я.— Сейчас мы вернемся в дом и скажем ей, что отказываемся от обряда.

— Нет, Дэвид, не отказываемся,— ответил он, не повышая голоса.— Тебе нас не остановить!

Впервые за все время нашего знакомства я увидел в нем столько страсти и гнева, хотя сердился он не только на меня.

— Мы не отказываемся,— повторил он сквозь зубы, лицо его окаменело от тихой ярости.— Мы сдержим слово и не навредим ей! Но обряд состоится.

— Луи, разве ты не понимаешь, что она чувствует? — спросил я.— Ведь она в тебя влюбляется! После всего ей никогда не быть прежней. Я не могу позволить ей страдать. Не могу позволить, чтобы все стало еще хуже, чем сейчас.

— Ты ошибаешься, она вовсе не влюбилась в меня,— страстно зашептал он.— Она думает только то, что думают все смертные в таких случаях. Мы им кажемся красавцами. Экзотическими личностями, утонченными и чувствительными! Я не раз с этим сталкивался. Чтобы излечить ее от романтических мечтаний, только и нужно, что насытиться жертвой в ее присутствии. Но до этого не дойдет, обещаю. А теперь, Дэвид, послушай. Этот час ожидания будет для меня длиннее всей ночи. Я испытываю жажду и намерен поохотиться. Отпусти меня, Дэвид. Уйди с дороги, не мешай.

Разумеется, я никуда не ушел.

— А как же твои чувства, Луи? — Я шагал рядом с ним, решив не отставать.— Ты можешь сказать, что совершенно ею не очарован?

— А если и очарован, что тогда, Дэвид? — отозвался он, не замедляя шага.— Рассказывая о ней, ты о многом умолчал. Говорил только о том, какая она сильная, ловкая и умная. Но, как оказалось, это далеко не все.— Он бросил на меня смущенный взгляд.— Ты ни разу не упомянул о том, какая она простая и милая. И безгранично добрая.

— Так вот, значит, какой ты ее видишь?

— Она такая и есть, мой друг.— Теперь он на меня не смотрел.— Таламаска воспитала вас обоих. У нее терпеливая душа и знающее сердце.

— Я хочу, чтобы все кончилось,— настаивал я.— Я не доверяю ни тебе, ни ей. Луи, послушай меня.

— Дэвид, неужели ты на самом деле веришь, что я могу причинить ей зло? — резко спросил он, продолжая идти вперед.— Разве я охочусь на тех, кого считаю безобидными по своей природе, праведными и сильными духом? Рядом со мной она будет в безопасности, Дэвид, неужели ты этого не понимаешь? Только раз за всю свою никчемную жизнь я превратил в вампира человеческое существо, но с тех пор прошло больше века. Для Меррик я не представляю никакой опасности. Поручи мне защищать ее до конца дней — и, скорее всего, я так и сделаю! Обещаю больше не видеться с ней после того, как все будет позади. Я найду способ отблагодарить ее, а потом оставлю в покое. Мы вместе это сделаем, Дэвид, ты и я. А теперь перестань изводить меня. Поздно поворачивать назад. Все зашло слишком далеко.

Я поверил ему. Безоговорочно поверил.

— Что же мне делать? — уныло спросил я.— Мне никак не разобраться в своих собственных чувствах и уж тем более в том, что чувствует она. Я терзаюсь страхом.

— Ничего,— сказал он, немного успокоившись.— Пусть все идет, как идет.

Мы вместе шагали по разоренному кварталу.

Наконец появилась вывеска бара в красных неоновых огнях, мигавших под раскидистыми ветвями старого умирающего дерева. Заколоченный досками фасад был расписан от руки зазывной рекламой, а свет внутри сиял так слабо, что сквозь грязную стеклянную дверь почти ничего не было видно.

Луи вошел внутрь, я последовал за ним, удивившись большой толпе белых мужчин, болтавших за рюмкой у длинной стойки бара и за грязными маленькими столиками. В толпе попадались и женщины, молодые и старые, одетые в джинсы, как и их спутники. Картину освещали вульгарные красные лампочки, свисавшие с потолка. Оглядевшись, я увидел повсюду обнаженные руки, грязные безрукавки, лица, оскаленные в циничных белозубых улыбках.

Луи прошел в угол зала и опустился на деревянный стул рядом с большим небритым и косматым человеком, который сидел за столиком один, мрачно уставившись на бутылку с выдохшимся пивом.

Я двинулся следом, с отвращением вдыхая застоялый воздух, пропитанный запахом пота и густым сигаретным дымом. В зале стоял неприятный громкий гомон, заглушавший отвратительную песню, отвратительную по словам, ритму и агрессивному исполнению.

Я уселся напротив опустившегося смертного, а он в свою очередь посмотрел подслеповатыми светлыми глазами на Луи, а потом на меня, словно собираясь от души позабавиться.

— Итак, что понадобилось здесь джентльменам? — спросил он низким голосом. Огромная грудь вздымалась под ношеной рубашкой, застегнутой на все пуговицы. Он взял со стола темную бутылку и отпил несколько глотков золотистого пива.— Ну же, джентльмены, выкладывайте,— пьяно произнес он.— Когда мужчины, одетые, как вы, появляются в здешних краях, то им что-то нужно. Итак, что? Разве я говорю, что вы ошиблись адресом? Нет, черт возьми, кто-то другой может это сказать. Кто-то другой может сказать, что вы совершили серьезную ошибку. Но я этого не говорю, джентльмены. Я все понимаю. Внимательно вас слушаю. Что вы ищете — девочек или дозу? — Он улыбнулся, глядя на нас.— Я могу много чего предложить, джентльмены. Давайте представим, что сейчас Рождество. Просто откройте мне свое заветное желание.

Он засмеялся, гордясь самим собой, и снова отпил из грязной темной бутылки. Губы у него были розовые, а подбородок закрыт седой бородой.

Луи уставился на него, не отвечая. Я следил за происходящим как завороженный. Лицо Луи постепенно утратило какое-либо выражение, на нем нельзя было разглядеть ни малейших чувств. Такие лица бывают у мертвецов. Он сидел, уставившись на жертву, позволяя ей все больше терять человеческое обличье, и я понял, что убийство уже предрешено, миновав стадии возможности и вероятности.

— Я хочу убить тебя,— тихо сказал Луи. Он подался вперед и уставился в серые глазки с красными веками.

— Убить меня? — переспросил человек, приподняв бровь.— Ты думаешь, у тебя это выйдет?

— Думаю, да,— тихо ответил Луи.— Убедись сам.

Он склонился еще ниже и впился зубами в толстую небритую шею жертвы. Я увидел, как глаза человека на мгновение вспыхнули над плечом Луи, а потом остекленели и постепенно потухли.

Мертвец всем своим огромным неуклюжим телом навалился на Луи, его рука с толстыми пальцами еще несколько раз вздрогнула и обмякла рядом с бутылкой пива.

Спустя несколько секунд Луи отстранился и уложил голову и плечи жертвы на стол, ласково дотронувшись до густой седой шевелюры.

На улице Луи полной грудью вдыхал свежий ночной воздух. Его лицо порозовело от крови, наполнившей вены. Он взглянул на небо, пытаясь разглядеть далекие звезды, и улыбнулся печальной, горестной улыбкой.

— Агата,— тихо произнес он, словно молитву.

— Агата? — повторил я, испугавшись за друга.

— Мать Клодии,— пояснил он, глядя на меня.— Однажды она назвала это имя, в точности как об этом говорила Меррик. Назвала оба имени, отца и матери, как ее, наверное, учили отвечать незнакомцу. Имя ее матери — Агата.

— Понятно,— ответил я.— Меррик будет очень довольна. По традиции старых обрядов, когда вызываешь духа, нужно назвать имя его матери.

— Жаль, что он пил только пиво,— заметил Луи, когда мы пошли обратно к дому Меррик.— Капелька чего-то покрепче в крови мне бы не помешала, хотя, наверное, без нее все же лучше. Голова осталась ясной. Я верю, Меррик сможет сделать то, о чем я ее просил.

Когда мы шли вдоль дома, я обратил внимание на горящие свечи, а едва завернув за угол и оказавшись на заднем дворе, увидел огромный алтарь под навесом со всеми его благословенными святыми и девами, тремя волхвами и архангелами Михаилом и Гавриилом с яркими белыми крыльями и цветными одеждами.

В ноздри ударил сильный и приятный запах ладана. Над широкой, вымощенной неровным фиолетовым камнем террасой низко склонились деревья.

Вдалеке от навеса, у самого конца мощеной площадки возвышалась тренога со старым котлом, под которым уже мерцали угли. По обе стороны от жаровни вытянулись длинные железные столы, на которых с любовью были расставлены многочисленные предметы.

Я слегка поразился при виде этого зрелища, но потом разглядел на ступенях дома, всего в нескольких ярдах от столов и котла, фигуру Меррик. Лицо скрывала зеленая нефритовая маска.

Я испытал потрясение. Отверстия для глаз и рта в маске казались пустыми, только блестящий зеленый нефрит сиял отраженным огнем. Я едва мог разглядеть ореол волос над маской, да и вся фигура была едва видна, хотя я все же заметил, как Меррик подняла руку и жестом подозвала нас поближе к себе.

— Сюда,— сказала она слегка приглушенным маской голосом.— Вы будете стоять рядом со мной, позади котла и столов. Ты, Луи,— справа, а ты, Дэвид,— слева от меня. И, пока мы не начали, пообещайте, что не станете прерывать меня и постараетесь не вмешиваться в то, что я намерена совершить.

Меррик потянула меня за руку и поставила там, где нужно.

Даже на близком расстоянии маска внушала мне ужас. Мне казалось, что она парит в воздухе перед исчезнувшим лицом Меррик, а возможно, перед ее потерянной душой. Я дотронулся до нее рукой и удостоверился, что маска прочно сидит на голове, накрепко привязанная прочными кожаными ремешками.

Луи отступил за спину Меррик и теперь стоял возле железного стола, справа от котла, внимательно всматриваясь в мерцающий свет множества свечей, установленных в стаканах на алтаре, и в жуткие, но прекрасные лица святых.

Я занял свое место слева от Меррик.

— Как это мы не должны вмешиваться? — спросил я.

Вопрос прозвучал крайне неуместно посреди начавшегося действа, отличавшегося возвышенной красотой благодаря гипсовым святым, высоким темным тисовым деревьям, обступившим нас со всех сторон, и низким переплетенным ветвям черных дубов, отрезавшим от нас звезды.

— А так, как я сказала,— тихо ответила Меррик.— Вы не должны прерывать меня, что бы ни случилось. Стойте оба за этим столом и не смейте выходить вперед, что бы вы ни увидели или что бы вам ни пригрезилось.

— Понятно,— кивнул Луи.— Ты хотела знать одно имя. Имя матери Клодии. Так вот, я абсолютно уверен, что ее звали Агата.

— Спасибо,— ответила Меррик и указала жестом перед собой.— Здесь, на этих камнях, появятся призраки, если, конечно, они захотят прийти, но вы не должны подходить к ним, не должны затевать с ними борьбу. Будете делать только то, что я велю.

— Понятно,— повторил Луи.

— Дэвид, а ты даешь слово? — спокойно спросила Меррик.

— Даю,— сухо ответил я.

— Дэвид, прекрати мне мешать,— заявила Меррик.

— Что мне еще сказать, Меррик? — возмутился я.— Как иначе могу я относиться к тому, что сейчас произойдет? Разве мало того, что я стою здесь? Разве мало того, что я тебе подчиняюсь?

— Дэвид, верь мне,— сказал она.— Ты пришел с просьбой совершить колдовство. Сейчас я собираюсь сделать то, о чем ты просил. Верь, что это будет на благо Луи. Верь, что я способна все контролировать.

— Одно дело — изучать магию, читать о ней и обсуждать ее, и совсем другое — участвовать в колдовском ритуале, находиться рядом с тем, кто верит в него и знает его,— мягко заметил я.

— Уйми свое сердце, прошу тебя, Дэвид,— сказал Луи.— Я ничего так в жизни не ждал, как этой встречи. Меррик, пожалуйста, продолжай.

— Дай мне слово чести, Дэвид,— вновь вмешалась в разговор Меррик,— что не попытаешься вторгнуться в то, что я скажу или сделаю.

— Ладно, Меррик,— сдался я.

Только тогда я получил возможность внимательно осмотреть разложенные на обоих столах предметы. Там лежала жалкая старая кукла, некогда принадлежавшая Клодии, обмякшая, как крошечное мертвое тельце, а под ее фарфоровой головой — страница из дневника. Рядом находились четки, собранные горкой, и маленький дагерротип в темном футляре. Тут же лежал железный нож.

Я также увидел золотой, великолепно украшенный драгоценными камнями потир. Высокий хрустальный сосуд, наполненный, по-видимому, прозрачным желтым маслом. Ближе всех к котлу лежал нефритовый нож — зловещая, острая и опасная вещь. Среди этих предметов я даже не сразу заметил человеческий череп, но при виде его пришел в ярость.

Я быстро осмотрел предметы на втором столе, перед которым стоял Луи, и увидел реберную кость, покрытую письменами, и уже давно знакомую отвратительную сморщенную черную руку. На столе были выставлены три бутылки рома. Были там и другие предметы: прекрасный золотой сосуд с медом, благоухавший сладостным ароматом, и второй, из серебра, наполненный молоком, а еще там стояла бронзовая миска с крупной блестящей солью.

Что касается ладана, то я увидел, что он уже курится между фигурами ничего не подозревавших святых.

Кроме того, кусочки ладана были выложены перед нами широким кругом на каменных плитах, источая дым, поднимавшийся в темноту. Этот круг я тоже не сразу заметил.

Мне захотелось строго спросить у Меррик, откуда взялся череп. Неужели она разрыла чью-то могилу? Ужасная мысль кольнула меня, но я постарался ее отбросить. Вновь взглянув на череп, я увидел, что он покрыт письменами, придававшими ему зловещий вид.

Над всем этим витала красота — соблазнительная, мощная и бесстыдная.

Я решил оставить комментарии при себе и показал только на круг.

— Они появятся здесь,— пробормотал я.— И ты думаешь, что ладан их удержит?

— Если понадобится, я скажу им, что они подчиняются ладану,— холодно ответила Меррик.— И теперь ты должен прикусить свой язык, если не можешь укротить сердце. И не вздумай молиться, когда все произойдет. Я готова начать.

— А вдруг ладан закончится? — шепотом поинтересовался я.

— Его столько, что хватит на несколько часов. Убедись сам. Видишь эти маленькие кусочки? Ты ведь вампир — значит, должен видеть. И больше не задавай глупых вопросов.

Я смирился, поняв, что мне не остановить начатого. А смирившись, впервые ощутил заинтересованность. Оказалось, что меня привлекает сам процесс, готовый вот-вот начаться.

Меррик достала из-под стола небольшую вязанку хвороста и швырнула ее на угли жаровни под железным котлом.

— Пусть огонь жарко разгорится, служа нашей цели,— прошептала она.— Пусть все святые и ангелы вместе с Девой Марией смотрят на нас, пусть огонь разгорается жарко.

— Какие имена, какие слова,— пробормотал я, не сдержавшись.— Меррик, ты играешь с самыми могущественными силами, которые нам известны.

Но Меррик продолжала ворошить огонь, пока пламя не принялось лизать бока котла. Потом она взяла первую бутылку рома, открыла ее и вылила содержимое в котел, а следом вылила туда же чистое ароматное масло из хрустального сосуда.

— Папа Легба! — воскликнула она, объятая клубами поднявшегося дыма.— Я ничего не могу предпринять без твоей помощи. Взгляни сюда, на свою рабыню Меррик, услышь ее голос, зовущий тебя, отомкни двери в мир тайн, чтобы Меррик сумела осуществить свое желание.

Из железного котла поднялся тяжелый аромат нагретой смеси, от которого я почему-то вдруг резко опьянел.

— Папа Легба,— продолжала кричать Меррик,— открой мне путь.

Я перевел взгляд на стоявшую в отдалении от меня статуэтку святого Петра и только тогда заметил, что она находится в самом центре алтаря — великолепная деревянная скульптура, неподвижно смотрящая на Меррик и сжимающая темной рукой золотые ключи.

Мне показалось, что воздух вокруг нас внезапно изменился, но я сказал сам себе, что все дело в нервах. Став вампиром, я не только не утратил свою восприимчивость к малейшим переменам, но во много раз ее усилил. Тисовые заросли на задворках сада начали покачиваться, легкий ветерок пробежал по кронам деревьев, и на нас бесшумно посыпались крошечные легкие листья.

— Открой ворота, Папа Легба,— призывала Меррик, ловко откупоривая вторую бутылку рома и опорожняя ее в котел.— Пусть меня услышат святые на Небесах, пусть меня услышит Дева Мария, пусть ангелы не смогут закрыть от меня свои уши.

В ее голосе чувствовалась уверенность.

— Услышь меня, святой Петр,— требовала Меррик,— или я обращусь в своих молитвах к тому, кто послал своего единственного божественного сына нам во спасение. И тогда Он отвернется от тебя на Небесах. Я — Меррик. Мне ничто не помешает!

Я услышал, как Луи тихо охнул.

— А теперь вы, архангелы Михаил и Гавриил! — еще более властно произнесла Меррик.— Я приказываю вам открыть путь в вечную тьму, к тем самым душам, которые вы сами изгнали с Небес. Пусть ваши пламенные мечи послужат моей цели. Я — Меррик. И я вам приказываю. Мне ничто не помешает. Если вы засомневаетесь, я призову всех небесных хозяев отвернуться от вас. Я призову Бога Отца проклясть вас, я сама прокляну вас и оболью презрением, если вы не прислушаетесь к моим словам. Я — Меррик. И мне ничто не помешает.

От стоявших под навесом статуй разнесся гул — так обычно гудит земля, перемещая свои пласты; этот звук невозможно имитировать, но каждый его может услышать.

В котел полился ром из третьей бутылки.

— Испейте из моего котла, ангелы и святые,— призывала Меррик,— и пусть мои слова и жертва дойдут до Небес. Услышьте мой голос.

Я повнимательнее вгляделся в статуи. Неужели мне отказывает рассудок? Статуи словно ожили, а дым, поднимавшийся от ладана и свечей, стал гуще. Все вокруг переменилось: цвета стали ярче, расстояние между нами и святыми уменьшилось, хотя мы не сдвинулись с места.

Меррик подняла нож в левой руке. Одно молниеносное движение — и на внутренней стороне правой руки заалел порез. Кровь хлынула в котел. Над всем этим поднимался ее голос:

— Вы, сыны Божии, первые учителя магии, призываю вас или тех духов, что откликаются на ваше имя, послужить моей цели. Хам, сын Ноя и ученик сынов Божиих, призываю тебя или того сильного призрака, что откликается на твое имя, послужить моей цели. Мицраим, сын Хама, который передал секреты колдовства своим детям и другим людям, призываю тебя или того сильного призрака, который откликается на твое имя, послужить моей цели.

И снова она полоснула ножом по голой руке. Кровь потекла прямо в котел. И снова из-под земли донесся тихий гул, который услышал бы не всякий смертный. Я беспомощно взглянул себе под ноги, а потом перевел взгляд на статую и увидел, что весь алтарь слегка вздрагивает.

— Я дарю вам свою собственную кровь, призывая вас,— говорила Меррик.— Прислушайтесь к моим словам. Я — Меррик, дочь Холодной Сандры. И ничто не может мне помешать. Немврод, сын Мицраима, учивший магии своих последователей, унаследовавший мудрость сынов Божиих, призываю тебя или того сильного призрака, который откликается на твое имя, послужить моей цели. Зороастр, великий учитель и маг, передавший секреты Бодрствующих, навлекший на себя огонь со звезд, который разрушил его земное тело, призываю тебя или того духа, что откликается на твое имя. Слушайте меня все, кто ушел до моего рождения! Я — Меррик, дочь Холодной Сандры. И ничто не может мне помешать. Если вы попытаетесь противиться моей силе, то я призову Владыку Небесного и Он предаст вас анафеме. Я изменю свою веру и перестану восхвалять вас, если вы не исполните то желание, которое произносит мой язык. Я — Меррик, дочь Холодной Сандры. И вы приведете ко мне тех призраков, кого я назову.

И снова в воздухе мелькнул нож. Она нанесла себе новую рану. Блестящая струя крови хлынула в ароматное зелье. Пар от этой смеси щипал глаза.

— Да, я повелеваю вами, всеми до одного, самыми сильными и великолепными. Я приказываю вам помочь мне осуществить задуманное, чтобы я сумела вырвать из хаоса те потерянные души, которые отыщут Клодию, дочь Агаты. Приведите ко мне те души из чистилища, которые в обмен на мои молитвы доставят сюда призрак Клодии. Делайте, как я велю!

Железный алтарь задрожал. Я увидел, как вместе с ним начал перемещаться череп. Я не мог отрешиться от того, что происходило. Не мог не прислушиваться к тихому подземному гулу. Крошечные листья закружились в вихре, обсыпав нас, словно пеплом. Гигантские тисовые деревья начали раскачиваться, как обычно бывает в начале урагана.

Я попытался взглянуть на Луи, но между нами стояла Меррик. Она не переставала взывать:

— Те из вас, кто обладает силой, велите Медовой Капле на Солнце, не обретшему покоя призраку моей сестры, дочери Холодной Сандры, чтобы она привела из хаоса Клодию, дочь Агаты. Медовая Капля на Солнце, я повелеваю тобой. Я поверну против тебя Небеса, если ты не подчинишься. Я нашлю на твое имя бесславие. Я — Меррик. И ничто мне не помешает.

Кровь по-прежнему текла из ее правой руки, но Меррик все равно именно этой рукой потянулась за черепом, лежавшим возле дымящегося котла, и подняла его вверх.

— Медовая Капля на Солнце, здесь у меня тот самый череп из могилы, где тебя похоронили. Я сама своей рукой написала на нем все твои имена. Изабелла, дочь Холодной Сандры, ты не можешь меня ослушаться. Я призываю тебя и повелеваю: сейчас же приведи сюда Клодию, дочь Агаты, чтобы она держала передо мной ответ.

Все было в точности, как я предполагал. Она совершила ужасный проступок, осквернив жалкие останки Медовой Капли. Какое злодейство! Какой ужас! Как долго она хранила в тайне, что завладела черепом собственной сестры, кровной родственницы?

Я испытал отвращение, но в то же время меня как магнитом притягивало к Меррик. Дым перед статуями стал гуще. Казалось, их лица ожили и глаза охватывают всю сцену. Даже одежды святых вроде бы заколыхались. Выложенный по кругу на каменных плитах ладан ярко горел. Ему не давал потухнуть усилившийся ветер.

Меррик отложила в сторону проклятый череп и нож.

Она взяла со стола золотой сосуд с медом и вылила содержимое в драгоценный потир, который затем подняла в правой, окровавленной руке и продолжила:

— Да, все одинокие призраки и ты, Медовая Капля, и ты, Клодия, почувствуете аромат этого сладостного подношения. Медовая Капля, здесь то самое вещество, названием которого прославили твою красоту.— И она принялась лить густую блестящую жидкость в котел. Затем она приподняла кувшин с молоком, и оно тут же полилось в потир. Она снова взялась за смертоносный нож, который оказался в левой руке.

— И это тоже я предлагаю вам. Придите сюда, вдохните аромат подношения, отведайте молока и меда, вдохнув пар над котлом. Вот оно льется в котел из потира, в который когда-то собрали кровь нашего Господа. Отведайте. Не отказывайтесь. Я — Меррик, дочь Холодной Сандры. Ступай сюда, Медовая Капля, я повелеваю тобой, и приведи ко мне Клодию. Мне ничто не помешает.

Луи шумно дышал.

В круге перед скульптурами появилось что-то бесформенное и темное. Сердце в моей груди запрыгало, я напряженно вглядывался в круг, пытаясь хоть что-то разглядеть. Это была Медовая Капля — тот самый образ, который я видел много лет назад. Видение мерцало и колыхалось на ветру в ответ на призывы Меррик:

— Приди, Медовая Капля, приблизься и ответь мне: где Клодия, дочь Агаты? Приведи ее сюда к Луи де Пон-Дю-Лаку, я повелеваю. Ничто мне не может помешать.

Фигура стала почти осязаемой! Я разглядел знакомые золотистые волосы, почти прозрачные при свете свечей. Белые одежды казались более призрачными, чем четкий силуэт. Я был слишком ошеломлен, чтобы произнести молитвы, запрещенные Меррик. Ни одно слово так и не сорвалось с моих губ.

Внезапно Меррик повернулась и схватила окровавленными пальцами левую руку Луи. Я увидел над котлом его белое запястье. И тут же молниеносным движением Меррик полоснула по нему ножом. Вновь послышался вздох, и я увидел, как из вен в клубы дыма хлынула блестящая вампирская кровь. Меррик наносила удар за ударом, и кровь текла еще сильнее, чем ее собственная.

Луи не сопротивлялся и лишь молча взирал на фигуру Медовой Капли.

— Моя возлюбленная сестра, Медовая Капля,— произнесла Меррик,— приведи Клодию. Приведи ее к Луи де Пон-Дю-Лаку. Я — Меррик, твоя сестра, я тобой повелеваю. Яви мне свою силу, Медовая Капля! — Она вдруг заговорила тише, словно заворковала: — Медовая Капля, яви мне свою безграничную силу! Приведи сюда Клодию. Немедленно!

Она сделала очередной надрез на руке, вскрыв затянувшиеся было раны, и кровь снова потекла струей.

— Насладись этой кровью, льющейся ради тебя, Клодия. Теперь я называю только твое имя, Клодия. Я хочу, чтобы ты была здесь!

И опять была вскрыта рана.

Меррик передала нож Луи, а сама подняла обеими руками в воздух куклу.

Я смотрел то на Меррик, то на призрак Медовой Капли — темный и далекий, лишенный всякого движения.

— Твои вещи, моя милая Клодия,— взвыла Меррик и, выхватив из костра пылающую ветку, подожгла одежду на несчастной кукле, которая разве что не взорвалась, охваченная пламенем. Фарфоровое личико сразу почернело. Но Меррик по-прежнему обеими руками сжимала куклу.

Призрак Медовой Капли вдруг начал исчезать.

Меррик уронила горящую куклу в котел и, продолжая говорить, взялась за страницу из дневника.

— Это твои слова, моя милая Клодия, прими же мое подношение, прими мое признание и преданность.— Она подержала страницу над огнем жаровни и, когда та занялась пламенем, подняла над головой.

В котел полетел пепел. Меррик снова схватила нож.

Силуэт Медовой Капли был виден еще в течение нескольких секунд, после чего, как мне показалось, его развеял ветер. Опять вспыхнули зажженные перед статуэтками свечи.

— Клодия, дочь Агаты,— взывала Меррик,— я тобой повелеваю, выступи вперед, стань видимой, ответь мне из хаоса, ответь своей рабыне Меррик. Все ангелы и святые вместе с Благословенной Матерью,

Девой Марией, заставьте Клодию ответить на мой призыв.

Я не мог отвести взгляд от дымящейся черноты. Медовая Капля исчезла, но на ее месте возникло что-то другое. Казалось, сама темнота принимает форму маленькой фигурки, сначала очень расплывчатой, но с каждой секундой становящейся все более четкой. Существо протянуло свои маленькие ручки и двинулось к столу, приближаясь к нам. Призрачное видение плыло по воздуху, глаза его, обращенные на нас, поблескивали, ноги переступали, не касаясь земли, протянутые руки потеряли прозрачность и стали видимыми, как и сияющие золотистые волосы.

Это была Клодия — девочка с дагерротипа, белолицая и хрупкая, с большими блестящими глазами и светящейся кожей. Ее свободные белые одеяния колыхались на ветру.

Я невольно попятился. Но фигура остановилась, по-прежнему не касаясь земли, и белые ручки опустились по бокам. Призрак казался таким же реальным в этом приглушенном свете, как в далеком прошлом Медовая Капля.

Маленькое личико было полно любви. Это был ребенок, живой, нежный ребенок. Отрицать невозможно: это была Клодия.

Когда она заговорила, то оказалось, что у нее тонкий, приятный девчоночий голосок.

— Зачем ты меня позвал, Луи? — с душераздирающей непосредственностью спросила она.— Зачем тебе понадобилось пробуждать меня от сна? Ради собственного утешения? Неужели тебе мало воспоминаний?

Меня охватила такая слабость, я чуть не потерял сознание.

Девочка неожиданно сверкнула глазами, бросив взгляд на Меррик. И снова зазвучал нежный голосок:

— Прекрати сейчас же свои заклинания. Я тебе не подчиняюсь, Меррик Мэйфейр. Я пришла ради того, кто стоит справа от тебя. Я пришла спросить, зачем меня позвал Луи. Что еще ему от меня нужно? Разве при жизни я не отдала ему всю свою любовь?

— Клодия,— с мукой в голосе заговорил Луи.— Где пребывает твой дух? Он обрел покой или блуждает? Ты не хочешь, чтобы я пришел к тебе? Клодия, я готов. Я готов быть рядом с тобой.

— Что? — изумился ребенок, в его тоне появились нотки ненависти.— После стольких лет злостной опеки ты полагаешь, что я и в смерти захочу быть рядом с тобой? — Тембр голоса изменился, словно она произносила слова любви.— Ты мне отвратителен, злобный папаша,— призналась она, и из маленького рта вырвался сатанинский смех.— Отец, пойми меня,— шептала девочка, на лице ее проступила нежность.— При жизни я так и не нашла слов, чтобы сказать тебе правду.— Я услышал, как она дышит. Казалось, все ее маленькое существо охвачено отчаянием.— В этом безграничном мире, где я сейчас нахожусь, нет места для такого проклятия. И та любовь, которую ты когда-то обрушил на меня, не значит теперь ничего.— Она продолжила, словно стремясь утешить его и в то же время с явным удивлением и странной обреченностью: — Тебе нужны от меня клятвы? Так вот, я от всей души проклинаю тебя... Проклинаю за то, что ты отнял у меня жизнь... Проклинаю за то, что у тебя не хватило милосердия для той смертной, какой я когда-то была... Проклинаю за то, что ты видел во мне только то, что хотели видеть твои глаза и чего жаждали ненасытные вены... Проклинаю за то, что ты устро-

ил мне на земле настоящий ад, в котором вы с Лестатом чувствуете себя так хорошо.

Маленькая фигурка придвинулась: личико с полными щечками, блестящие глазки, смотрящие прямо поверх котла, крошечные ручки, сжатые в кулачки.

Я протянул руку. Мне хотелось дотронуться до этого призрака — таким живым он казался. В то же время
мне хотелось попятиться, укрыться самому и укрыть
Луи, словно это могло чему-то помочь.

— Закончи свою жизнь, да,— произнесла она с бес-
пощадной нежностью, блуждающим взглядом оки-
дывая все вокруг.— Отдай ее в память обо мне. Да, я
согласна, чтобы ты это сделал. Я хочу, чтобы ты отдал
мне свой последний вздох. Пусть тебе будет больно,
Луи. Ради меня. Я хочу увидеть, как твой дух попытается высвободиться из тисков измученной плоти.

Луи протянул было руку к призраку, но Меррик
схватила его за запястье и оттолкнула.

Ребенок продолжал говорить — неторопливо и рас-
судительно:

— Как это согреет мою душу, если я увижу твои
страдания, как это облегчит мои бесконечные блуж-
дания. Я бы не задержалась здесь с тобой ни на секунду. Я бы никогда не стала искать тебя в черной
пропасти.

Когда Клодия смотрела на Луи, лицо ее выражало
простое любопытство, без малейшего намека на ненависть.

— Какая гордыня,— прошептала она с улыбкой,—
что ты позвал меня, оставив свое обычное уныние! Какая гордыня заставила тебя вызвать меня сюда своими
обычными молитвами! — Послышался короткий, на-
водящий ужас смешок.— Как велика твоя жалость к
самому себе, что ты даже меня не боишься, а ведь я,

будь у меня сила этой ведьмы или любой другой, лишила бы тебя жизни собственными руками.— Клодия подняла ручки к лицу, словно собираясь расплакаться, но потом снова их опустила.— Умри за меня, преданный мой,— дрожащим голоском сказала она.— Думаю, мне это понравится. Понравится не меньше, чем страдания Лестата, которые я едва помню. Думаю, что вновь испытаю удовольствие — пусть на короткое время,— увидев твою боль. А теперь, если у тебя все, если у тебя больше не осталось ни моих игрушек, ни воспоминаний, отпусти меня — и я вернусь в свое забытье. Не припомню, почему я обречена на вечную муку. Я обрела понятие вечности. Отпусти меня.

Неожиданно она метнулась вперед, схватила со стола нефритовый нож, подлетела к Луи и, размахнувшись маленькой ручкой, всадила острие ему в грудь.

Он повалился на самодельный алтарь, прижав правую руку к ране, зелье из котла выплеснулось на камни, Меррик в ужасе попятилась, а я не мог даже пошевелиться.

Из сердца Луи хлестала кровь. Лицо его окаменело, рот приоткрылся, веки сомкнулись.

— Прости меня,— прошептал он и тихо застонал от нестерпимой боли.

— Ступай обратно в ад! — вдруг закричала Меррик.

Она быстро приблизилась к парящему призраку и протянула руки над котлом, но дитя ускользнуло от нее, словно облачко пара. Призрак, по-прежнему сжимавший в правой руке нефритовый нож, замахнулся им на Меррик. Маленькое личико все это время оставалось невозмутимым.

Меррик споткнулась о ступени крыльца. Я схватил ее за руку и помог подняться.

А ребенок-призрак снова повернулся к Луи, сжимая обеими ручками опасное оружие. Спереди на ее тонком белом одеянии расплылось темное пятно от кипящего зелья. Но для призрака это ровным счетом ничего не значило.

Зелье из опрокинутого набок котла продолжало литься на камни.

— Неужели ты думал, что я не страдаю, отец? — тихо спросила Клодия тонким детским голосочком.— Неужели ты думал, что смерть избавила меня от боли? — Она коснулась пальчиком нефритового острия.— Ты так и думал, отец,— медленно проговорила она,— а еще ты думал, что с помощью этой женщины получишь от меня утешение. Ты верил, что Бог дарует тебе прощение? Тебе казалось, что именно так и будет после всех лет раскаяния.

Луи по-прежнему зажимал рану, которая начала затягиваться, так что кровь уже не хлестала, а просто медленно сочилась сквозь пальцы.

— Не может быть, чтобы врата для тебя были заперты, Клодия,— произнес он со слезами на глазах, но голос его звучал уверенно.— Это было бы чудовищной жестокостью по отношению...

Она не дала ему договорить.

— К кому, отец? Чудовищной жестокостью по отношению к тебе? Это я страдаю, отец, это я страдаю и брожу, не зная покоя, это я ничего не знаю, а то, что знала когда-то, теперь кажется лишь иллюзией! У меня ничего нет, отец. От моих чувств не осталось даже воспоминаний. Здесь у меня вообще ничего нет.

Голос ее слабел, но все же еще был слышен. На маленьком личике появилось новое выражение.

— Неужели ты думал, что я расскажу тебе слащавенькие сказки об ангелах Лестата? — тихим, приятным голоском поинтересовалась она.— Неужели ты надеялся, что я нарисую перед тобой картину рая с дворцами и особняками? Неужели ты думал, что я спою тебе песенку, подслушанную у утренних звезд? Нет, отец, тебе не дождаться от меня такого божественного утешения.— Она заговорила более мирным тоном: — А когда ты последуешь за мной, я снова буду для тебя потеряна, отец. Не могу обещать, что буду свидетелем твоих слез и криков.

Фигура начала растворяться в воздухе. Огромные темные глаза пристально посмотрели на Меррик, потом на меня и в конце концов остановились на Луи. Детская фигурка буквально таяла на глазах. Нож выпал из ее белой ручки на камни и разломился пополам.

— Идем, Луи,— едва слышно позвала она, звук ее голоса смешался с тихо шелестящими листьями.— Идем со мной в это жуткое место. Оставь привычные удобства, оставь свое богатство, свои мечты и пропитанные кровью удовольствия. Забудь о своем вечном голоде. Оставь все это, мой возлюбленный, оставь ради туманного и бесплотного царства.

Фигура вытянулась и стала плоской, контуры ее расплывались. Я едва мог различить маленький ротик, растянутый в улыбке.

— Клодия, прошу тебя, умоляю,— произнес Луи.— Меррик, не позволяй ей скрыться в неведомой тьме. Меррик, направь ее!

Но Меррик не шевельнулась.

Луи, обезумев, снова обратился к исчезающему образу:

— Клодия!

Он всей душой стремился найти слова, но не смог. Его охватило отчаяние. Я чувствовал это — прочел на его скорбном лице.

Меррик стояла поодаль, глядя на все сквозь блестящую нефритовую маску. Ее левая рука была занесена над головой, словно готовая к удару, если вдруг призрак задумал бы снова напасть.

— Ступай ко мне, отец,— сказал ребенок.

Голос его стал бесстрастным, лишенным всяческих чувств. Сам образ приобрел неясные очертания. Маленькое личико медленно испарялось. Только глаза сохранили прежний блеск.

— Иди ко мне,— сухо прошептала Клодия.— Переступи через боль, пойди на эту жертву. Иначе ты никогда меня больше не найдешь. Идем же.

Темный силуэт еще несколько секунд продержался в воздухе, а затем пространство опустело. Двор с навесом и высокими строгими деревьями застыл в безмолвии.

Больше я призрака не видел. Но свечи — что случилось с ними? Они все исчезли. От горящего ладана остались только горстки сажи, тут же развеянные легким ветерком. С ветвей вяло посыпались крошечные листья, воздух наполнился промозглым холодком.

Нам дарило свет только далекое мерцающее небо. Над головами завис леденящий душу холод. Он проник под одежду и добрался до кожи.

Луи в невыразимом горе вглядывался в темноту. Его охватила дрожь. Слезы не текли — они просто застыли в глазах, в которых читалось недоумение.

Внезапно Меррик сорвала с себя нефритовую маску и перевернула оба стола, потом жаровню. Все предметы рассыпались по каменным плитам. Маску она отшвырнула в кустарник возле заднего крыльца.

Я в ужасе уставился на череп Медовой Капли, лежавший среди груды раскиданных вещей. От влажных углей поднимался едкий дым. В растекающейся луже я увидел обгорелые остатки куклы. Драгоценный потир лежал опрокинутый.

Меррик протянула обе руки к Луи.

— Идем в дом,— сказала она,— прочь от этого ужасного места. Идем в дом и зажжем лампы. Там нам будет тепло и уютно.

— Нет, не теперь, дорогая,— ответил он.— Я должен тебя покинуть. Обещаю, мы снова увидимся. Но сейчас мне нужно побыть одному. Я готов дать тебе любое слово, лишь бы ты была спокойна. Прими мою самую искреннюю благодарность, но отпусти меня.

Луи наклонился, достал из-под разоренного алтаря маленький портрет Клодии и пошел по тенистой аллее, разводя в стороны листья молодых банановых деревьев, попадавшихся на пути. С каждой секундой он ускорял шаг и наконец пропал из виду — скрылся в вечной, неменяющейся ночи.

Меррик, свернувшись калачиком, лежала на кровати Большой Нанэнн. Я оставил ее в спальне, а сам вернулся в сад, подобрал обломки нефритового ножа и нашел обе половинки маски. Каким хрупким оказался с виду столь прочный нефрит. Какими недобрыми оказались мои намерения, какими чудовищными были последствия.

Нефритовые осколки я принес в дом. Суеверие помешало мне даже дотронуться до черепа Медовой Капли на Солнце.

Я разложил все кусочки нефрита на алтаре, а потом присел на кровать рядом с Меррик и обнял ее одной рукой.

Она повернулась и положила голову мне на плечо. От ее кожи шел сладостный жар. Мне хотелось покрыть ее поцелуями, но я не мог поддаться своему порыву, как не мог поддаться еще более темному желанию подчинить с помощью крови биение ее сердца моему собственному.

Ее белое шелковое платье было сплошь в засохшей крови, следы которой остались и на правой руке.

— Мне не следовало делать это, не следовало,— сказала она сдавленным взволнованным голосом, мягко прижимаясь ко мне грудью.— Это было безумие. Я ведь знала, что произойдет. Я знала, что его мозг породит катастрофу. Я все это знала. А теперь он ранен и потерян для нас обоих.

Я приподнял ее так, чтобы взглянуть ей в глаза, и, как всегда, поразился их яркому зеленому цвету, но сейчас было не время предаваться восторгам.

— Ты абсолютно уверена, что это была Клодия? — спросил я.

— Да,— сказала она с покрасневшими от еще не выплаканных слез глазами.— Это была Клодия,— заявила Меррик.— Или нечто, откликающееся сейчас на имя Клодия. Но что сказать о словах, которые оно произносило? Сплошная ложь.

— Откуда ты знаешь?

— Оттуда же, откуда я знаю, когда мне лжет человек. Оттуда же, откуда я знаю, когда один человек читает мысли другого и пользуется его слабостями. Оказавшись в нашем мире, призрак стал враждебным. Призрак почувствовал растерянность. Призрак начал лгать.

— А мне не казалось, что он лжет,— возразил я.

— Ну как ты не поймешь, что он воспользовался самыми сильными страхами и мрачными мыслями Луи. А мысли Луи были сотканы только из тех слов, которые могли выразить его собственное отчаяние. В этом отчаянии он обрел твердую почву под ногами. И кем бы Луи ни был — чудом, воплощением ужаса или проклятым монстром,— теперь он потерян. Для нас обоих.

— Почему призрак не мог сказать правду? — спросил я.

— На это не способен ни один из них,— упорствовала Меррик.

Она вытерла покрасневшие глаза тыльной стороной ладони. Я отдал ей свой батистовый платок, она прижала его к глазам, потом снова взглянула на меня.

— Если его насильно вызвать, он всегда лжет. Услышать правду от него можно, только если он приходит по собственной воле.

Я призадумался. Мне и раньше приходилось слышать это утверждение. Все служители Таламаски его знали. Духи, которых вызывают, предательски коварны. Духи, которые приходят по собственной воле, обладают какой-то указующей силой. Но на самом деле ни одному из них нельзя доверять. Об этом все знали. Однако сейчас это знание не принесло мне ни утешения, ни ясности в мыслях.

— Значит, ты хочешь сказать, что картина вечности, которую нарисовал призрак, неверна.

— Да,— подтвердила Меррик,— именно это я и хочу сказать.— Ее охватила дрожь.— Но Луи никогда с этим не согласится.— Она покачала головой.— Ложь, которую он выслушал, слишком близка к тому, чему он безгранично верит.

Я промолчал. Слова призрака были слишком близки к тому, во что и я верил.

Меррик положила голову мне на грудь и мягко обняла рукой. Я держал ее, пристально разглядывая алтарь в проеме между двух окон, пристально разглядывая терпеливые лица многочисленных святых.

На меня снизошло чувство покоя, в котором затаилась опасность. Я отчетливо представил все долгие годы своей жизни. Одно оставалось неизменным в течение всего долгого пути: был ли я юношей, служившим в бразильском храме кандомбле, или вампиром, бродящим по улицам Нью-Йорка в компании Лестата. Эта неизменность, хотя я и утверждал обратное, заключалась в том, что я всегда подозревал: кроме этой земной жизни, больше ничего не существует.

Разумеется, временами я начинал радостно «верить» в противоположное. Я думал об иллюзорных чудесах — призрачных ветрах и потоках вампирской крови. Но неизменно приходил к одному и тому же выводу: за пределами этого мира ничего нет, разве только «безмерная темнота», о которой говорил злобный фантом.

Да, я верю, что мы не сразу исчезаем после смерти. Никто не спорит. Когда-нибудь наука объяснит, как это происходит: душа, состоящая из вполне определяемой материи, отделяется от плоти и попадает в некое энергетическое поле, обволакивающее землю. Все это вполне возможно представить. Но ни о каком бессмертии здесь речи не идет. В таком объяснении нет места ни для рая, ни для ада. Оно не означает ни справедливости, ни признания. Оно не означает высшего блаженства или нескончаемой боли.

Что касается вампиров, то это чудо во плоти. Но только подумайте, сколько в этом чуде беспощадного материализма и всего самого низменного.

Представьте, как однажды ночью одного из нас поймают и крепко-накрепко привяжут к лабораторному столу, стоящему в каком-нибудь аэрокосмическом ангаре, подальше от солнца, и день и ночь тогда будут сменяться под мигающим светом дневной лампы.

И будет себе лежать этот беспомощный образец Носферату, истекая кровью в шприцы и пробирки, а доктора присвоят нашему долголетию, нашей неизменчивости, нашей связи с неким безвременным духом длинное латинское научное название.

Амель, этот древний дух, который, по утверждению наших старейшин, подчиняет себе наши тела, однажды будет классифицирован как некая сила, подобная той, что руководит крошечными муравьями в огромных и запутанных колониях, или чудесными

просторное помещение с маленьким очагом и огромной ванной на четырех ножках в виде когтистых лап. Тут же лежала стопка чистых белых махровых полотенец, что неудивительно при такой роскоши. Я смочил край полотенца и вернулся к Меррик.

Она лежала на боку, подтянув колени и обхватив себя руками за плечи. Из ее губ вырывался тихий шепот.

— Позволь мне обтереть тебе лицо,— сказал я и сделал это, не дожидаясь разрешения, после чего стер запекшуюся кровь с ее запястья.

Порезы тянулись от ладони до изгиба локтя. Но они были неглубокие. Пока я стирал засохшие пятна, одна из ран начала кровоточить, но я на секунду прижал к ней полотенце, и кровотечение остановилось.

Потом я взялся за сухой край полотенца и промокнул им сначала лицо Меррик, а затем и раны, которые теперь затянулись и были совершенно чистыми.

— Я не могу разлеживаться,— сказала Меррик, покачав головой.— Мне нужно подобрать кости на заднем дворе. Это ужасно, что я перевернула алтарь.

— Лежи спокойно, я сам все сделаю,— заверил я. Мне было отвратительно этим заниматься, но обещание следовало выполнить. Я отправился на место преступления. Темный двор казался невероятно спокойным. Погасшие свечи перед святыми словно молча корили меня в совершенном грехе.

Из обломков тех вещей, что свалились с железных столов, я подобрал череп Медовой Капли на Солнце и внезапно почувствовал, как по рукам пробежал холодок. Но я решил, что это плод моего воображения. Потом я отыскал реберную кость и снова отметил про себя, что оба этих зловещих предмета были изрезаны письменами. Я не стал их читать — просто отнес кости в дом, в спальню.

— Положи на алтарь,— велела Меррик и села в постели, откинув тяжелое покрывало. Пока меня не было, она сняла пропитанное кровью платье из белого шелка. Оно валялось на полу.

На Меррик была только шелковая нижняя сорочка, сквозь которую просвечивали большие розовые соски. Сорочка тоже была запачкана кровью. Я не мог оторвать глаз от такой красоты: прямые плечи, высокая грудь, прекрасные руки.

Я сделал несколько шагов и подобрал с полу платье. Мне хотелось покончить со всей этой грязью. Хотелось, чтобы Меррик поскорее пришла в себя.

— Чудовищная несправедливость, что ты так напугана,— сказал я.

— Оставь платье,— велела она, потянувшись к моей руке.— Брось его и сядь сюда, рядом со мной. Возьми меня за руку, давай поговорим. Призрак солгал, клянусь. Ты должен верить моим словам.

Я еще раз присел на край кровати. Мне хотелось быть поближе к ней. Я наклонился и поцеловал ее в склоненную головку, усилием воли отводя взгляд от глубокого декольте. Интересно, подумал я, догадываются ли вампиры помоложе, расставшиеся со смертной жизнью в ранней юности, насколько меня все еще волнуют такие чувственные подробности. Разумеется, во мне одновременно вскипала жажда. Нелегко было испытывать к Меррик такую любовь и при этом не жаждать вкусить ее крови.

— Почему я должен тебе верить? — мягко спросил я.

Меррик откинула волосы на спину.

— Потому что должен,— решительно, хотя и тихо заявила она.— Не сомневайся, я знала, что делала. Верь, я могу отличить правду в устах призрака от лжи. То существо, что мы видели, притворившееся Клодией, оказалось настолько сильным, что сумело поднять нож и вонзить в тело Луи. Головой поручусь, что это был призрак, который ненавидел Луи за саму его природу, за то, что он мертв, а все еще ходит по земле. Это создание было глубоко оскорблено самим существованием Луи. Но оно заимствовало свои слова из его собственных мыслей.

— Почему ты так уверена? — спросил я, пожав плечами.— Бог свидетель, как мне хочется, чтобы ты была права. Но ты ведь сама призвала Медовую Каплю, а разве Капля не потеряна в том же царстве, о котором говорил призрак Клодии? Разве появление Капли не доказывает, что всем им уготована одинаковая участь? Ты ведь сама видела фигуру Капли перед алтарем...

Меррик кивнула.

— И тем не менее продолжала вызывать Клодию из того же самого царства.

— Медовая Капля ждет моего зова,— объявила Меррик, взглянув на меня. Она вновь резким движением откинула волосы с измученного лица.— Медовая Капля всегда рядом. Она ждет меня. Поэтому я и была уверена, что смогу ее вызвать. Но как же тогда Холодная Сандра? Как же тогда Большая Нанэнн? И Эрон Лайтнер? Когда я открыла врата, ни один из этих призраков не появился. Они давным-давно ушли туда, где Свет. Иначе, Дэвид, они дали бы о себе знать. Я бы чувствовала их присутствие точно так, как чувствую присутствие Медовой Капли. Я бы могла уловить их намеки, как Джесс Ривз узнала о Клодии, когда услышала музыку на Рю-Рояль.

Меня поразило это последнее утверждение. Сильно поразило. Я решительно покачал головой в знак несогласия.

— Меррик, ты чего-то недоговариваешь,— сказал я, решив выяснить все до конца.— Ты ведь вызывала

Большую Нанэнн. Думаешь, я забыл о том, что случилось совсем недавно, в тот вечер, когда мы встретились в кафе на Рю-Сент-Анн?

— А что случилось тем вечером? — спросила она.— Что ты пытаешься сказать?

— Неужели ты не знаешь, что случилось? Разве такое возможно? Выходит, ты сама не представляешь, что наколдовала?

— Дэвид, говори прямо,— сказала она. Взгляд ее прояснился, она перестала дрожать, чему я очень обрадовался.

— Той ночью,— начал я,— после того, как мы встретились и поговорили, ты, Меррик, решила надо мной подшутить с помощью своего колдовства. Возвращаясь домой на Рю-Рояль, я видел повсюду — и справа, и слева — тебя, Меррик. А потом я увидел Большую Нанэнн.

— Кого? — недоверчиво переспросила она.— Как это ты видел Большую Нанэнн?

— Едва я подошел к выезду у моего городского дома, как увидел двух призраков за железной изгородью — одним из них была ты, десятилетняя девочка, какой я впервые увидел тебя, а вторым — Большая Нанэнн. Она была в той же ночной рубашке, что и в день смерти. Оба призрака стояли в воротах и о чем-то доверительно беседовали, не сводя с меня глаз. Но стоило мне приблизиться, как они исчезли.

Первые несколько секунд она молчала, прищурившись и слегка приоткрыв губы, словно размышляла об услышанном.

— Большая Нанэнн...— повторила Меррик.

— Все было так, как я сказал. Следует ли теперь понимать, что ты ее не вызывала? Ты ведь знаешь, что потом случилось? Я вернулся в гостиницу «Виндзор-Корт», в тот самый номер, где тебя оставил. И нашел тебя на кровати мертвецки пьяной.

— Очаровательное выражение. Не смей так больше говорить,— сердито прошептала она.— Да, ты вернулся и написал мне записку.

— Но после того, как я написал записку, Меррик, я увидел Большую Нанэнн прямо там, в гостинице, в дверях твоей спальни. Большая Нанэнн бросила мне вызов, Меррик,— своим присутствием и позой, в которой стояла. Это было отнюдь не призрачное, а вполне реальное видение. Оно продержалось несколько мгновений — у меня даже холодок пробежал по спине. И теперь я хочу знать, Меррик, твоих ли это рук дело.

Меррик долго сидела молча, не отнимая рук от волос. Она еще теснее подтянула колени к груди и смотрела на меня немигающим взором.

— Большая Нанэнн,— прошептала она.— Ты говоришь правду. Конечно правду. Так ты думал, будто я вызвала свою крестную? Ты думал, я способна ее позвать и заставить появиться перед тобой?

— Меррик, я собственными глазами видел статуэтку святого Петра. Рядом с ней лежал мой носовой платок с каплями крови. Я видел зажженную тобой свечу. Я видел подношения. Это было колдовство.

— Да, дорогой,— быстро произнесла она и схватила меня за руку, чтобы успокоить.— Я приворожила тебя, да, немного поколдовала, чтобы ты возжелал меня, чтобы не мог ни о чем думать, кроме меня, чтобы вернулся, если вдруг решил никогда больше не возвращаться. Обычный приворот, Дэвид, никак не больше. Я хотела убедиться, что способна это сделать теперь, когда ты стал вампиром. И видишь, что случилось? Ты не испытал ни любви, ни одержимости, Дэвид, но вместо этого увидел меня. Твои силы одержали верх, Дэвид, вот и все. И ты написал свою короткую резкую записку, так меня насмешившую.

Она замолчала в полном смятении, погруженная в собственные мысли, устремив в никуда немигающий взгляд огромных глаз..

— Так что же с Большой Нанэнн? — настаивал я.— Ты вызывала ее или нет?

— Я не способна вызвать свою крестную,— серьезно ответила Меррик и, чуть прищурясь, снова посмотрела на меня.— Я молюсь своей крестной, Дэвид, как молюсь Холодной Сандре и дядюшке Вервэну. Моих предков больше нет рядом с нами, никого. Я молюсь им, обращаясь к Небесам, как молилась бы ангелам и святым.

— А я тебе говорю, что видел ее призрак.

— А я утверждаю, что никогда его не видела,— прошептала Меррик.— Я бы все отдала, лишь бы это действительно случилось.

Она взглянула на мою ладонь, которую все еще держала в своей, мягко пожала ее и отпустила. Руки ее вновь поднялись к вискам, и пальцы запутались в прядях волос.

— Большая Нанэнн нашла Свет,— сказала она, словно споря со мной.— Большая Нанэнн нашла Свет, Дэвид,— повторила Меррик.— Не сомневаюсь, что это так.— Она окинула взглядом комнату, погруженную в полутьму, потом медленно перевела его на алтарь и свечи, выстроенные в длинные мерцающие ряды.— Не верю, что она вернулась,— прошептала Меррик.— Не верю, что все они в одном и том же «иллюзорном царстве»! — Она опустила руки на колени.— Не могу смириться с ужасной мыслью, будто все души верующих теряются во тьме. Нет, не могу.

— Тогда отлично,— сказал я, стремясь в эту секунду только утешить ее. Однако у меня перед глазами стояла четкая картина: два призрака у ворот — старуха и девочка.— Большая Нанэнн явилась по собственной воле. Ты сама говорила, что духи говорят правду, только если приходят сами. Большая Нанэнн не желала, чтобы я был рядом с тобой, Меррик. Она так мне и сказала. Вполне возможно, она еще раз явится, если я не исправлю все зло, которое тебе причинил, и не оставлю тебя в покое.

Казалось, Меррик задумалась над моими словами.

Наступила долгая пауза. Я не сводил с нее глаз, а она ничем не выдавала ни своих чувств, ни мыслей, а потом наконец снова взяла мою руку, притянула к губам и поцеловала. Этот милый жест тем не менее причинил мне душевную боль.

— Дэвид, мой возлюбленный Дэвид,— сказала Меррик, и во взгляде ее угадывалась тайна.— Теперь покинь меня.

— Нет, я даже и думать об этом не стану, пока не решу, что пора уходить.

— Очень тебя прошу, уйди,— настаивала она.— Я с удовольствием побуду в одиночестве.

— Вызови смотрителя,— попросил я.— Хочу, чтобы он вернулся до рассвета, пока я еще буду здесь.

Она потянулась к ночному столику и достала одну из новомодных штучек размером с бумажник — сотовый телефон. Меррик нажала несколько кнопок. Из трубки донеслось: «Да, мэм, выхожу немедленно».

Я успокоился.

Поднявшись, я дошел до середины комнаты и вдруг почувствовал себя безутешным. Я обернулся и увидел, что Меррик сидит, прижав колени к груди, низко опустив голову и обхватив ноги.

— Неужели твой приворот все еще действует, Меррик? — спросил я невольно дрогнувшим голосом.— Не хочу тебя покидать, моя драгоценная. Я знаю, что нам с тобой придется расстаться, но сама мысль об этом невыносима. Еще одна встреча, может быть, две. Но не больше.

Меррик подняла на меня испуганный взгляд.

— Приведи его ко мне, Дэвид,— умоляюще попросила она.— Именем Бога ты должен это сделать. Я снова должна увидеть Луи и поговорить с ним.— Она подождала несколько секунд, но я молчал.— Что касается нас с тобой, то не говори так, словно мы можем просто попрощаться. Дэвид, я сейчас не перенесу разлуки. Ты должен меня убедить, что...

— Расставание не будет резким,— сказал я, перебивая ее,— ты обо всем будешь знать заранее. Но это не может продолжаться, Меррик. Если мы только попробуем и дальше встречаться, то ты потеряешь веру в себя и во все, что имеет для тебя значение. Я знаю, что говорю.

— Но с тобой ведь этого не случилось, дорогой.— Она говорила с такой уверенностью, словно тщательно все обдумала заранее.— Ты был счастлив и независим, когда вампир Лестат сделал тебя бессмертным. Ты сам мне рассказывал. Неужели у меня тоже так не получится, Дэвид? Я ведь не такая, как другие.

— Знай, что я тебя люблю, Меррик,— со вздохом откликнулся я.

— Не пытайся расстаться со мной, Дэвид. Иди сюда, поцелуй меня и возвращайся завтра вечером.

Я подошел к кровати, обнял свою дорогую девочку, поцеловал ее в обе щеки, а потом, как последний грешник,— в мягкие груди, в оба соска, после чего отстранился, опьяненный ее ароматом и полный ярости на самого себя.

— До свидания, любовь моя.

Я вышел из дома и отправился к себе на Рю-Рояль.

Когда я добрался до квартиры, Луи был там. Я почувствовал его присутствие, еще поднимаясь по ступеням. В нашем распоряжении оставалось еще несколько ночных часов, но я так был рад его видеть, что сразу отправился в гостиную.

Луи стоял у окна, глядя на Рю-Рояль.

В комнате горели все лампы, отчего краски на полотнах Матисса и Моне заиграли в полную силу. Луи успел переодеться, сменив испачканную кровью одежду на черные брюки и простой черный свитер из хлопка. На ногах у него были старые, поношенные туфли, некогда отличавшиеся изяществом.

Он обернулся при моем появлении, и я заключил его в объятия. Наедине с Луи я мог дать волю чувствам, которые приходилось сдерживать в присутствии Меррик. Я прижал его к себе и поцеловал, как целует один мужчина другого без свидетелей. Я дотронулся губами до его темных волос, потом поцеловал его веки и наконец губы.

Впервые за все то время, что мы провели вместе, я почувствовал, что и он проникся ко мне глубоким чувством, хотя неожиданно что-то заставило его резко напрячься — это дала о себе знать рана в груди.

— Мне следовало пойти с тобой,— признался я.— Нельзя было тебя отпускать, но я чувствовал, что нужен Меррик. Поэтому остался с ней. Это был мой долг.

— Разумеется,— сказал он,— я бы и не позволил тебе покинуть ее. Меррик нуждалась в тебе гораздо больше, чем я. Не обращай внимания на рану, она уже заживает. Я столько десятилетий провел в родстве с дьяволом, что она затянется за несколько ночей.

— Не так быстро, и ты это знаешь,— возразил я.— Возьми мою кровь, она гораздо сильнее. Не отворачивайся, друг, послушай меня. Если не хочешь насытиться моей кровью, то позволь хотя бы смазать ею твою рану.

Луи был сражен горем. Он сел на стул и уперся локтями в колени.

Я не видел его лица. Опустившись на соседний стул, я принялся ждать.

— Рана затянется, не сомневайся,— негромко произнес он.

Я больше об этом не заговаривал. Что еще мне оставалось делать? Хотя я видел, что рана причиняет ему сильную боль. Это угадывалось по малейшим жестам — он начинал двигаться вроде бы плавно, но потом резко останавливался.

— Что ты думаешь о призраке? — спросил я.— Я бы хотел услышать это из твоих уст, прежде чем расскажу, что почувствовала Меррик и что видел сам.

— Я знаю, о чем вы оба думаете.

Наконец Луи поднял на меня взгляд и откинулся на спинку стула. Только тут я заметил темное пятно крови на его свитере. Рана все-таки оказалась серьезной. Мне это не понравилось. Мне было невыносимо видеть на нем кровь, как и на Меррик. Меня поразило, как сильно я люблю их обоих.

— Вы уверены, что призрак воспользовался моими страхами,— спокойно заявил он.— Я знал, что вы это скажете еще до того, как все началось. Но, видишь ли, я прекрасно помню Клодию. Я помню ее французский, помню каждую интонацию, ритм речи. Это была действительно Клодия, и пришла она из темноты — из какого-то жуткого места, где ей не найти покоя.

— Тебе известны мои аргументы.— Я покачал головой.— Что ты теперь будешь делать? Каким бы ни был твой план, не смей что-либо предпринимать, не поделившись со мной.

— Знаю, mon ami, я прекрасно это сознаю,— ответил он.— Но и ты должен знать, что нам теперь недолго осталось быть вместе.

— Луи, умоляю...

— Дэвид, я устал и хочу просто сменить одну боль на другую. Клодия произнесла нечто, что я никак не могу забыть. Она спросила, готов ли я отказаться ради нее от комфорта и благополучия. Помнишь?

— Нет, старина, ты все перепутал. Она спросила, готов ли ты отказаться от комфорта ради смерти, но она не обещала, что встретит тебя там! В том-то все и дело. Ее там не будет. Боже мой, сколько лет в Таламаске я изучал истории призраков и их послания, сколько лет я корпел над рассказами тех, кто общался с фантомами и потом делился своим опытом. Ты можешь думать что угодно о загробной жизни. Это не важно. Но если ты выберешь смерть, Луи, то не сможешь потом снова вернуться к жизни. Вера закончится. Умоляю, не делай этого выбора. Останься ради меня, если не ради чего-нибудь другого. Останься ради меня, потому что ты мне нужен. И останься ради Лестата, потому что он тоже в тебе нуждается.

Конечно, мои слова его не удивили. Он поднес левую руку к груди и слегка нажал на рану. Лицо исказила гримаса боли, но уже через секунду оно разгладилось. Луи покачал головой.

— Да, я думал, что ради тебя и Лестата нужно остаться жить. Но как же тогда она? Как же наша прелестная Меррик? Что ей понадобится от меня?

Казалось, Луи еще много о чем мог сказать, но внезапно замолк и нахмурился, потом быстро повернул голову.

— Дэвид, ты слышишь? — взволнованно спросил он.— Дэвид, прислушайся!

Я ничего не услышал, кроме городского шума.

— Что это, дружище? — спросил я.

— Дэвид, послушай. Это вокруг нас.— Он поднялся, не отнимая левой руки от болезненной раны.— Дэвид, это Клодия — ее музыка, ее клавесин. Я слышу его повсюду. Дэвид, она хочет, чтобы я пришел. Я знаю.

Я порывисто вскочил и обнял его.

— Ты не сделаешь этого, друг, ты не можешь так поступить, не сказав слова прощания Меррик и Лестату, а оставшихся часов до рассвета на это не хватит.

Он смотрел куда-то вдаль как зачарованный, глаза блестели, выражение лица смягчилось.

— Я знаю эту сонату. Я ее помню. Клодия любила это произведение, потому что Моцарт, когда его написал, был еще совсем ребенком. Неужели ты ничего не слышишь? Но ведь как-то раз ты слышал, вспомни. Прелестная музыка. Как прекрасно играет моя Клодия.

Луи рассмеялся каким-то неестественным смехом, и на глаза ему навернулись кровавые слезы.

— До меня доносится пение птиц. Прислушайся. Они поют в клетке. Все наши соплеменники, кто были с ней знакомы, считают Клодию бессердечной, но она такой не была. Просто она знала то, что я понял лишь спустя много десятилетий. Она владела тайнами, которые могут научить только страданиям...

Его голос оборвался на полуслове, он изящно высвободился из моих рук, прошел на середину комнаты и стал оглядываться, словно музыка действительно звучала со всех сторон.

— Неужели ты не понимаешь, какое благо она сотворила? — прошептал он.— Музыка продолжает звучать, Дэвид, темп ее все ускоряется. Клодия, я слушаю тебя! — выкрикнул он в пространство и снова принялся окидывать невидящим взглядом все предметы.— Клодия, очень скоро я буду с тобой! — после паузы выкрикнул он вновь.

— Луи,— сказал я,— скоро утро. Идем со мной, пора.

Он стоял неподвижно, склонив голову и безвольно опустив руки. Вид у него был бесконечно печальный, словно после сокрушительного поражения.

— Музыка прекратилась? — спросил я.

— Да,— прошептал он и медленно поднял на меня растерянный взгляд, но уже через секунду вновь овладел собой.— Две ночи дела не решат, правда? И я смогу поблагодарить Меррик. Смогу передать ей портрет — вдруг он понадобится Таламаске.

Луи показал на ближайший столик, низкий, овальный, стоявший перед диваном.

Я увидел там раскрытый дагерротип. Портрет Клодии вывел меня из себя, когда я встретился с ним взглядом. Мне хотелось захлопнуть маленький футляр. Впрочем, это не важно. Я знал, что никогда не допущу, чтобы портрет оказался в руках служителей Таламаски. Я не мог позволить, чтобы такой важный предмет перешел к чародейкам, таким же всесильным, как Меррик. Я не мог позволить, чтобы Таламаска исследовала то, чему мы недавно стали свидетелями.

Но я ничего не сказал.

Что касается Луи, то он стоял, погрузившись в мечты, как и всегда элегантный в своем блеклом черном одеянии. Кровавые слезы высохли, придав глазам поистине устрашающий вид. Он вновь уставился в никуда, отрешившись от моего горячего сочувствия, наотрез отказываясь от любого утешения, которое я мог ему подарить.

— Завтра встретимся вновь,— сказал я.

Он кивнул.

— Птицы больше не поют,— прошептал он.— Я даже мысленно не могу воспроизвести звучавшую музыку.

Вид у него был безутешный.

Я в отчаянии прибегнул к последнему аргументу:

— Все неподвижно в том мире, который она описала. Подумай об этом, Луи. Встретимся завтра после захода солнца.

— Да, мой друг, я ведь уже пообещал,— отрешенно произнес он и нахмурился, словно пытаясь что-то припомнить.— Я должен поблагодарить Меррик и, конечно, тебя, мой друг, за то, что вы выполнили мою просьбу.

Мы вместе покинули городской дом. Луи отправился туда, где проводил дневное время, но куда именно, я не знал.

У меня было больше времени, чем у него. Подобно Лестату, моему всесильному создателю, я не спешил укрыться в могиле при первом намеке на рассвет. Солнце должно было полностью подняться над горизонтом, чтобы меня сковал наконец близкий к параличу сон вампира.

В моем распоряжении оставался еще час — или чуть больше,— хотя на нескольких деревьях Садового квартала уже запели утренние птицы, и, пока я добрел до городских окраин, небо успело сменить густой темно-синий цвет на бледно-фиолетовый, какой бывает в сумерках. Я помедлил немного, позволяя себе полюбоваться картиной, а потом вошел в пыльное здание и поднялся по ступеням.

Ничто не шевельнулось в старом монастыре, покинутом даже крысами. От толстых кирпичных стен шел холод, хотя стояла весна. Мои шаги гулким эхом разносились по всему зданию, но это меня ничуть не смущало. Я с уважением относился к Лестату и старался возвестить о своем приходе, прежде чем переступить порог его просторного аскетичного убежища.

Огромный двор был пуст. Птицы громко пели в густой листве деревьев на Наполеон-авеню. Я остановился на верхнем этаже, чтобы бросить взгляд из окна, жалея о том, что не могу устроиться на день в высоких ветвях ближайшего дуба. Какая безумная мысль, но, возможно, где-то вдали от всей боли, которую мы здесь пережили, нашелся бы густой необитаемый лес, где я мог бы построить темный и плотный кокон и спрятаться в него среди ветвей, как какое-нибудь ядовитое насекомое, впадающее в спячку, перед тем как нести смерть своей добыче.

Я подумал о Меррик. Каков будет для нее грядущий день? Страх за нее терзал душу. Я презирал самого себя, но стремился к Меррик, как стремился к Луи. Они оба были мне нужны. Я понимал, что с моей стороны это эгоизм, и все же, видимо, никакое создание не может жить в полном одиночестве, без поддержки друзей.

Наконец я оказался в просторной часовне с белыми стенами. Все витражные окна по требованию Лестата были затянуты черной тканью. Он не мог больше скрываться там, откуда виден восход солнца.

В часовне не было ни одной горевшей свечи.

Я нашел Лестата в том же состоянии: лежащим на левом боку с открытыми глазами фиалкового цвета. Из черного проигрывателя, настроенного на беспрерывную работу, доносилась прелестная фортепьянная музыка.

Волосы и плечи Лестата покрывала пыль. Я пришел в ужас, увидев, что пыль припорошила даже лицо. А что, если я его потревожу, если попробую ее стереть? Я был растерян, душу сковала свинцовая печаль.

Я опустился на пол рядом с Лестатом — так, чтобы он мог меня видеть. Затем решительно выключил музыку и торопливо выложил ему все. Я волновался даже больше, чем предвидел.

Я рассказал обо всем: о своей любви к Меррик и о ее способностях, о просьбе Луи и о фантоме, который явился перед нами, о том, что Луи слышал музыку в исполнении Клодии, и о том, что он намерен покинуть нас через несколько ночей.

— Что его может сейчас остановить, ума не приложу,— сетовал я.— Он не станет ждать, когда ты проснешься, мой дражайший друг. Ибо твердо решил уйти. Я не в силах заставить его изменить решение. Могу только молить, чтобы он подождал, пока ты проснешься, но, думаю, он меня не послушает — из страха, что его оставит решимость. Видишь ли, все дело в этом, в его решимости. Он преисполнен желания покончить с жизнью. Впервые за много лет.

Я углубился в подробности. Рассказал, как Луи внимал музыке, которую я не слышал. Вновь описал колдовской сеанс. Возможно, во второй раз я упомянул о том, что упустил в первый.

— Неужели это и вправду была Клодия? — спросил я.— Кто сможет дать нам ответ? — Я наклонился и поцеловал Лестата.— Ты мне сейчас очень нужен. Очень, пусть даже только для того, чтобы с ним попрощаться.

Я отстранился и внимательно оглядел спящего. На мой взгляд, в Лестате не произошло никаких изменений.

— Однажды ты проснулся,— вспомнил я.— Ты проснулся, когда Сибил исполняла свою музыку, а потом снова погрузился в свой эгоистичный сон. Да-да, это чистейшей воды эгоизм, Лестат,— покинуть тех, кого ты сотворил, то есть Луи и меня. Ты нас покинул, а это несправедливо. Ты должен очнуться ото сна, мой любимый Мастер, ты должен очнуться ради Луи и меня.

Гладкое лицо не изменило своего выражения. Огромные фиалковые глаза были открыты чересчур широко, чтобы заподозрить, будто Лестат умер. Но других признаков жизни он не подавал.

Я склонился и прижал ухо к его холодной щеке. Я не мог читать мысли своего создателя, но надеялся, что смогу хоть что-то уловить в его душе.

Так ничего и не услышав, я снова включил музыку.

Прежде чем покинуть Лестата, я его поцеловал, а затем отправился в свое пристанище, как никогда раньше радуясь предстоящему забвению.

Следующей ночью я предпринял поиски Меррик. Ее дом в заброшенном районе был темен и пуст. Только смотритель остался приглядывать за особняком. Мне не составило труда взобраться на второй этаж флигеля и, заглянув в окно, убедиться, что старик сидит себе спокойненько в комнате, прихлебывает пиво и смотрит свой жуткий цветной телевизор.

Я пришел в полное замешательство. Ведь Меррик твердо пообещала встретиться со мной. Где же, если не в ее собственном старом доме?

Я должен был ее найти и, прибегнув к своим телепатическим способностям, буквально обшарил весь город, без устали меряя его шагами из конца в конец.

Луи тоже куда-то запропастился. Я неоднократно возвращался на Рю-Рояль, но так его и не застал. Не заметил даже малейшего признака, что он побывал в квартире.

Наконец, вопреки всякому здравому смыслу, вконец отчаявшись, я приблизился к Оук-Хейвен, обители Таламаски, чтобы выяснить, не там ли Меррик.

Конечно! Она была в Оук-Хейвен. Стоя в густых дубовых зарослях с северной стороны здания, я разглядел ее крошечную фигурку в библиотеке.

Меррик сидела в том самом кожаном кресле красного цвета, которое она облюбовала еще в детстве, когда мы только познакомились. Уютно устроившись на потрескавшейся старой коже, она казалась спящей, но когда я подошел ближе, вампирское чутье безошибочно определило, что она пьяна. Рядом с ней я разглядел бутылку «Флор де Канья» и стакан. И бутылка, и стакан были пусты.

В обители находились и другие служители: один занимался в той же самой комнате, изучая книги, стоявшие на полках, а остальные разошлись по спальням верхнего этажа.

Я никак не мог проникнуть туда, где находилась Меррик. Во мне росло убеждение, что она все это заранее спланировала. А если так, то, возможно, она это сделала ради собственного душевного спокойствия, за что я, конечно, никак не мог ее порицать.

Оторвавшись от этой тщательно срежиссированной сцены — Меррик откровенно демонстрировала абсолютное пренебрежение к тому, что другие служители могут о ней подумать,— я возобновил поиски Луи.

Безуспешно прочесывая город, я за несколько часов до рассвета оказался в полутемной часовне, где дремал Лестат. Я метался перед ним, объясняя, что Меррик решила укрыться в Обители, а Луи вообще исчез, и в конце концов, совершенно обессиленный, опустился на холодный мраморный пол.

— Я бы знал это, да? — спросил я у своего спящего создателя.— Если бы Луи покончил с собой, я бы наверняка что-то почувствовал, правда? Если бы это случилось вчера на рассвете, то я бы это знал еще до того, как закрыл глаза.

Лестат не ответил, его лицо и фигура говорили о том, что на ответ надеяться не приходится. Это было все равно что страстно взывать к одной из статуй святых.

Когда и вторая ночь прошла точно так же, я совсем пал духом.

Не представляю, что делала Меррик днем, но после заката она вновь сидела пьяная в библиотеке, на этот раз совершенно одна, в великолепном шелковом платье ярко-красного цвета. Пока я наблюдал за ней с безопасного расстояния, один служитель, старик, которого я когда-то знал и любил всей душой, вошел в библиотеку и укрыл Меррик белым шерстяным одеялом — на вид очень мягким.

Я поспешил ретироваться, пока меня не обнаружили.

От Луи по-прежнему не было никаких вестей. Я бродил по тем улицам города, которые всегда были его любимыми, я корил себя, что из почтения так и не научился читать его мысли, что из уважения к его частной жизни ни разу за ним не проследил, я корил себя, что не связал его обещанием встретиться со мной в определенный час на Рю-Рояль.

Наконец наступила третья ночь.

Поняв, что Меррик вряд ли чем-то займется, а будет опять пить ром, я сразу отправился на квартиру на Рю-Рояль, намереваясь написать записку Луи на тот случай, если он зайдет в мое отсутствие.

Меня снедало горе. Теперь мне казалось вполне возможным, что Луи больше нет на земле. Я бы совсем не удивился, узнав, что он позволил утреннему солнцу спалить себя и что эта моя записка так и осталась непрочитанной.

Тем не менее я уселся за письменный стол Лестата, стоявший в гостиной, и поспешно вывел следующее:

«Ты должен поговорить со мной. Мы непременно должны побеседовать. Будет несправедливо, если ты откажешься от такой возможности. Я очень волну-

юсь за тебя. Помни, Л., что я выполнил твою просьбу и помог тебе, как сумел. Разумеется, мною двигали и собственные мотивы, в чем я открыто признаюсь. Я скучал по ней. Мое сердце готово было разорваться.

Однако ты просто обязан сообщить, как обстоят дела у тебя».

Едва я вместо подписи вывел большую «Д», как в дверях появился Луи.

Целый и невредимый, с расчесанными черными вьющимися волосами, он стоял и вопросительно смотрел на меня, а я, испытав приятное потрясение, откинулся на спинку стула и глубоко вздохнул.

— Только посмотрите на него! А я-то ношусь по всему городу как сумасшедший, пытаясь его отыскать!

Оглядывая красивый серый бархатный костюм и темно-фиолетовый галстук, я, к своему изумлению, увидел на пальцах друга драгоценные кольца.

— К чему такое необычное внимание к собственной персоне? — поинтересовался я.— Поговори со мной, пожалуйста, иначе я сойду с ума.

Он покачал головой и жестом длинной тонкой руки попросил помолчать, после чего прошел в конец комнаты, уселся на диван и уставился на меня.

— Впервые вижу тебя таким разряженным,— заявил я.— Ты самый настоящий франт. Что случилось?

— Не знаю, что случилось,— почти резко ответил он.— Это ты мне скажи.— Он нетерпеливо взмахнул рукой.— Иди сюда, Дэвид, бери свой старый стул и садись поближе.

Я повиновался.

Луи не только был прекрасно одет, но еще и благоухал легким ароматом дорогого мужского парфюма.

Он бросил на меня нервный взгляд.

— Я ни о чем и ни о ком не могу думать, только о ней, Дэвид. Будто я никогда не любил Клодию,— признался он срывающимся голосом.— Я серьезно. Можно подумать, что до встречи с Меррик я не знал ни любви, ни горя. Я готов превратиться в ее раба. Куда бы я ни шел, что бы ни делал, думаю только о ней. Когда я насыщаюсь, жертва в моих руках превращается в Меррик. Погоди, ничего не говори, пока я не закончу. Я думаю о Меррик, когда ложусь в гроб перед рассветом. Я думаю о Меррик, когда просыпаюсь. Я должен видеть ее постоянно, поэтому сразу после насыщения я отправляюсь к Меррик. Да, Дэвид, я иду к Обители, к тому самому дому, который ты давным-давно запретил нам посещать. Я иду туда. Я был там вчера ночью, когда ты приходил подглядывать за ней. Я видел тебя. Позапрошлой ночью я тоже там был. Я живу ради нее, и возможность видеть ее за высоким окном только воспламеняет меня еще сильнее. Она мне нужна. Если в самом скором времени она не покинет Обитель, я сам к ней пойду, хотя что мне нужно от нее, кроме присутствия рядом, клянусь, сам не знаю.

— Прекрати, Луи, позволь мне объяснить, что случилось...

— Разве ты можешь это объяснить? Позволь уж мне высказаться,— возразил он.— Позволь признаться, что все это началось, как только я ее увидел. Ты сам это знаешь. Ты был свидетелем. Ты постарался предупредить меня, но я понятия не имел, что мои чувства окажутся такими сильными. Я был уверен, что смогу их обуздать. Боже мой, скольким смертным я сопротивлялся в течение этих двух веков, сколько раз отворачивался от какой-нибудь заблудшей души, которая притягивала меня так, что я не мог сдержать слезы.

— Прекрати, Луи, послушай меня.

— Я не причиню ей зла, Дэвид,— сказал он,— клянусь. Я не хочу ей ничем навредить. Мне невыносима мысль о том, чтобы поступить с ней так же, как когда-то я поступил с Клодией,— насытился ее кровью. Это была ужасная, ужасная ошибка, но Меррик я ничем не обижу, поверь. Я просто должен ее видеть, должен быть с ней, должен слышать ее голос. Дэвид, ты можешь выманить ее из Оук-Хейвен? Можешь уговорить ее встретиться со мной? Сделать так, чтобы она прекратила пить этот проклятый ром и вернулась в старый дом? Ты должен это суметь. Пойми, я теряю голову.

Он замолчал на секунду, чтобы перевести дыхание, и я поспешил воспользоваться паузой.

— Она приворожила тебя, Луи! — объявил я.— Это колдовство. Успокойся и послушай меня. Я знаю ее трюки. И хорошо знаком с колдовскими хитростями. Они почти одинаковы и в Древнем Египте, и в Риме, и в Греции. Она тебя приворожила, дружище, с помощью заклинаний заставила полюбить ее. Проклятье, нельзя было оставлять у нее то запачканное кровью платье. Не удивительно, что она не позволила мне дотронуться до него. Ведь на нем была твоя кровь. Какой же я глупец, что сразу не понял ее замысла. Мы ведь даже как-то обсуждали ее чары. Нет, она перешла все границы терпимого. Я позволил ей оставить у себя шелковое платье с пятнами твоей крови, а она воспользовалась им для обычного приворота.

— Нет, это невозможно,— язвительно отреагировал Луи.— Я отказываюсь поверить в это. Я люблю ее, Дэвид. Ты вынуждаешь меня прибегнуть к словам, которые ранят тебя больнее всего. Я люблю ее и нуждаюсь в ней. Мне нужна ее компания, мне нужны та мудрость и доброта, которые я разглядел в ней. Никакое это не колдовство.

— Самое настоящее колдовство, дружище, поверь,— упорствовал я.— Она воспользовалась твоей кровью для приворота. Ну как ты не поймешь: эта женщина не только верит в магию, но и отлично владеет ею. За прошедшее тысячелетие на свете жили и умерли множество магов, возможно, целый миллион, но скольких из них можно считать настоящими? Она знает, что делает! Твоя кровь впиталась в ткань ее одежды. Она навела на тебя приворот, и разрушить его пока не в моих силах!

Луи помолчал, но недолго.

— Я тебе не верю,— сказал он.— Нет, не может быть, чтобы это было так. Я сердцем чувствую.

— Подумай, Луи, о моих словах, вспомни, какие видения появлялись передо мной после нашей с ней первой встречи всего несколько ночей тому назад. Ты ведь не забыл, как я рассказывал, что видел ее повсюду...

— Это не одно и то же. Я говорю о своем сердце, Дэвид...

— Нет, это одно и то же, дружище,— упорствовал я.— Я видел ее повсюду, а после того, как к нам явился призрак Клодии, Меррик призналась мне, что те мои видения были частью колдовства. Я ведь тебе рассказывал, Луи. Я рассказывал о ее маленьком алтаре, устроенном в номере гостиницы, о том, как она раздобыла мой носовой платок с каплями крови, промокнув им пот с моего лба. Луи, не будь наивным.

— Ты наговариваешь на нее,— как можно мягче возразил он,— и я не принимаю твоих слов. Я вижу ее совсем другой. Я думаю о ней и хочу ее. Я хочу женщину, которую видел в той комнате. Что теперь ты скажешь? Что Меррик не красива? Что она лишена врожденной сладости? Что Меррик не одна-единственная из тысяч смертных, которую я могу полюбить?

— Луи, ты доверяешь самому себе в ее присутствии? — спросил я.

— Да, доверяю,— серьезно ответил он.— Ты полагаешь, я мог бы ей навредить?

— Я полагал, что ты давным-давно узнал значение слова «желание».

— Мое желание — быть с ней рядом, Дэвид. Быть поблизости от нее. Обсуждать с ней увиденное. Я...— Он замолчал на полуслове и крепко зажмурился.— Эта потребность в ней просто невыносима. Она прячется в том огромном доме, куда я не могу подобраться, не повредив Таламаске и не нарушив ту хрупкую тайну, от которой зависит все наше существование.

— Слав Богу, у тебя хватает на это здравомыслия,— с чувством сказал я.— Уверяю, все это колдовские чары, и если ты способен за себя отвечать в ее присутствии, тогда как только она покинет Оук-Хейвен, мы отправимся к ней вместе и потребуем ответа! Мы потребуем правды. Мы потребуем, чтобы она призналась, действительно ли во всем этом ничего нет, кроме колдовства.

— Ничего,— повторил он презрительно,— ничего, как ты говоришь, *кроме колдовства*? — Он укоризненно уставился на меня. Впервые я увидел в нем такую враждебность. Вернее, до сих пор я вообще никогда не видел его враждебно настроенным.— Ты не хочешь, чтобы я ее любил, разве нет? Все очень просто.

— Нет, это не так. Ну, скажем, к примеру, что ты прав, что колдовство тут ни при чем, что в тебе говорит только душевный порыв, так хочу ли я, чтобы она еще больше тебя полюбила? Нет, решительно нет. Мы с тобой дали клятву ничем не навредить этой женщине, не разрушить ее крепкий смертный мир нашими желаниями! Сдержи свою клятву, если ты любишь ее так сильно, Луи,— это и будет наилучшим проявлением любви. Иными словами, оставь ее в покое.

— Я не могу это сделать,— прошептал он, покачав головой.— Она заслуживает правды и должна знать то, что говорит мне сердце. Ничего из этого никогда не выйдет, но она должна знать, что я ей предан, что она вытеснила из моей души горе, которое могло бы меня уничтожить. Впрочем, оно властно надо мной и до сих пор.

— Это невыносимо,— сказал я, злясь на Меррик.— Предлагаю навестить Оук-Хейвен. Но ты должен впредь меня во всем слушаться. Если удастся, я попытаюсь приблизиться к окну и разбудить ее. Лучше всего это сделать перед самым рассветом, когда она останется одна на первом этаже. Возможно, мне даже удастся войти внутрь. Еще недавно я счел бы такой шаг подлым. Но помни, что ты должен во всем слушаться меня.

Луи кивнул.

— Я хочу быть рядом с ней, но сначала мне нужно насытиться. Нельзя, чтобы при нашем с ней свидании меня мучила жажда. Пойдем со мной на охоту. А потом, глубокой ночью, мы приблизимся к Обители.

Очень скоро мы нашли себе по жертве.

В час или в два ночи мы подошли к Оук-Хейвен. Как я и надеялся, дом был погружен во мрак. Все спали. Мне понадобилось всего несколько секунд, чтобы окинуть взглядом библиотеку.

Меррик там не было. Не было и привычной бутылки рома со стаканом. А когда я прошелся по верхним галереям, ступая как можно тише, то не обнаружил Меррик и в ее спальне.

Я вернулся к Луи, поджидавшему меня среди густо растущих дубов.

— В Обители ее нет. Похоже, мы ошиблись в расчетах. Должно быть, она у себя дома. Ждет, наверное, когда ее колдовство возымеет действие.

— Ты не можешь и дальше презирать ее за это,— огрызнулся Луи.— Дэвид, ради всего святого позволь мне одному пойти к ней.

— Даже не надейся,— ответил я.

Мы двинулись по направлению к городу.

— Ты не можешь явиться к ней, преисполненный такого презрения,— сказал Луи.— Позволь мне поговорить с ней. Ты не можешь мне помешать. У тебя нет права.

— Нет, я буду присутствовать при вашем разговоре,— холодно ответил я, не собираясь сдавать свои позиции.

Едва мы подошли к старому дому в Новом Орлеане, я сразу понял, что Меррик у себя.

Приказав Луи обождать, я обошел ее владения, точно так, как делал это несколько ночей тому назад, желая убедиться, что смотритель отослан. Так оно и оказалось. Я вернулся к Луи и сказал, что мы можем войти.

Не стоило и сомневаться, что Меррик в спальне. Гостиная ничего для нее не значила. Она любила только комнату Большой Нанэнн.

— Я хочу пойти один,— заявил Луи.— Можешь подождать меня здесь, если угодно.

Луи оказался на крыльце, прежде чем я успел шевельнуться. Я тут же догнал его — как раз в тот момент, когда он открывал сверкнувшую зеркальным стеклом незапертую дверь.

Войдя в дом, мы направились в расположенную в передней половине большую спальню. Я отставал от Луи на полшага.

Меррик, как всегда прелестная, в платье из красного шелка, поднялась с кресла-качалки и полетела к Луи, раскрыв объятия.

Я насторожился, ожидая самого худшего. Сердце мое готово было расколоться пополам. Комнату, погруженную в приятный полумрак, озаряли лишь свечи.

Я не мог не видеть, что эти двое, Луи и Меррик, любят друг друга. Я молча смотрел, как Луи целует Меррик, как длинными белыми пальцами гладит по волосам. Я молча смотрел, как он дотрагивается губами до ее изящной шеи.

Наконец он отстранился и тяжело вздохнул.

— Значит, все-таки колдовство? — спросил он у нее, но вопрос на самом деле предназначался мне.— Это колдовство, раз я ни о чем не думаю, кроме тебя, куда бы я ни шел и что бы ни делал? Это колдовство, когда в каждой своей жертве я вижу тебя? Подумай об этом, Меррик, подумай о том, что я вынужден делать, чтобы выжить. Прошу тебя, оставь свои мечтания. Подумай, какую ужасную цену я плачу за это бессмертие. Подумай, в каком аду я живу.

— А если я буду рядом с тобой в этом аду? — спросила Меррик.— Буду дарить тебе утешение, когда пламя разгорится вовсю? Мои дни и ночи без тебя были настоящим адом. Я понимаю твои страдания. Я знала о них еще до того, как мы впервые взглянули друг другу в глаза.

— Скажи ему правду, Меррик,— велел я, стоя у дверей.— Найди достойные слова. Он сразу догадается, если ты солжешь. Ты ведь его приворожила? И мне тоже не лги, Меррик.

Она отстранилась от него и взглянула на меня.

— А что для *тебя* означало мое колдовство, Дэвид? — спросила она.— Что это было, кроме отдельных видений? Ты почувствовал желание? — Она перевела взгляд на Луи.— А ты чего ждешь от меня, Луи? Хочешь услышать, что моя душа попала к тебе в рабство точно так же, как твоя душа теперь готова во всем повиноваться мне? Если это колдовство, то мы приворожили друг друга, Луи. Дэвид знает, что я говорю правду.

Как ни старался, я не смог уличить ее во лжи. Я чувствовал, что она что-то скрывает, но не мог докопаться ни до одной из ее тайн. Она очень хорошо охраняла свои мысли.

— Все это игры,— сказал я.— Чего ты добиваешься?

— Нет, Дэвид, ты не должен с ней так говорить,— сказал Луи.— Я этого не потерплю. Теперь ступай и позволь мне побеседовать с ней наедине. Ей со мной ничего не грозит. Иди же, Дэвид. Дай нам побыть вдвоем. Иначе клянусь, друг, нам придется с тобой сразиться.

— Дэвид, прошу тебя,— вступила в разговор Меррик.— Позволь мне провести с ним эти несколько часов, а потом все будет так, как ты захочешь. Я хочу побыть с ним. Хочу поговорить с ним. Хочу убедить Луи, что тот призрак лгал. Я должна это сделать без спешки, мне нужна интимная и доверительная обстановка.

Меррик подошла ко мне, шурша красным шелком. Я уловил запах ее духов. Она обняла меня, и я почувствовал сквозь тонкий шелк тепло ее груди.

— Тебе нужно уйти, Дэвид. Прошу — подчинись,— ласково попросила она и сочувственно взглянула мне в глаза.

Никогда за все годы, что я ее знал, желал ее и скучал по ней, не чувствовал я столь сильной боли, как сейчас, ничто не ранило меня так жестоко, как эта простая просьба.

— Уйти? — повторил я едва слышно.— Оставить вас вдвоем? Уйти?

Я долго смотрел ей в глаза и увидел, как она страдает, как молит меня. А потом я повернулся к Луи, который взирал на меня невинно и встревоженно, словно его судьба сейчас находилась в моих руках.

— Причинишь ей зло — и твое стремление к смерти воплотится в реальность,— тихо, но грозно произнес я.— Можешь поверить, у меня хватит сил уничтожить тебя именно тем способом, каким бы тебе меньше всего хотелось бы.

Мне стало ясно, что он ужасно встревожился.

— Я воспользуюсь огнем, и смерть будет медленной, если ты хоть чем-то навредишь Меррик.— Я помолчал и добавил: — Даю слово.

Он с трудом сглотнул и только кивнул в ответ. Видимо, ему многое хотелось мне сказать. Глаза его были полны печали и глубокой боли. Наконец он пробормотал:

— Поверь мне, брат. Тебе не стоило так страшно грозить тому, кого ты любишь, да и мне не стоило все это выслушивать. Что делать, если мы оба боготворим эту смертную женщину.

Я обернулся к Меррик и нежно ее поцеловал. Она не сводила глаз с Луи, очарованная им не меньше, чем он ею, и едва на меня взглянула. Еще никогда Меррик не была столь далекой, и тем не менее она вернула мне поцелуй.

— До свидания, моя драгоценная,— прошептал я и покинул дом.

Секунду я размышлял, не стоит ли остаться: я мог бы спрятаться в зарослях и понаблюдать за обоими, пока они разговаривают в комнате. Мне казалось, я мудро поступлю, если буду поблизости — ради блага Меррик,— и в то же время я понимал, что именно за это она может меня возненавидеть.

В отличие от Луи она сразу поймет, что я где-то рядом — как в ту ночь, когда я подошел к ее окну в Обители, ведь ее колдовская чувствительность во много раз превышала вампирские способности Луи. Меррик обо всем догадается и проклянет меня.

Когда я представил, как она выйдет из дома, чтобы пристыдить меня, когда я представил, какое унижение мне придется испытать, если рискну остаться, я быстро направился в центр города.

И вновь моим наперсником стал Лестат, лежавший на полу в заброшенной часовне приюта Святой Елизаветы.

И опять я был уверен, что душа покинула его тело, что он не слышит моих жалоб и не знает о тех несчастиях, о которых я ему поведал.

Я только молил Бога, чтобы с Меррик ничего не случилось, чтобы Луи не вызвал мой гнев и чтобы однажды ночью душа Лестата вернулась в его тело, потому что он был мне нужен. Отчаянно нужен. Мне было очень одиноко после стольких прожитых лет, после стольких жизненных уроков, после выстраданной боли.

Небо стало угрожающе светлым, когда я покинул Лестата и добрался до своего тайного места — до заброшенного здания, в подвале которого привык спать.

Ничего необычного в этом не было — все мои соплеменники выбирали какой-нибудь печальный старый дом или подвал, отрезанный от мира железными дверьми и запорами, за которые не в силах проникнуть ни один смертный.

Я лег в холодную тьму, установил на место крышку саркофага, и тут мною неожиданно овладела странная паника. Мне казалось, будто кто-то говорит со мной, требуя, чтобы я прислушался, пытается внушить мне, что я совершил страшную ошибку, за которую заплачу своей совестью, пытается внушить, будто я поступил глупо, руководствуясь собственным тщеславием.

Мне было поздно реагировать на этот поток смешанных чувств. Утро беспощадно вступало в свои права, лишая меня тепла и жизни. И последняя мысль, сохранившаяся в памяти, была о том, что я оставил их вдвоем из тщеславия, потому что они меня исключили из своей компании. Я поступил, как самодовольный мальчишка, и за это придется поплатиться.

За рассветом неизменно пришел закат. Я проснулся на следующий вечер, открыл глаза и потянулся к крышке гроба, но тут же убрал руки и вытянул их вдоль туловища.

Что-то удержало меня от желания открыть гроб. Мне была ненавистна эта душная атмосфера, но я все-таки продолжал оставаться в добровольном заточении, пронзая своим мощным вампирским зрением абсолютную тьму.

Я остался на месте, потому что вновь был охвачен паникой, как и в прошлую ночь. Меня мучило острое сознание того, что надо мной возобладала глупая гордыня, раз я оставил Луи и Меррик вдвоем. Мне почудилось, будто под железную крышку гроба проник вихрь, да такой сильный, что наполнил даже мои легкие.

Случилось что-то ужасное и в то же время неизбежное, с печалью подумал я, продолжая неподвижно лежать, словно под действием очередного колдовского заклинания Меррик. Но к этому колдовству она не имела отношения. Меня сковали горе и сожаление — ужасное, мучительное сожаление.

Я проиграл Луи в битве за Меррик. Разумеется, я найду ее такой же, ибо ничто на земле не могло бы заставить Луи одарить ее Темной Кровью, рассуждал я, ничто, даже мольбы Меррик. Да она сама не стала бы просить поделиться с ней этим даром, ей хватило бы ума не отказаться от своей души. Нет, я страдал оттого, что эти двое любили друг друга, а ведь это я свел их вместе, и теперь они разделят то, что мог бы разделить с Меррик я.

Что ж, хватит горевать. Дело сделано, пора отправляться в дорогу — искать их обоих. Я должен их найти и увидеть, как они смотрят друг на друга. Я должен вырвать у них еще больше обещаний, что на самом деле было лишь предлогом отвлечь их друг от друга, а затем я должен смириться, что Луи стал для Меррик путеводной звездой, каковой я теперь больше не являюсь.

Прошло еще много времени, прежде чем я со скрипом сдвинул крышку гроба, выбрался из него и начал подниматься по ступеням сырого холодного подвала, которые вели в мрачные помещения наверху.

Наконец я остановился в огромной пустой комнате с кирпичными стенами, где много лет назад был магазин. Сейчас ничего не осталось от прежнего блеска, если не считать нескольких очень грязных витрин и сломанных полок. На неровном деревянном полу лежал толстый слой грязи и пыли.

Я остановился, наслаждаясь весенним теплом, вдыхая запах плесени и красного кирпича и вглядываясь в немытые окна, за которыми сияли печальные огни, освещая заброшенную улицу.

Почему я замешкался?

Почему сразу не отправился на встречу с Луи и Меррик? Почему, в конце концов, не пошел на поиски жертвы, хотя меня мучила жажда? Почему я стоял один в темноте, словно ожидал, что мое горе усилится, что одиночество станет ощущаться острее, что я выйду на охоту безжалостным и осторожным, как зверь?

Но затем глаза увидели то, что ум в отчаянии отказывался принять, и мною постепенно овладело другое чувство, полностью вытеснившее меланхолию. Все тело мучительно заныло.

Передо мной возникла Меррик. Она была в том самом красном шелковом платье, в котором я видел ее вчера, но весь ее облик изменился под действием Темного Дара.

Кремовая кожа светилась, как у вампира, зеленые глаза приобрели особый блеск — да, да, и еще раз да! — такой же, как у Лестата, Армана, Мариуса, такой же, как и у всех остальных обладателей Темной Крови. Длинные каштановые волосы приобрели неестественное сияние. Губы нечестиво блестели.

— Дэвид! — воскликнула она и полетела ко мне в объятия.

Даже голос Меррик свидетельствовал о том, что теперь в ее жилах течет совсем другая кровь.

— Боже мой, как я мог допустить такое! — Я боялся дотронуться до нее, а потом вдруг обнял ее и с силой прижал к себе.— Прости меня, Господи, прости! — выкрикивал я, стискивая ее так сильно, что, наверное, причинял боль.

Мне казалось, что так ее никто не сможет у меня отнять. Мне было наплевать, что меня мог услышать кто-то из смертных. Да пусть хоть весь мир знает!

— Нет, Дэвид, погоди,— взмолилась Меррик.— Ты не понимаешь, что случилось. Он сделал это, Дэвид! Он вышел на солнце. Он сделал это на рассвете, после того, как дал мне свою кровь, показал, как нужно прятаться, и научил всему, что умел. Он сделал это, Дэвид, хотя обещал встретиться со мной сегодня вечером. Он ушел! И теперь от него ничего не осталось — все сгорело дочерна.

По щекам Меррик струились жуткие кровавые слезы.

— Дэвид, неужели ты не можешь его спасти? — захлебываясь рыданиями, причитала она.— Неужели ты не способен его вернуть? В том, что случилось, виновата одна я. Дэвид, я сознавала, что делала. Это я подвела его к этому шагу, умело подтолкнула. Я действительно воспользовалась его кровью, запекшейся на моем платье. Я воспользовалась всеми силами — земными и небесными. Придет время — и я признаюсь в большем. Все тебе расскажу. Я виновата, что он так поступил, клянусь! Но неужели ты не можешь его вернуть?

Он все сделал очень тщательно.

Вытащил гроб — поистине старинную реликвию — и отнес его на задний двор городского дома на Рю-Рояль, в весьма уединенное место, огороженное высокой стеной.

В доме он оставил прощальное письмо, положив его на письменный стол, которым одно время пользовались все мы — я, Лестат и Луи. Затем он спустился во двор, снял с гроба крышку и лег в него, отдавшись на волю лучей утреннего солнца.

Его предсмертная записка была адресована мне.

«Если я не ошибаюсь, солнечный свет сожжет меня дотла. Я недостаточно стар, чтобы получить всего лишь сильные ожоги, и недостаточно молод, чтобы оставить после себя кровавую плоть и вынудить кого-то ее убирать. Я превращусь в пепел, как когда-то превратилась в пепел Клодия, и ты, мой дорогой Дэвид, должен развеять этот пепел. Сделай это в память обо мне.

Сомнений в том, что я наконец-то обрету мир и покой, у меня нет. И ты станешь свидетелем моего окончательного освобождения. Прежде чем найти мои останки, ты уже повидаешься с Меррик и познаешь меру моего предательства и меру моей любви.

Да, я признаю, что создал из Меррик вампира. И совершил столь ужасное деяние из любви. Не могу тебе лгать. Но если это имеет хоть какое-то значение, то позволь уверить тебя, что поначалу я намеревался только испугать ее, подвести к смерти так близко, чтобы она сама взмолилась о пощаде, и тем самым удержать на краю.

Но все свершилось слишком быстро — едва успев начаться. Я поддался своим амбициям и желаниям. А теперь, оставаясь все тем же романтично настроенным глупцом, каким был всегда, оставаясь поборником сомнительных действий, совершенно не умея соизмерять свои желания и цену, которую за них приходится платить, я поручаю твоим заботам свое изумительное создание — Меррик, которую, я знаю, ты любишь всем своим мудрым сердцем.

Ты, наверное, меня возненавидишь, но прошу: передай Меррик те несколько драгоценностей и реликвий, которыми я владею. Передай ей также те живописные полотна, которые я собирал от случая к случаю в течение веков и которые успели стать шедеврами в моих глазах и в глазах всего мира. Все мало-мальски ценное должно перейти к ней, если только ты согласишься.

Что касается моего дорогого Лестата, то, когда он очнется, передай, что я ушел во тьму, не надеясь встретить его ужасающих ангелов, что я ушел во тьму, только ожидая угодить в хаос или вакуум, о которых он так часто рассказывал. Попроси простить меня за то, что я не дождался его и ушел, не попрощавшись.

А теперь о тебе, мой друг. Не надеюсь на твое прощение. И даже о нем не прошу.

Я не верю, что ты способен вернуть меня из пепла и обречь на прежние муки. Но если ты полагаешь, что справишься, и тебе действительно это удастся, значит, так тому и быть. Одно несомненно: я обманул твое доверие. Никакие заверения Меррик о ее всесильном колдовстве не могут оправдать мой поступок, хотя она на самом деле пытается уверить меня, что воспользовалась сильным приворотом. Впрочем, я ничего не смыслю в колдовстве.

Одно я понимаю, что люблю ее и не мыслю существования без нее. Но само существование теперь для меня бессмысленно.

Я ищу определенности, той самой смерти, которая унесла мою Клодию, — безжалостной, неминуемой, безусловной».

Таково было письмо, написанное его старомодным почерком на новом пергаментном листе высокими и глубоко вдавленными буквами.

А что же тело? Неужели он был прав в своей догадке, что превратится в пепел, подобно тому ребенку, которого отдал на откуп горестной судьбе в далеком прошлом?

Нет, он ошибся.

В гробу без крышки, открытом ночному воздуху, лежали обгорелые черные останки того существа, которое я когда-то знал как Луи, — твердые на вид, как у любой древней мумии, освобожденной от бинтов. Плоть прочно облепила кости. Одежда на нем сильно обгорела, но осталась цела. Гроб тоже потемнел. Лицо и руки — да и вся фигура в целом — еще не были тронуты ветром и сохранили все мельчайшие детали.

А рядом с гробом стояла на коленях Меррик и, горестно сжимая руки, неотрывно смотрела на угольно-черное тело.

Медленно, очень медленно, она протянула руку, нежным указательным пальчиком коснулась тыльной стороны ладони Луи и тут же в ужасе его отдернула. На почерневшей плоти не осталось ни малейшей впадинки.

— Твердая, как уголь, Дэвид,— запричитала Меррик.— Как ветер может развеять эти останки? Для этого тебе придется вытащить их из гроба и растоптать каблуками. Ты не можешь так поступить, Дэвид. Скажи, что не можешь.

Я словно безумный метался возле гроба.

— Не могу! — выкрикнул я в отчаянии и уже шепотом добавил, обращаясь к Луи: — Какой печальный долг исполнять твою последнюю волю! Если бы я мог просто похоронить тебя.

— Это была бы самая ужасная жестокость,— взмолилась Меррик.— Дэвид, а может быть, он все еще жив в этой оболочке? Ты ведь лучше меня знаешь особенности вампиров. Дэвид, быть может, он все еще жив?

Я молча ходил взад и вперед, поглядывая то на Меррик, то на безжизненные останки в обугленной одежде, и время от времени, убитый горем, равнодушно смотрел на далекие звезды.

А за моей спиной тихо плакала Меррик, давая волю своим чувствам, бушевавшим в ней с новой силой, давая волю страстям, готовым захлестнуть ее с такой мощью, которая не поддается человеческим меркам.

— Дэвид...— наконец позвала она.

Я медленно обернулся и взглянул на нее сверху вниз. Она по-прежнему стояла на коленях на холодных каменных плитах, взывая ко мне, словно я был одним из ее святых.

— Дэвид, если ты надрежешь вену на запястье и позволишь своей крови упасть на него, он оживет?

— Не знаю, дорогая, не знаю. В одном уверен: он сделал, что хотел, а еще он оставил распоряжение, как мне теперь действовать.

— Но ты не можешь так просто его отпустить,— запротестовала Меррик.— Дэвид, умоляю...— Голос ее беспомощно замер.

Листья банановых деревьев зашелестели от легкого ветерка. Я повернулся и в ужасе взглянул на тело. Весь сад вокруг нас шептал и вздыхал, но тело оставалось неподвижным.

Тут налетел новый порыв ветра, гораздо сильнее. Он принес с собой запах дождя. Теплыми весенними ночами здесь часто случались дожди. Я представил, как дождевые капли омоют это каменное лицо с закрытыми глазами.

Я не мог подобрать слова, чтобы успокоить плачущую Меррик. Я не мог найти слова, чтобы излить боль своего сердца. Луи ушел или все еще здесь? Чего бы он ждал от меня теперь — не прошлой ночью, когда в предрассветных сумерках писал свое храброе письмо, а теперь, именно в эту секунду, если бы оказалось, что он заперт внутри этого обгоревшего деревянного ящика?

О чем он думал, когда взошло солнце и на него накатила смертельная слабость, прежде чем в свои права вступил жар? У него не было сил, как у древнейших из нас, выбраться из гроба и зарыться глубоко в землю. Неужели он не пожалел о содеянном? Быть может, он страдал от невыносимой боли? Неужели я ничего не смогу понять, просто всматриваясь в его неподвижное обгорелое лицо?

Я подошел к гробу. Голова Луи лежала ровно, как у любого мертвеца, которого должны предать земле. Руки были сцеплены на груди — так их мог бы сложить гробовщик. С первыми лучами солнца Луи не попытался заслонить ладонью глаза. Не попытался повернуться к смерти спиной.

Но какое значение все это имело теперь?

Возможно, ему не хватило сил что-то предпринять в последние секунды. Он оцепенел при появлении первых лучей, а потом они ослепили его и заставили закрыть веки. Осмелюсь ли я дотронуться до хрупкой почерневшей плоти? Осмелюсь ли убедиться, не опустели ли его глазницы?

Я целиком отдался этим жутким мыслям, желая только услышать какой-то другой звук, кроме тихого плача Меррик, потом подошел к железным ступеням винтовой лестницы, ведущей с балкона, опустился на ступеньку, показавшуюся мне в то мгновение самым удобным креслом, и закрыл лицо руками.

— Развеять останки...— прошептал я.— Ну почему здесь больше никого нет?

И тут, словно в ответ на мою жалкую молитву, послышался скрип каретных ворот. Тихо заныли старые петли, а потом щелкнул замок — ворота снова закрылись.

По запаху я понял, что к нам вторгся не смертный. А по шагам сразу узнал гостя: слишком часто в своей жизни я слышал эту поступь — неестественную и смертоносную. И все же я не осмеливался поверить в такое чудо, в спасение, пришедшее в минуту горя, пока во дворе не возникла фигура в бархатном пыльном камзоле. Светлые волосы были по-прежнему спутанными, фиалковые глаза сразу устремились на зловещие, отталкивающие останки.

Лестат!

Неловко ступая, словно после столь долгого бездействия тело отказывалось повиноваться своему хозяину, он приблизился к Меррик, поднявшей к нему заплаканное лицо. Такое впечатление, будто она тоже увидела Спасителя, явившегося в ответ на ее ни к кому не обращенные молитвы.

Меррик чуть отпрянула, из ее груди вырвался тихий вздох.

— Значит, вот до чего дошло,— произнес Лестат. Голос его звучал хрипло, как в тот последний раз, когда он очнулся от своей бесконечной спячки под звуки музыки Сибил.

Лестат обернулся и взглянул на меня. Его гладкое лицо было лишено какого-либо выражения, жиденький свет с далекой улицы отразился в глазах, когда Лестат вновь посмотрел на тело в гробу. Кажется, веки его дрогнули. Точнее, мне показалось, что содрогнулось все тело, словно простейшее движение было изнурительным, словно Лестату хотелось поспешно ретироваться.

Но он не собирался нас покидать.

— Иди сюда, Дэвид,— приказал он все тем же хриплым шепотом.— Иди сюда и послушай. Я не могу ничего услышать, раз я его создал. Послушай и скажи, есть ли он там, внутри.

Я подчинился. Подошел к гробу и остановился рядом с Лестатом.

— Он как уголь, Лестат,— быстро ответил я.— Я не осмелился дотронуться до него. Может, вместе попробуем?

Медленно, как бы нехотя, Лестат наклонил голову, чтобы еще раз взглянуть на душераздирающее зрелище.

— Говорю же, кожа у него твердая,— скороговоркой произнесла Меррик. Она выпрямилась и отошла от гроба, приглашая Лестата занять ее место.— Проверь сам, Лестат. Иди дотронься до него.— В ее голосе слышалась боль.

— А ты? — спросил Лестат и, протянув руку, схватил ее за плечо.— Что ты слышишь, chérie? — хрипло спросил он.

Меррик покачала головой.

— Абсолютно ничего,— ответила она, губы ее дрожали, кровавые слезы оставляли на бледных щеках длинные полоски.— Иначе и быть не может. Как я могу что-то слышать, если он дал мне свою кровь. Я его околдовала, соблазнила. У него не было ни единого шанса нарушить мои планы. И вот результат моего вмешательства. Я могу разобрать, о чем шепчутся смертные в ближайших домах, но не слышу ни звука из этого гроба.

— Меррик,— сказал Лестат твердо,— слушай так, как ты всегда умела слушать. Побудь сейчас не вампиром, а колдуньей. Да, я знаю, он дал тебе свою кровь. Но ведь до этого ты занималась магией.— Лестат переводил взгляд то на нее, то на меня, и было видно, как растет его нетерпение.— Ну скажите же мне, хочет он вернуться или нет?

Меррик снова расплакалась. Несчастная, убитая горем, она смотрела на то, что осталось от красавца Луи.

— Быть может, он кричит, моля о жизни,— сказала она,— но я ничего не слышу. Колдунья во мне слышит только тишину. А смертная Меррик, пока оставшаяся во мне, чувствует только раскаяние. Лестат, дай ему свою кровь. Верни его.

Лестат отвернулся от нее и посмотрел на меня. Тогда Меррик схватила его руку и вновь повернула лицом к себе.

— Воспользуйся своей магией,— настойчиво потребовала она, хотя голоса не повышала.— Воспользуйся своей магией и верь в нее, как верила я, когда колдовала.

Он кивнул и успокаивающим жестом прикрыл ее руку ладонью.

— Скажи мне, Дэвид,— заговорил он все тем же скрипучим голосом.— Чего *хочет он*? Неужели он поступил так потому, что даровал Меррик свою кровь, а потом решил расплатиться за это жизнью?

Что я мог ответить? Разве я мог предать доверие своего друга, поведав Лестату те сокровенные мысли, которыми он делился со мной в течение многих ночей?

— Я ничего не слышу,— сказал я.— Впрочем, возможно, все дело в старой привычке — не читать его мысли, не копаться в душе, привычка позволять ему делать то, что он желает, и лишь время от времени предлагать вкусить более сильной крови, при этом не насмехаясь никогда над его слабостями. Я ничего не слышу. Ничего, но разве это имеет какое-то значение? Ночами я брожу по городским кладбищам и тоже ничего не слышу. Иногда, оказавшись в толпе смертных, я тоже ничего не слышу. И если брожу один, то бывает, не слышу даже собственного внутреннего голоса.

Я вновь взглянул на почерневшее лицо Луи. Разглядел четкую линию рта, каждую оставшуюся нетронутой волосинку на голове.

— Я ничего не слышу,— повторил я.— Однако вижу духов. Они часто приходят ко мне. Но скрыт ли дух где-то в глубине этих останков, не знаю.

Лестат покачнулся, словно от слабости, но заставил себя выпрямиться. Меня обжег стыд, когда я увидел налет серой пыли на бархатных рукавах его камзола, спутанные пряди и грязь в густых мягких волосах.

Но сейчас Лестату было не до того.

Для него имела значение только фигура в гробу. Меррик продолжала плакать, а он рассеянно обнял ее правой рукой, прижал к своему сильному телу и хрипло зашептал:

— Полно, полно, chérie. Он поступил так, как хотел.

— Но вышло все не так! — вырвалось у Меррик.— Он слишком стар, чтобы огонь одного дня прикончил его. Может быть, он сейчас заперт внутри этих обугленных останков и страшится того, что грядет. Возможно, он, как умирающий человек, слышит нас в этом смертельном трансе и не может ответить.— Она жалобно застонала и продолжила: — Он, может быть, плачет, прося нас о помощи, а мы стоим здесь и только спорим и сетуем.

— Но если я сейчас пролью свою кровь в этот гроб, что, по-твоему, случится? — спросил Лестат.— Думаешь, из этих обгорелых тряпок поднимется наш Луи? А что, если нет, chérie? Что, если мы увидим какого-нибудь искалеченного призрака, которого придется уничтожить?

— Выбери жизнь, Лестат,— сказала Меррик, отстраняясь от него,— выбери жизнь в любом ее проявлении. Выбери жизнь и верни его. Если он вновь захочет умереть, то возможность для этого всегда будет.

— Моя кровь сейчас чересчур сильна, chérie,— сказал Лестат. Он прокашлялся и смахнул пыль с собственных век, потом запустил пятерню в волосы и резко отбросил их с лица.— Моя кровь способна возродить монстра из того, что здесь лежит.

— Так сделай это! — воскликнула Меррик.— Если он захочет умереть, если он снова попросит о смерти, обещаю, что окажу ему эту последнюю услугу.— Какими обольстительными были ее взгляд и голос! — Я сварю для него зелье из ядов, настоянных на крови животных, крови диких существ. Я скормлю ему это зелье — и он уснет с восходом солнца.— Голос ее зазвучал еще более страстно.— Он уснет и если доживет до нового заката, то я стану его ночной сиделкой до тех пор, пока вновь не взойдет солнце.

Несколько секунд блестящие фиалковые глаза Лестата смотрели на нее не отрываясь. Он будто бы обдумывал ее план, а потом медленно перевел взгляд на меня.

— А ты что скажешь, любимый друг? Чего ты от меня ждешь? — спросил он, и лицо его слегка оживилось, хотя не стало менее печальным.

— Не знаю даже, что и ответить.— Я покачал головой.— Ты сам пришел. Это твое решение, твое по праву — ты ведь среди нас старший. И я благодарен за то, что ты здесь.— Тут на меня нахлынули самые ужасные и мрачные предчувствия, я снова взглянул на темную фигуру внизу, а потом опять на Лестата.— Если бы я сделал подобный шаг и меня постигла бы неудача, то я захотел бы вернуться.— Что меня заставило так высказаться? Страх? Не знаю. Но я говорил правду, мои губы произносили то, что диктовало им сердце: — Да, если бы я видел, как восходит солнце и пережил это, то, вполне возможно, растерял бы всю храбрость... А ему всегда ее не хватало.

Лестат, видимо, обдумывал услышанное. Как же иначе? Однажды он сам ушел под палящие лучи солнца в далеком пустынном краю, получил множество ожогов, но не познал освобождения и вернулся. Его кожа до сих пор сохранила следы той жуткой катастрофы. И пройдет еще много лет, прежде чем отпечаток солнца исчезнет с нее навсегда.

Решительно шагнув вперед под нашими с Меррик взглядами, он опустился на колени рядом с гробом, склонился к фигуре и тут же отпрянул. Действуя в точности, как Меррик, он очень деликатно дотронулся до почерневших рук и убедился, что они тверды.

Неторопливо и нежно он дотронулся до лба — и снова никакой отметины.

Тогда Лестат поднялся с земли, поднес правую руку ко рту и, прежде чем мы с Меррик сообразили, что он хочет сделать, собственными зубами вспорол себе запястье.

Густой поток крови хлынул на застывшее в гробу лицо, но вскрытые вены почти мгновенно закрылись, и Лестату пришлось разорвать их снова, чтобы струя не иссякла.

— Помоги мне, Меррик. Помоги мне, Дэвид! — закричал он.— Я отвечу за содеянное, но помогите мне довести начатое до конца. Без вас мне не обойтись.

Я сразу встал рядом и, неловко оттянув манжету, вскрыл клыком вену на руке. Меррик опустилась на колени в ногах покойного, и из нежного запястья новообращенной тоже потекла кровь.

От останков тут же поднялся едкий дым. Казалось, черная плоть поглощала кровь каждой своей порой. Кровь пропитала обуглившуюся одежду. Разорвав ткань, Лестат пролил на тело новую порцию крови.

Дым закрыл густым облаком лежавшие перед нами окровавленные останки. Сквозь него я ничего не видел. Но я слышал слабое бормотание и леденящий душу предсмертный стон. Моя кровь продолжала литься густым потоком, и хотя ранка все время затягивалась, словно стремясь поскорее прекратить принудительное кровопускание, острые зубы возобновляли его вновь и вновь.

Меррик неожиданно вскрикнула.

Словно в тумане я увидел перед собой фигуру Луи, севшего в гробу. Его лицо покрывала густая сеть крошечных морщинок и глубоких складок. На моих глазах Лестат притянул его голову к своему горлу.

— Сейчас же пей, Луи,— скомандовал он.

— Не останавливайся, Дэвид,— умоляла Меррик.— Ему нужна твоя кровь, ее пьет каждая частица его тела.

Я подчинился и этот момент понял, что слабею с каждой секундой и не могу больше стоять ровно и что Меррик сама клонится вперед, но преисполнена решимости продолжать.

Я увидел внизу обнаженную ступню, а затем в полутьме проступили очертания ноги и твердые мускулы мужской груди.

— Еще, да, еще,— продолжались тихие, настойчивые команды Лестата. Теперь он перешел на французский.— Не останавливайся, забери всю кровь, что во мне есть, всю до капли.

Я уже почти ничего не видел. Мне казалось, весь двор заполнен едким паром, а две фигуры — Луи и Лестата — на мгновение засветились.

Почти в ту же секунду я лег на холодные камни, почувствовал рядом с собой мягкое тело Меррик и вдохнул прелестный аромат ее волос. Моя голова опустилась на камни, я попытался поднять руки, но не смог.

Я закрыл глаза. А когда открыл их снова, то первым, кого увидел, был Луи. Он стоял надо мной, обнаженный, и смотрел на меня сверху вниз. На его теле, покрытом тонкой кровавой пленкой, как у новорожденного, почтине не осталось следов ожога, и я разглядел зелень его глаз и белизну зубов.

— Еще Луи,— опять донесся до меня скрипучий голос Лестата.— Возьми еще.

— Но Дэвид и Меррик...— Луи осекся.

— Дэвид и Меррик будут в порядке,— договорил за него Лестат.

В верхних покоях мы, все трое, искупали и одели Луи.

Благодаря почти всесильной крови Лестата, которая полностью восстановила Луи, его кожа приобрела белое сияние. Помогая ему одеваться, мы поняли, что перед нами вовсе не тот Луи, которого мы так любили и в силу этой любви так часто осмеливались жалеть.

Наконец, когда он облачился в удобную просторную черную рубашку со стоячим воротником и брюки из хлопка, завязал шнурки на ботинках и расчесал черные густые волосы, мы все уселись в гостиной — той самой, что за мою короткую сверхъестественную жизнь становилась свидетелем столь многих приятных бесед.

Глаза Луи пришлось закрыть солнечными очками, ибо они приобрели блеск, который всегда досаждал Лестату. Но что случилось с самим Луи? Что он мог сказать нам теперь? Мы все смотрели на него в ожидании, надеясь, что он поделится своими мыслями.

Луи поглубже уселся в темное бархатное кресло и огляделся. Он был похож на мифического монстра, которые, едва родившись, мгновенно становятся взрослыми. Наконец острый взгляд зеленых глаз медленно скользнул по нашим лицам.

К этому времени Лестат уже счистил с себя пыль, извлек из гардероба новый камзол темно-коричневого бархата и свежее белье, так что теперь на нем было обычное одеяние, отделанное слегка поблекшим старым кружевом. Он тоже расчесал волосы и надел новые ботинки.

В общем, мы четверо являли собой чудесную картину, хотя на шелковом платье Меррик еще виднелись несколько пятен крови, едва заметных на красной ткани. На шее Меррик красовался мой давнишний подарок: жемчужное ожерелье в три нити.

Наверное, я находил какое-то утешение в этих подробностях, поэтому так скрупулезно их описал. Но самое благоприятное воздействие на меня оказало спокойное и удивленное выражение лица Луи.

Позвольте добавить, что Меррик изрядно ослабела, отдав кровь нашему общему другу, и я понимал, что совсем скоро ей придется отправиться на самые темные и опасные улицы города и впервые поохотиться. Я поклялся себе, что не отойду от нее ни на шаг.

Я и прежде много размышлял о том, что будет, если Меррик станет одной из нас. Мое воображение рисовало самые разнообразные картины. Поэтому теперь при мысли о предстоящей охоте я не испытывал шока. Что касается ее красоты, то деликатная кровь Луи только подчеркнула самые привлкательные черты. Зеленые глаза Меррик приобрели еще больший блеск. Но в целом она все еще вполне могла сойти за смертную.

Казалось, что в процессе возрождения Луи Меррик исчерпала все свои душевные силы, и теперь она сидела на диване рядом с красавцем Лестатом с таким видом, будто единственное ее желание — поскорее заснуть.

«Как хорошо она скрывает, что мучится сейчас жаждой»,— подумал я.

Меррик тут же вскинула голову и посмотрела на меня. Значит, она угадала мои мысли!

— Только чуть-чуть,— сказала она.— Большего мне не надо.

Я сделал огромное усилие, чтобы не выдать своих чувств, полагая, что все мы должны, как и в прошлом, следовать этому правилу.

Наконец Лестат нарушил тишину.

— Дело не завершено.— Он пронзительно взглянул на Луи.— Требуется еще больше крови.— Голос его к этому времени окреп и звучал привычно для моих ушей. Лестат перешел на обычный английский.— Ты должен выпить еще моей крови, Луи. Иначе к тебе не перейдет вся сила, которую я могу дать. Не спорь, пожалуйста, и делай, что я велю,— не столько ради меня, сколько, возможно, ради себя самого.

На секунду лицо Лестата сделалось неподвижным, как у лунатика,— таким же, каким оно было в момент его пробуждения в прошлый раз. Но через долю секунды к нему вернулась прежняя живость, и он продолжил, обращаясь теперь ко мне:

— А ты, Дэвид, возьми с собой Меррик и вместе отправляйтесь сейчас же на охоту, чтобы восполнить потерянное. Научи ее всему, что нужно знать, хотя, полагаю, она и так уже во всем сведуща. Думаю, Луи за то короткое время, которое было у него вчера ночью, хорошо ее проинструктировал.

Я был уверен, что Луи стряхнет с себя торжественное молчание и восстанет против приказов Лестата, но ничего подобного не произошло. Я впервые почувствовал в нем уверенность в себе, которой он раньше не обладал.

— Я согласен. Дай мне столько, сколько сможешь,— произнес он тихим ясным голосом.— А как же Меррик? Ее ты тоже одаришь своей всесильной кровью?

Лестата явно удивила столь неожиданно легкая победа. Я взял Меррик за руку и повел за собой.

— Да,— ответил Лестат, откидывая с лица светлые волосы.— Я наделю своей кровью Меррик, если она пожелает. Меррик, уверяю тебя, я бы сам хотел этого больше всего на свете. Но ты должна сама сделать выбор: примешь ли ты от меня Темный Дар или нет. Вкусив моей крови, ты станешь такой же сильной, как Дэвид и Луи. И мы все составим единый клан. Именно к этому я стремлюсь.

— Я согласна,— ответила Меррик,— но для начала мне нужно насытиться — разве нет?

Лестат кивнул, а потом коротким красноречивым жестом велел нам оставить его с Луи наедине.

Мы с Меррик спустились по железным ступеням и вскоре оказались за пределами квартала.

Шли молча, тишину нарушал лишь стук ее каблуков. Довольно быстро мы оказались в трущобном, обшарпанном районе, где стоял ее старый дом.

Однако мы не прошли мимо него.

Наконец с ее губ вырвался переливчатый смех. Меррик остановилась на секунду и поцеловала меня в щеку. Она намеревалась что-то сказать, но ей не дали.

К нам медленно подполз огромный американский автомобиль, из-за толстых стекол которого доносились низкие аккорды и отвратительные слова какой-то мерзкой песни. Все-таки современная музыка не более чем какофония звуков, призванная лишать людей разума.

Машина замерла всего в нескольких футах от нас, но мы не остановились. Я понял, что двое смертных, сидевшие в салоне, что-то замышляют, и мысленно пропел им реквием. Кажется, я даже улыбнулся. Зловеще.

Чего я не ожидал, так это короткого пистолетного выстрела и сияющей полоски, оставленной пулей, пролетевшей мимо моих глаз. Меррик снова расхохоталась — она тоже заметила сверкнувший перед глазами след.

Дверца машины распахнулась — и на Меррик двинулся темный силуэт. Она обернулась, протянула в приветственном жесте изящные руки и... И стремительно схватила свою жертву, только собиравшуюся сделать последний шаг. Когда она погрузила в шею мужчины зубы, тот сразу обмяк. Удивительно, с какой легкостью Меррик удерживала внушительную тушу. Я почувствовал запах крови.

Даже не выключив двигатель, из машины вылез водитель. Он был в ярости от того, что их маленький план грабежа не сработал. Прогремел еще один выстрел, но пуля затерялась в темноте.

Я накинулся на громилу и без труда поймал его. Молниеносный прокол — и я почувствовал великолепный вкус крови. Никогда прежде я не пил с такой жадностью. Никогда прежде я не исчерпывал источник до конца, погружаясь в отчаянные воспоминания и мечты этого горемыки. Когда все закончилось, я зашвырнул останки в высокую траву пустыря — подальше от посторонних глаз.

Меррик последовала моему примеру.

— Ты закрыла ранки от укуса? — спросил я.— Уничтожила следы, чтобы никто не догадался, как он умер?

— Конечно,— кивнула она.

— Почему ты его не убила? — задал я новый вопрос.— Следовало его умертвить.

— Я смогу их убивать, после того как получу кровь Лестата,— последовал ответ.— Кроме того, он и так не жилец. К тому времени, как мы вернемся на квартиру, он уже будет мертв.

Мы повернули к дому.

Меррик шла рядом со мной. Я не знал, догадывается ли она о моих чувствах, но мне казалось, что я предал ее и уничтожил. Мне казалось, что я причинил ей немыслимое зло, хотя поклялся его избегать. Размышляя о нашем с Луи плане, о том, как мы решили обратиться к Меррик с просьбой вызвать дух Клодии, я отчетливо понял причину произошедшего. Я был сломленный человек, униженный собственным провалом, но переживающим свои неудачи с той холодной вампирской невозмутимостью, которая способна самым ужасным образом уживаться рядом с невыносимой болью.

Мне хотелось рассказать Меррик, что она так и не познала в полной мере радость смертной жизни. Мне хотелось сказать, что ей, возможно, суждены были великие свершения, а я своим беспечным себялюбием, своим эго, не знавшим узды, разрушил ее судьбу.

Но зачем портить эти драгоценные для нее мгновения? Зачем накрывать саваном то великолепие, которое она видит вокруг себя благодаря новому вампирскому взгляду? Зачем отнимать у нее те несколько безоблачных ночей, когда сила и угроза покажутся священными и праведными? Зачем стараться окрасить все это болью и горем? Они и без того скоро придут.

Когда Меррик нарушила повисшее между нами молчание, по ее словам я так и не смог понять, прочла ли она мои мысли, хотя я их, разумеется, не старался скрыть.

— Всю свою жизнь,— говорила она милым голоском,— я боялась каких-то вещей, как боится их всякий ребенок или женщина. Естественно, я лгала. Я воображала себя колдуньей и отправлялась бродить по темным улицам, чтобы наказать саму себя за сомнения. Но я знала, что такое страх. А теперь, в этой темноте, ничего не боюсь. Если бы тебе пришлось оставить меня здесь, я бы ничего не испугалась. Продолжала бы себе идти, как иду сейчас. Как мужчина, ты не можешь знать, что я имею в виду. Тебе не понять женской уязвимости. Равно как не понять того ощущения собственной силы, которое я теперь обрела.

— А я все же полагаю, что могу понять многое,— ответил я примирительным тоном.— Не забывай, я ведь был стариком, а в старости познаешь страх, неведомый молодым.

— Да, в таком случае ты, возможно, действительно понимаешь, какую настороженность женщина постоянно носит в своем сердце. Тогда ты действительно знаешь, какая именно сила теперь во мне расцвела.

Я обнял ее, нежно повернул к себе и поцеловал, почувствовав губами неестественно холодную кожу. Аромат ее духов показался мне сейчас каким-то чужим, принадлежащим другому существу, хотя он был по-прежнему сладостен. Его обильно источали длинные пряди темных волос, в которые я с любовью запустил обе руки.

— Знай, я люблю тебя.

В моем признании, однако, отчетливо звучали нотки раскаяния и мольбы о прощении.

— Неужели ты не понимаешь, что отныне я останусь с тобою навсегда? — возмутилась она.— Почему кому-то из нас обязательно нужно порывать с другими?

— Так случается. Со временем так случается,— ответил я.— Не спрашивай меня почему.

Мы медленно направились к владениям Меррик. Она вошла одна, велев мне терпеливо ждать, и появилась снова, держа в руках старый, уже знакомый мне гобеленовый чемодан. Мое острое обоняние уловило едкий химический запах — странный и совершенно мне незнакомый.

Я не придал этому никакого значения, и когда мы зашагали дальше, я то ли забыл о запахе, то ли привык к нему, то ли просто перестал замечать. Мне уже претили мелкие тайны. Слишком велико было терзавшее душу горе.

Возвратившись на квартиру, мы обнаружили новые разительные перемены, произошедшие с Луи.

Тихо сидя все в той же гостиной рядом с Лестатом, он выглядел теперь таким же бледным и неподвижным, как его создатель. При взгляде на него невольно возникал вопрос: не высечен ли он из мрамора? Появись такое создание где-нибудь в ярко освещенном месте, ему пришлось бы, как минимум, обсыпать себя пеплом, чтобы не сойти за изваяние.

Глаза Луи горели еще ярче, чем прежде.

Но что случилось с его душой? Осталась ли она такой, как прежде?

Я опустился на стул. Меррик тоже. Гобеленовый чемодан она поставила на пол рядом с собой. Мы оба, не сговариваясь, решили подождать, пока Луи заговорит первым.

Наступила длинная пауза. Мы сидели все вместе и ждали, Лестат то и дело бросал взгляды на Меррик. Вполне естественно, что он тоже поддался ее очарованию.

Наконец Луи заговорил.

— Примите сердечную благодарность за то, что вернули меня к жизни.— Все та же искренность, та же знакомая тональность. Наверное, что-то осталось и от прежней робости.— Всю свою жизнь среди воскресших из мертвых я искал то, чего, как мне казалось, никогда не обрету. Больше века тому назад я отправился на поиски этого в Старый Свет. И после многих десятилетий безрезультатных скитаний оказался в Париже.— Он говорил с прежним чувством.— А искал я место, где мог бы стать частью чего-то грандиозного, гораздо более значительного, чем я сам. Я не собирался быть просто изгоем. Я хотел отыскать тех, кто примет меня в свой избранный круг, тех, рядом с кем я не буду чувствовать себя чужим. Но до сих пор я нигде не находил этого места.

Он устремил на меня пронзительный взгляд, потом перевел его на Меррик, и я увидел, как его лицо потеплело от прилива любви.

— Теперь я такой же сильный, как ты, Дэвид. Вскоре и Меррик приобретет эту силу.— Он бросил твердый взгляд на Лестата.— Теперь я почти столь же могущественен, как ты, мой благословенный Создатель. Что бы ни случилось, отныне я чувствую себя одним из вас.

Луи по давней привычке глубоко вздохнул.

— Мысли,— продолжал он,— я их слышу. Далекая музыка — я ее слышу. Прохожие на улице — я слышу их шаги. И улавливаю их аромат, такой сладостный и приятный. Я смотрю в ночь — и вижу далеко.

У меня словно гора с плеч свалилась, что я и не замедлил выразить с помощью жестов и улыбки. Я знал, что Меррик разделяет мои чувства. Ее любовь к Луи была безгранично более агрессивной и требовательной, чем та, которую она испытывала ко мне. А такую любовь невозможно было не ощутить.

Лестат, несколько ослабевший, возможно, после всего, что ему пришлось вынести, а также после долгого поста последних месяцев, лишь кивал в такт словам своего творения.

Он посмотрел на Меррик, словно сознавая, что должен выполнить еще одну задачу, да и мне самому не терпелось, чтобы дело было доведено до конца. Я знал, что тяжело будет смотреть, как Лестат обнимает Меррик. Возможно, этот обмен кровью произойдет скрыто от чужих глаз, как это было с Луи. Я уже приготовился, что сейчас меня отошлют снова прогуляться в ночи, утешаясь только собственными мыслями.

Но я чувствовал, что наша маленькая компания пока не готова разойтись. Меррик передвинулась на краешек стула, и всем стало очевидно, что она намерена обратиться ко всем сразу.

— Я должна сказать кое-что еще,— начала она, нерешительно задержав взгляд на мне, прежде чем перевести его на остальных.— Луи и Дэвид терзаются чувством вины, что я стала одной из вас. И, возможно, у тебя, Лестат, тоже имеются кое-какие вопросы. А посему вы должны выслушать меня и решить, как ко мне относиться после того, что вы узнаете. Я здесь потому, что очень давно сделала свой выбор. Много лет прошло с тех пор, как Дэвид Тальбот, наш уважаемый Верховный глава, выскользнул из теплых надежных объятий Таламаски, и меня ни в малейшей степени не утешила ложь о том, как он закончил свой земной путь. Как известно, я узнала тайну обмена телами, благодаря которому Дэвид покинул престарелое тело, любимое мной всем сердцем. Я могла и не читать тайную запись, сделанную моим другом Эроном Лайтнером, чтобы узнать, что случилось с душой

Дэвида. Правда открылась мне, когда после смерти того престарелого тела, которое мы называли Дэвидом Тальботом, я летела в Лондон. Я должна была отдать последнюю дань уважения и осталась наедине с усопшим, прежде чем гроб запечатали навсегда. Едва коснувшись лежавшего в гробу тела, я поняла, что Дэвид не познал в нем смерть. С этой секунды и взыграли мои амбиции. А спустя совсем короткое время я обнаружила бумаги Эрона Лайтнера и выяснила, что Дэвид действительно стал счастливой жертвой фаустовского обмена и что нечто непростительное, по мнению Эрона, унесло из нашего мира Дэвида, обладавшего с некоторых пор новой, молодой плотью. Разумеется, я сразу поняла, что речь идет о вампирах. Совсем не обязательно было знать ходячие байки, чтобы догадаться, как Лестат в конце концов поступил с Дэвидом. В тому времени, как я закончила читать те любопытные страницы, полные эвфемизмов и недоговоренностей, я успела вспомнить старинное действенное заклинание. Я принялась колдовать, чтобы вернуть себе Дэвида Тальбота, каким бы он ни был. «Пусть он будет молодой, пусть он будет вампир, пусть он будет даже призрак, но я должна вернуть его,— твердила я себе,— вернуть его тепло и привязанность, вернуть его прежнее чувство ответственности за меня, вернуть его к любви, которую мы когда-то разделяли».

Она замолчала и, потянувшись к сумке, достала оттуда маленький сверток из ткани. В нос мне ударил все тот же едкий запах, который я никак не мог вспомнить. А Меррик тем временем развернула ткань... Внутри оказалась желтоватая и слегка заплесневелая человеческая рука.

Это была не та старая почерневшая кисть, которую я не раз видел на ее алтаре. Это было нечто не столь древнее, и я наконец догадался, какой именно запах не смог определить мой нюх: прежде чем руку отрезать, ее забальзамировали и именно примененный для этого раствор источал слабый ядовитый запах, хотя сама она давным-давно высохла, оставив руку такой, какой она была — мясистой, сморщенной и шишковатой.

— Не узнаешь, Дэвид? — мрачно поинтересовалась Меррик.

Я в ужасе уставился на нее.

— Это часть твоего тела, Дэвид,— сказала она.— Я взяла ее себе, потому что никак не хотела тебя отпускать.

Лестат коротко рассмеялся. Чувствовалось, что он испытывает удовольствие от рассказа Меррик. Луи был настолько огорошен, что не смог говорить. Что касается меня, то я тоже не нашел слов, а просто уставился на руку. На ладонь было нанесено множество коротких слов. Я узнал коптский язык, но читать на нем не умел.

— Это старое заклинание, Дэвид. Оно велит тебе прийти ко мне, оно велит духам, которые слышат меня, привести тебя ко мне. Оно велит им наполнить твои сны и часы бодрствования мыслями обо мне. По мере того как заклинание входит в силу, тебя оставляют все мысли, кроме одной, которая становится навязчивой. И вот с некоторых пор тебя гложет только одно: ты должен ко мне прийти.

Теперь настала очередь Луи понимающе улыбнуться.

Лестат откинулся на спинку кресла, просто рассматривая диковинку с печальной улыбкой.

Я тряхнул головой.

— Не могу с этим смириться! — прошептал я.

— У тебя не было шанса, Дэвид,— настаивала Меррик.— Ты не виновен в том, что в конце концов случилось со мной, как не виновен и Луи.

— Нет, Меррик,— мягко сказал Луи.— За свою жизнь мне довелось не раз испытать настоящую любовь. И потому я не сомневаюсь в своих чувствах к тебе.

— Что означают эти каракули? — зло спросил я.

— Там записана часть заклинания, которое я произносила бессчетное число раз, призывая моих духов — тех самых духов, которых впоследствии вызвала для тебя и Луи. Там говорится: «Повелеваю наполнить его душу, ум и сердце жаром ко мне, заполнить его дни и ночи безжалостным и мучительным желанием, наводнить его сны моими образами; пусть ничто — ни еда, ни питье — его не успокоит, пока он думает обо мне, до тех пор, пока он ко мне не вернется, пока не окажется рядом, пока я не воспользуюсь всей своей силой, чтобы поговорить с ним. Повелеваю ни на секунду не оставлять его в покое, пусть он не отвернется даже на мгновение».

— Все было не так,— запротестовал я.

Она продолжила, но уже тише и более мягко:

— «Пусть он станет моим рабом, пусть он станет послушным исполнителем моих желаний, пусть у него хватит сил отказаться от того, что я доверила вам, мои великие верные духи. Пусть ему будет уготована та судьба, которую я сама выбрала».

В комнате вновь повисла тишина. Потом я услышал тихий сдавленный смех Лестата — не издевательский, а лишь удивленный.

— Итак, джентльмены, вы прощены,— изрек Лестат.— Почему бы не принять этот совершенно бесценный дар, которым Меррик наделяет вас по праву?

— Нет мне прощения,— сказал Луи.

— Тогда поступайте как знаете, оба,— ответила Меррик,— если хотите и дальше нести груз вины. А эту частицу трупа я верну земле. Но, прежде чем я поставлю точку, позвольте мне сказать, что будущее было предсказано.

— Как? Кем? — Я не поверил своим ушам.

— Его мне поведал один старик,— ответила Меррик, обращаясь главным образом ко мне.— Он имел обыкновение сидеть в столовой моего дома и слушать воскресную мессу по радио — старик с золотыми карманными часами, которые я у него клянчила и которые, как он говорил, тикают не для меня.

— Дядюшка Вервэн,— поморщившись, прошептал я.

— Больше он ничего не говорил о часах,— несколько смущенно пояснила Меррик.— Но это он послал меня в джунгли Центральной Америки, чтобы я отыскала маску для вызова Клодии. А еще раньше он послал меня туда вместе с матерью и сестрой, чтобы найти нож, который разрежет запястье Луи и добудет его кровь — не только для вызова духа, но и для того, чтобы приворожить Луи.

Остальные молчали. Но Луи и Лестат поняли Меррик. Благодаря этому запутанному плану она победила: я подчинился ей всецело, а не держался в отдалении, терзаясь своей виной.

Время близилось к утру. У нас оставалось не больше двух часов. Лестат захотел использовать это время, чтобы поделиться с Меррик своей могущественной кровью.

Но прежде чем нам разойтись, Лестат повернулся к Луи и задал вопрос, крайне интересовавший всех нас:

— Когда взошло солнце, когда оно сожгло тебя, но ты еще был в сознании, что ты увидел?

Луи смотрел на Лестата несколько минут, испытывая смущение, что всегда с ним случалось в состоянии душевного подъема, а потом лицо его смягчилось, он нахмурил брови, и глаза его наполнились слезами.

— Ничего,— сказал он, наклонив голову, но потом снова поднял глаза и беспомощно нас оглядел.— Ничего. Я ничего не видел и чувствовал, что там ничего нет. Я чувствовал нечто пустое, бесцветное, бесконечное. То, что я когда-то жил, показалось нереальным.

Луи крепко зажмурил глаза и поднял руку, чтобы закрыть от нас лицо. Он плакал.

— Ничего,— повторил он.— Совсем ничего.

Никакое количество крови Лестата не смогло бы сделать Меррик равной ему. Никакое количество не смогло бы сделать таким любого из нас. Но вкусив его крови, Меррик стала гораздо сильнее.

Итак, мы образовали новый союз, где царила взаимная любовь и все прощали друг другу прошлые грехи. С каждым часом Лестат все больше становился тем деятельным и импульсивным существом, которое я давным-давно полюбил.

Верю ли я, что Меррик вернула меня себе с помощью заклинания? Не верю. Я не верю, что мой разум настолько восприимчив. Но как прикажете понимать интриги дядюшки Вервэна?

Я намеренно отказался об этом думать и обнимал Меррик по-настоящему, как в прошлом, хотя мне приходилось мириться с их с Луи взаимной любовью.

Я ведь вернул Лестата — разве нет?

Две ночи спустя, не отмеченные никакими замечательными событиями или достижениями, если не считать возросшую уверенность Меррик, я решился задать Лестату вопрос, который очень меня беспокоил: о причинах и следствиях его долгого сна.

Он сидел в прекрасно обставленной гостиной на Рю-Рояль, элегантный, как всегда, в своем сюртуке из черного бархата с пуговицами-камеями. Прекрасные светлые волосы поблескивали в свете многочисленных ламп.

— Твой длинный сон испугал меня,— признался я.— Временами я мог бы поклясться, что тебя больше нет в этом теле. Разумеется, я не мог что-либо слышать, ибо являюсь твоим созданием, но во мне остался еще очень сильный человеческий инстинкт.

Я продолжал рассказывать, как совсем пал духом, глядя на него, как терзала меня невозможность пробудить его от сна и страх, что где-то странствующая его душа может не вернуться обратно.

Он несколько минут сидел молча, и на долю секунды мне показалось, будто на его лицо пала тень. Затем он тепло улыбнулся и жестом показал, что беспокоиться больше не стоит.

— Как-нибудь, возможно, я расскажу тебе об этом,— сказал он.— А пока позволь заметить, что в твоей догадке есть доля правды. Я не всегда оставался в своем теле.— Он умолк, задумавшись, потом прошептал что-то, но я не расслышал. А он продолжил: — Что касается того, где я был, не могу сейчас объяснить. Но однажды непременно попытаюсь обо всем рассказать — именно тебе.

Во мне взыграло любопытство, а вместе с ним и раздражение, но я промолчал.

— Я не собираюсь впредь погружаться в сон,— наконец последовало вполне убедительное признание.— Хочу вас всех успокоить на этот счет. Прошли годы с тех пор, как ко мне явился Мемнох. Не сомневайтесь, мне понадобились все мои силы, чтобы вынести ужасное испытание. Что касается того времени, когда я проснулся от звуков музыки Сибил, то я был ближе ко всем вам, чем впоследствии во время бдения.

— Ты изводишь меня намеками, будто с тобой что-то случилось,— сказал я.

— Может, оно и так,— ответил он, приводя меня в ярость своей игривой интонацией.— А может, и нет. Откуда мне знать, Дэвид? Будь терпелив. Теперь мы обрели друг друга, а за Луи отныне волноваться не стоит. Поверь, я счастлив этим.

Я улыбнулся и закивал, но упоминание о Луи вызвало в памяти страшную картину его обожженных останков в гробу. Она стала явственным и бесспорным доказательством того, что не видать мне больше солнечного света во всем его всесильном великолепии. Явственным и бесспорным доказательством того, что всем нам рано или поздно грозит гибель и что в часы между рассветом и сумерками весь смертный мир является для нас губительным врагом.

— Я потерял так много времени,— заметил Лестат, энергичным взглядом обводя комнату.— Столько книг нужно прочитать, столько всего увидеть. Я вновь вернулся в мир, которому принадлежу.

Наверное, мы могли бы провести после этого тихий вечер, читая книги или наслаждаясь великолепным собранием полотен импрессионистов, если бы не внезапный приход Меррик и Луи.

Меррик не отказалась от своей любви к платьям простого покроя и в темно-зеленом шелке выглядела великолепно. Она шла чуть впереди более сдержанного Луи. Войдя в гостиную, они уселись на парчовую софу напротив Лестата.

— Неприятности? — тут же поинтересовался он.

— Таламаска,— пояснила Меррик.— Думаю, нам лучше покинуть Новый Орлеан, причем немедленно.

— Ерунда,— не задумываясь, отреагировал Лестат.— Даже слушать не хочу.— Его лицо сразу вспыхнуло.— Я в жизни своей не боялся смертных. И вашей Таламаски тоже не боюсь.

— А следовало бы,— возразил Луи.— Только послушай, какое письмо получила Меррик.

— Что значит «получила»? — сурово спросил Лестат.— Меррик, неужели ты ходила в Обитель! Тебе ведь наверняка известно, что этого делать нельзя.

— Разумеется, никуда я не ходила,— парировала она.— Это письмо подбросили в мой старый дом. Я обнаружила его сегодня вечером, и все это мне очень не нравится. Думаю, нам пора изменить образ жизни. Понимаю, что всю вину вы вправе свалить на меня.

— Не стану я ничего менять,— заявил Лестат.— Читай письмо.

Стоило ей вынуть послание, как я сразу разглядел, что оно пришло не по почте от старшин. Вместо бумаги они воспользовались настоящим пергаментом, способным сохраняться в течение веков, хотя наверняка текст был отпечатан на машинке, ведь старшины никогда не писали от руки.

«Меррик!

Мы с огромным волнением узнали о твоих экспериментах в старом родовом доме. Мы приказываем тебе как можно быстрее покинуть Новый Орлеан. Прекрати всякое общение со служителями Таламаски, а также с той опасной компанией избранных, под тлетворное влияние которой ты явно попала. Немедленно приезжай к нам в Амстердам.

Твоя комната в Обители уже готова, и мы ожидаем, что ты выполнишь наши инструкции.

Пожалуйста, пойми, что мы, как и всегда, хотим вместе с тобой извлечь урок из твоих недавних опрометчивых опытов, однако прими всерьез наше пре-

*дупреждение. Ты должна порвать всяческие отноше-
ния, на которые мы никогда не давали тебе санкций,
и немедленно явиться к нам».*

Меррик опустила письмо на колени.

— На нем стоит печать старшин,— сказала она.
Я отчетливо разглядел восковой оттиск.

— А какое нам дело, что там стоит их печать? Или
любая другая,— вспылил Лестат.— Они не могут силой заставить тебя приехать в Амстердам. Стоит ли
вообще думать об этом?

— Наберись немножко терпения,— отвечала Меррик.— Речь не о том, стоит ли обращать внимание на
это письмо, а о том, что все это время мы находились
под пристальным наблюдением.

Лестат покачал головой.

— А мы всегда находимся под пристальным наблюдением. Лично я больше десяти лет ряжусь под
того, кого сам выдумал. Какое мне дело, если за мной
неусыпно следят? Пусть только кто-нибудь попробу-
ет мне навредить. Я всегда поступаю как хочу и редко, очень редко оказываюсь не прав.

— Но, Лестат, это означает, что Таламаска засек-
ла нас, Дэвида и меня, во владениях Меррик.— Луи
подался вперед и посмотрел Лестату прямо в глаза.—
А это опасно, очень опасно, потому как мы можем
нажить врагов среди тех, кто по-настоящему верит в
вампиров.

— Да не верят они ни во что,— объявил Лестат.—
Никто не верит. Именно это нас всегда и защищает.
Никто не верит в то, что мы есть на самом деле. Кро-
ме нас самих, конечно.

— Ты не прав,— возразила Меррик, прежде чем
я успел вступить в разговор.— Они верят в тебя...

— И поэтому они наблюдают, «и они всегда рядом»,— насмешливо процитировал Лестат старый девиз ордена — тот самый, что был отпечатан на моих визитных карточках в те времена, когда я ходил по земле как обычный человек.

— Тем не менее,— быстро сказал я,— сейчас нам следует уйти. Нельзя возвращаться в дом Меррик. Ни в коем случае. Но и тут, на Рю-Рояль, мы не можем оставаться.

— Я не стану им подчиняться,— заявил Лестат.— Они не смеют приказывать, что мне делать в этом городе, ибо этот город мой, он в моей власти. Днем мы спим в убежище — по крайней мере, трое предпочитают спать в убежище,— а ночью город принадлежит нам целиком.

— Каким это образом город принадлежит нам? — с трогательной невинностью поинтересовался Луи.

Лестат оборвал его презрительным жестом.

— Я прожил здесь две сотни лет,— сказал он тихим, полным страсти голосом.— И я никуда не уеду из-за какого-то ордена ученых писак. Сколько лет тому назад, Дэвид, я приезжал навестить тебя в лондонской Обители? Я никогда тебя не боялся. Наоборот, открыто бросал тебе вызов своими вопросами. Я требовал от тебя, чтобы ты завел на меня отдельное досье и поставил его среди других объемистых папок.

— Да, Лестат, но мне кажется, что сейчас все несколько изменилось.— Я внимательно посмотрел на Меррик.— Ты нам все сказала, дорогая? — спросил я.

— Да,— ответила она, уставившись пустым взглядом в никуда, словно глубоко погрузившись в раздумья.— Я все вам рассказала. Но, видите ли, письмо было написано несколько дней назад. А сейчас обстоятельства стали иными.— Наконец она подняла на меня глаза.— Если за нами наблюдают, а я подозреваю, что так оно и есть, значит, они в курсе всего, что произошло.

Лестат поднялся с кресла.

— Я не боюсь Таламаски,— решительно объявил он.— Я никого не боюсь. Если бы Таламаска хотела заполучить меня, то ее агенты могли бы явиться ко мне за все те годы, что я пролежал в пыльной часовне Святой Елизаветы.

— Вот именно, ты сам сказал,— заговорила Меррик.— Они не стремились заполучить тебя. Они хотели наблюдать за тобой — быть, как всегда, поблизости и обрести знания, которых нет ни у кого другого. Им не было нужды трогать тебя. Они не хотели, чтобы ты обратил против них свою могучую силу.

— А, отлично сказано,— похвалил Лестат.— Мне нравится. Моя могучая сила! Они правы, если действительно так думают.

— Умоляю,— сказал я,— не угрожай Таламаске.

— А почему бы и не погрозить им? — спросил он.

— Не может быть, чтобы ты на самом деле выступил против служителей Таламаски.— Мой резкий тон могла оправдать только крайняя тревога.— Ты не можешь так поступить из уважения к Меррик и ко мне.

— Тебе ведь угрожают, разве нет? — спросил Лестат.— Нам всем угрожают.

— Но ты не понимаешь,— попыталась объяснить Меррик.— Слишком опасно предпринимать какие-то шаги против Таламаски. Это огромная и древняя организация...

— Мне все равно,— бросил Лестат.

— И они знают, кто ты на самом деле,— закончила она.

— Лестат, сядь, пожалуйста,— попросил Луи.— Разве ты не понимаешь, в чем тут вопрос? Дело не только в их значительном возрасте и силе. Дело не только в их ресурсах. А в том, кто они. Они знают о нас и могут принять решение вмешаться в наши дела. Они могут причинить нам огромный вред, куда бы мы ни поехали.

— Ты замечтался, мой красивый друг,— язвительно заметил Лестат.— Подумай о крови, которой я поделился с тобой. И ты подумай о ней, Меррик. И подумайте о Таламаске с ее закоснелыми методами. Что предпринял орден, когда Джесс Ривз была для него потеряна? Тогда не было никаких угроз.

— Я думала об их методах, Лестат,— пылко заявила Меррик.— Я считаю, нам следует отсюда уйти, захватив с собой все улики, которые могли бы помочь им в расследовании. Мы должны уйти.

Лестат обвел всех злым взглядом и бросился вон из квартиры.

В ту длинную ночь мы не знали, где он. Мы понимали его чувства, да, мы уважали их и по молчаливому сговору решили поступить так, как он скажет. Если у нас и был предводитель, то только Лестат. Приближался рассвет, и нам пришлось разойтись по убежищам. Мы разделяли общее мнение, что в людской толпе отныне прятаться не удастся.

На следующий вечер, после захода солнца, Лестат вернулся в дом на Рю-Рояль.

Меррик спустилась вниз, чтобы получить еще одно письмо со специальным курьером — письмо, которого я опасался.

Лестат появился в передней гостиной как раз перед ее возвращением.

Вид у него был взъерошенный и злой, он расхаживал, громко топая, словно разгневанный архангел, разыскивающий потерянный меч.

— Прошу, возьми себя в руки,— твердо сказал я.

Он метнул на меня сердитый взгляд, потом опустился на стул и, бешено вращая глазами, принялся ждать Меррик.

Наконец она появилась с распечатанным конвертом и листом пергамента в руке. Выражение ее лица я могу описать лишь как удивленное. Она посмотрела сначала на меня, потом на остальных и снова взглянула на меня.

Дав знак Лестату оставаться на месте, я терпеливо смотрел, как она усаживается на парчовой софе рядом с Луи. Я невольно заметил, что он даже не попытался заглянуть в письмо через ее плечо, а просто ждал, хотя волновался не меньше меня.

— Все это очень необычно,— запинаясь, начала Меррик.— Никогда не думала, что старшины могут занять такую позицию. Раньше никто в нашем ордене не выражался так определенно. Я знакома с научными данными, я знакома с наблюдением, я читала бесконечные отчеты о призраках, ведьмовстве и вампирах, да, даже о вампирах. Но я до сих пор не сталкивалась ни с чем подобным.

Она развернула единственный лист и с застывшим выражением лица прочла вслух:

«Мы знаем, что вы сотворили с Меррик Мэйфейр. Мы советуем вам теперь вернуть ее нам. Она должна вернуться. Мы не примем никаких объяснений, извинений или оправданий. Мы не собираемся это обсуждать. Меррик Мэйфейр должна вернуться. На меньшее мы не согласны».

Лестат тихо рассмеялся.

— Что они думают о тебе, chérie,— хмыкнул он,— раз велят нам передать тебя им? Ты что, драгоценный камень? Надо же, а ведь эти старые писаки, оказывается, еще и женоненавистники. Лично я никогда не был таким зверем.

— А что еще там говорится? — быстро спросил я.— Ты ведь не все прочла.

Меррик как будто очнулась от оцепенения и снова взглянула на письмо.

«В вашем случае мы готовы отказаться от нашего пассивного наблюдения, которое практиковали веками. Мы готовы объявить вас противником, подлежащим уничтожению любой ценой. Мы готовы воспользоваться всеми своими мощными ресурсами, чтобы уничтожить вас.

Подчинитесь нашему требованию — и мы будем терпеть ваше присутствие в Новом Орлеане и его окрестностях. Мы вернемся к нашим безобидным наблюдениям. Но если Меррик Мэйфейр немедленно не вернется в Обитель под названием Оук-Хейвен, мы предпримем шаги и откроем на вас охоту в любой части света, куда бы вы ни скрылись».

Только тогда с лица Лестата исчезло выражение гнева и презрения. Он стал тихим и задумчивым, и это навевало грустные мысли.

— Очень любопытное письмо,— сказал он, приподнимая брови.— Очень любопытное... Весьма.

Меррик надолго замолкла, а тем временем Луи принялся расспрашивать о возрасте старшин, о их характерах, достоинствах и недостатках. Однако об этом я ровным счетом ничего не знал. Кажется, мне удалось убедить его в том, что ни один служитель ордена не знает, кто является старшинами. Были времена, когда с ними не было вообще никакой связи. Однако они всегда правили орденом. Таламаска всегда, с первых дней своего существования, отличалась авторитарностью. О таинственном прошлом ордена его члены, в

том числе и те, кто провел в стенах его многочисленных Обителей практически всю жизнь, знали очень
мало.

— Неужели вы не понимаете, что произошло? —
заговорила наконец Меррик.— Замыслив всю эту ин-
тригу, я будто швырнула перчатку старшинам.

— Не ты одна, дорогая,— поспешил заметить я.

— Да, конечно,— кивнула она, все еще не опра-
вившись от шока,— но ответственность за колдовство
несу только я. В последние несколько ночей мы за-
шли так далеко, что старшины больше не могут оставаться безучастными свидетелями. Когда-то давно это
случилось с Джесс. Затем настала очередь Дэвида, а
теперь и моя. Не понимаете? Их затянувшиеся за-
игрывания с вампирами привели к катастрофе, и теперь они чувствуют, что должны что-то предпринять.
Хотя раньше... насколько нам известно... никогда не
вмешивались в ход вещей.

— Ничего из этого не выйдет,— отрезал Лестат.—
Помяните мои слова.

— А как насчет остальных вампиров? — тихо поинтересовалась Меррик, глядя на него.— Что скажут
ваши старейшие, когда узнают, что здесь случилось?
Романы в ярких обложках, фильмы о вампирах, мрачная музыка — все это оставляет людей равнодушны-
ми. Наоборот, нам на руку весь этот антураж. Но то,
что мы совершили сейчас, возмутило Таламаску. Орден объявляет войну не только нам — он объявляет
войну всему нашему племени. Понимаете?

Лестат был одновременно и огорошен, и взбешен.
Я буквально чувствовал, как шевелится в его мозгу се-
рое вещество. В конце концов на его лице появилось
зловещее выражение, которое мне не раз приходилось видеть в прошлом.

— Конечно, если я пойду к ним,— сказала Меррик,— если отдам себя в их руки...

— Немыслимо! — воскликнул Луи.— Даже они должны это понимать.

— Это самое худшее, что ты можешь сделать,— вмешался я.

— Отдаться в их руки? — язвительно переспросил Лестат.— В нынешнюю эру высоких технологий, когда в лаборатории они смогут воспроизвести твои клетки? Нет. Немыслимо. Хорошее слово, Луи.

— Я не хочу попасть в их руки,— сказала Меррик.— Я не хочу оказаться в окружении тех, кто живет той жизнью, от которой я отказалась навсегда. Это никогда не входило в мои планы.

— Тебе это не грозит,— успокоил ее Луи.— Ты будешь с нами, а мы отсюда немедленно уедем. Но сначала подготовимся как следует и уничтожим любые улики, которые могли бы им помочь в замыслах против наших соплеменников.

— Старое поколение поймет, почему я не пошла в Таламаску, когда их покой и уединение нарушат агенты ордена? — поинтересовалась Меррик.— Вы сознаете, куда все это приведет?

— Ты нас недооцениваешь,— спокойно ответил я.— Но, думаю, мы проводим нашу последнюю ночь в этой квартире, а потому я говорю «прощай» всем этим вещам, которые дарили нам покой. И вам бы следовало попрощаться.

Все посмотрели на Лестата, на его напряженное злое лицо.

— Ты же понимаешь,— обратился он прямо ко мне,— что я могу легко стереть с лица земли тех самых служителей, которые за нами наблюдали, а теперь еще и угрожают.

Меррик сразу запротестовала, и я присоединился к ней. Поначалу наш протест выразился в основном в жестах отчаяния, но потом я взмолился, почти скороговоркой:

— Не делай этого, Лестат. Давай уйдем отсюда. Давай убьем их веру, а не их самих. Как маленькая отступающая армия, мы сожжем все, что могло бы стать их трофеями. Мне невыносима мысль о том, чтобы пойти против Таламаски. Я не способен на это. Больше мне сказать нечего.

Меррик хранила молчание и лишь кивала.

— Тогда ладно,— с мстительной решимостью заявил Лестат.— Я подчиняюсь, потому что люблю вас. Мы уйдем. Покинем дом, который служил мне столько лет; покинем город, который все любим; мы оставим все это и найдем пристанище, где никто не сможет вычислить нас в толпе. Мы так и поступим, но говорю сразу, что мне это не нравится. Отныне я считаю, что служители ордена, написавшие эти письма, утратили право на неприкосновенность, если когда-то вообще им обладали.

Все было решено.

Мы взялись за работу, действуя быстро, молча и тщательно, чтобы не осталось ни капли крови, которая могла бы заинтересовать Таламаску.

Вскоре квартира сияла чистотой, лишившись всего, что можно было бы считать уликой, а затем мы, все четверо, перешли в дом Меррик и провели там такую же тщательную уборку, сожгли белое шелковое платье, оставшееся после того ужасного сеанса, и разрушили оба алтаря.

Затем мне пришлось посетить свой старый кабинет в приюте Святой Елизаветы и с величайшим сожалением предать огню многочисленные дневники и научные заметки.

Работа оказалась утомительной и угнетающей. Но ее нужно было сделать.

Таким образом, на следующую ночь мы покинули Новый Орлеан. Задолго до утра трое — Луи, Меррик и Лестат — первыми отправились в путь.

Я немного задержался за письменным столом в задней гостиной, чтобы написать письмо тем, кому когда-то безгранично доверял и к кому питал нежную любовь.

Я писал собственноручно, чтобы они сразу поняли, что послание имеет для меня особую важность, и отнеслись к нему соответственно.

«Моим дорогим старшинам, кто бы вы ни были.

Вы неразумно поступили, послав нам такие язвительные и агрессивные письма. Боюсь, что однажды ночью вам придется — некоторым из вас — дорого заплатить за содеянное.

Пожалуйста, поймите, что это отнюдь не вызов. Я уезжаю, и к тому времени, когда вы получите это письмо, буду уже вне пределов вашей досягаемости.

Но знайте: ваши угрозы задели гордость сильнейшего из нас — того, кто до недавнего времени не считал вас объектом своих интересов.

Из-за своих угроз и неудачных формулировок вы лишились защитного покрова, которым были окутаны до сих пор. И отныне стали такой же добычей для тех, кого решили напугать, как любой другой смертный, будь то мужчина или женщина.

Более того, вы совершили еще одну чудовищную ошибку, и я советую вам хорошенько подумать, прежде чем планировать следующий шаг, имеющий отношение к нашим общим тайнам.

Вы стали интересным соперником для того, кто любит сложные задачи, и мне придется употребить все свое влияние, чтобы защитить вас — по отдельности или всех вместе — от ненасытной жажды, которую вы в нем так неосторожно пробудили».

Я внимательно прочитал написанное и уже собирался поставить подпись, как вдруг холодная рука Лестата крепко сжала мое плечо.

Он повторил слова «интересным соперником» и хитро рассмеялся.

— Не причиняй им вреда, прошу тебя,— прошептал я.

— Пошли, Дэвид,— уверенно произнес он,— нам пора уходить. Пошли. Напомни мне, чтобы я рассказал о своих неземных скитаниях и еще о многом другом.

Я склонился над листом, тщательно выводя подпись, и тут осознал, что за свою жизнь мне пришлось подписать для Таламаски бесчисленное количество документов, и вот теперь я вновь ставлю подпись под документом, который тоже останется в архивах ордена.

— Ладно, дружище, я готов,— сказал я.— Но дай мне слово.

Мы прошли по длинному коридору в заднюю половину дома. Его тяжелая рука по-прежнему лежала у меня на плече. От одежды и волос Лестата пахло свежестью.

— Нам предстоит написать о многом,— заговорил он.— Ты ведь не станешь удерживать нас от этого, правда? И в своем новом убежище мы сможем излить свои признания на бумагу.

— Да,— ответил я,— сможем. Никто не лишит нас права писать, Лестат. Надеюсь, этого достаточно.

— Вот что я тебе скажу, старина,— произнес он, останавливаясь на балконе и бросая последний взгляд на дом, который так любил.— Давай оставим его Таламаске, что скажешь? Обещаю, ради тебя я стану самим воплощением терпения, если только служители ордена не вооружатся кольями. Ну как, справедливо?

— Вполне,— ответил я.

Итак, я завершаю повествование о том, как Меррик Мэйфейр стала одной из нас, и о том, как и почему мы покинули Новый Орлеан, чтобы затеряться в огромном мире.

Эту историю я написал для вас, мои братья и сестры в Таламаске, а также для многих и многих других людей.

4:30 пополудни.
Воскресенье
25 июля 1999 г.

Литературно-художественное издание

Энн Райс

М Е Р Р И К

Ответственный редактор *И. Шефановская*
Художественный редактор *Б. Волков*
Технический редактор *О. Шубик*
Верстка *А. Скурихина*
Корректоры *М. Ахметова, Л. Пищелева*

ООО «Издательский дом «Домино».
191028, Санкт-Петербург, Моховая ул., д. 32.
Тел./факс (812) 329-55-33. E-mail: dominospb@hotbox.ru

ООО «Издательство «Эксмо»
127299, Москва, ул. Клары Цеткин, д. 18/5. Тел. 411-68-86, 956-39-21.
Home page: www.eksmo.ru E-mail: info@eksmo.ru

Оптовая торговля книгами «Эксмо»:
ООО «ТД «Эксмо». 142702, Московская обл., Ленинский р-н, г. Видное,
Белокаменное ш., д. 1, многоканальный тел. 411-50-74.
E-mail: reception@eksmo-sale.ru

*Оптовая торговля бумажно-беловыми
и канцелярскими товарами для школы и офиса «Канц-Эксмо»:*
Компания «Канц-Эксмо»: 142700, Московская обл., Ленинский р-н, г. Видное-2,
Белокаменное ш., д. 1, а/я 5. Тел./факс +7 (495) 745-28-87 (многоканальный).
e-mail: kanc@eksmo-sale.ru, сайт: www.kanc-eksmo.ru

Полный ассортимент книг издательства «Эксмо» для оптовых покупателей:
В Санкт-Петербурге: ООО СЗКО, пр-т Обуховской Обороны, д. 84Е. Тел. (812) 365-46-03/04.
В Нижнем Новгороде: ООО ТД «Эксмо НН», ул. Маршала Воронова, д. 3.
Тел. (8312) 72-36-70.
В Казани: ООО «НКП Казань», ул. Фрезерная, д. 5. Тел. (8435) 70-40-45/46.
В Самаре: ООО «РДЦ-Самара», пр-т Кирова, д. 75/1, литера «Е». Тел. (846) 269-66-70.
В Ростове-на-Дону: ООО «РДЦ-Ростов», пр. Стачки, 243А. Тел. (863) 268-83-59/60.
В Екатеринбурге: ООО «РДЦ-Екатеринбург», ул. Прибалтийская, д. 24а. Тел. (343) 378-49-45.
В Киеве: ООО ДЦ «Эксмо-Украина», ул. Луговая, д. 9. Тел./факс: (044) 537-35-52.
Во Львове: ТП ООО ДЦ «Эксмо-Украина», ул. Бузкова, д. 2. Тел./факс: (032) 245-00-19.

Мелкооптовая торговля книгами «Эксмо» и канцтоварами «Канц-Эксмо»:
117192, Москва, Мичуринский пр-т, д. 12/1. Тел./факс: (495) 411-50-76.
127254, Москва, ул. Добролюбова, д. 2. Тел.: (495) 745-89-15, 780-58-34.

Полный ассортимент продукции издательства «Эксмо»:
В Москве в сети магазинов «Новый книжный»:
Центральный магазин — Москва, Сухаревская пл., 12. Тел.: 937-85-81, 780-58-81.
Волгоградский пр-т, д. 78, тел. 177-22-11; ул. Братиславская, д. 12, тел. 346-99-95.

В Санкт-Петербурге в сети магазинов «Буквоед»:
«Магазин на Невском», д. 13. Тел. (812) 310-22-44.

Подписано в печать 10.01.2007.
Формат 84×100 1/32. Печать офсетная. Бумага тип. Усл. печ. л. 22,62.
Доп. тираж 3100 экз. Заказ № 4915.

Отпечатано в полном соответствии
с качеством предоставленных диапозитивов
в ОАО «Можайский полиграфический комбинат».
143200, г. Можайск, ул. Мира, 93.